U0907726

印度研究丛书

顾　问：薛克翘

主　编：姜景奎

副主编：贾　岩

王春景

印度民间文学

薛克翘　著

中国大百科全书出版社

图书在版编目（CIP）数据

印度民间文学 / 薛克翘著. —北京：中国大百科全书出版社，2020.10
（印度研究丛书 / 姜景奎主编）
ISBN 978-7-5202-0852-9

I. ①印… II. ①薛… Ⅲ. ①民间文学—文学研究—印度 IV. ①I351. 077

中国版本图书馆CIP数据核字（2020）第200993号

出 版 人 刘国辉
策 划 人 曾 辉
责任编辑 葛漫丁
封面设计 天下书装
责任印制 魏 婷
出版发行 中国大百科全书出版社
地 址 北京阜成门北大街17号 **邮政编码** 100037
电 话 010-88390636
网 址 http://www.ecph.com.cn
印 刷 北京地大彩印有限公司
开 本 710毫米×1000毫米 1/16
印 张 25.5
字 数 275千字
印 次 2021年5月第1版 2021年5月第1次印刷
书 号 ISBN 978-7-5202-0852-9
定 价 98.00元

总 序

中国的印度研究源远流长。公元前139年，张骞第一次出使西域，至大夏（今阿富汗境内）时，在集市上发现当地商人贩售于大夏东南“可数千里”的印度转销汉地的“蜀布”和“邛竹杖”，便向汉武帝汇报：“以骞度之，大夏去汉万二千里，居汉西南。今身毒国又居大夏东南数千里，有蜀物，此其去蜀不远矣。”汉武帝反应积极，“天子欣然，以骞言为然，乃令骞因蜀犍为发间使，四道并出；出駹，出冉，出徙，出邛、僰，皆各行一二千里……初，汉欲通西南夷，费多，道不通，罢之。及张骞言可以通大夏，乃复事西南夷”（《史记·大宛列传》）。公元前122年，张骞派出四支探路队伍，分别从四川的成都和宜宾出发，向青海南部、西藏东部和云南境内前进，目的地都是印度，只是因故受阻皆返回。所以，印度很早就进入了中国人的视野。后来，汉明帝夜梦金人、唐玄奘赴印度取经，以及中印在各个领域的文化交流等更使印度研究在中国成为显学，风行千年而不衰。近代以来，印度沦为殖民地，中国则进入半封建半殖民地形态，两大文明间的交往骤减，印度逐渐成为中国人眼中的“神秘”国度。中华人民共和国和印度共和国成立之后，两国关系步入新时期，20世纪50年代曾有一段兄弟般的情谊往来，中国的印度研究也随之重新勃发，再显生机。60年代初的中印边界冲突使双方关系进入不正常状态，中国的印度研究虽未中断，却在相当长的时间内沉寂为冷门，国人对印度研究的热情持续低迷，以致当下的印度研究跟不上时代步伐，没能很好适应中印关系发展的需要，为国家发展大计发挥应有作用，印度依然是国人眼中的“神秘”国度。悲也！

中国大百科全书出版社是重要的国家级出版社，近几年承担了中印两国政府的两个重大文化交流项目——《中印文化交流百科全书》和“中印经典和当代作品互译出版项目”。出版社领导非常重视这两个项目，希望借此机缘把“印度／南亚研究”打造成该社的一个出版品牌，使中国大百科全书出版社成为印度／南亚研究主要成果的出版中心。笔者有幸成为上述两个项目的主要参与者，与出版社相关领导接触颇多，因此很能体会他们的心情和期许。2020年1月14日上午，刘国辉社长表示，中国大百科全书出版社将设立“印度中心”，把印度／南亚研究出版纳入出版社的发展战略之中，为中国的印度研究做出重要贡献。实乃大智慧也。

中印同为新兴经济体，亦是国界未定之邻邦，虽然发展友好关系的大方向一致，但仍时有龃龉。实际上，在两千年前，印度在彼时国人眼中已不再神秘，物资互通，佛教流传，国人西去，印人东来，两大文明交流频繁密切，逐渐形成了中华文明儒、释、道三位一体的完美构图。如果说，在20世纪上半叶，乃至整个20世纪，国人认为印度神秘还算情有可原的话，那么在新时代的今天，仍然认为印度神秘就难免有悖情理了，而事实是，印度神秘依然。我们对印度的理解仍停留在过去的条条框框之中，抑或轻视和不甚重视，抑或隔革化挠痒（只用英语研究印度），抑或大众意识薄弱（只重传统精英，不重新兴精英，不研究非政府组织等），根本不屑花时间去认真解读这一文明。此于国家发展有害无益也。

由此，我们与中国大百科全书出版社规划出版印度研究丛书，一者延续之前两个项目和南亚研究丛书的出版情势，二者为“中国大百科全书出版社印度中心”添彩。我们计划，该套丛书暂不设数量，也不设时长，拟长期出版相关研究成果。需要说明的是，本丛书奉行宁缺毋滥原则，从严要求，以质量为第一要义，出版学界真正的优秀著述，推进和丰富中国的印度研究，为国家发展服务。还需要说明的是，印度研究丛书中的“印度”并非狭义的印度，而是地理概念，指代南亚；也就是说，这里的印度研究丛书不仅出版与印度相关的研究成果，也出版与南亚其他国家和地区相关的研究成果。

感谢为本丛书付出辛劳的诸多大德和学人。

是为序。

姜景奎

北京燕尚园

2021年2月11日

前　言

《印度民间文学》一书是我2007年应北大张玉安和陈岗龙教授之邀而作，2008年完稿，最初作为“东方民间文学丛书”之一出版于2008年12月（宁夏人民出版社）。根据当时出版社编辑同志的要求，此书的写作既要体现学术价值，又要有一定的知识性和趣味性。虽然当时尽力而为，但仍难以达到那种学术性与趣味性完美结合的高度。此次再版，增加了三个书后的附件，也算是印度民间文学的重要内容，摘自我主编的《东方神话传说》第四卷（北京大学出版社1999年版）。其中，《罗摩的故事》最初由我根据中文和印地文资料编写。《摩诃婆罗多的故事》最初由张钟群学长根据中外文资料编写，此次我又将它改编缩写。《黑天的故事》原先也是由钟群学长依据《诃利世系》编译，此次我又在此基础上加以改编和缩写。所以，在这里要特别感谢钟群学长。《黑天的故事》的价值不仅在于它是印度民间文学研究的重要资料，而且，它对于印度教的研究也具有重要意义，甚至我们还能从中发现某些古代印度史的痕迹。《黑天的故事》里，也不乏比较文学研究的资料，那些神奇的法宝，那些斗法的情节，那些怪异的神魔，包括他们的坐骑，都很容易让我们联想到中国神魔小说中的一些情节。正因为它具有多方面的价值，所以，这次要特别把它附在书后。

薛克翘

2021年3月于京东太阳宫

目　录

01

— 第一章 —

印度历史文化概述

一、印度历史文化的沿革和演变

古代的印度几乎囊括了南亚次大陆的整个地区。到 1947 年，巴基斯坦从印度分裂出去，印度才有了今天的版图。它位于喜马拉雅山脉南侧，是一个上宽下窄、接近于锥形的半岛地区，北与中国、尼泊尔、不丹接壤，东北与孟加拉国和缅甸接壤，西北与巴基斯坦比邻，南临印度洋，西傍阿拉伯海，东挟孟加拉湾。

印度，作为四大文明古国之一，有着悠久的历史和丰富灿烂的文化。

（一）印度河文明

大约在 20 万年前，南亚次大陆的土地上已经有人类活动的迹象了。在公元前 3500 年前后，在今巴基斯坦俾路支和信德两省已有了人类定居的农业小村落。1946 年以后，考古学家在今巴基斯坦境内的摩亨佐达罗和哈拉帕等地发现并陆续发掘出城市文明的遗址，学界称之为“印度河流域文明”（又称“哈拉帕文明”）。这一文明的持续时间为公元前 2300 年~前 1750 年。印度河文明在公元前 1750 年前后突然中断，其原因至今不详。据学者们推测，其中最主要的原因可能是外来野蛮民族的入侵，而这个外来野蛮民族很可能就是于公元前二千纪中期大量涌入印度的雅利安人。

（二）吠陀文化

关于印度雅利安人的早期历史资料主要保存在吠陀文献当中。吠陀共有四部，即《梨俱吠陀》（Rigveda）、《夜柔吠陀》（Yajurveda）、《沙摩吠陀》（Samaveda）和《阿达婆吠陀》（Atharvaveda）。它们可能是印欧语系各民族最古老的文学遗产，也是研究雅利安人远古历史的宝贵文献。这四部吠陀被称为“本集”，另外还有附属于它们的各种名目的“梵书”“森林书”和“奥义书”等。四部本集和这些附属的作品合称为“吠陀文献”。历史学家们根据吠陀文献提供的证据，把公元前1500年～前600年定为印度历史上的“吠陀时代”。

从《梨俱吠陀》可知，早期进入印度的雅利安人最初居住在印度河流域，过着半游牧半农耕的生活。在来到印度的初期，雅利安人已经划分出三个等级：贵族、祭司和平民。到吠陀前期的末尾，印度雅利安人的社会进一步分化为四个等级：婆罗门、刹帝利、吠舍和首陀罗。

《梨俱吠陀》所歌颂的天神主要有天帝因陀罗（Indra）、火神阿耆尼（Agni）、水神伐楼那（Varuna）、太阳神苏利耶（Surya）和风神伐由（Vayu）。他们在以后的印度教神话、佛教神话和耆那教神话中都不时出现，扮演着不同分量的角色。

这里必须提一下奥义书哲学，因为它是印度教传统哲学思想的源头，在印度的影响极其深远，而且具有世界影响。奥义书哲学最主要的内容可以概括为两点，即“梵我一如”和“轮回解脱”。奥义书哲学的这种理论为后世许多哲学流派所吸收，成为一种在世界具有广泛影响的理论。佛教接受了这一思想，并把它进一步烦琐化、体系化。

（三）列国时代与沙门思潮

在吠陀时代结束以后，印度历史进入了列国时代。列国时代又称佛陀（Buddha）时代，从公元前 600 年起，到公元前 321 年孔雀王朝建立止，大约经历了 200 多年时间。在公元前 6~ 前 5 世纪，印度北方列国纷争，思想界也出现了百家争鸣的局面。这有点像同时期中国的情况。

印度沙门思潮的兴起，是对传统婆罗门教思想体系的严峻挑战。“沙门”，本意是修行者、苦行者，指出家人，多指佛教出家人。沙门思潮是指当时出现的非婆罗门教正统派（包括佛教和耆那教）思潮，主要有佛教思想和“六师”哲学。它们的共同特点是反对婆罗门教的吠陀天启、祭祀万能和婆罗门至上的三大理论支柱，主张种姓平等。

（四）孔雀王朝的历史文化

公元前 326 年，欧洲马其顿国亚历山大（Alexander）东征到印度河流域。但亚历山大没有在印度河流域久留，他在离开印度时，在印度河流域留下一批驻军，并委任了一些希腊人做那里的地方行政长官。从此，印度西北部便有一批希腊移民定居下来。

当印度河流域被希腊人占领的时候，北印度正处在一片混乱之中。一个叫旃陀罗·笈多（又译作“月护”，Chandra Gupta）的人夺取了王位，于公元前 321 年登基。据传说，旃陀罗·笈多出身于孔雀家族，所以他建立的王朝被称为孔雀王朝。旃陀罗·笈多死，其子宾头沙罗（Bindusara ）继位。宾头沙罗死，子阿育王（Asoka）继位，成为印度历史上一代著名的伟大帝王。阿育王在位约 37 年，进一步扩大了孔雀帝国的版图，有效地治理了国家。孔雀家族成员的统治历时 130 多年，于公元前 187 年解体。阿育王起先可能是个婆罗门教徒，但后来似乎归依了佛教。据佛教传说，他曾委派使节到南亚和东南亚传教，甚至派他的儿子去斯里兰卡传教；在他的支持下，佛教的第三次结集在首都华氏城举行；他还造了许多佛塔。阿育王每 10 年到全国视察一次，把他的法旨（达摩）刻在石柱和岩壁上。著名的阿育王石柱不仅是他法旨的载体，而且是印度公元前存留下来的最精美的艺术品。

（五）公元前后的印度文化

从孔雀王朝瓦解到笈多王朝建立（公元前 180 年 ~319 年），印度历史上再次出现大分裂的局面。这一时期政治上的突出特点是外来民族不断从西北部向印度入侵。公元前 3 世纪末至 2 世纪初，希腊人多次深入印度境内作战。直到公元前 1 世纪中叶，印度境内仍有几个希腊人统治的小王国。继而，塞种人也进入印度，并建立了王国。公元 1 世纪，在中亚建立了强大帝国的月氏人首领丘就却率军南下，占领了今阿富汗和巴基斯坦的北部地区。丘就却的继承人阎膏珍灭掉旁遮普的塞种人政权，又向东推进，攻占了恒河中下游地区，并将首都迁到富楼沙（又译布路沙布逻，今巴基斯坦白沙瓦）。这个横跨中亚和南亚的庞大帝国被称为贵霜帝国。贵霜帝国最有名的帝王是迦腻色迦（Kaniska），他大力赞助佛教，修建了巨大的佛塔，举行了佛教的第四次结集。在他之后，贵霜帝国便逐渐衰落了。

《罗摩衍那》（Ramayana）和《摩诃婆罗多》（Mahabharata）是印度的两大史诗，也是印度教的圣典。它们的成书过程大约在公元前 4 世纪到公元后 4 世纪的 800 年间。《罗摩衍那》共分 7 篇，24000 颂（诗节），以主人公罗摩（Rama）娶妻、失妻、寻妻、团圆的故事为主线，串联了许多上古的神话传说、民间故事，以及伦理道德说教等。主人公罗摩被认为是大神毗湿奴（Vishnu）的化身，因而至今受到印度教徒的崇拜。《摩诃婆罗多》共 18 篇，近 10 万颂，相当于希腊荷马两大史诗之和的 8 倍。这部大史诗的主干故事是两个家族为争夺王位而进行大战，但实际上这部分内容所占篇幅还不到全书的一半，其余大部分篇幅则包罗万象，既有上古的神话传说、民间故事、寓言、童话等，也有许多文人的非文学作品，涉及政治、经济、军事、哲学、伦理道德等方面的内容。所以《摩诃婆罗多》被称为印度古代社会文化的百科全书。

“往世书”（Purana）的字面意思是“古代的事”，实际上是一些古代神话传说等。从列国时代开始，由于印度社会经济生活的变化和沙门思潮的兴起，传统的婆罗门教受到强烈的冲击。此时的婆罗门教（印度教）有三大主神，即梵天（Brahma）、毗湿奴和湿婆（Shiva）。这三大神在吠陀神话中虽然也出现过，但地位都不显赫，而在史诗和往世书神话中，他们跃居众神之首。原先吠陀神话中的主神，如因陀罗、伐楼那、阿耆尼、伐由、苏利耶等，虽然仍被经常提及，但地位已经大大下降。《往世书》的成书过程大约在公元前 2 世纪以后到公元 12 世纪的一千多年时间。《往世书》有多种，通常有“十八大往世书”和“十八小往世书”之说。其中“十八大往世书”影响较大。

从佛陀时代到公元前后，印度的佛教文学得到长足的发展。首先，早期的佛教典籍中保存了大量的民间故事，它们是佛教徒从民间搜集来，被加工后收入佛典的。例如《佛本生经》（Jataka），其中包括民间故事、寓言等共 547 篇。其次，早期佛经中有相当一部分为诗体，不乏优秀之作。公元 1 世纪的长篇叙事诗《佛所行赞》被誉为当时梵语诗歌的典范。此诗的作者是迦腻色迦时代的佛教徒马鸣（Asvaghosa）。

早在公元前 2 世纪中叶，在今印度中央邦的巴尔胡特就建起了一座大塔。 此塔如今已荡然无存，留下的只有一段围塔的栏杆和一段门框，上面刻有佛传故事和本生故事中各种场面的精美浮雕。阿育王时，在今中央邦的桑奇建有一座大塔，公元 1 世纪又行扩建，并在大塔周围建起石雕栏杆和石雕门，上面雕有各类人物和动物花草，其连环画式的佛本生故事和佛传故事浮雕非常细致生动。

古代犍陀罗地区（在今巴基斯坦境内）曾长期处于希腊人统治之下，所以那里必然要受到古希腊和古罗马文化的影响。犍陀罗艺术就是在这种背景下产生的。它是印度本土雕刻艺术与古希腊罗马雕刻艺术相结合的产物。犍陀罗艺术是在贵霜时代前后，即公元前 1 世纪至公元 5 世纪形成并流行的，其分布地域以今巴基斯坦北部的塔克西拉一带为中心，北部的阿富汗和东部的克什米尔等地均有发现。而其影响之大，则远远超出西北印度和中亚的范围，远达东南亚、中国，甚至日本。

（六）笈多王朝的历史文化

印度历史上的笈多时代开始于公元 319 或 320 年，约结束于公元 6 世纪中期。这是印度古代文化全面繁荣的历史时期，有“黄金时代”之称。笈多王朝的建立者是旃陀罗・笈多一世。约于公元 325 年，其子沙摩陀罗・笈多（Samudra Gupta）即位。他光大了父业，既是一个诗人，也是文学艺术的赞助者。佛教典籍还多次提到他对佛教的赞助。他的继承者是旃陀罗・笈多二世（Chandra Gupta Ⅱ），即印度历史上著名的“超日王”（或译健日王，Vikramaditya）。他也是学术和文学艺术的支持者，据说被奉为典范的梵语诗人迦梨陀娑（Kalidasa）就是他宫廷的“九宝”之一。公元 5 世纪晚期，笈多王朝可能出现了分裂，国势也逐渐衰落。

印度教、佛教和耆那教是笈多时代的三大宗教。印度教在当时仍然占统治地位，它的教义和教法规范着社会上绝大多数人的生活习俗。

笈多时期的大小乘佛教在印度都有一定影响，而且也都划分出一些支派。金刚乘（密宗）也在这一时期发展起来，并开始向中国等地传播。

耆那教在这一时期也有所发展。公元 313 年，耆那教徒在马土拉和伐拉比举行了两次大规模结集，公元 453 年在伐拉比再次结集，并整理了耆那教经典。耆那教在这一时期还开始了偶像崇拜，一些著名的大雄石雕像就完成于这时。

笈多时期的科学和文艺都有显著的发展。

笈多时期最有名的诗人和剧作家是迦梨陀娑，他的代表诗作是长诗《云使》，代表剧作为《沙恭达罗》。这一时期还出现了一批著名的诗人和剧作家，形成了印度古典梵语文学时期的众星捧月之势。其中，在世界上影响较大的有首陀罗迦（Sudraka）的 10 幕长剧《小泥车》，伐致呵利（Bhartrhari）的诗集《三百咏》等。在民间文学方面，著名的古代寓言故事集《五卷书》也在这一时期得到进一步扩充和完善，并出现了多种散文体改写本。此外，两大史诗中若干较晚撰写部分，一些往世书的重要内容，可能都是在这一时期补入的。

笈多时代的绘画艺术以南印度马哈拉施特拉邦的阿旃陀石窟壁画为代表。

（七）戒日王前后的印度文化

公元 606 年，戒日王（Siladitya）于曲女城（今北方邦卡瑙季）即位。他在位 41 年，在位期间，会见了那时访印的唐玄奘，并在《大唐西域记》中记载了他的身世和文治武功。戒日王去世后，印度再度陷入分裂状态，直至公元 13 世纪。

这一时期的宗教变化很大。佛教已丧失了昔日的地位，急剧衰落，到 13 世纪穆斯林在北印度取得统治地位后，佛教便从印度本土消失了。耆那教在同一时期也呈衰落趋势，但还没有像佛教那样迅速消失，在一些地区仍然相当流行，而且还不时得到一些国王的支持。印度教这一时期在印度占优势。

这一时期，印度的语言发生了变化。梵语仍然是宫廷语言，各地方言越来越走向成熟。梵语的文学作品仍然是大量的，并且有许多都保存了下来。印度古代民间故事的产量极高，这一时期也不例外。11世纪克什米尔人月天（Somadeva）根据一部俗语民间故事集《伟大的故事》（Brhatkatha）改写出梵语诗体巨著《故事海》（Kathasaritsagara）。这一时期还出现了一批梵文小说。10~12 世纪，古典梵语文学的创作已经走向衰落，代之而起的是用各地方言写成的作品。

在艺术方面，印度教建筑在这一时期分为三大派，即马拉塔、奥里萨和卡那提克派。

伴随着各地的庙宇建筑，形形色色的雕刻艺术品也在寺庙中被创作出来。这一时期的雕刻可以湿婆派寺庙的雕像为代表。公元 8~9 世纪间建造的埃洛拉和孟买附近象岛的湿婆神庙里都有一些精美的湿婆与雪山神女（Parvati）雕像。在马德拉斯（今金奈）附近，8 世纪建造于马瓦利普兰的湿婆神庙中，巨大的“恒河女神下凡”摩崖浮雕是旷世珍品，其神明、人物、动物、精怪等形象无不精细生动。

（八）穆斯林统治时期的历史文化

穆斯林进入南亚次大陆的时间很早，公元 644 年即有来自西亚的穆斯林在印度西北边境一带居住，712 年在今巴基斯坦俾路支地区即有穆斯林建立的小王国。此后，中亚突厥穆斯林时常进入印度境内，直到 1206 年，穆斯林在德里建立了苏丹国，终于使印度的历史发生了一次重大的转折。1206~1526 年是印度历史上的德里苏丹国时期。德里苏丹的统治范围一般仅限于北方，有时甚至只是德里及其周围地区。但是，这一时期有大批中亚和西亚的穆斯林涌入印度定居，而他们又属于若干个不同民族，他们带来了各自的文化，从而使印度又开始了一次大规模的民族和文化的融合。1526年，来自中亚的莫卧儿人巴布尔（Babur）攻占了德里，印度历史上的莫卧儿王朝从此开始。1555年，巴布尔的孙子阿克巴（Akbar）继承王位，成为印度历史上又一个伟大帝王。他在位50年，大大扩展了莫卧儿王朝的版图，建立起一整套有效的行政管理体制，对印度教徒实行宽容政策，发展了社会生产力。阿克巴以后的大约100年时间里，莫卧儿帝国的版图进一步扩大，社会比较稳定，经济得以繁荣，文化事业有所发展。18世纪初开始，莫卧儿帝国走向衰落；1857年，莫卧儿王朝最终解体。

这一时期的文学仍然是为宗教服务的。最突出的两部印地语文学作品是苏尔达斯（Surdasa）的《苏尔诗海》（Sursagar）和杜勒西达斯（Tulsidas）的《罗摩功行之湖》（Ramacaritamanas）。各地区也出现了不少以各自方言写成的作品，不过多数是对史诗和往世书神话故事的翻译或改写。乌尔都语形成于德里苏丹时期，并很快成为北方的通用语言。此时，乌尔都语文学也发展起来，出现了许多诗人和诗作。

莫卧儿时期的艺术以当时的建筑和绘画最有成就。那时建起了一大批清真寺、帝王和贵族的陵墓以及城堡、宫殿等。这些建筑以几何形院落或台基、带尖圆穹顶的主体建筑物、对称的布局和精密的镶嵌工艺为显著特色。其最优秀的代表是今北方邦阿格拉市的泰姬陵。莫卧儿王朝的细密画有着自己独特的风格。那时的宫廷里必有专职画师，他们把波斯绘画技巧传入印度，使印度出现了一个新的绘画流派。

（九）近现代印度文化

在莫卧儿王朝的前期，欧洲人已进入印度经商。最初是葡萄牙人，接着是英国人、荷兰人、法国人、瑞典人，等等。西方人的到来，带来了残酷的殖民掠夺，也带来了西方的文化。

到18世纪中期，英国人的势力大增，终于击败法国人而逐渐取得了印度贸易的垄断地位。英国人借助于军事力量日益扩大其势力范围，引发了1857年的印度民族大起义。结果，英国人取得了最后胜利，把整个印度变成了英国的殖民地。随后，在英国国内，印度事务便由英国女王委任的印度事务大臣总揽；在印度，则由女王任命的副王全权处理印度事务，并在此基础上建立了议会制度。名义上，印度人可以通过考试而进入政府部门，但实际上这种机会甚少，更谈不上参政议政了。殖民前期，印度人民为争取自己的合法权益进行了不懈的斗争；殖民后期，这种斗争便升华为民族独立运动，直至1947年获得独立。

殖民时期印度的经济命脉完全控制在英国人手里。英国人在印度兴修铁路、开办工厂，把西方先进的工业文明带进了印度，同时他们利用这些先进的文明对印度人民进行野蛮的剥削。印度人民虽然拥有古老的文明，但此时却处于贫穷和愚昧之中，处于被统治被奴役的地位。英国人也把西方的教育带进了印度，在那里开办各种学校，传授各种知识。他们还先后办起了医院、孤儿院等慈善机构。应当说，印度社会在这一时期是大大地繁荣了，进步了。这一进步是印度人民用血汗和生命换来的。

在英国人统治印度的日子里，印度出现了一批思想家、政治家、社会活动家、文学家和艺术家，其中最著名的有甘地、泰戈尔和尼赫鲁。他们的思想、行为和作品影响到整个印度的民族独立运动，也影响到后来几代人的思想和行为。

1947年，印度独立。1950年1月26日，印度共和国成立。从此，印度文化进入了一个新的时期。

二、印度的人种、民族、语言和宗教

（一）人种

印度素有“人种博物馆”之称。最近一百多年来，科学家们从各个角度对印度的人种进行了研究，仍未达成一致看法。多数人认为，印度有 5 个主要人种：

1. 尼格利陀人

他们被认为是印度半岛上最早的居民，是今天印度安达曼人、卡达尔人和巴拉因人的祖先。

2. 原始澳大利亚人

因他们与澳大利亚原住民非常相像而得名。他们来到印度半岛的时间仅次于尼格利陀人。今天中印度的多数原住民是其后裔，如比尔人、蒙达人、霍人等。

3. 达罗毗荼人

他们很早就分几批进入印度，创造了印度河文明。今天南印度的泰米尔人、泰卢固人、马拉雅兰人都是其后代。

4. 蒙古人

他们经西藏、云南和缅甸进入印度，主要分布于印度北方和东北部边陲地区。

5. 印欧人

又称印度雅利安人。他们约于公元前2000年甚至更早从西北方进入印度，后来分布于全印度，成为印度人口最多的人种。

（二）民族

印度的民族非常多，而且人们对民族划分没有一致意见。一般认为，印度大大小小的民族有数百个之多，而大的民族则有几十个。

1. 印度斯坦人

约占全国人口的28.2%以上。主要分布于北方邦、中央邦、乌塔兰查尔邦、哈里亚纳邦和拉贾斯坦邦。大部分操印地语，少数讲乌尔都语；多数人信仰印度教，部分人信伊斯兰教，还有少数人信佛教、耆那教和基督教等。

2. 旁遮普人

约占全国人口的10.9%。主要分布于旁遮普邦，操旁遮普语或印地语，主要信仰锡克教，部分信仰印度教。

3. 孟加拉人

约占全国人口的 8.8%。主要分布于西孟加拉邦及其附近。基本都操孟加拉语，主要信仰印度教。

4. 泰卢固人

约占全国人口的 8.5%。主要分布于安得拉邦及其附近的卡纳塔克和泰米尔纳德邦，操泰卢固语，多数为印度教徒，少数为穆斯林。

5. 马拉提人

约占全国人口的 8%。主要分布于马哈拉施特拉邦。操马拉提语，多数信仰印度教，少数信仰佛教、基督教。

6. 古吉拉特人

约占全国人口的 5.2%。主要分布于古吉拉特邦及附近的马哈拉施特拉邦。操古吉拉特语，多数人信仰印度教，少数人信仰伊斯兰教、耆那教等。

7. 奥里萨人

约占全国人口的 5.1%。主要分布于奥里萨邦，操奥里亚语，大多数人信仰印度教。

8. 拉贾斯坦人

约占全国人口的 2.2%。主要分布于拉贾斯坦邦及其周边。操拉贾斯坦语，多数信仰印度教，少数信仰伊斯兰教或耆那教。

9. 阿萨姆人

约占总人口的1.7%。主要生活在阿萨姆邦，操阿萨姆语，主要信仰印度教。

（三）少数民族

印度的少数民族人口数量很大，约占全国人口的7.2%。而且他们分布很广，几乎遍布印度各个地区。但总体上说，他们主要分布于山区、丛林、海岛、高原和沙漠等自然条件比较差、交通不便、经济落后的地区。他们的主要谋生方式有下列几种：

1. 采集、渔猎型

如南印度泰米尔纳德邦、喀拉拉邦、马哈拉施特拉邦和安得拉邦的一些山民部落，北方邦的拉吉人，比哈尔邦的霍人、克里亚人，中央邦的克马尔人、贡德人，安达曼群岛的昂吉人、杰拉瓦人，等等。他们至今仍主要以采集野生植物的果实、根茎，以及打猎和捕鱼为主要谋生手段。但近年来，他们与商人们有了较多联系，开始用山货换取粮食和衣物，生活发生了变化。

2. 游牧型

印度有少数游牧部落，如南印度的多达人，北方邦的婆亚人，喜马偕尔邦的吉贾尔人等。他们基本上以放牧牛羊为主，有时也采集野菜和野果，夏季多在高山地带放牧，冬季回到山下居住。其中也有一些民族的谋生方式发生了变化，既放牧也务农，有的甚至也经营一点商业。

3. 农业种植型

印度的少数民族大多数从事农业生产。有些少数民族已经采用比较先进的生产工具从事农业生产，能够进行灌溉。如比哈尔邦的桑塔尔人、奥朗沃人、霍人，北方邦的塔鲁人、高拉瓦人，中央邦和拉贾斯坦邦的比尔人等。但由于他们的土地比较贫瘠，交通不便，产量一般较低，生活虽然相对安定，但仍然贫穷。现在，印度政府在帮助他们改善生产和生活条件。

4. 刀耕火种型

在印度东北地区的阿萨姆、特里普拉和曼尼普尔等邦，有一些少数民族仍然以这种方式从事劳动，在西孟加拉邦、北方邦、比哈尔邦和奥里萨邦也有几个这样的民族。目前，印度政府为改善他们的生活和保护生态平衡，正在帮助他们改变这种生产方式。

5. 劳工型

由于有些少数民族丧失了土地，不得不长年打工，靠出卖劳动力为生。他们主要是当农村的短工，或者到农场、种植园当农业工人，到森林里当伐木工人，也有许多人到城镇或矿山去打工。这种情况在西孟加拉邦、布哈尔、奥里萨、中央邦和安得拉邦的一些少数民族中大量存在。例如，比哈尔邦塔塔财团的开采铁矿的工人中多数是桑塔尔人和霍人，比哈尔的云母矿有上百万工人来自少数民族，中央邦的锰矿工人中有一半来自少数民族。

6. 民间艺人型

印度有些少数民族靠卖艺为生。他们主要从事唱歌、跳舞、弹奏乐器、表演魔术和杂耍等营生，生活很不安定。如安得拉邦的帕尔丹人和奥贾人，主要靠卖唱为生，多马拉人和比努卢人靠表演杂技为生，帕卢库姆古拉人、帕丁提拉人靠变魔术为生；拉贾斯坦的卡尔拜里亚人耍蛇，北方邦的纳特人、萨培拉人等以弹唱、跳舞谋生。不过这类人数量很有限。

（四）语言

由于历史上不同人种和民族不断进入印度次大陆，印度的语言也呈现出异常复杂的局面。1961 年，印度政府人口普查时登记有 1652 种语言及方言；1971 年，登记有 700 种语言及方言，千人以下群体所使用的方言不再登记①。

印度共和国成立以后，基本上是按语言来划分行政区（邦），因此，各个邦的居民基本上讲的是各自的语言。如北方邦、中央邦和哈里亚纳邦的居民讲印地语、拉贾斯坦邦讲拉贾斯坦语、比哈尔邦讲比哈尔语、西孟加拉邦讲孟加拉语、马哈拉施特拉邦讲马拉提语、奥里萨邦讲奥里雅语、安得拉邦讲泰卢固语、泰米尔纳德邦讲泰米尔语、喀拉拉邦讲马拉亚拉姆语、卡纳塔克邦讲坎纳达语，等等。只有少数情况例外。

印度宪法规定，印地语和英语同为官方语言，而印地语实际上具有国语的地位，能使用这种语言的人口在全国人口中占半数左右（其中包括与印地语接近的乌尔都语、拉贾斯坦语、古吉拉特语等）。另有 13 种地方语言可在地方政府、法院、教育机构和文学创作中使用，实际上是邦一级的官方用语。因此，印度的钞票上印有 15 种文字，这成为世界货币的一大奇观。

印度的语言主要从属于五个语系。

① 孙士海、葛维钧：《列国志 · 印度》，北京：社会科学文献出版社，2003 年版，第 40 页。

1. 印欧语系

印度有约四分之三的人口使用印欧语系印度语族的语言。属于该语系的古代语言主要有梵语和俗语，现代语言主要有印地语、乌尔都语、旁遮普语、克什米尔语、古吉拉特语、阿萨姆语、孟加拉语、马拉提语、信德语、比哈尔语、拉贾斯坦语、奥里雅语等。使用者主要是北方人。

2. 达罗毗荼语系

该语系语言的使用者主要是南印度四个邦的人，即泰米尔纳德邦使用的泰米尔语、喀拉拉邦使用的马拉亚拉姆语、卡纳塔克邦使用的坎纳达语和安得拉邦使用的泰卢固语。使用这四种语言的人口约占全国人口的四分之一。

3. 澳亚语系

该语系的语言主要有桑塔尔语、蒙达语、霍语和卡利亚语。使用者为印度少数民族桑塔尔人、蒙达人、霍人、贡德人、比尔人等。

4. 汉藏语系

印度有不到 1% 的人口使用汉藏语系的语言。他们分布于喜马拉雅山区和东北部的几个少数民族邦，如米佐拉姆邦、那加兰邦和曼尼普尔邦等。主要语言有米佐语、那加语、曼尼普尔语等。

5. 尼格利陀语系

印度属于该语系的语言为安达曼语，是安达曼群岛居民使用的语言。他们的人口数量很小。

（五）宗教

印度是一片宗教热土。在这片土地上，曾经产生过婆罗门教（后来发展为印度教）、佛教、耆那教、锡克教，也容纳了外来的拜火教、犹太教、基督教和巴哈伊教。

1. 印度教

如前文所述，印度教早在公元前两千纪以前就已萌芽，约公元前1000年时由吠陀教演变为婆罗门教，而后则演变为印度教。所以，印度教可以说是人类文明史上最古老的宗教。

目前，全世界信仰印度教的信徒超过9亿人，其中有将近9亿信徒生活在印度本土。因此，可以说印度教也是目前世界上几大宗教之一。

印度教是一个非常复杂的宗教。一般认为，它经过了原始信仰、吠陀教、婆罗门教、印度教这样几个阶段，统称为印度教。大约在公元4~6世纪的笈多王朝时期，婆罗门教被认为是黄金时代。在约公元8世纪，宗教改革家商羯罗（Sankara）的改革再次推动了婆罗门教的发展，此后的婆罗门教被称为印度教。可以说，改革后的印度教一方面继承了原始信仰、吠陀教、婆罗门教的教义，同时又吸收了佛教、耆那教的教义，成为一个集多种信仰、哲学理论、祭祀仪式、生活习惯、风俗人情于一体的混合体。所以，有人说它既是有神论的宗教，又是无神论的宗教；既是禁欲主义的宗教，又是纵欲主义的宗教；既是一种宗教仪式，又是一种生活方式。

2. 伊斯兰教

伊斯兰教约于公元8世纪传入印度。13~18世纪，穆斯林贵族在印度取得了统治地位，伊斯兰文化对印度的社会、民俗、文学、艺术都产生了深刻的影响。但同时，印度的社会现实和传统文化也对生活在印度的穆斯林发生了影响，使之与别国的穆斯林有所区别。例如，印度的穆斯林中出现了种姓划分和种姓歧视的现象，这些人遵守种姓的规定，甚至举行印度教式的祭祀。印度教中的陋习，如童婚、重金陪嫁等也影响到穆斯林社会。

目前印度的穆斯林约占总人口的12%，有1.3亿人左右。其中，73%的穆斯林生活在农村，大多数为下层农民；23%的人生活在城市，大多为手工业者和体力劳动者。

3. 佛教

佛教产生于公元前6世纪，创始人为释迦牟尼（Sakyamuni）。在公元前后，佛教发展到鼎盛时期。公元6世纪，随着印度教改革和复兴，佛教逐渐显露出衰落的迹象。

佛教对印度文化产生过深刻影响，这些影响已经被印度教吸收，至今存在于印度社会和人们的思想意识和生活习俗当中。佛教创造过灿烂的文学艺术奇迹，成为人类文明宝库中的瑰宝。

13世纪，佛教从印度本土消失。到19世纪才从斯里兰卡等地回传至印度。目前，印度的佛教徒占全印人口总数的不到1%，属于南传上座部信徒。他们多数是由印度教中低等种姓皈依佛教组成的。

4. 耆那教

耆那教约创立于公元前6世纪，大体与佛教创立的时间相当。创始人为筏陀摩那（Vardhamana），号称“大雄”（Mahavira）。耆那教最初流传于恒河流域，公元前3世纪以后，活动中心开始向中部和南部印度转移。约于1世纪，耆那教分裂为白衣派和天衣派。8~12世纪，耆那教在卡纳塔克、古吉拉特等地得到发展。13 世纪，受到统治者的镇压，耆那教出现衰落迹象，但在泰米尔纳德和卡纳塔克地区仍有秘密活动。15~18 世纪，耆那教内部经历了一些改革，又得到发展。

与佛教不同，耆那教没有大起大落，而是细水长流地稳步发展。目前，印度的耆那教信徒约有 400 万人。他们恪守教义，不从事与杀生有关的工作，而多从事商业。由于他们讲究诚信，有些耆那教商人取得了很好的业绩。

耆那教有自己的文献体系，其中不乏民间文学的内容。

5. 锡克教

锡克教是印度中世纪（16 世纪初）出现的一个新宗教，距今有大约 500 年的历史。目前，锡克教是印度仅次于印度教和伊斯兰教的第三大宗教，印度本土的锡克教信徒约占总人口的 2%，约有 2000 多万人。

锡克教的创始人为那纳克（Nanak）。他将中世纪印度教虔诚派和伊斯兰教苏菲派的理论结合起来，建立了自己的哲学思想和社会思想，为锡克教教义奠定了基础。锡克教主张一神论，但不崇拜偶像；主张信徒过世俗的家居生活，担负起家庭和社会的责任，反对苦行和出家；主张种姓平等和男女平等，反对社会歧视。

锡克教的根本经典是《阿迪・格兰特》(Adi Granth)，其中不仅收有那纳克等早期锡克教祖师的诗歌，还收有印度教虔诚派大师和苏菲派诗人的诗作。对于研究印度中世纪民歌具有参考价值。

6. 基督教

据传，早在公元 1 世纪就有耶稣的 12 门徒之一圣托马斯到印度南端传教。公元 4 世纪又有传教士到南印度。1541 年，葡萄牙传教士在果阿建立了耶稣会。此后，随着西方列强殖民印度，基督教在印度传播很快。1914 年，那格浦尔成立了“全印基督教委员会”，还出版了 40 余种有关刊物。基督教在印度下层民众和边境省份的少数民族中发展了较多信徒。目前，基督教在印度全国有信徒近 2000 万，是印度第四大宗教。

基督教在印度的传播促进了西方文化与印度文化的融合，也促进了印度现代科学技术的发展。有些西方传教士对印度民俗做了深入考察研究，是印度民俗学研究的先锋。[①]

---

① 本小节撰写参考了薛克翘主编:《简明南亚中亚百科全书》北京：中国社会科学出版社，2004 年版，第 253~280 页（王树英文）。

三、印度民俗文化的特点

首先谈谈印度文化的总体特点。在这个问题上，我们国人至少有如下几点认识需要澄清：

首先，认识印度文化的宗教性特征。有些国人长期受本民族文化环境的熏陶，容易拿中国的文化去同别国比较，他们过惯了那种世俗性的生活，对印度文化所知甚少，不知道印度文化的首要特征乃是其宗教性。光知道印度神秘，不知道印度神秘在哪里，其实印度的最神秘之处就是其宗教。

印度古代文化的各个门类都带有深深的宗教烙印，从生活到生产，从思想到文艺，无不如此。今天，印度 99.9% 以上的人口都是宗教信徒，无神论者极少。反过来，他们对我们大多数人不信仰宗教却感到新鲜、稀奇，甚至不可理解。

其次，认识印度文化的多元性特征。我们许多国人至今仍以为印度就是佛国，以为印度人信仰的就是佛教。其实，这是一个常识性的误解。如上一节所介绍的，今天绝大多数印度人信仰的是印度教。除此之外，印度还有多种宗教。

多民族多宗教铸成了印度文化的多元性特征。这种多元性特征一方面表现为各种文化的相对独立性，另一方面又表现为相互的影响和融合。所以，印度文化的多元性也会使我们感到其文化的复杂、丰富和深邃，令我们眼花缭乱，也就增加了它的神秘感。

第三，认识印度文化的连续性特征。我们中国人常常为自己文化传统的连续性而自豪，致使一些人以为世界四大文明古国中只有中国的文化传统没有中断。其实，这也是一个常识性的误解。印度的文化传统也一样保持着连续性。印度虽然屡遭外族入侵，但其印度教文化为主流的传统从来没有中断过，即使是在佛教发展到鼎盛阶段或在穆斯林和英国人统治的数百年间，印度社会依然以印度教徒为多数，印度教文化为主流文化。

有了这样的认识，我们就比较容易理解印度的历史文化了。

印度民俗文化是整个印度文化的一部分，自然也具备以上三个特征。

02

— 第二章 —

印度民间文学概述

一、印度民间文学的传统

中华民族是一个相当务实和崇尚功利的民族，从很早的时候起，就有记载历史的习惯，岂止是习惯，简直是执着，是癖好。为什么？有用。唐太宗说得好："以古为镜，可以知兴替。"[①]时势的兴衰，社会的变迁，人事的关联，都需要以史为鉴，面向未来。历史对于中国人来说是太重要了，尤其是对统治阶级而言。而印度古人没有书写历史的习惯，却讲得一口好故事，而且讲得执着，讲成癖好。为什么？因为在他们看来，真实的历史并不重要，倒是添枝加叶的故事更能表现创造力，更能让人的心灵得到愉悦和满足。所以印度自古盛产各种神话、寓言、故事、童话，假以时日，这种习惯形成风气，形成传统，这就是印度的民间文学传统。在中国，讲故事的风气不那么兴盛，所以神话传说虽有，却很少形成巨制，小说也出现得晚。这似乎与儒家的思想有关，其实也不仅仅与儒家有关，先秦的诸子百家，虽然也有不乏想象力的庄子之流，但占压倒优势的却是讲政治，说伦理，给统治阶级出主意，想办法，走上层路线，因而那些著作更文气，更具有

①《旧唐书》卷七十一《魏征传》。

官方色彩。印度古人也讲政治，说伦理，也给统治者出主意，但却发挥得厉害，更具有浓重的民间色彩。

下面，从四个方面来谈谈印度的民间文学传统。

（一）吠陀文学的民间性特征

这个问题的提起，是因为印度有些学者不承认吠陀文学属于民间文学。我们在这里要说明的是，吠陀文学具有明显的民间文学特征。

民间文学是具有特定含义的，是相对于文人文学而言的。一般认为，民间文学具有口头性、集体性和变异性特征①，也有人认为在三大特征之外还要增加一个传承性②。对此，刘魁立先生认为："民间文学的创作则是动态的……这也是我们通常说的即兴特点。"③根据现有的民间文学理论，我们认为，吠陀文学已经具备这所有的特征：

1. 口头性

我们知道，吠陀文学作品是靠口头传播的，是师生间口耳相传保存下来的。正如金克木先生所说："这些所谓经典长期以来只凭口头传授，甚至后来许多其他文献也是长期以口口相传为主。"④印度上古有文字，但不大用来书写，而古代的书写材料经常是树叶、树皮之类，即使书写了也很难长期保存。这是其口头文学发达的原因之一。吠陀文学正是在这种情况下得到长期的保存和流传，直到某一个时期被编定成书。

---

① 陶立璠：《民族民间文学基础理论》，广西：广西民族出版社，1985 年版，第 54 页。

② 钟敬文主编：《民间文学概论》，上海：上海文艺出版社，1980 年版，第 42 页。

③ 刘魁立：《刘魁立民俗学论集》，上海：上海文艺出版社，1998 年版，第 85 页。

④ 金克木：《梵语文学史》，北京：人民文学出版社，1980 年，第 9 页。

2. 集体性

如果说吠陀文学作品都是有作者署名的，且署名的都是一些大名鼎鼎的婆罗门仙人，因而认为它们是出自文人之手的高雅之作，那就值得商榷了。的确，以《梨俱吠陀》为例，每一首诗都有作者署名，但仍如金克木先生所说："《梨俱吠陀》的创作年代至今未能确定。这是古代的印度人民长期积累的集体创作，可能经历了几百年甚至千年以上的过程。""传统给每首诗都署上一个仙人的名字，但这并不一定是诗的作者。"① 如史诗《罗摩衍那》和《摩诃婆罗多》一样，虽然也署名为蚁垤（Valmiki）和毗耶娑（Vyasa）所作，但那仅仅是传承者之一，或者说是某个版本的编定者。

3. 变异性

吠陀文学既然是口头传播，在流传过程中就一定会有变异，会有差别，这就是一些故事出现不同版本的原因。同一部吠陀中出现的神，描写并不一致，就更不要说在不同的文献中了。就拿《梨俱吠陀》中的天帝因陀罗来说，自相矛盾的地方就不少：一会儿在天上，是至高无上的神，一会儿又在地上，像是一个酋长；一会儿说他是陀湿多的儿子，一会儿又说陀湿多是他的敌人。所以，金先生说："总起来看，这形象虽有矛盾，仍相当完整，是由氏族首长转变为奴隶主的第一个统治者的典型概括。"②

4. 传承性

吠陀文学作品具有传承性特征，所以有家族署名的情况，也就是

---

① 金克木：《梵语文学史》，北京：人民文学出版社，1980 年，第 16、17 页。

② 同①，第 25 页。

说，某个家族世代为某一卷诗歌的流传做出了贡献。同时，这个家族的后期成员也许就是某卷诗歌的权威编定者。仍以《梨俱吠陀》为例，金克木先生指出："印度传统认为这些诗是上古的仙人传授下来的。第二卷到第七卷是六个著名的仙人家族所传授，每一仙人家族有一卷。这六卷现在一般认为是比较古老的成分。第八卷是两个家族传授的。"[①] 但现在的问题是，一旦编定，其传承是否就中断了，就失去了其民间文学的特征。事情的结果的确是这样，但也不完全是这样。说是这样，因为自吠陀文献编定之后，被后世奉为经典，神圣不可改变，虽然有不同的版本流传但就相对固定了。同时，这些作品也从民众的口头上消失了，人们不再你传我我传你地背诵和讲述了，而是只有少数人偶尔搬出来运用一下。说不是这样，因为吠陀文学中的一些神，一些片段，仍然随着时代的演进和社会的发展在民众的口头上活跃着，丰富着，变异着。典型的如因陀罗，到后来还时常出现于史诗和往世书神话中，也频繁出现于佛教和耆那教神话中，他的故事也越来越多，地位也发生了变化。

以上情况说明，吠陀文学的确具备了民间文学的基本特征。那么为什么仍然有印度学者不把它归入民间文学的范畴呢？原因也许有两点：第一，这些印度学者通常怀有宗教意识和宗教感情，认为吠陀是古代的圣典，是仙人的著作，自然不能与芸芸众生的口头传说同日而语。第二，由于这些古老经典的编定年代较早，较早地离开了民众的现实生活，离开了民众的口口相传，走进了书面文学的圣殿，所以被排除于民间文学之外。

在中国也是一样，当我们追溯民间文学的源头时，一定要提到

---

① 金克木：《梵语文学史》，北京人民文学出版社，1980 年版，第 17 页。

《诗经》，提到其中的“风”[①]。

至此，我们可以肯定地说，在讨论印度民间文学时不应抛开吠陀文学，因为吠陀文学是印度民间文学的最早部分，虽然不是源头（因为唯一的源头是社会生活），但也是开山之作。

（二）史诗与印度民间文学

印度的两大史诗属于民间文学的范畴，这是西方、印度和中国学者们公认的，已经不必讨论。现在要说的是，印度的两大史诗《罗摩衍那》和《摩诃婆罗多》在印度民间文学中的特殊地位。

我们知道，两大史诗在印度流传十分广泛，影响极其深远。它们虽然经过比较权威的编定，但却保留了其民间文学的特征；它们被印度教徒奉为圣典，一直在民众中流传，甚至在世界的许多地方流传。一句话，两大史诗在印度民间文学中处于十分重要的地位，有着承前启后的作用。这是一个十分有趣的文学现象。下面谈四小点意见。

1. 两大史诗对吠陀文学的继承

史诗是在吠陀文学之后形成的，对吠陀文学有继承，也有发展。所谓继承，是指它们与吠陀文学有一脉相承的血肉联系，是一种割不断理还乱的关系。当然，谁都不能否认，史诗的根本源泉是生活，是历史上曾经发生过的事件。就拿《摩诃婆罗多》的主干故事来说，一般认为是根据历史上曾经发生过的一场战争演义而来的。这是其创新和发展的部分，是其区别于吠陀文学的部分。但是，史诗并不仅有一个主干故事，其主干故事只占全书的一小部分，那么，它们另外的大量内容是从哪里来的？来源是多方面多渠道的。有民间零散的故事、

① 参见钟敬文主编：《民间文学概论》，上海：上海文艺出版社，1980 年版，第 2 页。

童话和寓言，也有一部分来自对吠陀文学的吸收和发挥。它们对吠陀文学的继承关系大约可以总结为这样几点：

第一，它们从吠陀文学中吸收了许多神明，并降级使用。我们知道，在两大史诗里，已经出现了印度教的三位主要大神：大梵天、毗湿奴和湿婆。他们是史诗神话中的主要神明，尤其是毗湿奴，在《罗摩衍那》中化身为罗摩，在《摩诃婆罗多》中化身为黑天。三大神在吠陀文学中虽然有他们的影子，但并不引人注意。而吠陀神话中的一些主要神明统统都遭到降格。例如，因陀罗，在吠陀神话中是天帝，是拥有颂诗最多的最高神格。而在两大史诗当中，他被降低为第二流的神明，虽然也拥有巨大的威力，但却属于主神的附庸。其余的神明，如太阳神苏利耶、火神阿耆尼、水神伐楼那、风神伐由、死神阎摩等，都遭到同样的命运，变成了第二流的神。

第二，它们从吠陀文学中吸收了大量神话，并加以发挥。我们知道，《罗摩衍那》和《摩诃婆罗多》都有一个特殊的讲述方式，即常常脱离主干故事而横生枝节，引来一些别的故事。这些故事被称为插话。而插话中往往有吠陀故事。例如，《摩诃婆罗多》的《初篇》第60~70颂，是“用《梨俱吠陀》诗体歌颂双马童”，而且这些诗节“不见于现存《梨俱吠陀》传本”[①]。同样，沙恭达罗的故事、洪水故事、广延天女（优哩婆湿）的故事等，都先在吠陀或梵书中初见端倪，而后在史诗中得到丰富，变得完整。

第三，它们的一些主要角色直接继承了吠陀神的血脉。例如，《罗摩衍那》中的哈奴曼是风神伐由的儿子，故又被称为“风神之子”，《摩诃婆罗多》中的坚战是阎摩之子，迦尔纳是太阳神之子，无种和偕天是双马童之子，等等。这些最能体现史诗对吠陀神话的继承关系。

---

① 金克木、赵国华等译：《摩诃婆罗多插话选》，北京：人民文学出版社，1987年版，第5页。

2. 两大史诗与往世书文学

两大史诗的编定时间在一些比较古老的往世书之后，所以史诗中也多次提到往世书。但是，总体上讲，往世书比史诗晚出，有些往世书的成书时间晚到 12 世纪，有的往世书中提到了成吉思汗。而有的往世书甚至提到 16 世纪印度莫卧儿王朝的皇帝阿克巴，这些部分显然是非常晚才补入的。

往世书里记载的主要是一些神话传说。这些神话传说比之史诗的早期部分要晚，被认为是新的神话传说。金克木先生指出："新的神话传说首先总是应时代的要求在人民群众中产生"[①]，也就是说，往世书也带有民间特征。

那么，往世书与史诗的关系如何呢？首先，一部分史诗中的神话在往世书中得到丰富和发展。例如，在史诗《摩诃婆罗多》中，黑天作为大神的化身，以一国之君和般度五子亲戚的身份参加了大战，但在往世书（如《薄伽梵往世书》和《诃利世系》）里，他的出生、童年和青少年时期的故事被详细叙述。之所以说这是发展，是因为这样的刻画使得黑天的形象更加完整，更加人性化，更为百姓所喜爱。其次，史诗中的大神在往世书里拥有了更多的化身，创造了更多的业绩。如毗湿奴 24 次（主要有 10 次）化身为人和动物拯救世界苍生，湿婆及其家庭成员数次诛杀恶魔。这是往世书神话进一步社会化的表现，反映了人民大众除暴安良的愿望和社会安定的要求。再次，史诗中的故事被往世书采用，如《薄伽梵往世书》里就有罗摩的故事。还有许多小故事也被吸收进往世书。

根据以上情况，可以说，史诗对往世书具有开启作用。

---

① 金克木：《梵语文学史》，北京：人民文学出版社，1980 年版，第 199 页。

3. 两大史诗与印度虔诚文学

到了中世纪，梵语文学走向没落，各地方言文学开始兴起。史诗又开启了中世纪虔诚文学的大门。最典型的例子是苏尔达斯的《苏尔诗海》和杜尔西达斯的《罗摩功行湖》。前者描写的是黑天的故事，后者描写的是罗摩的故事。这两部书都十分受民众欢迎，流传的范围广泛而且深入人心。以至现在印度人提起《罗摩衍那》，并不是指蚁垤仙人的《罗摩衍那》，而是指《罗摩功行湖》。这两部中世纪的作品属于早期的印地语著作，而几乎同时代的其他语言文学也都在模仿史诗的创作，有的是翻译，有的是缩写，有的是根据某个片段加以发挥。这些作品都出现于各个地方语言文学的早期，对各个语言文学的发展起到奠基的作用。

4. 两大史诗与近现代文学

两大史诗对印度近现代文学的影响也十分巨大，泰戈尔就曾经缩写过《罗摩衍那》，其他关于史诗故事的缩写、改写，或就其中片段扩写的书籍层出不穷，数不胜数。史诗几乎成了一座取之不尽用之不竭的宝库。这一现象说明，史诗千百年来已经深入人心。而深入人心的原因，分析起来主要有三：第一是宗教信仰的原因。印度大多数人信仰印度教，大神在人们的心目中是无比神圣的，他们每天要膜拜，要念颂，要记挂，要敬畏，因而大神的故事对他们最具有吸引力。第二是社会需要。社会上存在许多不平等，存在许多苦难和烦恼，需要排解，需要克服，需要安慰，史诗的故事和史诗中的教诲正是一剂良药，帮助心灵归于平静。第三是史诗本身的艺术魅力。史诗经过无数人的苦心创作，艺术上达到了很高的境界，无论是古代人还是现代人，无论是老人还是孩子，都可以从中得到自己喜欢的东西。

（三）印度民间文学的丰富性

鲁迅先生把印度古代民间寓言形容为“大林深泉”，是十分有道理的。而印度古人自己也用许多词汇来形容自己民间故事的繁多，有形容为“簇”（manjari）的（如《大故事花簇》），不仅繁多而且美丽；有形容为“湖”（sarovar）的（如《罗摩功行湖》），不仅宏富，而且清澈；有形容为“海”（sagar）的（如《故事海》《苏尔诗海》），不仅恢弘，而且深挚。而“大林深泉”还给人一种烟雾缭绕，神秘深邃的意象。在人们的想象里，印度那些净修林里的修士们正是在这种环境和氛围中驰骋想象，编排故事的。其实，到印度去看看就知道，故事随时随地都可以诞生。在青青的田野上，在碧绿的大树下，在低矮的茅棚里，在河边，在岩洞，在街道，在废墟，到处都蕴藏着许多故事。这就使得印度民间文学作品异常丰富。印度民间文学的丰富性可以从如下几个方面来认识：

1. 悠久的传统如一条长河

如前所说，印度古代的人们的确善于编故事，讲故事的人成癖，听故事的人也成癖。从吠陀开始，经过史诗、往世书、虔诚文学等，一直到近现代，民间文学和书面文学的新创作源源不断，犹如一条奔流不息的长河。

一方面，人们不断从吠陀文学和两大史诗中吸取营养，以其中的人物或故事要素为基础，不断扩充、完善和花样翻新。另一方面，又根据新的社会现实和新的生活经验积极创造新的故事。而新的故事在流传中又被不断扩充或改编，形成许多不同的版本。

2. 一方水土产一方故事

印度土地辽阔，民族众多，而不同的民族使用不同的语言和文学，这在无形中就丰富了民间文学的创作。我们在印度书店里，在街道边，在火车站，在旅游点，到处都能看到那些关于史诗和各种往世书的小册子，有的有多个版本。至于古代的各种民间故事集，如《宝座故事三十二则》《僵尸鬼故事二十五则》《比尔巴尔故事》《故事海》(缩写本)等。多年以来，印度陆续出版了许多介绍不同地区民间文学作品的集子，每个邦的民间文学作品都有介绍。从这些集子就可以感受到印度民间文学地丰富多彩。

3. 各宗各派都念自己的经

印度教派众多，印度教有印度教的神话传说和民间故事，而佛教除了在自己的典籍中容纳引进印度教神话传说外，也创造了自己新的神话传说，如佛传故事、神变故事等，而且还采集大量的民间故事汇集到自己的经典里，如《本生经》。耆那教和佛教相似，创作了本教门新的神话传说的同时，也收集了民间故事。这样，印度的民间文学就得到了极大地丰富。

（四）印度民间文学的生命力

说到底，印度民间文学的生命力存在于民众之中，这是最终的结论。但是，还可以说得更具体一些，有以下诸端：

1. 宗教信仰的根深蒂固

由于宗教是印度人民精神生活的主要内容，而民间文学自古以来就依存于宗教，并为宗教服务，所以，如史诗、往世书等宗教神话传说便可以获得与宗教同等的生命力。我们知道，宗教是一种精神的东西，是一种哲学，一种道德尺度和一种价值观。人总是有思想、有追求、有信仰的，人如果没有信仰没有追求，人类就要退化，就要灭亡。从这个意义上说，人对宗教有一种依赖性。如果从社会的角度观察，宗教同时也是一种物质的东西，表现为一种社会现象，一种社会结构和人际关系。人类社会产生之初便有了宗教，可以说，人类社会也对宗教有一定的依赖性，宗教始终伴随社会的发展而存在，直至人类社会的终结。既然宗教有如此强大的生命力，附属于宗教的民间文学自然也具有永久的生命力。

2. 不断获得新载体

我们前面说过，印度的史诗等民间文学作品是后世人进行创作的取材之源，这就使印度的民间文学具有了不断获得新生，不断被注入活力的一次又一次生机。不仅如此，印度的民间文学还从古代起就与舞蹈、音乐、戏剧等结下不解之缘。印度的古典舞蹈表现的是史诗中的故事，六大流派没有例外。印度的民间舞蹈也大多表现民间故事，如阿萨姆邦的《比忽》舞、比哈尔邦的《洁塔·洁丁》舞等，都是有故事情节的，反映的是民间爱情故事和家长里短。而印度古代的戏剧典范《沙恭达罗》《优哩婆湿》等，也是根据民间传说改编创作的。

到了现代，电影电视事业发达起来了，民间文学作品又自然而然地走上了银幕和银屏。翻开一部印度电影史，就会发现，印度最早生产的故事片是根据神话传说改编的。电视连续剧《罗摩衍那》制作完成并放映于20世纪80年代中后期，播出时万人空巷，直到现在还在反复播出。

还有，前面提到过印度市面上各种民间文学的印刷品，它们会成为能识文断字的老奶奶和母亲们的口头文学，传给下一代。

毫无疑问，这一切都助长了印度民间文学的传播，使它们不断获得新的传播方式。

3. 口头性还将继续保持

新的传播媒体虽然强大，覆盖了全印度，但也不可能完全取代民间文学口头传播的渠道。

另外，很重要的一点是，印度是一个人口大国，目前至少还有 1/4 的人口属于文盲，算起来能有二三亿人，比美国的总人口还要多。而且这种状况似乎不可能在很短的时间内改变。这么多的人不识字，给印度民间文学的口头传播留下了巨大的空间。

综上所述，我们已经得出结论：印度具有悠久的民间文学传统；两大史诗在这一传统中起到了承前启后的作用；印度拥有十分丰富的民间文学资源；今后，印度的民间文学还将保持旺盛的生命力。

二、神话、史诗与传说

（一）印度神话体系的形成

印度有一整套的神话体系。在印度的神话世界，既有天上的世界，又有空中的世界，既有地面的世界，又有地下的世界。这是天神、凶魔、仙人、妖怪、恶鬼、精灵和凡人相斗共存的世界，也是苦行、祭祀、诅咒、法力、神变、武功和恩典尽展奇幻的世界，又是正法、种姓、宿命、业行、果报、转生和解脱困扰心灵的世界。

1. 印度教神话体系的形成

从吠陀文献中可知，公元前 1500 年 ~ 前 600 年间，印度人已经开始由游牧生活逐渐转变为以农业为主的定居生活。一些部落群体已经逐渐地发展为以城市为中心的国家。印度特有的社会现象——种姓，已经出现，这是社会开始出现阶级分化的标志。当时的种姓有四个，即婆罗门（祭司）、刹帝利（王族）、吠舍（农民和商人、工匠）、首陀罗（为以上三个种姓服务的最下等人）。这时的人们已经开始了对人生的苦苦探索，他们相信，人是有灵魂的，人是可以像植物一样再生的，因而，他们认为四种姓中的前三个是“再生族”。他们还相信祭祀的力量，相信天神是喜欢听赞美之词和享用祭品的。他们时常举行祭祀，祈求神明降福。在吠陀时代晚期，还出现了隐居者，他们处身山林，过着与世隔绝的苦行生活，有些人甚至残酷地折磨自己的肉体。他们深信，这样做可以赢得天神的欢心，可以从人生的苦难中获得解脱而达到永生。这一系列情况使我们认定，在吠陀时代后期，印度形成了一个宗教，即婆罗门教。婆罗门教有三大支柱：第一，认为吠陀是上天的启示；第二，认为婆罗门是至高无上的社会等级；第三，认为祭祀是万能的。

到公元前 7 世纪，北印度形成了一些较大的国家，印度的历史也进入了所谓“列国时代”。和中国的春秋战国时代差不多，印度的列国时代也非常热闹。经济的发展、战争的频仍和人们思辨的深邃，是这一时代的三大特征。同时，这一时代又是产生和编定神话传说的时代。

从列国时代开始，到公元四五世纪，印度出现了许多文献。其中影响最大、流传最广的是两大史诗《罗摩衍那》和《摩诃婆罗多》。两大史诗有许多传本，各传本间又有不少差异。但是，这两部书都是鸿篇巨制，是印度文化思想宝库中的瑰宝，也是非常丰富优美的印度古代神话传说的汇集。它们最初是由吟游诗人到处演唱的，一代一代口耳相传，经过了许多人的加工才形成了今天这个样子。所以说，史诗不是一时一地由一人完成的。由于这个原因，史诗中的故事经常出现前后说法不一甚至完全矛盾的情况。但史诗的编订，加上同期往世书的出现，最终建立起了印度教神话的完整体系。也就是说，印度教神话体系的形成大体上分为两个阶段：第一个阶段在吠陀时期，第二阶段在列国时代。而我们通常所说的印度教神话，实际上主要来自三类文献，即吠陀文献、两大史诗和往世书文献。

2. 佛教和耆那教神话体系的形成

印度的佛教和耆那教都是在列国时代创立的。它们都从古老的吠陀文献中吸取了营养，继承了其中部分思想和传说，但并不是全盘吸收，而是改造利用。于是，佛教和耆那教都创造出一套自己的神话体系。

佛教典籍中的文学成分占很大比重。其中有解释宇宙和人生的神话，主要取自吠陀文献、两大史诗和民间传说。而其主要内容，是佛教徒们采集的民间故事、新编的佛传（佛祖释迦牟尼的生平）故事，以及佛陀和高僧们说法时随时援引的"譬如故事"。其中，佛本生故事的数量很大，而且绝大部分是普通民间故事和寓言，算不上神话传说；"譬如故事"也多是佛陀在世时发生的具体事例，也不算神话传说。但佛传故事可以认为是佛教自己的神话传说。也就是说，佛教神话体系主要有两部分内容：一部分是佛传故事，另一部分是采自吠陀文献、史诗，以及民间的神话传说。

与佛教的情况相类似，耆那教神话中也有一部分解释宇宙和人生的故事，主要取自上古的神话传说，有的来自吠陀文献和史诗，有的直接取自民间，但情节性较差。关于耆那教创始人大雄及他以前 23 位祖师的传说，还有所谓 12 转轮王的传说等，构成了耆那教神话的主要内容。

3. 印度神话与宗教的关系

从以上情况可知，印度古代神话体系主要是由印度教神话、佛教神话和耆那教神话构成的。在这里，我们还可以看到印度神话和宗教的关系，有以下四点值得注意：

第一，最初的印度神话是伴随着宗教信仰出现的。

印度神话的坯胎和印度先民的原始宗教信仰几乎是同时产生的。

印度神话的产生首先表现为人对自然界和人本身的认识和思考，是早期的哲学思辨，也是早期的精神寄托。他们首先是歌颂自然，对自然现象的神秘感使他们先有了神的概念，然后才逐步演绎出神话的。

从《梨俱吠陀》的颂诗可以看出，人们当时不仅有了神的观念，而且为各类神明举行祭祀，向他们祈求福祉。从《阿达婆吠陀》中也可以看出，当时的人们还广泛使用巫术性质的咒语。祭祀代表的是崇拜、敬畏和依赖；咒语则代表主观意志、希冀和期盼。这些都是早期的宗教活动，表明当时的人们已经有了信仰，而那时的神话还显得不够系统和支离破碎。这就表现出神话对宗教的依附性。

第二，印度神话的发展与宗教的发展又是同步向前的。

印度神话显然有一个充实丰满的过程，也有一个变异和丰富的过程。在这个过程中，我们也可以看到早期印度教的发展变化。

我们从史诗中可以看到，此时的印度教已经发生了很大的变化，梵天、毗湿奴和湿婆三大神的地位突显。崇拜的对象起了变化，而一些历史传说也被演绎为新的神话，安装到主神的身上。

从往世书中，我们更能清楚地看到，印度教中已经有了毗湿奴派和湿婆派的明确划分。宗教的成熟和分裂，使神话系统化、严密化了，也使神话分别依附于不同的派别。

第三，新宗教的出现导致新神话体系的出现。

佛教和耆那教的出现，使印度产生了一批新神话。应当说，是先有佛教和耆那教，后有这两教的神话。同时，它们也将印度教的一些神话吸收进自己的神话体系。这样，不同宗教便各自有了自己的神话体系。而三个宗教的神话体系合起来，就是整个的印度古代神话体系。

第四，神话借助宗教而充满活力。

由于各宗教的神话依附于自己的宗教，所以，各教派的神话一般只在本教派内传播和延续。因此，各教派的神话是否具有活力，要看该教派的活力如何。很明显，印度教的不断发展使印度教神话充满了活力。信徒的虔诚信仰使印度教神话有了活的载体，因此可以将神话代代相传，也可以把神话移植到其他领域，如在舞蹈、绘画、雕刻乃至日常生活中加以表现。

也有相反的例子，如佛教在13世纪从印度本土消失以后，佛教神话也就不再在印度流传，只有在佛教回传以后，佛教神话才开始在印度复苏。

而耆那教神话和该教的发展情况相一致，长期以来一直表现为细水长流的状态。

在印度的神话体系中，印度教神话更丰富、更复杂，在印度神话中占主要地位。为了让中国读者在复杂的印度教神话中理出一个头绪，下面先介绍一下印度教的神明。

（二）印度教的神明

1. 印度教三大神

在吠陀时代晚期的奥义书时代，人们在进行对人生的思考时，认为人是有灵魂的，他们还认为，在宇宙之上有一个最高的精神和实在，称为“梵”。梵是高居于宇宙万物之上的，而宇宙万物都是由它演变而来的。它是那么的超然，以至人们无法观察到它，无法描绘它，无法认识它，无法想象它。它没有任何特征，但却是最高的精神，最高的灵魂，最高的实在。人和世间万物都是梵的具体体现，都是梵的一部分，因而人的个体灵魂也是最高灵魂的一部分。同样，山川林莽、花草木石、鱼虫鸟兽等也都是梵的衍生物，也都具有个体灵魂。　也就是说，万物都有灵魂，万物与梵在本质上都是相通的。人要想获得解脱，就必须认识自我与梵的同一性，达到“梵我合一”的境界，这样便可以永远地摆脱轮回。

正是这个梵，在印度教神话中演变为梵天，成为三大神之一。梵天是创造之神，有的神话说，梵天出自金胎（梵卵），他用意念的力量把卵分为两半，一半为天，一半为地，继而又创造出地、水、风、火、空五大元素以及世间万物。在史诗中，他还有一些别名，如“创造者”“生主”等。他的肤色是红色，有四个头，八只手中分别持有四部吠陀、权杖、盛有恒河水的水罐、祭祀时用的勺子以及莲花、珠串、弓等。他经常坐在莲花宝座上，有时也骑天鹅或乘坐由七只天鹅拉的车子。他虽然有三大神之一的崇高地位，在各种典籍中也频繁出现，但却业绩平平，并时常受到另外两个大神的排挤。

毗湿奴是保护神，又称“遍入天”“那罗延”，遍入是无所不在的意思。在吠陀神话中，毗湿奴曾是因陀罗的助手，地位并不显赫，他最初可能是太阳神，有他三步跨过天界的说法，可能与太阳的升起、运行中天与西降有关。在《梵书》中，他的故事逐渐增多，地位越来越高。到了史诗中，他便成了最高一级的神。他的身体呈深蓝色，身穿黄袍，有四只手臂，分别拿着神轮、神螺、神杵和莲花。他的坐骑是大鹏金翅鸟（迦楼罗），他的妻子是吉祥天女。在史诗《摩诃婆罗多》的一则故事里，说毗湿奴是宇宙的主宰，说他每当世界末日时，便把整个宇宙吞入腹中，然后躺到巨蛇的背上休息。当他醒来时，便有了重新创造世界的愿望。于是，从他的脐中生出一枝莲花，莲花中又生出大梵天。然后大梵天根据毗湿奴的命令创造世界。由此可知，毗湿奴的至尊地位在史诗时代已经确立，这恐怕是印度教中毗湿奴派信徒的观点。毗湿奴的故事中，最突出的是他化身下凡拯救世界的故事。有的书上说他曾经下凡救世 24 次，也有的书上说他下凡 10 次。在世界末日的洪水到来时，他曾化身成大鱼救出了人类和各个物种；他还曾化身为侏儒保住了天上和人间的地盘不被阿修罗占领；此外，他还曾化身为龟、野猪、人狮等多次救世。在他的化身故事中，最精彩、内容最丰富的是化身为罗摩和黑天的故事。

湿婆大神是世界的创造和毁灭之神。湿婆又被称为“兽主”，早在印度河文明时期即受到崇拜。在吠陀中，他的地位不高，称为楼陀罗。从湿婆的功能看，他集中了雅利安神和印度本土神的若干特点。他是生殖神，印度人崇拜他的象征物“湿婆林伽”。湿婆林伽是一个圆头柱体物，形同男性生殖器。这代表着湿婆的无穷生殖能力和创造能力。他又是舞神，他的舞蹈能毁灭世界，他还曾用舞蹈征服过许多敌视他的苦行者。他又是苦行之神，终年住在喜马拉雅山的盖拉斯雪峰上。印度教的湿婆派信徒把他奉为宇宙最高神，而另外两位大神都在他之下，有时还得听从他的命令。湿婆有极大的降魔威力，性情暴躁，很容易发怒，但有时也显得非常温和仁慈。他的肤色是深蓝色，有三只眼睛，有时还显现出四个或五个头，四只手，手中常持三叉戟，身背弓箭，腰翱一小鼓，头上有新月为饰品，脖上缠着蛇。恒河从他的头发上流下，因为恒河本是天河，自天而下时会冲毁大地，所以湿婆先用头承接下河水，再让它流下。在众神搅乳海时，他把搅出的毒药全部喝了下去，使众神避免了痛苦，而他的脖子却被毒药烧成了青色。因此他又得名为“青项”。相传湿婆本来是禁欲者，爱神迦摩前去引诱他，被他的第三只眼烧成灰烬。但湿婆最终还是爱上了雪山神女。他们生了两个儿子，一个是战神鸠摩罗（Kumara），又称塞健陀（Skanda）；一个是象头神群主（Ganesha）。

总之，梵天、毗湿奴、湿婆这三大神，在一般的印度教徒心目中是三位一体的，他们分别代表着宇宙的创造、保护和毁灭。至于吠陀神话中的一些主神，在印度教神话中则已纷纷退居次要地位。如因陀罗、伐楼那、阿耆尼、伐由等，在印度教神话中虽然仍经常出现，也仍然具有强大的威力，但已远不能与三大神相并论。他们时常遭到挫折，时常要到三大神面前倾诉苦衷，请求三大神的帮助。他们还时常听命于三大神，在犯了错误时还须接受三大神的惩罚。

2. 其他神明

在古代印度教神话中，与诸神作对的力量始终存在。这股力量被称为阿修罗（Asura）。“阿”是“非”的意思，“修罗”是“神”的意思，阿修罗就是“非神”（或译为“非天”）的意思。早在《梨俱吠陀》中，阿修罗就已经出现。当时，阿修罗并不完全是神的敌人，有时甚至是众神中的一类。到了稍晚的《阿达婆吠陀》中，阿修罗已经完全被视为恶魔了，并且说他们是由生主（Prajapati）创造的。因为那时的一些神话中曾认为生主是宇宙的创造者，到后来才把生主与梵天等同起来。在梵书时代，阿修罗与黑暗和夜晚相联系，据说是从梵天的呼吸中生出来的。阿修罗后来成了恶魔的总称，包括巨魔檀那婆（danava）和罗刹（rakshas）等。他们也具备智慧、力量和法力。他们在天上拥有金、银、铁三座城池，在地上也拥有王国和城堡。在史诗中，他们有时被描绘得像一个民族，其中有好的也有坏的。

印度教神话中经常提到一些小神，如天女（apsara）、乾达婆（犍达缚，gandharva）、药叉（夜叉，yaksa）等，很引人注意。

天女在《梨俱吠陀》中已经出现。她们都是一些能歌善舞、美丽非凡的女性。通常认为，她们都居住在因陀罗的天界。她们中有许多有名人物，有的和天神结合生下了另外一些天神，有的则下凡到人间和人王结合生下英雄的后代。天女在佛教故事中也很有影响，敦煌壁画中婀娜多姿的飞天形象即是这一影响的结果。

乾达婆的起源也很早，《梨俱吠陀》中就曾提到过一位。《夜柔吠陀》中说共有 27 位，而《阿达婆吠陀》中说共有 6333 位。他们居住在天宇和空界，了解上天的奥秘。在史诗中，他们被描绘成天上的歌手和乐师，因此又被称为“伎乐天”。据说他们还喜欢追逐女性，往往与人间女子发生性爱关系，因而又称为“寻香主”。然而，他们成群出现的情况更多，每当天神战胜恶魔或正义战胜邪恶时，他们和天女们一起出现在空中庆祝胜利。

药叉也译作夜叉，是一些小神或半神。他们在印度教神话中时常出现，据说是财神俱比罗（Kubera）的侍从。他们与罗刹作对，有时被描绘成英俊青年，有时又被描绘成丑陋的侏儒。但通常都是一些忠诚可爱的小神灵。到了佛教神话中，他们被列为“天龙八部”之一，形象也变得凶悍了。特别是在中国佛教中，他们完全变成了凶魔或妖孽。

印度教神话中还有一类引人注目的人物，那就是所谓的仙人（rishi）。这个仙人的概念同中国道教中仙人的概念不同。印度的仙人通常分为三种：出身于天神的被称为天仙，出身于婆罗门种姓的被称为梵仙，出身于刹帝利种姓的被称为王仙。因而他们的情况也有很大的不同，有的居住在天界，有的则居住在地上的山野林莽。居住天界的仙人与大神差不多，而居住在地上的仙人则如同出家修行者。后一类又常常被称为牟尼（muni）。最初，仙人是指那些吠陀诗的作者，后来才把它的意义扩大到圣人、贤哲。仙人们的共同特点是具有很大的法力和神通，这使天神也望而生畏。他们最突出的法力就是诅咒。他们的脾气往往不大好，如果有谁稍不注意而得罪了他们，或者未使他们满意，他们就要诅咒他，而不管他是神还是人。诅咒是一种可怕的预言，一经出口就不能收回，一定要兑现。只有当他们后悔时，才愿意对所发的诅咒稍做修改，但这种修改仅仅是告诉被诅咒者，在何种情况下可以从苦难中解脱出来。诅咒是印度神话中很有特色的东西，它一方面与宿命论有关，另一方面与对语言的崇拜有关。上古人相信巫术、相信咒语的力量，例如求雨，巫师们作法之后，大喝一声：“下雨吧！”仿佛雨就会听命而下。当然，这只是将个人的意志强加给客观规律。但古人相信个人的意志力，因而也相信语言具有某种神力。在印度古人看来，个人意志力的大小，或者说诅咒威力的大小，要看这个人的法力大小。通常认为，法力的获得是要经过严峻苦行的。仙人们之所以能够诅咒一切，是因为他们修炼过苦行。苦行是因，法力是果，苦行愈深，收获愈大。所以，连天神也害怕仙人们的苦行，因陀罗为了破坏某个仙人的苦行，有时故意派出一个天女去勾引他，使他半途而废。除了仙人以外，其他人也可以诅咒，但威力不及仙人[①]。

（三）史诗与历史传说

在印度民间文学中，神话、史诗与历史传说是交织在一起的，彼此牵扯，纠缠不清。对于许多故事，研究者很难严格区分它们到底属于神话还是传说，还是普通的民间故事。例如，《罗摩衍那》和《摩诃婆罗多》的主干故事，是史诗，是神话，还是历史传说？可以说都是。说它们是史诗，已经没有问题。说它们的神话也没有问题，因为它们讲述的就是神和半神的故事。说它们是历史传说也不应有问题，因为它们分别叙述的是印度上古两个帝王世系（太阳世系和月亮世系）帝王的故事，是根据历史上发生的事件演绎出来的。再如，沙恭达罗和广延天女的故事，它们最早出现于吠陀文献，在史诗中得到丰满完整。它们与上古神话关系极为密切，可以算是神话；它们又与历史有一定联系，可以视为传说；它们同时又是一段浪漫英雄加美女的爱情传奇，这又与普通的民间故事差不多。

同样，我们在佛教和耆那教的故事中也能发现类似的情况。例如，

---

①以上关于印度教神明的介绍，参见金克木：《梵语文学史》有关章节，人民文学出版社，1980年。

释迦牟尼的生平故事很像是一部史诗。其中十分具有想象力的神奇和夸张描述，致使一些学者认为历史上也许没有释迦牟尼这个人，他不过是佛教信徒编造出来的一个神，而所谓的佛传故事不过是佛教徒编造的新神话。但近代以来西方学者在印度和尼泊尔等地的考古发掘又证明，印度历史上的确出现过释迦牟尼这个人，是他创立了佛教。这样，佛传故事又可以认为是一个历史传说了。

我们在佛本生故事中也可以看到类似情况。虽然其中有很多寓言，但也有一些与神话和史诗有关的故事。例如，其中一个《拾柴女本生》，实际上讲的是沙恭达罗的故事。再如，《十车王本生》，实际上讲述的是《罗摩衍那》故事的前半截。此外，还有一些故事，如《尸毗王本生》《小羯陵伽王本生》《拘舍本生》等，也有一些历史的影子，似神话也似传说。

三、印度民间故事概说

这里要重点谈谈印度民间故事的几个特点。

（一）丰富性

前文已经说过印度民间文学的丰富性特征，印度的民间故事可以用“海”“湖”“大林深泉”来形容。这说明，其丰富性不仅印度古人自己已经意识到了，而且也为后来世界所公认。

印度民间故事的丰富性，主要有四个原因，前文（见本章：一、印度民间文学的传统）已经说过。这里要通过具体例子谈两个现象：第一，旧故事的扩充和演变；第二，新故事的不断产生。

1. 旧故事的扩充和演变

以神话为例。如果说，吠陀早期的印度神话还显得零散而不成系统的话，那么，在吠陀后期和史诗时代，如“梵书”“森林书”和“奥义书”产生的时期，有一些旧的神话传说已得到进一步的充实和丰满。这是印度民间故事丰富性的最初表现。请看下面的例子。

《百道梵书》中有一个洪呼王（补卢罗婆）与广延天女（优哩婆

湿）的爱情故事。这个故事的端倪在《梨俱吠陀》第十卷里已经显现，而在《百道梵书》第 11 章里则得到丰富和完整：

天女优哩婆湿与地上的洪呼王相爱，但在结婚时她提出了一个条件，就是洪呼王不能让她看到他裸体，否则她就会立刻回到天上。有乾达婆（伎乐天）想让优哩婆湿返回天上，故意使坏，深夜前来偷优哩婆湿拴在床边的小羊。优哩婆湿埋怨没有人阻止，洪呼王便忘记了婚前约定，裸体跃起去追赶。乾达婆趁机放出闪电，让优哩婆湿看到洪呼王裸体。于是，优哩婆湿立即返回天界。洪呼王发疯似地四处寻找妻子，终于在莲花池里见到妻子。原来，优哩婆湿正和天女们化作天鹅在那里游戏。优哩婆湿告诉洪呼王，她已经怀有身孕，但不能跟他回去，让他一年后再来领回孩子。一年后，两人相见。优哩婆湿告诉洪呼王，如果要在一起，只有他变成乾达婆，而要想变成乾达婆，就得向乾达婆请求恩惠。第二天一早，洪呼王向乾达婆请求，乾达婆教他举行火祭。洪呼王用这个办法实现了愿望，变成了一个乾达婆。①

这个故事也许在《梨俱吠陀》时代已经比较完整了，但《梨俱吠陀》中仅见洪呼王与优哩婆湿在莲花池边的一段对话。所以我们只能认为它是在梵书时代得到充实的。

在《他氏梵书》第七篇第三章有一个“犬阳”的故事，也非常有名。大致情节是：

某国王有一百个妻子，却没有儿子。他向水神伐楼那祈求子嗣，并许愿说，如果生下儿子，就作为牺牲献给伐楼那。很快，他就有了儿子罗西多。水神要求国王献祭，国王一再推托。罗西多长大了，为

① 季羡林：《关于〈优哩婆湿〉》，《中印文化关系史论文集》，北京：生活·读书·新知三联书店，1982 年版，第 378~384 页。金克木：《梵语文学史》，北京：人民文学出版社，1980 年版，第 81 页。

了逃避当牺牲品，他躲进了森林。伐楼那惩罚国王，让他得了鼓胀病。罗西多本想回去，可是因陀罗每次都来劝阻他，让他继续流浪。他在流浪中遇见一个穷婆罗门。婆罗门有三子，穷得吃不上饭。罗西多要出钱买其中一个儿子去替他当牺牲。婆罗门舍不得长子，他的妻子舍不得小儿子，最后他们把二儿子犬阳卖给了罗西多。罗西多带着犬阳回去见父王。父王征得伐楼那同意，便开始举行祭祀。但没有人愿意捆绑犬阳，罗西多便出钱让犬阳的父亲来捆他；没有人愿意动手杀他，于是罗西多又买通其父来杀他。犬阳绝望之际向天神求救，当他念诵了 100 节《梨俱吠陀》的颂歌后，天神果然显灵了。他的捆绑自动脱落，罗西多父王的鼓胀也消了。犬阳的父亲要把他带回家，犬阳拒绝了。结果是祭司之一众友仙人收犬阳为义子[①]。这个故事可以说是这个新时期新产生的神话传说。

到两大史诗和往世书时期，印度民间文学的丰富性就进一步体现出来了。史诗中除了主干故事之外，还穿插有大量的其他故事。这些故事有的是在吠陀故事基础上略加变动照搬过来的，有的是在旧故事基础上进一步演绎而成的，有的则是新产生的。

而在史诗和往世书之后，仍有《伟大的故事》《故事海》《僵尸鬼故事二十五则》《宝座故事三十二则》《鹦鹉故事七十则》等故事集，不断涌现。

2. 新故事的产生

这里说的新故事是指印度各个地区的方言兴起以后，即 13 世纪以后出现的不同语种的新故事。

在梵语文学逐渐淡出印度的历史舞台以后的大约 500 年（14~18 世

① 金克木：《梵语文学史》，北京：人民文学出版社，1980 年版，第 80 页。

纪）时间里，我们再也看不到像《五卷书》《嘉言集》和《故事海》那样的故事集了。但民间故事是不可能从人们的口头上消失的，而且印度人民不愧为一个善于讲故事的浪漫主义民族，新的故事在不断产生。只是当时没有人汇集整理而已。直到西方学者对印度民俗学发生兴趣以后，才开始有人到印度民间去搜集、整理并研究。他们如同发现了一个巨大的宝库，逐步将他们的发现公之于世，取得了丰硕的研究成果。19 世纪后期，印度学者也开始了搜集、整理和研究工作，成果显著。关于这方面的情况，我们将在本书的最后一章介绍。

根据后来搜集到的资料，我们知道，在那 500 年间，印度民间又出现了一大批新的民间故事。如中世纪的民间爱情传奇等。

（二）宗教性

我们从《佛本生经》中可以看出，印度的民间故事被佛教信徒收集起来，并贴上了佛教的标签。同样，我们从《五卷书》中也可以看到其为印度教服务的明显倾向。即使是后来世俗性较强的一些民间故事，也充满了宗教味道，讲述的虽然是那些国王和公主的故事，但其中不仅天神们动不动就出现，而且不同种姓的人都表现出与自己的出身和信仰相一致的行为规范。典型的如《故事海》中的一些故事，还有《僵尸鬼故事二十五则》《宝座故事三十二则》和《鹦鹉故事七十则》等，都是这种情况。而中世纪的一些民间故事则明显带有伊斯兰教影响的烙印。目前在印度广泛流行的《比尔巴尔故事集》还带有印度教与伊斯兰教在历史上形成融合与隔阂的痕迹，但总的说仍然是为印度教服务的。

印度民间故事对宗教的这种服务性特征，在全世界都具有典型意义。而这一现象的形成，有印度自己的特殊原因。原因不外乎来自社会和文化两个方面。

在印度，不论是古代社会还是现代社会，民众都普遍信仰宗教，而且多数是印度教徒。在这种情况下，整个印度社会充满了宗教气氛，宗教成为民众生活的核心内容，从信仰到生活方式，无不是宗教的，而维系人际关系的也是宗教的纽带。印度教文化成为印度社会的主流文化。印度的民间故事就是在这种社会和文化氛围中产生的，其创作者和接受者都是宗教信徒，所以就不可避免地带有宗教的烙印，或者被贴上某一宗教派别的标签。

所以，我们在印度很难发现不带宗教色彩、完全世俗化的民间故事。

（三）大量的动物寓言

在印度民间文学作品中，以动物为主角的寓言占有很大比重。这种动物寓言的大量出现，影响了世界许多民族。

我们知道，中国的寓言产生很早，在先秦时期就形成了一个高峰，而且许多寓言都变成了今天的成语。如“刻舟求剑”“揠苗助长”“自相矛盾”“守株待兔”“画蛇添足”“狐假虎威”等。然而我们发现，在这些寓言中，像“狐假虎威”这种以动物为主角的寓言实在是凤毛麟角。但印度的情况不同，动物的寓言故事很多。而我们还发现，印度的动物寓言与中国的动物寓言有一个很大的不同，就是在印度的故事中，人和动物之间是可以对话的，动物和人几乎有平等的地位。而中国寓言中的动物就是动物，不能和人同日而语。

印度寓言之所以与中国寓言有这种差别，之所以有那么大的数量，原因仍然出在宗教信仰上。关于这一点，我们在后面还会谈到。

（四）世界性影响

印度民间故事对世界的影响很大。以致西方的学者一度以为全世界的民间故事都起源于印度。这个观点虽然站不住脚，但印度故事影响了全世界却是不容否认的事实。如《佛本生故事》中的一些故事，随着佛教在世界各地的传播也走遍了世界，在世界各地产生了许多变体。

中国也一样，不论是汉地还是少数民族地区，自从佛教传入以后，受到印度故事影响的情况很多。

关于印度故事影响世界民间文学的具体例子，我们在后面还将提到，这里不再细说。

03

— 第三章 —

印度神话

一、吠陀神话

当人类尚处于蒙昧的孩提时代，便开始了对人生和宇宙奥秘的苦苦探索，开始了对形形色色自然现象进行解释的伟大尝试。他们运用丰富而瑰丽的想象，怀着虔诚和敬畏的心理进行了最初的脑力创作活动。他们创作的成果便是神话。因此，神话作为人类最早的脑力劳动记录之一，具有异常丰富的内涵，涉及人类社会的方方面面。

印度最早的民间文学作品就是一些神话，伴随神话出现的还有些关于生产和生活的歌谣、咒语等。它们被保存在吠陀文献中。

（一）神明的赞美诗

吠陀文献中提到了许多神明，诸如日月星辰、黎明黑夜、山川河流、风云雷电、森林树木等。下面就介绍其中几个主要的神明。

《梨俱吠陀》中约有 250 首诗是歌颂天帝因陀罗的。从这些诗中可知，天帝因陀罗是一位长有胡须的天神。他手执金刚杵，有时也使用弓箭，能够变化形态，乘车作战，并有成群结队的随从。他杀死巨龙，劈山引水；他攻占了许多城堡，杀死了众多的敌人，又多次从敌人手中夺得牛群。他有神的特点，可以呼风唤雨，役使雷电；又有人的特征，英勇善战，吃喝玩乐，尤其喜欢饮一种“苏摩酒”。这说明，因陀罗既是自然力的人格化，又是印度雅利安人游牧部落酋长的理想化和神化。《梨俱吠陀》10.112（第十卷第一一二首）的前2节写道：

因陀罗！
开怀酣饮，醇味苏摩；
我之晨祭，即汝早食。
英雄气概，杀敌为乐；
激情赞歌，颂汝功果。

因陀罗！
汝之战车，速超意念，
愿驭此车，来饮苏摩。
汝之战马，迅行骐骥，
愿乘此马，愉快降临。
（巫白慧译文①）

书中还有约200首诗是歌颂火神阿耆尼的。阿耆尼带有火的一些特征，是最高一级的神。他既给人们带来光明，又能消病除灾。火的神化反映了印度上古人使用火的情况和对火的崇拜。《梨俱吠陀》1.1有这样三小节诗：

阿耆尼（火）啊！每天每天对着你，
照明黑暗者啊！我们思想上

① 季羡林、刘安武选编：《印度古代诗选》，桂林：漓江出版社，1987年版，第24页。

充满敬意接近你。（7）

你主宰着各种祭祀，
是秩序的光辉的保卫者，
在自己宅内不断增长。（8）

愿你对我们，如父对子，
阿耆尼（火）啊！容易亲近，
愿你与我们同居，为我们造福。（9）
（金克木译文[①]）

上古人对自然现象迷惑不解，怀有一种神秘感，因此他们把一些自然现象神化，写出了许多美好的诗作。如歌颂太阳神的诗，说他驾着马车驶过天空，每天唤醒人们起来工作；他把黑暗卷走，像卷起一张兽皮；他为天神和人类放出光明，像是一只红色的鸟，又像是一颗红色的宝石，能驱除病痛，使人长寿。

《梨俱吠陀》1.50 有这样两节：

在洞察一切的太阳面前，
繁星似窃贼，悄然逃散。

阳光似燃烧的火焰，
远远地照亮人世间。

① 季羡林、刘安武选编：《印度古代诗选》，桂林：漓江出版社，1987 年版，第 2 页。

（黄宝生译文[①]）

又如歌颂黎明女神的诗，说她袒露胸脯，以光为衣，十分古老又永远年轻。她是太阳的情人，是黑夜的姊妹。她每天接替黑夜女神的工作，又受到太阳的追赶。她非常活泼快乐，给大家带来蓬勃的生机。

这个光华四射的快活的女人，
从她的姊妹那儿来到我们面前了。
天的女儿啊！（1）

像闪耀着红光的牝马一般的朝霞，
遵循着自然的节令；
是奶牛的母亲，
是双马童（星）的友人。（2）

你又是双马童（星）的朋友，
又是奶牛的母亲，
朝霞啊！你又是财富的主人。（3）

你驱逐了仇敌，
欢乐的女人啊！
我们醒来了，用颂歌去迎接你。（4）
（金克木译文[②]）

---

① 季羡林主编：《印度古代文学史》，北京：北京大学出版社，1991 年版，第 9 页。
② 季羡林、刘安武选编：《印度古代诗选》，桂林：漓江出版社，1987 年版，第 3 页。

此外，《梨俱吠陀》中还歌颂了其他神明。

伐楼那被认为是水神，他主管河流，还能降雨，但他又是地上执法国王的象征，负责制裁违反秩序的人。他有束缚人的罗网，周围有一大群暗探，他经常派这些暗探到各家去监视人们的一举一动。下面是《梨俱吠陀》8.41 中的一节：

最胜之神，创立四维，
现身大地，从事测量；
水天行宫，古老辉煌；
婆楼那神，我等主人，
犹如牧主，放牧牧场。
其余怨敌，愿皆消亡。

（巫白慧译文[①]）

风神的名字叫伐由。伐由的意思是“风”，同时还有“气”的意思。因此，风神具有风和气的若干特征，不仅能四处流动卷起尘土，还能进入人的体内，使之除病延年。《梨俱吠陀》10.168 有这样两小节诗：

在空中道路上行走，
连一天也不停留。
水的朋友，首先降生者，守正道者，
他在何处降生？从何处来临？

① 季羡林、刘安武选编：《印度古代诗选》，桂林漓江出版社，1987 年版，第 16 页。

众天神的呼吸，世间的胎孕，

这位天神任意游行。

只听见他的声音，却不见形。

让我们向他呈献祭品。

（金克木译文[1]）

《梨俱吠陀》中经常被提起的还有一对孪生兄弟，叫双马童。他俩长得年轻英俊，聪明强壮，善于治病救人。

阎摩是死神，也掌管法律。人们死后都要见到他。他有两名使者，是两条狗，守护在人们去见阎摩的必经之路上。

《梨俱吠陀》5.84 有一首大地女神的颂歌：

真的，你就这样承受了

山峰的重压，大地啊！

有丰富水流的你啊！用大力

润泽了土地。伟大的你啊！

颂歌辉煌地鸣响着，

向你前去，宽广无垠的女人啊

像嘶鸣着的奔马，

你发出丰满的云，洁白的女人啊！

你还坚定地用威力

---

① 季羡林、刘安武选编：《印度古代诗选》，桂林：漓江出版社，1987 年版，第 15 页。

使草木紧系于土地，
同时从闪烁的云中，
由天上降下纷纷的雨滴。
（金克木译文[①]）

还有许多神明，这里不一一介绍。

（二）探索宇宙奥秘

当人类尚处于蒙昧时期的时候，就开始了对自然界的观察和思考。他们经常思考的主要问题是：这个世界是怎么来的？人的生命是怎么来的？这就出现了“创世神话”。

在印度最古老的文献《梨俱吠陀》中，关于创世的神话就有好几种。这里要说的是两种。

《梨俱吠陀》10.82《造一切者之歌》这样写道：

造一切者有特殊识解，有特殊力量；他是创造者，条理者，他是最高现象。……他是我们之父，创造者，条理者，他了解一切种类和一切创造物，他是众神的命名者，其他创造物都到他这里来，询问他。……在天之外，在地之外，在群神、阿修罗之外，那被水作为初胎所受持的、众神也计算在内的东西是什么呢？水受持此物作为初胎，众神在其中汇合。在未生者的肚脐中隐藏着独一之彼，所有的创造物都依托于他。

① 季羡林、刘安武选编：《印度古代诗选》，桂林：漓江出版社，1987 年版，第 6 页。

《梨俱吠陀》10.121《生主歌》中说：

泰初之时，他变为金胎。他生为造化的独一之主。他巩固了大地和这个天界……潮水腾涌时，以一切为胎子，创造出火来，他从其中出，这众神的独一无二的生命之源……他是众神之上的独一真神。

《梨俱吠陀》10.129《无有歌》中说：

那时，既无无，也无有；既无天空，也无其上的天界。他赋予生命的力量，他的命令一切神都遵行，他的投影为永生和死亡。……既无死，也无永生；无昼与夜的迹象。风不吹拂，独一之彼自行呼吸。在它之外，没有别的任何东西。泰初，黑暗掩于黑暗之中；所有这一些都是无法识别的洪水。为虚空所包围的有生命力者，独一之彼由于它那炽热的欲望之力而出生。泰初，爱欲临于其上，它是识的第一种子。智者索于内心，经过深思熟虑，使有之连锁在无中被发现。他们的绳尺横贯其中。那么，有在上者吗，又有在下者吗？那里有含种子者，那里有延伸的力量。下面是欲望，上面是满足。①

这三条可以作为一组，属于生殖崇拜型创世神话。文中暗示了男女交合的情景。其中的“独一之彼”指的是男根，上古人崇拜生殖器，

① 以上三段引文，见季羡林：《佛教与中印文化交流》，南昌：江西人民出版社，1990 年版，第 239~242 页。

以为是生命之源。人们在思考宇宙形成的原因，以为宇宙的形成就像男女交合一样，先有一个“独一真神”或“独一之主”，然后孕育出“金胎”乃至宇宙万物。而且，在这个过程中，水非常重要。

《梨俱吠陀》10.90《原人歌》中说，宇宙间最先有的是原人（布路沙，Purusa）。他千头千眼千足，他是一切，是过去，也是未来；他是不死的；他的口生出婆罗门，他的双臂生出刹帝利，他的双腿生出吠舍，他的双足生出首陀罗；他的胸部生出月亮，他的眼睛生出太阳，他的口中吐出雷神因陀罗和火神阿耆尼，他的呼吸生出风神伐由；他的肚脐生成空界，他的头显现为天界，他的脚生成地界，同时也生出方位，构成整个世界。

这一则故事当属肢体分解型创世神话。这个故事里，不仅有日月等自然界的生成，也有人的生成，而且印度古代特有的种姓制度也在此时开始萌芽。

以上的创世故事在后来影响很大，印度教经典《摩奴法论》第一章有一则《创世》神话与此有关，佛教典籍中也有类似的神话。《摩奴法论》大约成书于公元前 1 世纪。所不同的是，《创世》中的故事更烦琐，而且加进了梵天、摩奴等新的概念、神格和形象。这使它更像一个故事，也更增加了哲学思辨的色彩。

现在，我们在读这些创世神话时，未免会感到幼稚可笑，但这却是上古人类对宇宙生成和生命起源的认真思考。

（三）积极的生活意志

除了探索和思考宇宙和人生的大问题以外，印度上古先民还做了许多诗来赞美自然，赞美生活，也赞美神灵。他们甚至创作出许多咒语（实际上也是诗歌）来表现人的主观意志。下面来看一些具体例子。

上古先民生活的时代，自然条件恶劣，生产手段低下，他们抵御自然界各种灾难、侵害的能力很有限。尤其是在强大的天灾面前，他们完全束手无策。所以，他们转而祈求神明的护佑。他们不仅举行祭祀，献上供品让神明享用，而且歌唱和赞美神明以博取欢心。前面所举有关天帝、火神等诗歌，都是这类赞美诗。请看《梨俱吠陀》6.61首中赞美和祈求娑罗室伐底河神的几句诗：

她凭借强大的波涛，
像掘藕人，冲破山脊；
让我们用颂歌祷词，
向娑罗室伐底求祈。

但愿你不要泛滥成灾，
但愿你引导我们富强，
但愿你和我们友好，
别让我们远走他乡。
（黄宝生译文①）

《梨俱吠陀》7.101首诗写出了农耕生活的情趣：

系紧犁头架上轭，
播撒种子在犁沟，
倘若颂歌获应验，
挥动镰刀迎丰收。

---

①季羡林主编：《印度古代文学史》，北京：北京大学出版社，1991年版，第11页。

（黄宝生译文[①]）

《梨俱吠陀》10.85首诗是有关恋爱结婚的：

［新郎对新娘说道：］
我握你手交好运，
你能与我共白头；
天神将你赐予我，
我能成为一家主。
（黄宝生译文[②]）

《阿达婆吠陀》分20卷，共有731首诗。这主要是一部巫术诗歌集，收集了各种咒语诗。虽是咒语诗，但不少都具有很高的文学价值。首先，这些诗反映了当时的社会生活，反映出人们的美好愿望。此外，在艺术上也不乏成就很高的作品。许多诗句都活灵活现地表现出印度古人生活中的真实情况，是现实的反映。其中优美的言辞，巧妙的构思和生动的比喻，远远超出了咒语所需要的文字水准，而是地地道道的文学作品，是艺术和美。试看下面的例子。

《阿达婆吠陀》7.36首是《爱情祝词》：

我俩眼睛，甜如蜂蜜；
我俩容貌，一样俊美。
将我拥抱，在汝胸怀，

---

① 季羡林主编：《印度古代文学史》，北京：北京大学出版社，1991年版，第13页。

② 同①，第15页。

我俩之间，同心永谐。

（巫白慧译文[①]）

还有一些咒语也非常有趣，如《阿达婆吠陀》6.105首《治咳嗽》：

像心中的愿望，
迅速飞向远方，
咳嗽啊！远远飞去吧，
随着心愿的飞翔。

像磨尖了的箭，
迅速飞向远方，
咳嗽啊！远远飞去吧，
在这广阔的地面上。

像太阳的光芒，
迅速飞向远方，
咳嗽啊！远远飞去吧，
跟着大海的波浪。

（金克木译文[②]）

这种例子很多，这里只举这些。

① 季羡林、刘安武选编：《印度古诗选》，桂林：漓江出版社，1987年版，第34页。

② 同①，第33页。

二、史诗神话

这里所说的“史诗神话”指两大史诗当中穿插的神话故事，下面仅举 5 则。

1. 洪水

《摩诃婆罗多·森林篇》第 185 章有一篇《洪水》：

摩奴是太阳神毗娑薮的儿子。有一天，摩奴正在毗梨尼河岸修炼严峻的苦行。这时，一条小鱼游到河岸，用人的语言对摩奴说：“尊者啊！我是一条小鱼，周围都是凶暴的大鱼，它们总是不断吞食我们这些柔弱的小鱼，而我们小鱼则永远无法逃脱被吃掉的命运。这仿佛是上天为我们水族定下的一条永恒法则。你是信守誓言的人，因此，我特地来寻求你的保护，请你一定救救我，让我离开这令人恐怖的河水吧。如果你救了我，我一定会报答你的。”

摩奴把小鱼放进水罐里，并好生喂养着它。过了一些日子，小鱼长大了，那只罐子已经盛不下它了。于是，鱼儿对摩奴说："尊者啊！请你给我另外找个住处吧。"摩奴便亲手将鱼儿捧出水罐，来到了一个大水塘边，把鱼儿放入水塘。

不知又度过了多少岁月，鱼儿也不适合在水塘里生长了。它又向摩奴说道："善良的尊者啊！恒河是大海的皇后，请带我到那里去生活吧。"摩奴听罢鱼儿这番话，便带着鱼儿走向恒河，将它放进恒河水中。

在恒河中，鱼儿又生长了些天，当它再次见到摩奴时，便又一次对他说道："因为我的身躯实在太庞大了，在这广阔的恒河里也活动不开了，请你快把我带到大海里去吧。"

言而有信的摩奴便又一次亲手把大鱼从恒河中捧出，带到大海之滨，把它放进宽广无边的大海之中。

说来奇怪，那条鱼的身躯虽然十分巨大，却能随着摩奴的心愿变得轻而易举，摩奴的双手触摸到大鱼的躯体时，使他感到周身舒服，同时还闻到了一股扑鼻的馨香。

在摩奴把那条大鱼放入大海时，大鱼微笑着对摩奴说："尊者啊！承蒙你的爱护，保住了我的生命。为了报答你，请你听我说，并按照我说的去做。不久的将来，这块大地，以及大地上的全部动植物，包括一切动和不动的东西，都将被毁灭。整个世界即将变为洪水的世界，一切生灵都无法逃脱洪水带来的灾难。今天，我把这件事告诉你，就是要让你心里明白，而且不必担心会遭遇洪水的吞噬。你要让人为你建造一条非常坚固的大船，用缆绳牢牢地系在船身上。你和北斗七星这七位仙人登上这条船。你还要把各种生物的种子都带上船，并妥善保管。然后你自管放心地在船上等待我的到来。我头上长有犄角，你一下就可辨认清楚。你一定按照我说的去做，千万不要把我的话当成儿戏。"

摩奴回答说："我一定会按照你说的去做！"

摩奴遵照鱼的指点，搜罗齐各类种子，坐上了一条坚固的大船。洪水真的到来了，吞没了大地上的一切。摩奴的大船在洪水中起伏漂荡，失去了方向。这时，摩奴心中想起了那条鱼，那条鱼就立即出现了。摩奴一眼就认出了那条长着犄角的大鱼，只见它像一座山一样迅速向大船靠拢过来。摩奴操起长缆，打一个索套，用索套套住大鱼的犄角，牢牢地拴住。于是，大鱼奋起全力，拉起大船，在洪水的波涛中迅速行进。此起彼伏的浪花好似在狂舞，铺天盖地的波涛好似在怒吼。大鱼在水中奋进，船儿在水上飘摇。再看那四周，到处是漫漫的大水，哪里还能看到天和地，哪里还能分得清东南西北？世间的各种生灵都不见了，唯有七位仙人、摩奴和那些种子是幸存者。

那条大鱼在滔滔的洪水中拉船，毫无倦意。就这样拉了许多年，终于在雪山高峰屹立的地方把船停了下来。然后大鱼笑着对众仙人说："你们赶快上去，把这条船牢牢地系在那座雪山高峰上。"众仙人把船系好，"系船峰"便成了那座雪山高峰的峰名，一直到今天，还仍然沿用着这个名称。就在这时候，大鱼向众位仙人说明了自己的真正身份："我就是生主大梵天，宇宙间没有哪个神比我的能力更高，是我将身体化为鱼的形状，把你们从死亡的恐怖中解救出来。今后，所有一切的芸芸众生——天神、阿修罗、凡人、动物和植物乃至整个世界，全要靠摩奴去重新创造。摩奴要继续修炼更加严峻的苦行，他的神通将更为广大。我会对他施以恩典，使他在创造世界的过程中不受愚昧的蒙蔽。"大鱼说罢这番话，刹那间便消失得无影无踪了。

于是，太阳神之子摩奴的心里便生出了造物的欲望，他又开始了更为艰巨的苦行。在经过了漫长的岁月之后，当他具备了苦行神力时，便开始创造生灵。经他创造的生灵，都具有完美的身形。

这篇故事属于创世神话，最初出现于《百道梵书》。这里，把摩奴描绘成人类的始祖，把大鱼说成是大梵天。而在往世书神话中，说毗湿奴曾化身为大鱼救助摩奴，然后由摩奴创造人类。这个神话非常有名，与《圣经》中挪亚方舟的故事如出一辙。因此深受比较神话学家的重视。

我们在史诗《摩诃婆罗多》中能够看到多个版本的创世神话。例如，在《森林篇》第 207~221 章有一个《盎耆罗仙人》的故事，说有五位仙人修炼苦行，生了个儿子名叫“五生”。五生又修炼了一万年苦行，创造出众天神和人类的五个世系，以及三组骚扰破坏祭祀的神。

在《和平篇》里，集中讲述了多种创世神话。第 224~225 章说，创世之初，梵是唯一的存在。他先创造了大有（觉），由大有产生心（思想），由心产生空，然后空生风，风生光，光生水，水生地。大有、心、空、风、光、水、地为七个“原人”，他们聚合为一个“至高原人”梵天。梵天创造出天神、仙人、凡人、恶魔，以及所有能动和不动的万物。到世界毁灭时，能动物和不动物首先解体，先化为地、地化为水、水化光，光化风，风化空，空化心，心化为未显者，一切众生复归于梵。这个神话与“五生”的神话有一定的联系。与中国古代的“五行”学说有相似的地方。

《和平篇》第 267 章说，水、空、地、风、火五大元素，加上时间、存在和不存在，导致了众生的生和灭。生的时候是，地生身，空生耳，火生眼，风生命，水生血。灭的时候，各自返回五大元素。五大元素之外有梵和灵魂，灵魂因作业的善和恶在不同躯体里存在，一旦灭绝善业和恶业，便可以在梵中达到最高的归宿。这显然是一种哲学理论，是对宇宙生成的一种解释，带有唯物主义因素。所以，黄宝生先生认为它“明显排斥神的作用”，把它叫作“物质创世论”①。

印度古人认为，宇宙是在不断毁灭和不断被创造的。宇宙的一成一坏被称为一劫，一劫里又分许多个时代。《和平篇》第 335 章中说，梵天是根据毗湿奴的意志创造世界的，他一共创造了七次：第一次是他从毗湿奴的思想里生出来创造了世界，第二次是从毗湿奴的眼睛里苏醒过来创造了世界，然后是分别从毗湿奴的语言、耳朵、鼻子、金卵和莲花中苏醒过来创造了世界。这显然是毗湿奴派编造的创世神话。其中最著名的是，世界在被创造之初淹没在无边的大海里，毗湿奴躺在海里，脐中生出莲花，莲花中的梵天根据毗湿奴的意愿创造宇宙万物。同篇第 291 章还有湿婆派编造的创世神话：最初，大自在天湿婆产生觉，觉生“我慢”，随后依次生出五大元素、五种感觉（声、触、色、味、香）、五知根（耳、身、眼、舌、鼻）和五作根（口、双手、双足、肛门、生殖器，共七项），合起来为 24 项，被称为“二十四谛”。毗湿奴为第二十五谛，是二十四谛的依托。

由此可见，仅在《摩诃婆罗多》中，就有许多版本的创世神话。这些不同的版本反映了印度上古人们对宇宙生成的不同想象、看法和理解。

2. 搅乳海

《摩诃婆罗多·初篇》第 15~17 章讲了一个众神搅乳海的故事：

① 黄宝生：《〈摩诃婆罗多〉导读》，北京：中国社会科学出版社，2005 年版，第 106 页。

一天，天上的诸神和阿修罗集合在一起开会，商量如何才能得到长生不老的甘露。大神毗湿奴认为，搅动大海就可以得到甘露。大梵天同意。于是，大家开始做各种准备。毗湿奴用神力拔起曼陀罗山，用它当搅棒。水神伐楼那要求分得一份甘露，便同意搅动海水。众神和阿修罗将曼陀罗山放进大海的巨龟背上，天帝因陀罗固定住曼陀罗山的顶端。他们又找来蛇王婆苏吉当搅绳，便开始搅动海水了。搅动大海的情景非常壮观，经过大家的不懈努力，大海中终于出现了乳汁。随后，大海中出现了月亮，又从奶油甘露中陆续出现了吉祥天女、神马和一块宝石。那宝石出现后自动装饰在毗湿奴的胸前，吉祥天女、月亮和神马则按照太阳的轨道相继离开了。

此时，一名医神从大海中升起，手里捧着装有甘露的钵子。阿修罗们都来争抢甘露。毗湿奴立即召来一些迷人的幻灵，把他们变成美女迷惑阿修罗们。毗湿奴和大梵天则趁机拿着甘露夺路而去。众神分得甘露，急不可耐地饮用起来。

一个名叫罗睺的阿修罗变成天神模样，也跟着喝起了甘露。日神和月神当场揭露了他。毗湿奴大怒，立即用神轮（神盘）将罗睺的头颅割下。罗睺喝的甘露刚流到喉咙，他的头得以不死。他记恨日神和月神，所以常常要吞食他们[①]。

阿修罗们发现上当，便与天神们开战。双方打得天昏地暗，大批的阿修罗们被杀死，有的逃入地下，有的潜入大海，

---

① 这里说的是日食和月食。就像我们说天狗吃月亮一样，印度古人说是罗睺吃日、月而发生日食和月食。由于他的头因喝了甘露而不死，就报复日和月，每次都是从嘴吞人，从喉咙出来，所以日食和月食的时间都不长。

众神获得大胜。

这是一篇非常著名的印度神话。说的是天神和阿修罗之间的大战，象征正义与邪恶的斗争，而实际上可能是表现一个种族同另一种族的斗争；同时，还说了日食和月食的来历。

3. 金翅鸟救母

《摩诃婆罗多·初篇》第 14、15、18~30 章讲述了一个《金翅鸟救母》的故事，梗概如下：

在远古的天神时代，生主有两个女儿，迦德卢和毗娜达。她们都是迦叶波大仙的妻子。迦叶波大仙问她们想要什么样的儿子，迦德卢说要 1000 个蛇子，毗娜达说只要两个勇敢非凡的儿子。后来她们都怀孕了。前者生下 1000 个蛋，后者生了两个蛋。500 年后，迦德卢的儿子们都孵出来了，而毗娜达的蛋还没有动静。毗娜达忍不住敲开一个看，这个儿子只发育了上半身，还没有腿。这个儿子被起名为“曙光”，后来成为太阳神的前驱，每当太阳神要驾车巡游天空的时候，他就在前面照亮道路。

一天，姊妹二人看见了众神搅乳海时出现的神马，毗娜达说那神马是全白的，迦德卢说马尾是黑的。二人打赌，输者为赢者当奴隶。次日，迦德卢让儿子们变成马尾上的黑毛，结果毗娜达变成了奴隶。此时，毗娜达的另一个蛋里，大鹏金翅鸟破壳而出，名字叫作美翼。只见他立时长大，光焰万丈，一飞冲天！连众神都感到恐惧。

金翅鸟问母亲为什么会成为奴隶，毗娜达讲述了事情的经过。金翅鸟又问那些蛇子，怎样才能让他和母亲摆脱奴隶地位。蛇子们说，取来甘露就解放他们。

于是，金翅鸟美翼得到母亲的祝福和父亲的指点，便去寻找甘露。众神听说金翅鸟要来拿甘露，都很紧张，因陀罗也做好了保护甘露的准备。金翅鸟威力无比，与众天神大战，搅得三重天一片混沌！金翅鸟杀伤许多天神，迫使他们四处逃命。这时，金翅鸟发现甘露的钵子被一片大火围住，他迅速变出 8100 张嘴，吸干了许多江河的水，然后飞回，扑灭烈火。随即，他又变小身体，想潜入放置甘露的地方。这时他发现甘露的上方有一个飞旋的轮盘，边缘十分锋利。原来这就是毗湿奴的法宝。金翅鸟围着轮盘转，发现上面有轮辐的缝隙，就猛地钻了进去，将轮盘打落。轮盘下还有两条守护甘露的火龙，金翅鸟美翼扬起尘土迷住火龙的眼睛，把它俩撕得粉碎。

金翅鸟驮起甘露钵在蓝天飞行。这时他遇到了大神毗湿奴，毗湿奴见他没有喝甘露，对他很有好感，便给他不老、不死的恩典。他表示也要给毗湿奴恩典，毗湿奴就选金翅鸟为自己的坐骑和旗徽。

金翅鸟继续飞行，因陀罗追了上来。天帝用金刚杵打大鹏，大鹏却笑着说："因陀罗，什么都伤害不了我。我丢下这根羽毛，你连它的尽头都找不到。"果然，那羽毛不仅巨大无边，而且绚丽无比。因陀罗和众神看到了这个奇迹，都惊诧不已。最后，因陀罗表示要与金翅鸟结为永久的朋友，并要求他归还甘露。金翅鸟说，他不会把甘露给任何人，他要把甘露送到一个地方，到了那地方之后就可以归还了。因陀罗同意了，并答应给金翅鸟一个恩典，让他今后以蛇为食物。

金翅鸟将甘露驮到母亲身边，对蛇子们说："从今天起我们就自由了。甘露在拘舍草上，你们去吃吧。"当众蛇沐浴的时候，因陀罗已经把甘露取走。而那些蛇子们还兴高采烈地舔拘舍草，结果舌头都舔裂成两条了。

在这个神话里包含着多个要素：一、开头部分属于"卵生神话"。二、解释自然界的几个现象，如每天日出前的曙光、鹰吃蛇的天敌现象（暗示了不同部族间的争斗）和蛇的舌头分岔现象。三、交代了毗湿奴以金翅鸟为坐骑。四、从此金翅鸟作为印度神话中的一员频繁出现，佛教和耆那教神话也予以吸收。

还有一个值得注意的情况是，书中对金翅鸟大闹天宫有更为详细的描写。这很容易使我们联想到中国的类似故事。

4. 葫芦娃和驮着大地的象

《摩诃婆罗多·森林篇》第 34 章有一个萨竭罗王和他 6 万个儿子的故事.

远古的时候，有一个很有威德的国王，名叫萨竭罗。他有两个妻子，但却没有儿子。一天，他为了得到儿子，带着两个妻子来到喜马拉雅山，在那里修炼苦行。他的修炼终于感动了大神湿婆，湿婆给了他恩典：他的一个妻子可以生下 6 万个儿子，另一个妻子可以生下 1 个儿子。萨竭罗王高兴地带着妻子们回到王宫，不久，两个妻子都怀孕了。到了分娩的时候，他的一个王后生的不是 6 万个儿子，而是一个葫芦。萨竭罗王想把葫芦扔掉，这时，天空中传来一个声音："国王啊，不要抛弃自己的儿子。你赶快把葫芦剖开，取出葫芦籽，放到6万个酥油罐里，罐里要装上热气腾腾的酥油，然后你就会得到6万个儿子了。这是湿婆大神的旨意，你不能违反。”

萨竭罗王遵照湿婆大神的旨意行事，果然得到了6万个儿子。但这些儿子们长大以后都无知无识，依仗人多势众到处残害众生，甚至不把天神放在眼里。

一天，萨竭罗王要举行马祭，让自己的6万个儿子保护祭马。那匹祭马走向大海边。当时，海水已经被南极星仙人喝干，露出了海底。但祭马却在这里突然失踪了。儿子们回来禀告父王，说祭马一定是被人盗走了。萨竭罗王下令，祭马必须找回。但6万个儿子踏遍大地也没有发现祭马的影子。他们再次来到海滨，走向海底。这回他们发现一条裂缝，于是动手挖掘。那里本是海神伐楼那的宫殿，也是阿修罗、罗刹、龙蛇等水族的洞府。海神和这些生灵被6万个儿子搅闹得痛苦不堪，许多生灵丧命。但6万个儿子仍然不肯罢休，挖个不停。

这时，他们挖到海底很深处，首先发现了东方的大象。它驮着大地的东方，连同地上的山川、森林，只要它的头稍微一晃，整个大地就会震动。他们绕过这头大象，又依次向南、向西、向北，各发现一头大象。就这样，6万个儿子挖了很久很久，挖遍了海底深处，还是没有找到祭马。最后，他们把地狱挖开了。

进入地狱，他们发现了那匹祭马。地狱里有一位迦毗罗仙人，因修炼苦行而具有无比的法力，周身放光。据说他是大地女神的丈夫。他对这6万个儿子破坏大地的恶行早已愤怒了。而那6万个儿子根本没把仙人放在眼里，直接去牵那匹祭马。仙人怒气冲冲地瞪着那 6 万个儿子，两眼冒出神光，6 万个儿子迅即被神光烧死。

在我国，许多民族都有关于葫芦生人的神话，这则故事告诉我们，印度也有这样的神话。关于大地被四个大象驮着的神话，以及大象晃头发生地震的说法，在中国也有类似的传说，只不过中国的传说中不是大象驮着大地，而是巨龟或龙。例如，中国民间曾把地震说成是“龙翻身”。

5. 美娘

《摩诃罗多·森林篇》第 123~135 章《美娘》的故事情节大体如下：

大仙婆利古的儿子名叫行降。他修炼苦行多年不动，以致蚂蚁在他身上做了窝。他身体周围都是泥土，像个土堆，上面长满野草。

有位名叫芦箭的国王，只有一个非常美丽的女儿，名叫美娘。美娘随父王人马出游，无意中发现蚁垤中有一双闪动的东西，便好奇地用荆棘刺破了行降仙人的双眼。仙人盛怒之下，用苦行的威力封闭了军士们的大小便。军士们痛苦不堪。国王便问：“这是行降仙人修炼苦行的地方，你们有谁冒犯了他？”

美娘说：“我发现蚁垤中有东西在闪光，以为是萤火虫，便用一根荆棘刺了它。”芦箭听了，飞快地向蚁垤跑去，合掌赔罪。行降仙人对国王说：“你的女儿端庄秀美，能嫁我为妻，我的怒气就会平息。”芦箭一口应承，把女儿嫁给了行降。行降仙人娶了美娘，心中欣喜。美娘也遵循妇道，对丈夫温柔体贴。

一天，天神双马童看见了正在沐浴的美娘，心中喜欢，便问：“美丽的女郎，你是谁家的女儿？”美娘回答：“我是芦箭的女儿，行降的妻子。”双马童说：“你为什么嫁给一个年迈的老汉？你应从我们二人中选一个新郎。”美娘说：“请你们不要有非分之想。”双马童又说：“我们俩是医神，可以使你丈夫变得年轻美貌。然后，你在我们仨中间选一位做你丈夫，怎么样？去和你丈夫商量一下吧。”

美娘把事情告诉了丈夫。行降同意按照双马童的意思办。于是，行降和双马童都跳到湖里。一会儿，又一起钻出水面。这时，三人竟变得一模一样了。美娘运用智慧的力量，辨认出了自己的丈夫。行降获得了青春，又重新获得了美娘。他感谢双马童，答应要让他们成为能够在天帝因陀罗面前饮苏摩酒的神。双马童也满怀喜悦地返回天上。

后来，芦箭国王得知行降返老还童，便来到森林道院看望。行降仙人要为国王主持一次祭祀。国王大喜。在一个吉祥的日子，行降仙人登上祭坛，天神们也都纷纷降临。然而，就在行降仙人拿起勺子为双马童盛苏摩酒时，天帝因陀罗上前拦住了行降，说他们不配饮用苏摩酒。行降仙人根本不理会因陀罗，又拿起勺子为双马童盛酒。这时，天帝因陀罗说：“如果你仍然毫无顾忌地为双马童盛苏摩酒，我就用金刚杵打你。”他举起金刚杵，不料，那手臂悬在半空不能落下。原来，它已经被行降仙人用法力给定住了。行降仙人神色从容，口念咒语，恶灵出现了。它一张大嘴，上顶天，下触地，要吃掉因陀罗。因陀罗惊恐万分，连忙同意给双马童饮苏摩酒的权力，行降仙人才收了法力。

大家尽兴之后，因陀罗、双马童等天神都欢喜离去。芦箭国王得到了天神的祝福。行降仙人也与美娘一起过着美好的时光。

这个故事说明了三个问题：第一，古人崇拜苦行和咒语，鼓吹婆罗门仙人的法力。第二，宣扬妻子对丈夫的忠诚。第三，表现了人们对青春美丽的渴望。

三、往世书神话

（一）十八大往世书简介

1.《梵天往世书》

全书约 1 万颂（诗节）。首先叙述书名的由来、宇宙创造、各摩奴时期、日族与月族帝王谱系及地上世界、地下世界、星宿等内容，继而以大量篇幅讲述印度教圣地、黑天的传说等。最后讲祭祀仪式、种姓职责、人生阶段、毗湿奴崇拜、时代的划分等，其中还说到印度古代六派哲学中的瑜伽派和数论派。

2.《莲花往世书》

全书约 5.5 万颂，相当于《摩诃婆罗多》的一半，是现存往世书中最长的。共分为 5 篇（有的版本分 7 篇）：（1）《创造篇》。先说书名由来，说梵天自莲花中出生，创造了世界。继而说了时间的划分、时代及各摩奴时期，以及诸神的起源及帝王世系，种姓的产生及其职责；罗列了部分圣地，讲了有关圣地的故事；众神和阿修罗搅乳海的故事、毗湿奴诛杀恶魔摩杜及化身为野猪诛杀恶魔希兰雅叉的故事等；还涉及湿婆、雪山神女及战神塞健陀的事迹。最后讲到恒河崇拜、太阳崇拜、女人忠贞和贫人不贪的功果等。(2)《大地篇》。先讲大地创造之初，迦叶波大仙的二妻各生一群后代，分别为众神和阿修罗。然后通过迦叶波大仙之口解说世界的实与不实，以及灵魂和生死等哲理。继而又通过极裕仙人之口讲述达磨（法）的本质。此后讲了一些遵行达磨和不遵行达磨的各种故事，其中包括《摩诃婆罗多》中迅行王的故事。(3)《天国篇》。先是关于毗湿奴崇拜的说教，然后讲到世界的创造、五大元素的形成、印度的主要山脉、河流、古国及四时代等，又讲到四种姓职责、人生四阶段等。继而又是崇拜毗湿奴的说教及如何洗去罪孽等。(4)《地下篇》。主要讲述了一个完整的罗摩故事，但对罗摩本人事迹的叙述简略，而对罗摩之父十车王及罗摩两个儿子的故事叙述较详。(5)《后篇》。先是通过湿婆和雪山神女对话的形式讲述毗湿奴崇拜的意义和功果，然后讲到恒河女神同大海结合生下个儿子名叫水持，水持长大后成了恶魔统帅，打败天神，湿婆同水持大战，并赐水持恩典。继而叙述了土星神和十车王的故事，介绍了月份和每月中的礼拜仪式。又用很长篇幅讲述听《薄伽梵歌》各章的益处及毗湿奴的八次化身故事。最后讲到毗湿奴崇拜及四时代等。

3.《毗湿奴往世书》

全书约 2.3 万颂，分为六篇。第一篇，首先提出了宇宙起源、天地形成、诸神世系、时代划分，以及有关达摩、仙人和吠陀的问题，然后逐一解答，讲述若干神话传说。第二篇，先讲述摩奴后代的世系及其对七大洲的统治，其中突出了印度的统治者婆罗多，然后专门介绍了七大洲之一的南赡部洲以及位于南赡部洲中心的妙高山（须弥山、修弥罗山），介绍了印度古国、山脉、河流等；继而介绍其他各洲情形，又讲到天上的太阳、月亮、星辰以及季节、月份等；最后讲了有关婆罗多的故事。第三篇，开始讲了七个摩奴时期，又预言未来的七个摩奴时期，然后介绍四吠陀及往世书等文献，介绍四种姓职责、人生四阶段等，并穿插了一些故事。第四篇，主要讲述日族和月族的帝王世系，并穿插了其中一些帝王的传说，如罗摩故事、优哩婆湿的故事、黑天故事、迅行王故事、福身王故事等。第五篇，完整地讲述了黑天的故事。第六篇，先讲述四个时代的划分，重点讲了第四个时代——争斗时代的情形；后又进行道德、业报、轮回、行善、修行等说教。总之，全书突出的是毗湿奴的至尊地位。

4.《湿婆往世书》

全书约 2.4 万颂，分为七个本集：《知识之神本集》《楼陀罗本集》《百楼陀罗本集》《千万楼陀罗本集》《乌玛本集》《盖罗娑本集》和《风神本集》。全书主要讲述湿婆的事迹，认为湿婆是宇宙的本源，是宇宙的最高实体和最高灵魂；还具体讲述了湿婆的标志、特征和化身，讲述了“林伽”崇拜的起源和意义，以及湿婆崇拜的仪式、方法等。具体的故事可见下文《湿婆的故事》（第 64 页）。

5.《薄伽梵往世书》

又称《幸福海》，是目前印度流传最广的一部往世书，长约 1.8 万颂，共分 12 篇，篇下分章。第一篇先叙述崇信毗湿奴的功德，并笼统提出了毗湿奴的 24 次化身；然后描述了《摩诃婆罗多》中大战之后的情况。第二篇讲述世界的创造、毗湿奴化身等。第三篇颂扬黑天，较详细地描绘了世界的创造及毗湿奴的两次化身故事。第四篇讲述了第一摩奴的谱系，讲了湿婆的故事、北极星的传说及一些虔信毗湿奴者的故事。第五篇开头讲解家庭生活和精神解脱的关系，又讲了几个帝王故事，然后描述了地上七大湖、天上日月星辰及地下各区域和地狱的情况。第六篇讲述了几个毗湿奴崇拜者获得功果的故事。第七篇主要讲述毗湿奴化身成人狮的故事。第八篇讲述一个国王被诅咒变成象王，因虔信毗湿奴得升天国；同时还讲述了毗湿奴化身为龟、侏儒和鱼的故事。第九篇讲述第七摩奴的谱系，说第七摩奴的后代分为日月两大族系，其儿子的后代为日族，其女儿的后代为月族；接着又讲述了两大族系中若干帝王的故事。第十篇最长，详细叙述了黑天的生平事迹。第十一篇讲述黑天完成在人间的使命，返回天国。第十二篇讲述黑天死后的争斗时代里的帝王谱系、种种社会罪恶和世界的毁灭，告诉人们要聆听毗湿奴的事迹，沉思毗湿奴，以达到最后的解脱。

6.《那罗陀往世书》

约有 2.5 万颂，是一部毗湿奴教派的知识手册。全书分为两大部分。第一部分，先讲述宇宙的起源：那罗延（即毗湿奴）是宇宙的本原，他从右侧生出梵天，中间生出楼陀罗（湿婆），左侧生出毗湿奴；他以梵天的形式创造世界，以毗湿奴的形式保护世界，又以湿婆的形式毁灭世界；继而又讲述业报、毗湿奴崇拜、道德礼仪、知识和修行等问题，中间穿插了许多神话传说。第二部分，先讲述礼仪、禁忌、教育、数学、语法、天文、音韵等，最后讲如何崇拜毗湿奴及其化身。

7.《摩根德耶往世书》

全书约 0.9 万颂，可能是最古老的一部往世书，但也有较晚传入的内容。其中，因陀罗、火神、太阳神的地位较为突出，而毗湿奴和湿婆的地位却不太突出。许多神话传说都与《摩诃婆罗多》关系密切，这部往世书也不例外，讲到了七大洲、各摩奴时期、种姓、生死、天堂、地狱，以及道德、礼仪等。

8.《火神往世书》

全书约 1.5 万颂。先讲述毗湿奴十次化身故事，又讲了湿婆林伽和杜尔迦女神崇拜问题。其余部分则包括政治、军事、法律、吠陀、往世书、医学、诗律、语法、占星、礼仪、天文、地理等内容。

9.《未来往世书》

全书约 1.45 万颂。按书名，这应是一部预言未来的往世书，但实际内容却十分杂乱，因而可能不是原书。该书分为三篇：《梵篇》，开始先讲述宇宙的生成，后来又讲了时代、种姓、女人的本分等。《造物篇》，主要讲历代国王及其事迹，讲到印度各地的王国和国王，甚至还提到了中国（支那）。本篇最后部分讲到几个穆斯林统治者的名字，如贴木儿、胡马雍和阿克巴等，说明这一部分成书很晚，至少在 15 世纪，因为阿克巴死于 1605 年。《后篇》，讲述了各种罪孽和地狱的恐怖，讲述了拜神仪式、祭品、祷词、咒语等，告诉人们如何才能获得解脱和进入天堂。

10.《梵转往世书》

全书约 1.8 万颂，分四篇：《梵篇》《原质篇》《群主篇》和《黑天出生篇》。分别讲述了宇宙的创造、五位女神、群主（湿婆与雪山神女之子）和黑天的故事，其中黑天的故事是全书的主要部分。

11.《林伽往世书》

全书约 1.1 万颂，分为两个部分。第一部分讲述世界的创造，说湿婆是宇宙的本原和最高主宰：还叙述了湿婆的 28 次化身及林伽崇拜、天文、地理、帝王世系等。第二部分讲述了种种有关湿婆林伽的传说，介绍了一种使个体灵魂（自我）与最高灵魂（湿婆）合而为一的修行方法——“牛主瑜伽”。

12.《野猪往世书》

全书约2.4万颂，重点介绍的是毗湿奴教派的祷词、仪式、修行方法、日常行为规范等，中间穿插了许多神话故事。还以不少篇幅介绍毗湿奴派的圣地，也讲述了关于湿婆和杜尔迦女神的故事。

13.《塞健陀往世书》

据说全书有8.1万颂，但实际上这部往世书的原作已经散佚。现存的各种抄本比较混乱，一般认为它有六个本集和50篇，但也不是定论。现据其中一个版本介绍其主要内容如下：该版本分为六篇：（1）《大自在天篇》，先讲述湿婆大闹陀刹的祭祀，打败包括毗湿奴、梵天和因陀罗在内的所有天神，又讲罗摩与罗婆那的故事和搅乳海的故事，然后讲湿婆崇拜。（2）《毗湿奴派篇》，先描绘毗湿奴野猪化身的形象，又讲朝拜圣地和在圣河中沐浴的功效，继而叙述学习往世书和在不同月份崇拜毗湿奴的不同功效等。本篇提到中世纪毗湿奴派宗教哲学家罗摩奴阇，此人死于公元12世纪，因此，本篇的编定年代较晚，而且是毗湿奴派强加进本书的。（3）《梵篇》，本篇主要介绍一些重要的圣地，讲述如何通过虔诚去亲证毗湿奴以获解脱。这与中世纪印度教的“虔诚运动”有关，因而可以断定，这部分亦成书较晚。（4）《迦尸篇》，迦尸为地名，在恒河之滨，印度古代文化中心之一，今之瓦腊纳西，又称贝拿勒斯。一般认为，本篇可能是本往世书的原有部分。本篇先是罗列出印度教的若干圣地，讲述朝拜圣地的功果，然后重点介绍迦尸和迦尸的湿婆圣地。（5）《阿温提篇》，阿温提为古地名，在今纳玛达河以北，中印度的乌贾因市一带，亦是古代文化中心之一。本篇主要介绍这里的圣地，并通过一些故事说明朝拜这些圣地的功果。（6）《雷瓦篇》，雷瓦为河名，又称纳玛达河，圣河之一，在中印度温底耶山脉南侧由东向西入阿拉伯海。本篇主要介绍这条圣河的灵迹，穿插了不少神话传说。

14.《侏儒往世书》

全书约 1 万颂。书中讲述了毗湿奴的化身故事，但更主要的是介绍湿婆教派的圣地、湿婆林伽崇拜及湿婆、雪山神女、塞健陀和群主的故事。

15.《龟往世书》

全书约 1.7 万颂。书中的主要内容是颂扬湿婆，讲述湿婆的化身故事，介绍湿婆圣地，告诉人们如何通过沉思认知湿婆和如何通过虔诚的仪式获得最高知识。

16.《鱼往世书》

全书约 1.4 万颂，被认为是一部比较古老的往世书，但也有后来传入的成分。书中的许多故事都与《摩诃婆罗多》中的一致，如哄呼王与优哩婆湿的故事、迅行王的故事、神魔大战、搅乳海、莎维德丽的故事等。与其他几部往世书一样，本书也介绍了十八往世书、九大天体、七大部洲、四个时代、毗湿奴化身、湿婆诛魔、战神出世、王朝世系、君王职责、宗教仪式、宗教节日、占星占梦、法律道德，等等。

17.《大鹏往世书》

全书约 1.9 万颂，分为三篇：（1）《业篇》，讲述医学、诸神崇拜、法论、天文、地理等。（2）《法篇》，叙述生死、业报、解脱以及丧葬仪式等。（3）《梵篇》，讲述毗湿奴的崇高地位、圣地等。但有的版本不分篇，而将全书分为18章。1~4章讲述地狱的恐怖和导致下地狱的罪恶。第5章讲述毗湿奴的至尊地位及遵守达磨的意义。第6、7章讲业报轮回、毗湿奴十个化身及解脱轮回的做法等。第8~11章讲人死后应举行的祭奠仪式等。第12章描述地狱的规模。第13章讲述人体脉络和禅思方法。第14章讲述如何永久摆脱世间苦难。第15章讲医学、保健方面的知识。第16、17章讲虔信毗湿奴的意义及方式。第18章讲述宇宙的创造和神魔的产生。

18.《梵卵往世书》

原作已经散佚，现存约1.2万颂，是一些颂神诗和传说故事。其主要内容有：世界的创造、仙人谱系、帝王世系、摩奴时期、优秀人物事迹、世界各洲、七大圣山、天体星座、毗湿奴化身、神魔争斗等。①

从上面的简介可知，往世书中包含有大量神话，而且同一个神话也有多种版本，我们这里只能介绍其中小小的一部分，即几个流传广、影响大、代表性强的故事。这些故事主要可分为两个系列。

（二）毗湿奴故事系列

往世书文献中，关于毗湿奴的神话故事很多，主要是他的化身故事。下面介绍三个。

1. 黑天的故事

讲述黑天故事的文献很多，而往世书文献是最主要的，如《诃利世系》《薄伽梵往世书》和《毗湿奴往世书》，都比较集中和完整地讲

① 季羡林主编：《印度古代文学史》第三编第一章（黄宝生文），北京：北京大学出版社，1991年版。

述了黑天的故事。《诃利世系》通常是附在《摩诃婆罗多》的后面，被视为其第十九章。但《诃利世系》是一部独立的书，是一部往世书类型的作品，也有人直接称它为往世书。其故事情节与《薄伽梵往世书》和《毗湿奴往世书》中的情节基本一致，只是缺少黑天少年时代与牧女们（特别是与罗陀）调情、嬉戏的情节。

黑天故事的前半截叙述了黑天的出生和少年时代的英雄事迹，但给人印象更深的却是他与牧女们的调情和嬉戏，由此，他身着黄衫、手持横笛的牧童形象便确立起来，成为当今印度教徒的标准偶像。黑天故事的后半截讲述黑天如何诛杀一些反对他的国王，建立功业，并在摩诃婆罗多大战中起到重要作用，最后完成在人间的使命而返回天国。下面仅介绍其少年时代的故事梗概，依据的是《诃利世系》和《薄伽梵往世书》第十章。

根据众天神的请求，毗湿奴决定投胎人间，参与一场大战，以除去一批暴君，减轻大地女神的沉重负担。

大仙迦叶波因遭到诅咒而投胎为牧民富天，他有两个妻子，提婆吉和罗希尼。提婆吉的哥哥是暴君刚沙。此人非常强大，而且骄横残暴，百姓敢怒而不敢言。

毗湿奴决定投胎到提婆吉的腹中。此前，天神那罗陀给刚沙通风报信，说：“你将被你妹妹生的儿子杀死。”于是，刚沙严密监视提婆吉，接连杀死了六个她产下的婴儿。当提婆吉怀上第七胎时，毗湿奴运用神力将胎儿转移到富天第二个妻子罗希尼的腹中，自己作为提婆吉的第八胎进入提婆吉的腹内。不久，罗希尼先生下一子，叫大力罗摩。接着，提婆吉也生下一子，叫作黑天（克里希纳）。同时，牧人难陀的妻子耶雪达生下一个女孩。根据毗湿奴事先的安排，富天和难陀交换了孩子。这就躲过了刚沙的虐杀，黑天也就成了难陀和耶雪达的养子，在他们家长大。

刚沙还是不断派阿修罗来谋杀黑天。在他还是婴儿的时候，一个阿修罗来谋害他，被他踢死；一个女阿修罗企图用毒奶毒死小黑天时，黑天吸干了她的乳汁并吸去了她的灵魂。在黑天和大力罗摩的儿童时期，黑天使出计谋，让牧民们迁移到沃林达森林一带居住。亚穆纳河流经沃林达林，水草肥美，宜于居住和放牧。那里有一个深潭，龙王经常出来吓唬小孩，黑天跳进潭里制服了龙王。

黑天和大力罗摩渐渐长大，他们杀死了许多阿修罗。同时，他们在沃林达和附近的牛增山放牧，度过了幸福快乐的时光。

他们放牧时，黑天总是吹响他手中的横笛，不仅吸引了许多牧民，连动物和花草也受到感染。尤其是那些青春年华的牧女们，听了笛声，迷恋不已。黑天也喜欢与她们玩耍嬉戏。一天，牧女们来到亚穆纳河边，脱了衣服下河洗澡。黑天和伙伴们把她们的衣服藏到树上，然后喊她们出来。面对这种恶作剧，牧女们只好央求黑天把衣服归还她们。黑天和她们约定，晚上出来一起玩。

黑天和牧女们在亚穆纳河边唱歌跳舞做游戏，度过了许多个美丽的夜晚。她们虔诚地爱着黑天。

今天，我们在印度从南到北，到处都能看见黑天的牧童形象，说明了他在民间受崇拜和受喜爱的情况。但今天在民间流传的黑天生平故事，已经与往世书中的情节有所不同了。原因是，在印度的中世纪，许多方言文学都对黑天的故事进行过加工，各地出现了许多大同小异的版本。其中影响最大的是《苏尔诗海》。

2. 人狮的故事

《薄伽梵往世书》第七篇第2~10章有毗湿奴化身为人狮的故事：

在大神毗湿奴化身成野猪杀死了金眼之后，底提耶（巨魔，阿修罗属）之王金蒂立即召集了军队，扬言要为兄长报仇。他想成为宇宙的主宰，于是到曼陀罗山中修炼可怕的苦修。他的苦修震动了三界。于是梵天答应给他恩典。

金蒂要成为一个不可战胜的人。不论白天、黑夜，从体内还是体外，在空中还是在地上，不论使用什么武器，不论任何生灵，人、兽、神、魔、蛇，都不可能杀死他。梵天赐给他这恩典。金蒂有了梵天的恩典，在三界中横行。

金蒂有四个儿子。布勒赫拉德最小，也是最有德的。他虽然生来是阿修罗，却没有恶魔的习气，自幼就虔信大神毗湿奴。一天，布勒赫拉德从祭司们的道院回来，金蒂把他搂在怀里，问："孩子，你从师父那儿都学了些什么？"

布勒赫拉德说："父王，崇拜大神毗湿奴有九种方法：聆听大神的功行，唱赞美诗，默念大神的名号，侍奉大神的圣足……"不等布勒赫拉德说完，金蒂早已气得嘴唇颤抖，他不能容忍儿子这样，命令手下人把他拉出去杀掉。

这时，布勒赫拉德平静地坐在那里，心中默念着大神的名字。众恶魔用长矛扎他，把他丢在疯象脚下踩，又沉在大海里，但布勒赫拉德总是安然无恙。金蒂感到了威胁："看来，谁也杀不死他。如果我要杀他，该死的一定是我。"

金蒂只好把他暂时看管起来。但布勒赫拉德常常将底提耶的儿子们召集在一起，向他们传授崇拜大神毗湿奴的知识。底提耶的儿子们很快受到布勒赫拉德的影响，都开始崇拜毗湿奴了。金蒂得知消息，决心亲手杀死布勒赫拉德。

布勒赫拉德奉召来到父王面前，金蒂斥责他说："愚蠢的东西！看来，我不得不亲手杀死你了。我倒要看看，你的那个大神如何来保护你。"

说着，金蒂怒不可遏地抓起宝剑，朝屋子中央的大柱子狠狠一击。那柱子突然发出一声巨响。金蒂高举着宝剑的手臂停在了半空中。这时，存在于万物之中的大神毗湿奴，从柱子中显现出来。他半身是狮，半身是人，眼睛和利齿发出令人胆寒的光芒，舌头像剑一样，爪甲像矛尖。金蒂看到人狮，手持铁杵，一声怒吼，向人狮扑去。就像金翅鸟捉蛇一样，人狮把金蒂轻而易举地捉住。金蒂拼命地挣扎，却无济于事。人狮将金蒂丢在脚下，用自己的利爪撕碎。

众天神得知金蒂被杀，一片欢呼。但人狮的怒气却不消退。梵天、湿婆、因陀罗诸天神也来到现场。他们站在离人狮不远处赞颂大神，请大神息怒。但人狮的怒气仍不肯消去。众天神请大神的妻子吉祥天女来，但吉祥天女看到如此可怕的形象，也不敢靠前。梵天想起布勒赫拉德，就叫他去试试。布勒赫拉德走到人狮跟前，伏地膜拜。人狮见是个孩子向他行礼，顿时消了气。他让布勒赫拉德起来，把手放在他头上，说："祝福你，孩子，有什么愿望就提出来吧。"

但布勒赫拉德没有向大神要求什么。他说："提出要求，希望得到满足的人，不是真心侍奉你的人。就让我成为你绝无欲念的崇拜者吧。"

大神说："孩子，我给你这恩典。等你用无欲念的善行消除了罪恶，最终从肉身中得到解脱后，你将来到我身边。”说完，大神的化身人狮便消失了。

布勒赫拉德向梵天、湿婆和众天神恭敬地行了礼。梵天和太白仙人等使布勒赫拉德成为底提耶之王，然后就回各自的天界去了。

这个人狮的故事宣扬的是毗湿奴崇拜。它告诉人们，只要一心崇拜大神毗湿奴，在危难中默念毗湿奴，就会得到大神的护佑。

3. 侏儒的故事

《薄伽梵往世书》第八篇第 15~23 章讲了大神毗湿奴化身侏儒的故事：

伯力的祖父是布勒赫拉德。一次，他的师父太白金星仙人为伯力举行了一次祭祀。祭祀中，伯力得到了宝铠甲、神车、神弓和永远装满箭的神箭壶。

伯力穿上铠甲，手持神弓箭，坐上神战车，在人间和地界，建立了自己的神威。伯力征服了人间和地界之后又想征服因陀罗的天界。于是他率领着强大的军队包围了整个因陀罗的领地。因陀罗听从了天师祭主的忠告，撤出了天界。于是，伯力成了三界的主人。众天神陷入苦难之中，四处游荡，过着不安定的日子。

天神之母阿底提得知儿子们的艰难处境，十分痛苦。她虔诚地膜拜大神毗湿奴。大神终于显现在天神之母面前，对她说：“阿底提，我知道你心中的苦楚。不要难过，我立即投胎在你的腹中，化身为侏儒出生，然后将你的儿子们从苦难中解救出来。”大神毗湿奴说完就消失了。阿底提盼望着大神的降生。

黎明时分，大神化身的侏儒降生了。几个小时后，他就向母亲告别。大神侏儒打扮成婆罗门梵行者，来到伯力的祭祀棚中，在场的全体婆罗门都站立起来欢迎他。伯力也站起来，虔诚地行礼，请侏儒坐上华美的宝座，说：“你需要什么就请吩咐吧。我可以给你一切。”

侏儒说：“对于一个梵行者来说，财富和权力都是没有意义的。我只想向你要求三步大小的一块地。”

伯力说：“好吧，既然只需要三步大小的一块土地，那就给你吧。”伯力用手掌捧起一捧圣水，表示他决定施舍给大神三步大小的土地。大神侏儒接受了这施舍后，就开始变得高大起来，最后，大神的身体竟把整个宇宙都包括了进去。

毗湿奴只用了两步就跨过了伯力统治的三界，他看着伯力说：“伯力，请你告诉我，我第三步应该放在哪里？你答应给我三步土地的，答应施舍却不能实现，这样的人在地狱里也得不到位置。”

伯力说：“至高无上的主，你两步量去了我的三界，现在我身边没有一寸土地了，但那又怕什么。我的头在这里，你把那第三步踏在我的头上吧。”

大神毗湿奴就真的将第三步踏在了伯力的头上，说：“我对你的虔诚很满意，为此，我让你成为地下世界之王，你的子子孙孙将永远拥有这个王国。”

伯力带领全体底提耶到地界去了。因陀罗也带领诸神高高兴兴地返回了天界。

这个故事流传很广，也影响到佛教。在我国，也有这个故事的变体[①]。

（三）湿婆的故事

往世书文献中关于湿婆的故事也很多，下面的前3个故事是根据《湿婆往世书》节选的，第4个故事是根据《摩根德耶往世书》下卷节选的[②]。

《湿婆往世书》中说：

> 大神湿婆是世界之主，是时间之神。世界是他创造出来的。
>
> 大神湿婆有三只眼，五张面孔和十条手臂。他的头上是恒河和一弯新月，手上持一把三叉戟。当他发怒时，他的第三只眼便会喷出烈火，烧毁使他发怒的一切。他创造一切也毁灭一切。
>
> 最初，无形而永恒的大神湿婆为了创造世界，就从自体的左半边生出毗湿奴，从右半边生出梵天，从心中生出楼陀罗，然后又命令梵天创造世界。
>
> 梵天先生出十个儿子，他们是被称为生主的摩利支、陀刹等十仙人，然后又从心中生出一个儿子，他让这个儿子待在有生命的生物心中，掌管这些生物的感情并帮助他创造世界。梵天的十个大仙儿子为这个后出生的英俊儿子取了许多名字，其中一个叫作迦摩（爱欲）。迦摩就是爱神，他有五支

① 参见拙文：《白族民间故事与印度传说》，载张玉安、陈岗龙主编：《东方民间文学比较研究》，北京大学出版社，2003年。

② 薛克翘主编，王晓丹编译：《东方神话传说》第四卷，北京：北京大学出版社，1999年版。

锐不可当的花箭。

1. 沙蒂

梵天通过苦修使世界之母湿娃女神欢喜，然后请求她降生为陀刹的女儿，并成为大神湿婆的妻子。陀刹也行了苦修，他使女神高兴了之后，就请求她降生为自己的女儿，然后做大神湿婆的妻子。女神同意了。

女神遵照诺言投胎在陀刹妻子的腹中。陀刹夫妇按规矩实行了一切礼仪，小心翼翼地保护着胎儿。届时，女神降生了，陀刹为她取名叫沙蒂。

沙蒂渐渐长成一个亭亭玉立的少女。这时，陀刹开始考虑如何使湿婆成为沙蒂的丈夫。沙蒂明白父亲的心思，她经过母亲的允许，在家中发愿，要大神湿婆做自己的丈夫。她全身心地按照规矩执行“欢喜戒”。

梵天、毗湿奴和众天神看到沙蒂如此虔敬地遵守戒行，都十分欢喜。为了帮助沙蒂实现自己的心愿，他们带着各自的妻子一起来到盖拉斯山上。梵天对湿婆说：“世尊，我和毗湿奴都结婚了，现在也请你结婚吧。这是我们大家的请求。”毗湿奴在一旁也表示赞同。湿婆回答说：“我是个瑜伽修行者，我只在瑜伽修行中感到乐趣。对一个苦修者来说，享乐是没有意思的。不过，我不想使我的崇拜者感到扫兴和不愉快。问题是，在你们看来，是否有这样一位姑娘，她能够忍受得住我的力量，并且按照我的意愿成为一个女瑜伽行者呢？”听了湿婆的话，梵天就讲述了陀刹之女沙蒂的誓愿和戒行，说沙蒂是合适的姑娘。大神湿婆接受了请求。众天神心满意足地回各自天界去了。

一次，许多仙人聚集在圣地钵罗耶伽（恒河与亚穆纳河汇流处），举行一次大祭祀。梵天带着妻室，湿婆带着沙蒂和仆从来参加祭祀。生主陀刹也来到祭祀场中，看到大神湿婆不向自己行礼，被激怒了。为了羞辱湿婆，陀刹也要举行一个很大的祭祀。他邀请了所有的天神、毗湿奴和梵天，唯独不请大神湿婆。

沙蒂得知消息，要求湿婆带她去。湿婆知道自己去了会没趣，就让沙蒂自己带上随从去了。沙蒂回到家中，受到母亲和姐妹们的欢迎。但陀刹和他的追随者们却对她表示轻蔑。沙蒂对父亲的做法十分不满。陀刹却数落和贬低了湿婆一番。沙蒂听了父亲的话，心里很痛苦，心想："我怎么回湿婆那里去呢？他要是问起来，我如何回答才好？"想到这里，她愤怒地对父亲说："凡是诽谤和听任别人诽谤湿婆的人都必定要下地狱。因为你是我的生父，所以湿婆有时又叫我作陀刹之女。现在我因这名字而感到羞辱和痛苦，我要抛弃你给的这可恶和卑贱的肉身。众天神、仙人们啊，你们诽谤了湿婆，很快会遭到湿婆的惩罚！"说完，她平静地面北坐在地上，通过修炼瑜伽，从自身产生出火来，将自己的肉体焚化了。

湿婆的仆从仓皇回来，向湿婆禀报事情的全部经过。湿婆愤怒地现出了他的大楼陀罗相。他拔下自己的一束发辫，怒气冲冲地朝山峰抽去。只听震撼天地的一声巨响，发辫立即断成两截。发辫的前半段生出了一个英武无比的勇士，就是忠实于湿婆的雄贤。雄贤有两千只手臂，他的气势像末日的火焰一样猛烈。发辫的后半部分生出了伟大的迦梨女神（时母）。她相貌十分凶恶，被千千万万数不清的恶魔簇拥着。

大神湿婆命令雄贤和迦梨女神去彻底捣毁祭祀，消灭所有在场的天神、乾达婆和药叉，连毗湿奴、梵天、因陀罗、阎摩等都包括在内。就这样，雄贤率领着重兵，和迦梨女神一起浩浩荡荡地奔赴陀刹的祭祀场。

众天神和湿婆的仆从展开了激烈的厮杀。雄贤向天神们射出无数利箭。天神们受了伤，就向四面八方逃散了。毗湿奴这时明白，这一切都是湿婆的旨意，于是带领自己的仆从们回天界去了。梵天见毗湿奴退出战斗，也悄悄溜走了。

这时，陀刹吓得躲了起来。雄贤捉住陀刹，拧下他的头，扔进火盆。

最后，经众神请求，湿婆同意让陀刹复活，由于他的头已经烧成了灰，就给他按上一个山羊头。

在这个故事里，沙蒂是世界之母投胎后的化身。世界之母湿娃是湿婆的另一半。沙蒂代表的是妻子对丈夫的忠贞，所以，"沙蒂"（Sati）一词后来就具有了特殊的意义，变成了印度教中的"寡妇殉葬"制度，即一个已婚妇女的丈夫如果死了，不管妻子多么年轻，也要伴随着丈夫的尸体一起火化。古代，这样的女性受到教内信徒的崇敬，认为可以升入天堂。但是，在现代社会却受到普遍的谴责和法律的严禁。

2. 雪山神女

陀刹之女沙蒂在祭祀中自焚后，又投胎至众山之王喜马谐尔（喜马拉雅）之妻曼娜腹中。曼娜生出了世界之母。喜马谐尔得知女儿出生，便举办了一个十分盛大的庆典，仙人们给新生的女婴取名叫帕尔瓦蒂（雪山神女），又叫迦梨女神（时母），又叫杜尔迦女神（难近母）。雪山神女慢慢长大，开始从师学习。

雪山神女做了一个梦，梦里一个婆罗门要她通过苦修去获得湿婆。于是，喜马谐尔亲自领雪山神女来侍奉湿婆。湿婆勉强同意了。

湿婆专心坐禅，对娇艳的雪山神女无动于衷。众天神十分着急，他们想让湿婆娶妻生子，因为只有湿婆之子才能杀死一个名叫多罗迦的阿修罗之王。因陀罗请爱神想办法打断湿婆坐禅，使湿婆迷恋上雪山神女。

爱神受了众天神的委托，带着妻子罗蒂和助手春神来到喜马拉雅山上。瑜伽之王湿婆正在这里心注一处地坐禅。春神开始在大神湿婆的周围呈现出春之美丽。大地上布满鲜花，温馨的春风使人产生情欲。月神将清丽的月光洒在大地上，像是在为男女情人传递爱之消息。这时，爱神来到湿婆左侧不远处，弯弓搭上花箭，等待着时机。就在这时，雪山神女像往常一样，捧着鲜花，来膜拜湿婆。当雪山神女离湿婆很近时，湿婆睁了一下眼睛。爱神盯住这瞬间的机会，向湿婆射出花箭。湿婆用不同以往的目光看了一下雪山神女，竟赞叹起她的娇美：“啊，多美的面庞，像皎洁的月亮；多美的眼睛，像盛开的荷花。……”湿婆觉得自己心里有点异样。他看到爱神正在那里扬扬得意，立即怒不可遏。这时，湿婆额头上的第三只眼睛突然睁开了，像世界末日之火的烈焰顿时喷射出来，爱神被那烈焰烧成了灰烬。湿婆烧死爱神之后便消失了。

雪山神女怀着“通过苦修就可以获得大神湿婆”的坚定信念开始苦修。她苦修了三千年，仍然没有见到湿婆。

众天神一起找到湿婆，反复请求湿婆结婚生子。最后，湿婆同意了。

完成了盛大的婚礼之后，湿婆和雪山神女一起坐在坐毡上。这时，罗蒂来到湿婆面前，请求湿婆让她那被烧成灰烬的丈夫复活。湿婆朝一堆灰烬看一眼，于是爱神便站在了罗蒂面前。

这是印度的一个著名神话，讲的不仅是雪山神女的故事，而且还有爱神的故事。故事中，沙蒂、雪山神女、迦梨女神和杜尔迦女神被统一为一个神，都是湿婆大神的一半。而爱神被湿婆第三只眼烧死的故事也为人们津津乐道，常被作为典故加以引用。

3. 战神塞健陀和象鼻神群主

婚礼后，湿婆领着雪山神女来到盖拉斯山上，成年累月地欢爱。过了很久，仍没有生下孩子。于是毗湿奴便率领众天神来膜拜湿婆。湿婆说："如果你们有能力接纳我的精液，就拿去，让它生成儿子，去消灭多罗迦。"说完，湿婆将自己的精液甩在地上。在众天神的请求下，火神阿耆尼变作一只鸽子啄食了它。

阿耆尼来到钵罗耶伽圣地，将湿婆精液通过汗毛孔放进了在这里洗澡的七仙人妻子们的子宫中。其中六位仙人的妻子怀孕了，她们来到喜马拉雅山，把共同孕育的胎留在了山上。众山之王无法承受，就将它丢进恒河。恒河也无法忍受，就将它抛在林中。不久，湿婆的儿子出生了，即战神塞健陀（鸠摩罗）。昴宿六女神用乳汁喂养他，他变出六张嘴来吃六女神的奶。

一天，雪山神女和湿婆派神牛南迪去把王子接来，为他举办了盛大的典礼。众天神向王子赠送宝物。毗湿奴给了他神杵和神盘；因陀罗给了他爱罗婆多神象；湿婆给了他三叉戟；吉祥天女给了他一枝莲花；其他天神也纷纷将自己的宝物给了王子。众天神请求湿婆允许塞健陀王子成为神军的统领，去消灭多罗迦。

众天神包围了阿修罗之王多罗迦的城堡，双方展开激战。多罗迦越杀越勇，众天神有些恐慌。梵天来到塞健陀王子跟前，说："因为我曾经给过多罗迦恩典，所以除你之外，别的天神都无法杀死他。我请求你同多罗迦作战。"当王子站在多罗迦面前时，阿修罗之王便嘲笑起众天神来："连你们都打不过我，还让这么个小孩子前来应战？"塞健陀开始向他进攻。两个人战得天昏地暗，难分难解。激战了无数回合，塞健陀王子默祷湿婆和雪山神女，然后朝多罗迦的胸部狠狠一击，多罗迦的胸膛顿时裂开，倒地身亡。众天神发出一阵欢呼，齐声称颂。

战神消灭了众多的恶魔，回到盖拉斯山上。湿婆对王子表示出万般的慈爱，雪山神女将王子搂在怀里，温柔地抚摸着他。

不知又过了多久，有一天，雪山神女正在洗浴，湿婆走了进来，雪山神女感到非常难堪。这时，她觉得自己应该有一个信得过的仆从。于是她用自己身上的污垢做出一个英俊、强壮的小男孩来，让他去守门。并吩咐说，没有她的允许，任何人都不准放进来。后来，湿婆又来了，却被那男孩拦住。湿婆哭笑不得。湿婆的仆从们三番五次地企图劝解，但男孩只知忠实地执行雪山神女的吩咐。仆从们向那男孩进攻，但谁也打不过他。湿婆决心亲自制服那男孩。不料，男孩却打掉了湿婆的弓，而且扎伤了湿婆的手。湿婆恼怒了，用三叉戟砍掉了男孩的头。

雪山神女听说自己的儿子被湿婆杀死了，怒不可遏。她造出十万萨克蒂（Sakti，性力女神），命令她们去消灭杀死自己儿子的凶手。天界一片恐慌。湿婆也没有胆量走进自己家门。这时，那罗陀大仙出面向雪山神女顶礼膜拜，唱了许多赞美诗。这使雪山神女的怒火平息了许多，但她提出一个条件：她的儿子必须复活。湿婆同意了。于是，天神们按照湿婆的旨意，找到一头只有一只长牙的象，将象头砍下按在那男孩的脖子上，象头人身的男孩便复活了。湿婆立他为自己无数仆从的统领，取名叫"群主"（Ganapati）。

战神塞健陀和象头神群主渐渐长大了。一天，湿婆和雪山神女商量他们的婚事。他们都争着要先结婚。湿婆说："你们两个到大地上去巡视一周，谁先回来谁就先结婚。"听了此话，塞健陀王子立即跑出去巡视大地。群主却请父母坐上宝座，礼拜他们，又绕着他们转了七圈，然后就请求先为他成亲。湿婆很诧异，群主解释说，他的父母就是整个世界，他围他们转就是围绕整个世界转。看到象头神如此聪慧，父母都很喜欢，就让群主同生主的两个女儿结了婚。

当战神塞健陀巡视完大地兴冲冲赶回来时，听说此事，觉得父母偏袒群主，便愤然离家到迦朗遮山上修行去了。

印度神话是复杂的，有时把因陀罗说成是战神，有时把塞健陀说成是战神。这两种说法中，也许前者要早于后者。这里所说的战神是湿婆与雪山神女之子，但中间经过了火神和恒河的结合（如同中国人心目中的阴阳结合）才有了战神的出生。《罗摩衍那·童年篇》第34~36章的说法与此基本相同。大体情节是：众山之王喜马拉雅有两个女儿，一个是恒河，一个是优摩（Uma，相当于雪山神女）。优摩嫁给了湿婆，恒河被众神接上了天（成为天河，即银河）。火神应众天神请求与恒河女神一起居住。火神将湿婆的精液撒向恒河女神，才有了战神。但其中没有火神化为鸽子的细节①。

关于象头神群主，在印度至今受到广泛的崇拜，他的画像和雕像几乎随处可见。尤其是南印度马哈拉施特拉邦的印度教湿婆派信徒，不仅为他修建起巨大的庙宇，而且每年都举行盛大的庙会前去礼拜，因为人们已经把他当作吉祥和财富之神。每到印度一年一度的灯节（Divali），他和吉祥天女被湿婆派和毗湿奴派信徒分别膜拜。

4. 杜尔迦女神

《摩根德耶往世书》下卷比较集中地讲述了杜尔迦女神除魔的故事，现节选于下②。

> 在远古，天神之王是因陀罗，恶魔之主是牛魔王。天神和恶魔连续打了一百年仗。结果，天神被恶魔打败。牛魔王坐上了因陀罗的宝座。众天神失去了天堂，来到梵天、毗湿奴和湿婆大神面前，请三大神替他们做主。
>
> 三大神决定消灭这个恶魔。他们的愤怒从口中喷射出来，变成耀眼的神光。因陀罗和众天神也一齐从口中发出神光。许多神光汇聚到一起，渐渐地，变化出一个威严的女神来。她就是杜尔迦女神（又译难近母，Durga）。
>
> 众天神纷纷将兵器献给女神。有湿婆的三叉戟、毗湿奴

①季羡林译：《罗摩衍那》（一），北京：人民文学出版社，1980年版，第198~205页。

②薛克翘主编：《东方神话传说》第四卷（王晓丹编译），北京：北京大学出版社，1999年版。

的神盘、伐楼那的神螺、火神的长矛、因陀罗的金刚杵和海神的花环等，喜马拉雅山神给了女神一匹狮子当坐骑。女神受到了众天神的崇敬，哈哈大笑。她的笑声震动着三界。

牛魔王集结了军队向发出巨响的方向奔来。他看见一个挥动着上千只手臂，顶天立地的威严女神。霎时间，众恶魔与女神之间的战争开始了。

恶魔之王看到自己的将领一个个被杀死，就变化成一头牛亲自冲上战场。他杀死了许多女神的从者，然后瞪圆两只通红的眼睛，向女神猛冲过来。女神扔出一条神索，将牛缚得结结实实。于是牛魔王变化成一头狮子，挣脱了绳索。女神立即举起三叉戟，去砍狮子的头，恶魔又变成一个手持利剑的男子。女神射出无数神箭，恶魔之王又变成一只巨象。女神立即挥剑砍掉大象的鼻子。恶魔重新变成牛形，用角挑起一座座大山朝女神砸来，女神用箭把大山击碎。然后她纵身一跃，跳上牛背，用三叉戟狠刺牛脖子，终于将恶魔之王杀死了。

在一个时期，有一对恶魔，松波和尼松波，依仗自己强大的力量霸占了三界之主因陀罗的王位，夺去了一切天神的权力。众天神默祷杜尔迦女神。女神就变化成了一个美丽的女子迦梨迦（Kalika），来到喜马拉雅山中。

魔王松波听说有这样一位绝世美女，就叫仆从设法把她弄来。但迦梨迦表示只有在战场上战胜她才能做她的丈夫。松波恼火，就派属下去捉拿她。结果是六万魔军全部被女神消灭。于是松波又派两名统帅前去作战。女神见恶魔又来，从额头上生出一个面孔狰狞、手拿宝剑和神索的可怕女神迦梨。迦梨女神张开大口，伸出长舌，开始吞食恶魔。顷刻间，那浩浩荡荡的魔军就被女神消灭光了。

这一次，大小松波纠集全部恶魔军，来到喜马拉雅山上。尼松波一手握盾牌，一手举宝剑朝女神的坐骑金狮的头上砍了一剑，女神用宝剑削断了尼松波的剑，刺穿了他的盾。尼松波不断地变换武器，都被女神击毁。最后，当尼松波高举着斧头朝女神扑来时，女神用箭射倒了他。松波见女神击倒了兄弟尼松波，暴跳如雷。他张开强有力的八只长手臂，挥舞着各式兵器，上了战车，向女神疾驶而来。女神于是吹响了神螺，又拉动神弓，使魔军的阵脚大乱。松波慌忙向杜尔迦女神掷出一支火矛，女神把它砍断了。双方又是一阵箭雨对射。渐渐地，恶魔松波显得力不从心了。女神打伤了松波，趁势捉住恶魔的脚，猛地向地上摔去，又用神杵打碎了松波的心，恶魔终于被杜尔迦女神杀死了。

在这个故事里，杜尔迦女神好像与湿婆的关系不大，是众神合伙产生的。并且，杜尔迦女神还有自己的化身迦梨迦，而时母迦梨是从她的额头出生的。但在一般信徒心目中，她就是湿婆妻子的化身之一。这位女神也受到广泛崇拜，印度北方的许多村子都以她作为保护神，在村边建有她的庙宇。特别是西孟加拉邦，还举行一年一度的杜尔迦节。

四、佛教神话

如前所说，佛教有自己的神话体系。这个神话体系的核心是佛陀，围绕佛陀的是各类神明。佛有“过去佛”“未来佛”“横三世佛”“竖三世佛”；佛之外还有“诸天”，属于佛教的护法神，如帝释天、大梵天、大自在天、四大天王、日天、月天、地天、水天、韦驮天、摩利支天、阎摩罗天、功德天、辩才天、鬼子母、密迹金刚，等等；有所谓“天龙八部”之说，即除诸天之外，尚有龙、夜叉、乾达婆、阿修罗、迦楼罗、紧那罗和摩睺罗迦，为次一等的小神灵。菩萨、罗汉等都有神通变化和降魔的能力，带有神明的性质。佛教也描绘出了宇宙的立体图景，如天有若干重，地分若干部洲，地狱若干层次，想象瑰丽，景象神奇。

这里要着重介绍的是佛传故事，外加几个比较有代表意义的神话故事。

（一）佛传故事

一般认为，南传佛教文献是佛教的早期文献。下面的佛传故事，依据的就是南传佛教的文献[①]。这不是全部的佛传故事，而是选择神话色彩较浓的部分加以介绍，列出 7 个小题。

1. 白象入胎　王子出世

迦毗罗卫国位于喜马拉雅山南麓，是一个物阜民丰的城邦小国。迦毗罗卫的国王是净饭王，王后是摩耶夫人。这位夫人很不寻常，她生得端庄美丽，却情欲淡漠。征得净饭王同意，她已在寝宫独处 32 个月，没有和净饭王同房。

这一年艾萨拉月（相当于阳历 7~8 月）望日，迦毗罗卫的君臣百姓欢庆艾萨拉节，摩耶夫人也特别高兴，晚上入睡后，她梦见四大天王把她连床一起抬到了喜马拉雅山顶。四大天王的四位王后又把她送到“清凉湖”边。“清凉湖”在喜马拉雅山顶，有山峰环抱，四周有狮口、马口、象口、牛口四道水门，向湖里注入清水。四位夫人用湖水为摩耶夫人洗浴，然后把她送到帝释天的乐园。这时，一头白象来到乐园，它用长鼻采了一朵白花，吼叫着走向夫人，绕床三匝后，便从夫人右胁进入腹中。这就是菩萨从兜率天投生到了人间。

十月期满，夫人遵照习俗要到娘家生产。她走到蓝毗尼花园时，坐在一棵娑罗树下休息，腹中突有异感，胎儿从右胁生出。娑罗花枝自然垂落，将夫人和婴儿围起，宛如一个花帐。难陀和优波难陀两位龙王及时赶来，口吐清水，为王子沐浴。帝释天和大梵天也来向夫人贺喜。这时百鸟欢唱，天乐鸣空，天人各界，一片欢腾。小王子站立地上，先环视

① 邓殿臣主编：《东方神话传说》第五卷《佛陀传略》（邓殿臣编译）节选，北京：北京大学出版社，1999 年版。

四方，然后前行七步，一手指天，一手指地，大声说："天上天下，唯我独尊！此身最后，永无再生！"声如狮吼，响彻寰宇。

当时有一位仙人，名叫阿吉得，神通广大，智慧高深，被净饭王尊为师长。仙人得知消息急忙来到迦毗罗卫城，对净饭王说："王子日后必成佛陀。"

王子出生第五日，取名悉达多。出生第七日，母摩耶夫人去世。小王子由姨母大爱道抚养。

耕耘节到来，净饭王带群臣到田里去扶犁躬耕。这天，乳母把小王子放在一棵树下，跑去看国王犁田。王子便结跏趺坐，静修禅观。过了许久，乳母回来，看到王子静坐不动，威仪庄严。更使她奇怪的是日已偏斜，而树荫却没有移动！这时有五位仙人在天空飞行，飞近此处时突然受阻，不得通过。询问树神，方知这里有菩萨坐禅，威力贯宇。仙人急忙降落，礼拜王子后才得继续前行。

悉达多8岁时，净饭王请维什婆密得拉（众友）大师教授王子"四艺""四吠陀"和"五明"。兜率天诸神闻知此事，派大神苏达瓦拉来到迦毗罗卫对维什婆密得拉说："王子本是菩萨，他无师自通。以他的智慧和学识，足可为汝之师。"说完在王子头上撒下一把鲜花便飞回兜率天去。开课那天，王子问老师："师长，今天您要教的是婆罗迷字，还是佉卢字，还是……"王子一连说出了64种文字，有些文字老师闻所未闻，顿时惊得瞠目结舌，无言以对。

这段故事里讲述的释迦牟尼奇异的降生和非凡的童年：先是白象投胎，然后从右胁出生，生下就会走、会说，自幼善于坐禅，而且天生博学，等等。这些都让人觉得释迦牟尼佛是神，是佛教的主神，帝释天、大梵天、四大天王、龙、仙人等都是陪衬，是附属者。同印度教大神下凡一样，佛教徒也把释迦牟尼说成是菩萨下凡投胎，使释迦牟尼的生平故事从一开始就带有浓厚的神话色彩。

2. 战胜恶魔　得道成佛

悉达多王子渐渐长大成人。他看到世上众生，生死无常，生老病死，苦恼繁多，决心寻求解脱之道。净饭王为他娶了妻子，妻子为他生了儿子，这些都未能动摇他追求真谛，救度众生的誓愿。在他 29 岁那年的一天夜里，他终于离开王宫，出家作了沙门，被称为释迦牟尼，即释迦族的圣人。

王子遍访诸师，苦行修道，以种种苦行折磨、激励自己。天神见他身体极其虚弱，要把琼浆从毛孔注入他的体内，被他拒绝了。他苦行 6 年，仍未求得正果。一天清晨，他来到尼连禅河边的一棵榕树下静心坐禅，村姑苏贾塔送来一罐可口的奶粥。

王子吃完奶粥，焕发了精神，发誓要在这一天彻悟正道。他拿起那个空罐说道："如果我今天能得道成佛，此罐当漂向上游；如果不能，则顺流而下。"说完把罐抛向尼连禅河。只见那饭罐一落入河中便向上游漂去，漂出 160 余腕尺远才沉入水底，落入龙宫。龙王一见，知今日必有异人成佛。

悉达多王子告别苏贾塔，向一棵毕钵罗树走去。路上遇到一位卖草人，他布施给王子 8 把青草。王子来到毕钵罗树下，把青草摇了几摇，置于地上，青草立即变成一座 20 腕尺高的金刚宝座。王子面东而坐，开始沉思。天神闻知，咸来护持。他化自在天中的自在魔王得知，立刻率魔兵魔将前来干扰。魔王化出千只手臂，持着兵器，耀武扬威。护法的天神吓得四处逃窜。连手拿华盖保护王子的大梵天王，也丢下华盖逃回梵宫。悉达多王子仍稳坐不动，他以定力抵御着魔军。魔王对王子威胁利诱，王子置若罔闻；魔王指使三个女儿上前挑逗，王子仍坚定不移；魔王又兴起狂风骤雨，却吹不到王子近处；魔王将手中巨轮向王子砸去，巨轮却变成了一个华盖；魔王又放出毒蛇猛兽，到王子跟前却变成了和煦的微风；魔王发动的雪雹雷霆，也都变成了五色莲花，簇拥在王子的四周。魔军最后落荒而逃。第二天黎明时分，王子成为大彻大悟的佛陀（觉者）。在这一无比吉祥的时刻，大地震动，千树开花，空中落下花雨，诸神齐来祝贺。

关于释迦牟尼成道的故事充满神奇，与印度教神话也有非常相似的地方，如婆罗门仙人苦修时，总有人前来干扰破坏，有时前来破坏的往往是因陀罗。而在佛教神话中，因陀罗（帝释天）也频繁出现。

3. 升天入地　度化难陀

悉达多成佛之后，并未忘记迦毗罗卫国的君臣百姓。他回到故国将胞弟难陀和儿子罗睺罗都度为僧人。当时，难陀刚与孙德丽公主结婚，二人终日厮守，情意缠绵。难陀出家后仍怀念世俗享乐，不求进取。

一日，佛陀带难陀出游，见一母猴。佛问难陀："难陀，此母猴与你昔日之妻孙德丽，孰美？"难陀说："昔日家妻美如天仙，岂能与这母猴同日而语？"接着，佛略施神通，将难陀带入光辉灿烂的天堂。正有一群冰肌玉骨的神女走来。难陀一见，魂魄飘荡。佛陀问他："你妻子孙德丽与她们相

> 比，孰美？”难陀说：“世尊，我妻与这些神女一比，就像那母猴一样丑陋不堪了。”佛陀是以善巧方便之门，诱导难陀修行。接着，佛陀又带难陀到铁围山参观地狱。佛陀略施神通，二人登时跨入地狱之门。难陀眼前所见，皆是刀山剑树，铁钗铜勾，油锅血河。处处都有罪鬼受刑，鬼哭狼嚎，凄惨悲凉。难陀发现，只有一口油锅还无罪鬼受刑，便问狱卒：“此油锅沸油滚滚，不知用以惩处哪个罪鬼？”狱卒狞笑道：“迦毗罗卫国有一个难陀王子，发愿修炼，以求生天与美女作乐。待他天福享尽，应堕于此，受油煎之苦。”难陀大惊失色，拔腿便跑。这样，难陀才真正认识到生死无常，轮回尽苦，求证涅槃，才是正道。佛见他已有所悟，便带他回到世间。

这里，不仅表现了佛的神通力，还介绍了天堂和地狱，这一观念传到中国以后，深刻地影响了中国老百姓。但佛教的这一观念也与印度教的天堂和地狱观念相一致，例如，在《摩根德耶往世书》上卷和《大鹏往世书》一至四章，也有关于地狱的类似描述[①]。

4. 喷水喷火　大显“双通”

佛陀孜孜勤求的是终竟的解脱，并未追求神通，但各种神通，他已自然获得。通常，佛反对弟子们显露神通，他本人大显神通的事例更为少见。

> 佛住王舍城竹林精舍时，城中有一富商。一天，他得到

---

①薛克翘主编：《东方神话传说》第四卷《地狱的传说》（王晓丹编译），北京：北京大学出版社，1999年版。

一块红檀木，请木匠做成一个木钵，挂在一棵60腕尺高的树上，然后向全城宣布："现在我把红檀木钵挂于高树之梢，如果有人能从天而至，摘下木钵，我及我的家属便诚心皈依他所信奉的宗教。"消息传开，各宗各派争相尝试，都未成功。第七天，目犍连和巴拉瓦加两比丘来王舍城化缘。听说此事，目犍连便请巴拉瓦加比丘前去摘取。巴拉瓦加盘腿而坐，进入四禅，腾空而起，飞行入城。他停留在富商家宅上空，引得王舍城臣民都来观看。只见他不慌不忙取下木钵，飞落地面。富商心悦诚服。他盛满一钵蜜浆，供巴拉瓦加食用。巴拉瓦加到竹林精舍向佛禀告此事，佛严厉训斥了他，并把木钵摔碎，立下戒规："任何比丘都不得擅自显露神通。"

诸外道得知佛陀立此禁令，便来挑衅，纷纷提出要和佛陀比试神通。佛说："四个月后的艾萨拉月望日，我将在舍卫城显露神通，与外道一比高低。"

诸外道得知佛陀要亲自出马显露神通，又探听到佛陀选定的地点是舍卫城的一棵杧果树下时，他们便把舍卫城所有的杧果树统统拔除。赛期将至，王宫中的一位园丁献给佛陀一个杧果。佛吃掉果肉，把果核抛在地上。登时，地上便长出一棵杧果树来，树上还挂满了硕大的杧果。到艾萨拉月的望日，帝释天为佛陀在空中演化出一座亭台，佛陀腾空而起，站在亭台上，每个毛孔里冒出一团火焰；火焰收拢后，每个毛孔里又冒出一股水流；接着，火焰和水流同时从每个毛孔里冒出。然后佛陀又把自身一分为二，两位佛陀同时向众人说法。见佛大显双通，地上的人们无不欢呼赞美。一切外道只好甘拜下风。

佛陀从高空亭台上又升入天界，向母亲摩耶夫人等众神说法。然后又应帝释天的邀请，在天宫中逗留了三个月。诸事圆满之后才又回到世间。

根据佛教的说法，神通有五种，称为“五通”，即天眼通（能看见一切）、天耳通（能听到一切）、他心通（能知道别人想什么）、宿命通（能知道命运变化）和如意通（能想做什么就做什么）。佛典里常说外道仙人经过修炼可获得五通，佛陀和弟子们虽然不追求获得神通，但经过修行也自然具备。佛教徒运用神通，主要是与外道斗法。佛的弟子目犍连在十大弟子中号称“神通第一”，他救母的故事在中国流传甚广。而佛的另一名弟子舍利弗同外道斗法的故事对中国的《西游记》等神话小说具有明显影响①。

5. 鬼神来临　佛说三经

帝释天和四大天王派遣一位天神，代表诸神向佛陀请教“何为吉祥”。佛便向他讲说了《吉祥经》。

其后不久，跋耆国有恶鬼作祟，出现特大饥荒。当时佛陀住在王舍城的竹林精舍，跋耆国国王摩诃利带了一位婆罗门大臣到竹林精舍延请。佛陀欣然同意，带了五百弟子向吠舍离进发。当他们渡过恒河，进入跋耆国境时，普降喜雨。肮脏污浊之物尽被冲走，龟裂的土地变得湿润。佛陀带弟子进入吠舍离城时，帝释天也带了众神前来护法，恶鬼妖魔悉皆逃遁。佛陀在城内宣说了《三宝经》，阿难学习了此经，手持佛陀的石钵，钵中盛有受过《三宝经》经文感应的清水，和国王一起边滴洒清水，边绕城游行。一些残留城内的恶鬼

---

① 季羡林：《中印文化关系史论文集》，北京：三联书店，1982 年版，171 页。

妖魔，都被驱赶出去。

不久，有五百比丘到喜马拉雅山坐夏（即雨季安居不外出），喜马拉雅山的山神和当地的地神为了恐吓前来安居的僧人，便化身为青面獠牙的恶鬼出现于夜间，并发出阴森的嘶叫。比丘们明知这是诸神作祟，但还是毛骨悚然，心不能专。于是他们便去请求世尊帮助。佛陀便讲说了《慈悲经》。比丘们日夜诵习此经，山地诸神受到佛教慈悲愿力的感化，便不再出来捣乱。

在佛传故事中，佛制服恶龙，显现神威的故事很多。打开玄奘的《大唐西域记》就可以看到，许多地方都有释迦牟尼的这类传说。这里介绍的只是与佛讲经有关的三件事情，强调的是佛经的威力，也就是佛法的威力。

6. 提婆达多　害佛未遂

佛教僧团刚创建不久，迦毗罗卫城中释迦族的许多子弟都追随佛陀出家修道。提婆达多是佛陀的堂弟，他也随着潮流加入了僧团。但他有谋取僧团领导权的野心。他认为摩羯陀国王子阿阇世迟早会继位为王，就用神通使阿阇世王子对他倍加敬重。提婆达多因此心生傲慢，贪欲日重，他的神通丧失殆尽。

一次，提婆达多直接要求佛陀把僧团领导权交给他，说："世尊，你年事已高，精力不济，可把管理僧团的事务交我办理。"遭佛拒绝后，他心生恼怒，对佛怨恨，并伺机谋害。

提婆达多鼓动阿阇世王子杀父篡位，王子果然身藏匕首进宫行刺，被卫兵查获。频婆娑罗（又译频比沙罗）国王把阿阇世王子招至面前，问他弑父之意因何而起，王子承认是为了谋取王位。频婆娑罗即举行禅让大典，把王位移交给阿阇世王子。

提婆达多依仗政治靠山，迫不及待地要除掉佛陀。他先派刺客刺杀佛陀，未遂，便亲自出马谋害佛陀。一次，佛陀在灵鹫山下漫步，提婆达多爬上山顶，把一块巨石推下。佛得天神保护，巨石没有砸到佛陀。又一次，提婆达多让人放出猛象，想把佛陀踩死。当猛象逼近佛陀时，佛发起慈悲之心，使大象受到感化。自此之后，人们对佛陀更加敬仰；而提婆达多却是声名狼藉。

提婆达多是佛的对立面，多次谋害佛陀而没有得逞，因此佛教徒非常憎恨他，认为他是佛教的敌人。所以，在佛本生故事中，哪怕是一个动物故事中，正面人物总被说成是佛的前身，反面角色总被说成是提婆达多的前身。

在这个故事中，提婆达多放大象害佛，而佛感化大象的情节非常有名，经常被当作绘画和雕刻的题材。

7. 涅槃娑罗林　八王分舍利

佛陀游行教化，说法布道45年。在他80岁时，在贝鲁沃村度过了雨季，其时身体已觉不适。雨季安居结束，佛陀带领阿难等比丘到吠舍离。佛在树下休息时，他化自在天的魔王乘阿难等到另一棵树下休息的时机，突然出现在佛的面前，说："佛陀，你已教化了四众弟子，将佛法留给了天上人间，现在已到了你入灭的时候。"佛答应他三个月后进入涅槃。魔王走后，阿难回到佛的身边询问刚才发生的事情。佛说："我已宣布，我三个月后将入涅槃。"阿难闻听此言，急忙请求佛陀在人世多住一个时期。佛说："事已至此，无法改变。"他们师徒继续前进，不久来到波婆镇，在铁匠郡陀的杧果园中住息。次日上午，到郡陀家中用斋。斋后，佛开始腹疼。但他还是忍痛向末罗国的都城拘尸那罗前进。佛陀感到疲乏无力，阿难便把袈裟叠起请佛坐在上面休息。佛感到口渴，要阿难取水来饮。附近水坑中的水混浊肮脏，但阿难取水时，坑中污水舀入佛钵之后，立刻变得洁净。佛饮过水后对阿难说："今天晚上后半夜，我将于拘尸那罗城末罗国王的娑罗双树间涅槃。"他们来到河边，阿难帮佛陀沐浴。之后他们又继续前行，终于到达了末罗国王的娑罗林。佛陀叫阿难在两株娑罗树间铺床。佛右侧朝下躺在床上，安详示寂。待到荼毗火化时，尸体无法点燃。佛的另一名大弟子阿尼律陀（又译阿那律）说是因为大迦叶尚未来到。恰在这时，大迦叶带领五百弟子从波婆赶来。大迦叶跪拜顶礼，向遗体告别之后，尸体自然焚烧起来。

火化完毕，得大量舍利。末罗族欲将全部舍利据为己有，激起其他国家强烈不满，七国国王纷纷发兵，要争抢佛舍利。后经调停，由摩羯陀国阿阇世王主持，将舍利分给了八个国家。各国把舍利带回本国，建塔供养，以为永恒纪念。

同佛的出生一样，佛的谢世也充满了神奇色彩。这样，一个神话人物便呈现在我们的眼前。但是，根据考古发掘，证明释迦牟尼是历史上一个真实的人物，他的伟大，在于他创立了佛教，而佛教对印度、中国和亚洲许多国家的文化都留下十分深远的影响。

（二）佛典中的神话

1. 创世神话

佛教神话中，佛陀虽然被奉为最高的神，但并没有说佛是宇宙的创造者。佛典中所收有的创世神话，是从婆罗门教来的，与吠陀文献中的创世神话相一致。

有趣的是，印度古代的创世神话早就随佛经传入了中国。3 世纪译成汉语的《摩登伽经》中有这样一段话：

> 自在天者，造于世界，头以为天，足成为地，目为日月，腹为虚空，发为草木，流泪成河，众骨为山，大小便利，尽成于海。

这段话的意思是：有一个本来就存在的天神，是他创造了世界。他的头变成了天，脚变成了地，眼睛变成了太阳和月亮，肚子形成了巨大的空间，头发变成了草木，眼泪流下来变成了河流，他的骨骼变成山脉，大小便汇集成海洋。

这显然与《梨俱吠陀》中的《原人歌》有关。

6 世纪译的《提婆菩萨释楞伽经小乘涅槃论》中有这样一段话：

> 本无日月星辰、虚空及地，唯有大水。时大安荼生如鸡子，周匝金色，时熟破为二段，一段在上作天，一段在下作地，彼二中间生梵天，名一切众生祖公，作一切有命无命物。

这段话的意思是：宇宙间原本没有日月星辰，也没有天空和陆地，只有一片汪洋大海。那时候，有一个像鸡蛋一样的巨大的卵，卵的外壳是金色的。到了成熟的时刻，那卵分成两部分，上半截变成了天，下半截变成了地。中间生出了梵天，被称为所有生命的祖先，是他创造出有生命和无生命的一切。

这梵卵的神话又与《梨俱吠陀》中的《生主歌》和《摩奴法论》中的《创世》等故事相似。

2.《本生经》中的神话

关于《本生经》，我们将在后面介绍。这里先谈其中的神话。

在《本生经》中，大量的故事属于寓言，但也有许多故事可以算作神话或者传说，事实上已经有不少外国学者把其中的部分故事归于神话了[①]。

在汉译佛经中，没有《本生经》的全译本，但却有多种节译本，如《生经》《六度集经》《贤愚经》《菩萨本生鬘论》，等等。

《菩萨本生鬘论》中有个帝释天大战非天的故事。大意是，菩萨曾经转生为天上的帝王帝释天，管理天国和人间的事务。由于菩萨慈悲，众生都过着安宁幸福的生活。但这却触怒了非天（阿修罗）之王。他率领大军向帝释天展开攻势。帝释天本想通过劝说化解杀戮，但非天之王不肯罢休，帝释天只好率领天兵天将应战。经过了激烈的厮杀，帝释天虽然英勇，但寡不敌众，败下阵来。帝释天的兵将被杀得四散奔逃，只剩下他和驾车的车夫落荒而逃，非天的人马在后面紧追。正在这时，帝释天的战车被一棵大树阻拦，树上有一个鸟巢，巢里有小鸟。帝释天大发慈悲，让车夫躲开树，不要惊动和伤害小鸟。车夫不敢违背，只能掉头往回赶。这时，非天的人马反倒以为中了计，吓得

---

①［英］韦罗尼卡·艾恩斯著，孙士海、王镛译：《印度神话》，北京：经济日报出版社，2001 年版，第 173 页。

各自逃命。非天之王制止不住。四散的天兵天将此时再度聚拢，以风卷残云之势杀败了非天的军队，获胜而归。

佛本生故事中的神话有个特点，就是天神之王因陀罗（帝释天）经常出现，有时是保护菩萨，有时是考验菩萨，有时甚至是迫害菩萨。

有一则帝释天考验菩萨的故事非常有名，经常在佛教雕刻和壁画中被表现。《贤愚经》里有一则著名的尸毗王割肉贸鸽的故事：菩萨转生的尸毗王乐善好施，国家治理得很好。天帝因陀罗为了考验他，就和另一位天神毗首羯摩变化为老鹰追鸽子，来到尸毗王跟前。鸽子钻到尸毗王腋下寻求保护，老鹰追来，对尸毗王说："刚才的鸽子是我口中的食物，我饿得很，希望大王把鸽子给我。"尸毗王表示要救鸽子。老鹰说，如果不吃鸽子，它也得饿死。于是，尸毗王为了救鸽子和老鹰的命，就将自己身上的肉割下来代替鸽子肉给老鹰吃。老鹰要求尸毗王割下和鸽子相同重量的肉，但尸毗王从身上割下的那些肉没有鸽子重，最后只得献出整个身体。这时，天神才现出原形，对尸毗王表示敬佩①。

再举个帝释天迫害菩萨的例子。《六度集经》中有一个《国王本生》：从前，菩萨转生为一个国王。由于他心地仁慈，乐善好施，国中百姓生活幸福，国王很受广大百姓拥戴。这时，帝释天感到自己的位置不稳，怕这位国王有朝一日会取代他的位置。于是，他变化为一个婆罗门来到人间，要求国王施舍银钱一千。国王给他了。他又要求把钱寄存在国王那里。第二次，帝释天又变化为一个婆罗门，要求国王把国家施舍给他。国王又同意了。国王让妻儿坐上车，离开了王宫。可是帝释天又变化成一个婆罗门来要求施舍车子，国王同意后，就和妻儿在山脚下住宿。当他们一家三口来到另外一个国家时，帝释天又

① 这个故事又见于《摩诃婆罗多·森林篇》131 章。

变化成最初那个婆罗门来要寄存的一千银钱。国王只好把妻儿卖为奴仆，还上婆罗门的钱。妻子当了仆人后，伺候主人家女儿洗澡，帝释天变成老鹰把那女儿的衣服偷走，国王的妻子被指为窃贼入狱。儿子在另一家陪小主人睡觉，帝释天又偷偷将小主人杀死，国王的儿子也被诬入狱。此时，国王禅思，得知是帝释天所为，但仍毫无怨恨。当地的国王得知此事，释放了国王的妻儿，并将一半国土分给他治理。

应当说，佛教典籍中记载的神话故事很多，我们这里仅仅举了几个例子。

五、耆那教神话

在我国广大读者中，知道耆那教的人不多。但在印度，耆那教算得上是一个较大的宗教，现有教徒人数 500 万左右。耆那教的历史悠久，流传下来的典籍也非常多。一般认为，耆那教的创始人是筏驮摩那，后世尊称他为大雄（即伟大英雄，佛祖释迦牟尼亦有此称号）。他与释迦牟尼是同时代人，约 30 岁出家，42 岁得道，布道达 30 年之久，终年 72 岁。他一生主要活动于印度北部和东部地区，时间约在公元前 6 世纪。在大雄活着的时候，耆那教内部就已经发生了分裂，而到 1 世纪，耆那教又分裂为白衣派和天衣（裸体）派两大派别。这两大派别都有自己的经典，都认为自己是正统，互不相让。但总体来说，耆那教文献非常丰富，并不亚于古代佛教文献。

耆那教文献可分为两大类，一类叫作经典文献，一类叫作非经典文献。在这两大类文献中都有许多神话传说。本书所述的故事，来自这两大类文献。

关于大雄以前的故事，耆那教典籍中是这样说的：

时间是无限的、无形的。一劫接着一劫周而复始地轮转着，一劫有 10 的 14 次方再乘 20 年那么久。每一劫都分为 12 纪。前 6 纪叫作升纪，后 6 纪叫作降纪。

经典中还说，宇宙是无边无际的，宇宙的中心是动魂界，下有 7 层地狱，上有 16 层天和 14 个天界，人兽鬼神都待在这动魂界中。在宇宙的最上边是经过苦修得到解脱的灵魂居住的天堂。

经典上又说，我们人类目前正处在一劫的降世里。在降纪的最初 3 纪中，人类处在幸福美满的状态中，过着完全依赖自然的生活。人所需要的东西，只要站在如意树下就可以得到。那时，没有所谓的文化，没有法律、制度等一切约束人行为的东西。人生活得无拘无束，自由自在，相互间没有争斗，没有战争。这是很长的一段时期。在这时期中，人的人性一直处于沉睡的状态。因此，那是没有历史的无名时代。

到了降纪的第 3 纪的末期，人开始从沉睡状态中苏醒。那个可以自由享受自然的时代开始逝去。人看到这种变化，很是疑惑和惊恐。于是他们开始把自己组织起来，形成许多的氏族部落。在这过程中，出现了一些杰出的领头人物，于是人们就尊称他们为“王”。这些“王”们很好地管理着自己的部族，于是人们又叫他们“摩奴”(人主)。为此，“摩奴”的子孙和臣民就被叫作“人”了。在第 3 纪的末期，前前后后共有 14 位摩奴。其中第一位名叫布勒帝希鲁帝，最后一位名叫纳坡拉耶。有史的时代就这样开始了。

纳坡拉耶管理的那片国土就因他的名字而被叫作“阿杰纳坡”。纳坡拉耶和他的妻子摩鲁黛维后来建立了阿逾陀城。这城是印度大地上的第一座城。纳坡拉耶和摩鲁黛维生了个儿子，名叫勒舍波提婆，即耆那教第一祖。勒舍波提婆长大以后就掌管了部族里的全部事务。他教给人们怎样种田、生火、做饭、榨蔗糖、制陶器、织布、造屋和建城镇。他为自己的女儿婆罗密发明了文字，人们称那文字为婆罗密体字母。他又为另一个女儿苏德丽发明了数字和计算，他教儿子们如何治理国家，并且将国土分成许多份，以便于更好管理。做完这一切之后，他就抛弃了一切财富和权力，到森林里去苦修。在那里，他获得“唯正知”，创立了以非暴力和苦修求解脱为特征的耆那教，从此，人们就称他为第一祖。

第3纪过去了，第4纪来到了。在这第4纪中，“道”和“业”是主要的。在这一时期里，从勒舍波提婆第一祖到世尊大雄止，共24位祖。同时，还产生出12位转轮王、9位那罗延、9位次那罗延和9位力贤王等，一共是63位伟人。其中，勒舍波提婆的儿子婆罗多（印度就是以他的名字命名的）是第一位伟大的转轮王。阿逾陀国王——伟大的罗摩和他的故事就发生在第20祖牟尼苏婆罗在世的那个年代；而大史诗《摩诃婆罗多》所描述的般度王子和俱卢之野大战的故事就发生在第22祖奈密那特在世期间。黑天是奈密那特的叔伯兄弟。第23祖是巴湿伐那陀。在他圆寂250年后，第24祖世尊大雄圆寂。大雄圆寂的同时，第4个时代就结束了。

由此可见，耆那教典籍中把耆那教说得非常古老，说大雄之前还有23位祖师。其实，这只不过是一种传说，并不可靠。所以，一般认为，耆那教的真正创始人还是大雄。

从民间文学的角度看，耆那教把两大史诗的故事也安排在自己的发展阶段当中，与早期的民间神话传说建立了紧密的联系，为耆那教信徒利用这些神话传说宣传耆那教的主张铺平了道路。

（一）大雄的故事

耆那教神话传说中，对大雄的生平故事描绘最多。

1. 大雄出生

在印度现今比哈尔邦的木吉帕尔普尔区有一个叫巴斯贡

德的村庄。相传在大约2500年前，这里是甘蔗族国王悉达多的国土。悉达多国王是一个公正、宽厚而又知识渊博的人。他的国家祥和，人民幸福。王后德丽谢拉也像国王一样受人称赞，百姓都说她是智慧与慈悲的化身。

一天夜里，王后做了一个神奇的梦。清早当她醒来后，就去找国王，说："我的国王，昨天夜里，我梦见一只长有四只长牙的大象和一头十分健壮的公牛。我看吉祥天女坐在莲花宝座上。然后，我又看见满盈的月亮、金灿灿的太阳，看见雄狮、金车、圣火、美丽的花环、帝王的宝座、一对鱼以及深不可测的大海。除此之外，国王陛下，我还梦见一堆珠光宝气的首饰和盛满了水的罐子。"

悉达多国王立即明白了这梦的象征。他说："那梦是告诉我们，很快我们就会有一个儿子了。你梦中所见的每一件东西，都象征我们儿子的品行。那美丽的花环是说我们的儿子将获得极大的赞誉，他的声名将像花香一样传播到四方。我们的儿子长大之后，将为那些因无知而背弃天职的人们指点迷津。那头健壮的公牛是说他将是一个使耆那教更加昌盛的人。狮子说明他将是一个英雄。梦中出现吉祥天女，是说我们的儿子将拥有无限的财富。那一对鱼表示，我们的儿子在享受世界上的一切幸福的同时，还将为人指明获得真正幸福的道路。"

王后心花怒放。过些日子，王后果真生了个男孩。小王子的名字叫筏驮摩那。

世尊大雄一出生，就显出不平凡的健壮和英俊。当他五岁时，他被送到师父那里去学习。但幼小的筏驮摩那根本用不着跟师父学任何东西，他在前世就掌握了一切知识。天界诸神都在谈论这个非凡的孩童。一天，因陀罗对诸天神说："这世界上没有一位天神和恶魔能战胜这勇敢的孩子。"一个天神听了这话，有些不相信，就变成一条巨蟒，盘绕在树上。筏驮摩那看见了，一点也不惧怕，从容地伸出右手把那巨蟒从树上扯下来，然后轻轻一抛，扔出很远。那天神看到筏驮摩那如此勇敢而强健，心悦诚服地回天界去了。

大雄出生前，其母梦见异兆。这个故事会使我们自然想起释迦牟尼出生的故事，两者间竟然有不少相似之处。这说明，大凡一位新教主的诞生，总要伴随着各种瑞相和奇迹。而新教主也必然是先天的智者和神人。有趣的是，那梦中的东西，在耆那教徒看来都是吉祥的。

2. 大雄出家

世尊大雄出生的那个年代，整个婆罗多大地上到处都是恶行。人们背弃自己的天职，干尽坏事。因为无知，人们以向天神献祭为借口，杀死许多生灵。婆罗门因自己会背诵经典而以学者自诩。他们随心所欲地欺压低种姓的人。

筏驮摩那已经长大成人。他看到这种种恶行，心中很是不安。

王后德丽谢拉看到自己的儿子长大了，就开始考虑儿子的婚事。得了国王的同意，王后立即来找儿子，说："我的儿啊，羯陵迦的国王胜敌来拜访我们了，他的女儿耶输陀罗也和他一起来了。耶输陀罗长得很美，我们想要她做儿媳。"

筏驮摩那微笑着对母亲说："母亲啊，请你原谅。你难道没有看见如今的世界上到处都是罪恶和欺诈？人们以达摩的名义在残忍地屠杀生灵。”

王后说：“我知道你为天下人的幸福而生，你是为了解救人们的苦难而来到人间。但是，你还这么年轻，正是娶妻生子的年龄，来日方长啊。”王子回答说：“母亲，你说的全在理。可我还是不想被婚姻的锁链束缚。”

王后只好回绝揭陵迦国王。揭陵迦国王带着自己的女儿失望地走了。

筏驮摩那 28 岁的时候，父母双双过世。他协助哥哥管理国家。两兄弟尽心竭力，使国家昌盛，人民富足。可他不想长久陷在世俗生活中。30 岁那年，他开始过和出家人一样的苦修生活，每日只吃一餐，布衣粗食，睡在地上。

两年后的一天，他得到兄长的应允，在印历九月（相当于公历 11~12 月份）黑半月的第十日，他的哥哥为他举行了隆重的仪式。然后，请大雄坐进“月光”轿。世尊大雄就这样舍弃了王宫的豪华生活和世俗享乐，做了个出家人。全城的百姓都闻讯赶来，怀着崇敬和恋恋不舍的心情为他送行。在离别之前，大雄将自己所有的东西都分发给了穷人，他变得像初来世上的婴孩一样一无所有。百姓们尾随着那圣洁的“月光”轿，祝福着他。如雨的花瓣落在轿子上。

大雄出家的一幕显得不那么神奇。但他似乎是怀着天生的使命来到人世，是下凡救世。在这一点上，与印度教大神毗湿奴下凡救世是一样的。

3. 大雄坐禅

大雄立下誓言：在 12 年内，他将笑着承受肉体上的一切痛苦，全身心地去获得知识和智慧。他从不在一个地方住三天以上，只有雨季才停下来。

大雄的第一个雨季是在阿斯蒂村度过的。第二个雨季是在那烂陀。大雄就这样不停地四处云游，苦行修炼。

一天，大雄来到一座村庄外，在一块田地旁坐下来，默默禅思。一个农民正在田里耕作。傍晚，农人卸下耕具，放开耕牛，急急忙忙赶回家去。农人走后，那两头牛一边吃草一边走向远处。等农人回来时，牛已经没了踪影。他非常着急，就问大雄牛往哪儿去了。世尊大雄心注一处地禅思，根本不知道外界发生了什么事。农人见他不回答，就转身往树林里寻找，转到天黑也没找到。这时，他看见自己的牛正卧在大雄的脚前，而大雄仍闭目端坐在原地。农人认定这出家人在捉弄自己，那两头牛刚才一定是被他藏起来了。农人破口大骂起来。骂了半天，大雄竟毫无反应，农人更加愤怒。他捡起石头将两根小木棍楔进了大雄的耳朵里。

这时，天界的因陀罗正在打坐。他通过神通知道了这暴行，下凡来保护大雄。因陀罗显现在农人面前，斥责他说："愚蠢的家伙，你知道你在干什么吗？知道你面前的这个人是谁吗？他不是凡人，他是世尊大雄，你怎么敢这样对待他？"农人吓得魂不附体。他两手合十，战栗地说："饶恕我吧，我有眼无珠。"

因陀罗将大雄耳中的木楔取出，血立即涌出。而大雄还是平静地端坐着。

就像佛教一样，耆那教也把因陀罗当成自己教派的护法神。一到关键时刻，他就会出现。

4. 国王皈依

大雄成道之后，有很长时间是在摩羯陀国传教，尤其是得到国王的支持后，传教活动进行得很顺利。

摩羯陀国国王乌帕室莱尼迦有一个儿子，名叫室莱尼迦，学识十分渊博。一天，由于某种原因，父亲生气地将儿子室莱尼迦赶了出去。室莱尼迦便来到甘加普尔城。甘加普尔的国王见室莱尼迦很有学问，便以贵宾之礼相待。于是室莱尼迦就在这儿住下了。过了一些时候，国王大祭司的女儿南达室莉爱上了室莱尼迦。大祭司十分敬重室莱尼迦。当他发现女儿南达室莉爱上了室莱尼迦时，就让他们结了婚。南达室莉不久生了个儿子。垓勒国的国王摩哩甘迦也看上了室莱尼迦，也把自己的女儿嫁给了他。

室莱尼迦在父亲去世后，回到摩羯陀，当了国王。他原来不相信耆那教，一看到耆那教的出家人苦修，就认为他们是在行骗。一天，室莱尼迦出行时，路遇一耆那教出家人。见这出家人正在苦修，他心中十分反感，就唤出五百条猎犬去咬那出家人。可这五百条猎犬跑到出家人面前，并不狂吠，反倒驯服地卧在那出家人脚前。他猜想，这出家人一定有什么魔法。一气之下，他就朝那出家人射箭。可那出家人仍闭目修行，利箭丝毫不能伤害他。室莱尼迦气急败坏地捡起一条死蛇放在出家人的脖子上，然后回王宫去了。室莱尼迦的王后见丈夫满脸怒气而且沮丧，就问他发生了什么事。国王将刚才的事讲了一遍。王后很难过地对他说："如果那出家人是个骗子，猎犬是不会俯伏在他脚下的，你的箭也不能伤害不了他。你这样折磨出家人是犯下了大罪过。"

于是国王和王后就回到那出家人苦修的树林里。出家人还在那里闭目修行，只是身上爬满了成千上万只蚂蚁。蚂蚁正在叮出家人的皮肤，可他仿佛什么都没有感觉到。王后见了这情景，眼泪像断了线的珠子似地滚落下来。她拂落出家人身上的蚂蚁，为他全身涂满檀香膏。当出家人禅思完毕，睁开眼睛，看见国王和王后双双两手合十站在面前时，他便为他们祝福。

室莱尼迦被深深地触动了。大雄的力量改变了他的生活，他成了虔诚的耆那教徒。后来他的儿子无畏王子也成了大雄的弟子。

在这个故事里，没有多少神奇的地方，大雄并不像佛陀当年传教那样，偶尔也使用一下神通。看来，他主要是靠那种非凡的忍耐力征服人心的。

5. 从者如云

那时候，摩羯陀国盛行杀生祭祀。人们认为，不管你犯了多大的罪孽，只要举行祭祀，献上牺牲，就可以消除罪恶。因此人们肆无忌惮地残杀生灵。下面的故事就是以此为背景的。

在摩羯陀，有一个名叫苏摩谛的学者。他的三个儿子都很有学问，他们都很骄傲自豪。学识最渊博的当推大儿子因陀罗菩谛。他使许多人的祭祀获得成功。

天界的神王因陀罗见因陀罗菩谛能力非凡，就想让他成为世尊大雄的弟子。不过，因陀罗知道，因陀罗菩谛很有学识，是不会轻易拜别人为师的。只有用智慧战胜他，他才会服膺。因陀罗下定决心，设法让因陀罗菩谛自动去找大雄。

一天，因陀罗菩谛去做祭祀。路上，他看见许多人和他一起向前走，他以为他们是去参加祭祀的。可是当他走到祭祀地时，却发现人群仍朝前走。他十分奇怪，就问身边的人。有人告诉他，这些人都是去拜谒大雄的。因陀罗菩谛十分气愤。他认定大雄是个骗子，用魔法蒙住了人们的眼睛。

因陀罗变化成一个老人来到因陀罗菩谛面前，恭敬地说："大师，我听人们说你的学识十分渊博。因此，我特来向你求教。"

因陀罗菩谛说："请说吧。你有什么问题？"

"我的老师给我一首颂诗，但没有讲解。我向许多有学问的人请教过，但没有人能为我解说清楚，我便慕名前来向您请教。"

因陀罗菩谛听了，得意地说："好吧，请你将那颂诗读给我听。"

于是因陀罗就背诵了一首颂诗。因陀罗菩谛听后，想了半天，不解其意。于是他老实地承认说："我也不明白这颂诗的意思。你师父知道它的意思吗？"

"是的，我师父是个十分有学问的人。他肯定知道。"

"那好，我和你一起去见你的师父。"

"这么说，你承认自己不如我的师父了？"

"不，如果你的师父能够解释明白这颂诗的话，我才承认我不如他。"

于是因陀罗领因陀罗菩谛来到世尊大雄面前。这里早已聚集了成千上万来拜谒大雄的人。世尊大雄看见一位老者来到面前，立即认出这是天神因陀罗。他很尊敬地唤因陀罗到跟前来，问他有什么事。因陀罗将那颂诗读给大雄听，然后请他讲解。世尊大雄详细地为他们二人做了讲解。因陀罗菩谛听了讲解，顿觉如饮醍醐。他见大雄的面庞发出智慧的光，便心悦诚服地率五百弟子追随了大雄。

因陀罗菩谛的弟弟阿耆尼菩谛听说哥哥追随了大雄，很是气愤。阿耆尼菩谛来到大雄面前，准备用难题难倒大雄。可他一到，大雄就叫出他的名字，说出了他想问的问题，并予以解答。阿耆尼菩谛不得不承认大雄拥有不可战胜的智慧。他也率领自己的众多弟子一起拜大雄为师。继这兄弟俩之后，又有11位有名望的学者也拜大雄为师。他们11人成了大雄的主要门徒。

就这样，大雄的弟子越来越多。追随他的人大致可分为两种。一种是舍弃家园出家，日夜跟随大雄；另一种是居家，虔诚地按照大雄的教诲行事，这些人分别称为牟尼、信女、沙门和女沙门。最先追随大雄的那11人，被称为群持，他们分别照管各自的弟子，这时居家的沙门有15万人，女沙门有30万人。

从这个故事可以看出，与佛教同“外道”斗法不同，耆那教不是通过法术神通赢得信徒，而是通过学识和慈悲征服人心。

（二）其他神话

1. 冤冤相报

耆那教典籍《大往世书》第六十五章讲述了这样一个故事：

在阿逾陀城住着甘蔗族的千臂国王。另一座城的国王巴拉德看他骁勇英俊，就把女儿维吉达摩蒂嫁给了千臂王。他们生了个儿子，取名叫伽利德维尔。

巴拉德国王有个妹妹，名叫室莉玛蒂，她同百点国王结了婚。婚后得一子，名叫遮摩陀耆尼。遮摩陀耆尼幼年丧母，于是他便出家苦修。

此前，他的父亲百点国王和大臣已经出家，成了耆那教的虔诚信徒。他们经过苦修，都升天做了神仙。百点国王成了苏提天神，大臣成了鸠帝西天神。

一天，苏提天神和鸠帝西天神变成一对鸟儿，飞到遮摩陀耆尼的头上做了个鸟巢。两只鸟儿在巢中雀跃、啄食，叽叽喳喳。一天，一只鸟儿说："我是个爱漫游的鸟儿，我要飞走了，明天会回来的。"另一只鸟儿说："主人，没有你，我一天也过不下去。你明天一定要回来，不然你只会见到我的尸体了。"那只鸟儿说："我的女王，如果我明天回来见不到你，我就要责怪这个名叫遮摩陀耆尼的出家人了。"

遮摩陀耆尼听见这话，很生气，用手去扯头上的鸟巢。两只鸟飞到半空中，说："出家人是不能伤害生灵的。你应该宽容。"遮摩陀耆尼对鸟儿说："你们为什么要破坏我的禅思？我有什么罪过吗？"鸟儿们说："你虽然修炼了自己的肉体，但你却不懂真谛。你没有儿子。根据经典，没有子孙是升不了天堂的。"

为了有个儿子，遮摩陀耆尼去找舅舅巴拉德国王，要和舅舅的女儿结婚。公主一见骨瘦如柴的丑老头，转身逃走了。遮摩陀耆尼生气了，诅咒全城的姑娘都变成驼背女。从此，这城就被人们称为曲女城。遮摩陀耆尼后来还是得到了舅舅的小女儿，名叫莱鲁迦。他们结婚了，来到有泉水的山洞中一起生活。后来，他们生了两个儿子，一个名叫因陀罗罗摩，一个叫白罗摩。莱鲁迦有个兄弟，名叫阿利金，也是个出家人。一天，他来看莱鲁迦，给了她一头神奇的如意奶牛。

又有一天，国王千臂和他的儿子伽利德维尔来看望他们。遮摩德者尼见国王驾到，就吩咐莱鲁迦准备饭食。莱鲁迦不一会儿就端来了只有帝王才配享用的美味佳肴。千臂王父子十分惊奇。莱鲁迦就把如意神牛的事告诉了他们。没想到这父子俩提出要这神牛，遮摩陀耆尼回绝了他们。国王恼羞成怒，强行去牵神牛。遮摩陀耆尼阻拦，反被国王推倒在地。神牛被国王牵走，遮摩陀耆尼急忙去追。国王就用箭把他射死了。莱鲁迦的两个儿子回来，见母亲在哭，父亲倒在地上，就问母亲发生了什么事，莱鲁迦将事情的经过告诉了儿子。因陀罗罗摩和白罗摩听了怒不可遏，决定去报仇。莱鲁迦把神斧咒教给了大儿子。兄弟二人来到阿逾陀城，用神斧杀了千臂王父子及许多刹帝利，并将土地全部分给了婆罗门。

千臂王的王后当时已有孕在身。她只身逃进了森林。一个名叫尚提利耶的出家人保护了她。她生下儿子苏鲍摩。苏鲍摩在尚提利耶的茅屋里度过了童年，长成一个健壮的小伙子。一天，苏鲍摩问母亲："谁是我的父亲？"母亲告诉他说："你的父亲是千臂王，一个名叫因陀罗罗摩的人杀了你的父亲。"苏鲍摩发誓要杀死仇人。

因陀罗罗摩杀了千臂王和他的儿子后，就住在阿逾陀城里当了国王。一天，一个婆罗门占星家来到王宫。因陀罗罗摩就问他："请告诉我，什么人会杀死我？"婆罗门说："国王陛下，你把千臂王和他儿子的牙齿放在一个饭钵中拿给人看，谁的目光使那钵中的牙齿变成米粒，谁就会杀死你。”因陀罗罗摩命人立即在城里建了一个施舍棚，每日施舍大量的食品，同时又将那盛了牙的钵给每个人看。这事很快就传遍了四面八方。

苏鲍摩得知消息，来到施舍棚。他的目光使牙齿立即变成了米粒。守候在那里的士兵去向国王报告。因陀罗罗摩立即骑上马，率领士兵赶到施舍棚。苏鲍摩看到仇敌来到眼前，十分亢奋，他看着那盛着米粒的饭钵说：“如果我有什么善行的话，这钵就变成我的武器！”说着，苏鲍摩拿起变成神盘的钵，抛了出去。神盘砍下了因陀罗罗摩的头。

苏鲍摩杀死仇敌后，又征服了许多国家，成了转轮王。他变得十分残暴和贪婪。一天，当大厨师给他端上来的食物不合他的心意时，他就杀了他。大厨师死后变成了星相神。一天，星相神化成一个商人，来到王宫。他献给国王一些美味的果子。苏鲍摩十分喜欢这果子，让那商人再给他一些。商人说：“这些果子是我敬神得到的。神不会再给我了。那些神住在很远的地方，你到那儿去敬神，也许神会给你的。”国王便让商人领自己到神那儿去。于是商人把国王带到一座山上，杀死了国王，报了前世的仇。国王苏鲍摩死后入了地狱。

很明显，这个故事里谴责了冤冤相报的行为，也宣扬了因果报应的思想。

其中如意神牛的故事最早见于《罗摩衍那·童年篇》第52~56章：婆罗门大仙婆私吒有头如意神牛，要什么它就会生产什么。一天，一个叫众友的刹帝利国王去大仙那里，喜欢上这神牛，想用财富换取，大仙无论如何也不同意。众友要凭武力夺取，结果众友的儿子们和士兵全被大仙的神牛和法力杀死。众友去苦修，得到许多天神的兵器，再来同大仙作战。大仙仅凭一根梵杖毁灭了众友的全部法宝。众友只好又去苦修，由于他出身刹帝利，只能修成“王仙”，而不能修成婆罗门出身的“梵仙”。后来他又经过数千年苦行，多次克服美色的蛊惑，终于成为梵仙。

其中，遮摩陀耆尼和莱鲁迦的故事，在印度教史诗中也曾提到[①]，而他们的儿子因陀罗罗摩，在史诗中是持斧罗摩[②]。相同的是他们都以斧子为兵器。

故事中有关于曲女城名字由来的传说引人注意。在印度教和佛教中都有这个传说，只是版本不同。例如，玄奘在《大唐西域记》中就讲了一个类似的故事：上古时候，曲女城原名花城，那里的国王名叫梵授。梵授王生有一千个儿子和一百个女儿。有个仙人在恒河边修行禅定几万年，身体瘦得像枯树一般。鸟儿将树种遗留在他的肩上，种子长成了大树。树上有鸟筑巢。人们都叫他大树仙人。他出定以后，在河边和林间游览，看见梵授王的女儿们，顿起爱心，便去请求国王把女儿嫁他。国王问女儿们，可是她们谁都不愿嫁给大树仙人，只有最小的女儿肯嫁。大树仙人对小女儿不感兴趣，便诅咒其余 99 名女儿都变成驼背，一生嫁不出去。果然，那 99 个公主都变成驼背了。从此这座城便叫作曲女城了。耆那教的这个故事和玄奘记载的故事有好几个相似点。

从这个故事可以看出，印度古代神话虽然各个宗教自成体系，但在内容上也往往出现相互交叉的情况。

---

①季羡林译:《罗摩衍那·童年篇》，北京：人民文学出版社，1980 年版，第 438 页注释［400］。

②同①，第 401 页。

2. 优填王和月光王

在耆那教典籍《禁忌经注》第三卷里有这样一个故事：

在无畏城优填王的宫廷里，有一名丑陋的驼背女奴。一天，从犍陀罗国来了一个沙门（居士），因为满意于丑女奴的服侍，就给了她一颗名叫"金娇"的奇妙药丸。驼背女奴吃下后立即变得像天女一样美丽。于是人们就叫她金娇。金娇逐渐傲慢起来，常常搔首弄姿地挑逗男人。优填王这样有德行的人是不会理睬金娇的，而普通人又不敢飞蛾扑火，为了优填王的美丽女奴而自取灭亡。

阿盘底国的月光王以自己强有力的臂膀和军事力量而著称于世，金娇的美貌使他垂涎。一天夜里，月光王骑上了他的神象，来到无畏城中，偷偷带走了金娇和优填王庙堂里的神像。

优填王要月光王送回女奴和神像，遭到月光王拒绝，优填王就率领十个土邦王组成的庞大军队前去讨伐月光王。顶着印历三月炎热的太阳，优填王的大军行进到一片沙漠，走了三天，看不到一点有水的迹象。优填王命令军队扎营。他默祷自己已经升入天堂的妻子光照女神。女神降下大雨，干涡的土地变得滋润。优填王的军队又继续行进，包围了月光王的都城。

优填王为了避免伤亡，提出和月光王单独决斗。结果月光王被优填王生擒。为了让人们鄙夷他的贪欲，优填王命人在月光王额头刺上"女奴之夫"几个字。

听说月光王战败被俘，金娇逃得无影无踪。优填王押着月光王返回无畏城。

雨季到了，膜拜日来临。优填王是世尊大雄的虔诚信徒，曾发誓终生在每年的膜拜节里举行八天的膜拜仪式。于是，在返回都城的路上，优填王选了一块安全的地方，开始禅思。膜拜节的最后一天，优填王要斋戒。月光王说："我今天也要斋戒。我的父母也是耆那教信徒。"

当优填王得知月光王也要斋戒时，心里就对这位同道者产生了恻隐之心。如果对敌人也能以友情相待，那才是真正的宽容。优填王的理智觉醒了，他对月光王说："同道的兄弟，我宽恕你。"

月光王趁机对优填王说："如果你真心地宽恕我，那就放了我。"虽然这样轻易地释放月光王不利于国家，但优填王认为在这样神圣的时刻，继续关押同样信奉耆那教的月光王是不合适的。于是他下令："释放月光王。从此他不再是我的敌人，而是我的同道兄弟。"月光王被优填王这伟大的宽容震惊了。优填王看到月光王额上刺的字，就让人用金带缚在月光王的额上，遮住那几个字。然后，优填王以阿盘底国王的礼遇送别了他，称月光王是他缚金带的朋友。

这个故事再次向人们宣扬了耆那教的宽容，甚至要宽恕自己的敌人。故事中的优填王也许是印度历史上一个著名的国王，关于他的传奇故事在印度教和佛教典籍中都有记载。尤其是在《故事海》中，关于他的爱情传奇很详细、曲折。

3. 第一那罗延的故事

本篇据《大往世书》第 51、52 章编写。篇名中的那罗延与印度教神话中的那罗延不同。印度教神话中的那罗延通常是指大神毗湿奴，而耆那教神话中的那罗延通常是指统治一半印度大地的“半转轮王”。

我们前面说过，在耆那教的63位伟人中，有9位那罗延，9位力贤王，这里讲的是第一位那罗延和第一位力贤王的故事。

在婆罗多大地上有个鲍登城，国王名叫布勒加波帝。他有二妃，大妃生子名叫毗杰耶，小妃生子名叫德利勒舍特。毗杰耶是耆那教63位伟人中的第一位力贤王，皮肤白皙，相貌英俊；德利勒舍特是第一位婆苏提婆（即那罗延，半转轮王），肤色黝黑，力大无比。两兄弟很快就长大成人，一黑一白，就像黑半月和白半月一样组成圆满的月亮。

一天，一个大臣报告：“一头可怕的巨狮近来到处吃人，骚扰百姓，无人能制服或杀死它。”国王听了，拿着他的宝剑，要去消灭狮子。这时，毗杰耶要求和弟弟去消灭那狮子。国王同意了。于是毗杰耶和德利勒舍特领着士兵们来到狮子的洞穴处。士兵们的喧嚣声把狮子激怒了。愤怒的狮子张着血盆大口朝毗杰耶扑了过来，德利勒舍特急忙伸出有力的手紧紧抓住了狮子，然后腾出右手朝狮子头上猛击。狮子不一会儿就被他杀死了。从此，两兄弟的英名四处传颂。

过了一段时间，一天，守门人报告说：“从天上飞来一个人，头上戴着王冠似的东西，还有花环和耳环，分不清是哪路神仙。他要拜见国王陛下。”

原来，来者是个持明神。他说：“在维伽尔特山南麓，有一座城市名叫罗德奴，国王名叫卓伦杰帝。我是国王派来的使臣，名叫因度。国王有一个英俊的王子，名叫辉赞；还有一个美若明月的女儿，名叫斯婆耶布勒帕，追求她的王子不计其数。一个出家人说过，在南方有一座鲍登城，它的国王品德高尚，连神也称赞。他的儿子德利勒舍特将和公主结婚，并且将会杀死国王的敌人马项。这个马项是伟夏诃南迪转世。德利勒舍特杀死马项后，将成为一个那罗延。”

布勒加波帝心中很高兴，命人殷勤款待来使，然后带着毗杰耶、德利勒舍特随因度来到了卓伦杰帝国王的国家。

持明神之王卓伦杰帝见了布勒加波帝国王和他的两个儿子后，说：“我想把女儿嫁给德利勒舍特，但另一个持明神之王马项会不答应，他早就想要我的女儿了。我们应该先知道德利勒舍特是否能战胜马项。”一位大臣说：“附近森林里有一巨石，没人能搬动。如果德利勒舍特能够举起那石头，就一定能战胜马项。”

于是，一行人来到森林里的巨石跟前。皮肤黝黑的王子走上前去，伸出长长的双臂，将那大石高举了起来。卓伦杰帝很满意，称赞不已。

德利勒舍特和公主就要举行婚礼了。鲍登城张灯结彩，一片喜庆。消息传到了马项的耳中。他气得七窍生烟，说：“我这就去杀死卓伦杰帝和他的女婿，让他们知道我的厉害。”

当高傲的持明神之王马项率众来到鲍登城外时，卓伦杰帝国王正住在鲍登城中布勒加波帝的王宫里。他们商讨后决定，为了万无一失，先让毗杰耶和德利勒舍特坐下来连续七夜默诵真言，求智慧女神教给他们俩克敌制胜的咒语。七天之后，兄弟二人学会了金翅鸟的避蛇毒咒、罗西尼女神咒等105种咒语。

当马项得知持明国王卓伦杰帝、鲍登城国王布勒加波帝和他的两个儿子率领大军前来应战时，他先派一个使臣去说服卓伦杰帝，叫他把女儿献出来。劝降遭到拒绝，双方准备开战了。德利勒舍特的默祷深得众智慧女神的欢心，她们除了教会他咒语，还给了他许多的宝器，有金弓、宝刀、神螺等。

马项用尽全力都没能战胜德利勒舍特，就拿出自己的法宝神轮，朝德利勒舍特投去。但那神轮飞到德利勒舍特面前，却没伤害他，慢慢盘旋着落到他手上。德利勒舍特微笑着对马项说："赶快拜倒在耆那祖师的脚下吧！"马项傲然答道："来吧，我只臣服于这神轮。"于是，德利勒舍特掷出神轮。神轮飞旋而去，像闪电一样砍下了马项的头。马项死后进了第七层地狱。

德利勒舍特战胜了马项，被持明神、蛇族和人类尊为自己的王。在整个婆罗多南部土地上，他所向披靡，成了半转轮王。

时间过得很快，许多年后的一天，一个持明神来到鲍登城，拜见了老国王布勒加波帝。国王向来人询问持明王卓伦杰帝的近况。来者告诉他，卓伦杰帝已经抛弃世俗的享乐，出家苦修去了。布勒加波帝听了这番话，对自己的两个儿子说，他也决定到森林里去苦修。卓伦杰帝和布勒加波帝死后都升了天堂。

德利勒舍特做了半转轮王之后，有了两个儿子。他永远不满足于享受，死后，就入了地狱。毗杰耶在兄弟德利勒舍特死后把王位交给他的儿子，自己出家修行，死后得了解脱升了天堂。

我们从这个故事可知，耆那教神话中极力维护不杀生的原则。邪恶的人固然要下地狱，即使正义的一方杀了邪恶的人，加上贪图享乐，也得下地狱。而没有动手杀人的，经过苦修是可以升入天堂的。和印度教神话一样，耆那教神话里特别强调苦修的力量。然而，在耆那教中，不管是下了地狱的和上了天堂的，都可以是 63 位伟人之一。

同时，我们还看到，耆那教也崇尚咒语的力量，有了咒语就能够躲避灾难，化解敌人的法宝，就能够克敌制胜。

04

— 第四章 —

印度史诗

关于印度两大史诗的简况，前面已有所介绍，这里重点介绍的是史诗的主要故事情节。

一、《罗摩衍那》

《罗摩衍那》分为七篇。

1.《童年篇》

在印度的远古时期，有一个甘蔗族，又称为太阳族。太阳族有一个名叫十车的国王，统治着喜马拉雅山以南的国土。这个国家叫拘萨罗，首都是阿逾陀城。十车王有三个王后，生下四个儿子。大王后生的儿子取名罗摩，二王后生的儿子取名婆罗多，三王后生下双胞胎罗什曼那和沙多卢那。

光阴飞逝。四个王子成长顺利，个个英武，而其中罗摩尤为突出。

弥提罗城的国王遮那加有一张大神湿婆的神弓，一直没有人能拉开。

众友仙人带着罗摩和罗什曼那抵达弥提罗城，遮那加王介绍了湿婆神弓的来历，并说，大地女神赐给他一个美丽贤惠的女儿，名叫悉多。能够把湿婆神弓拉开的人才能成为悉多的丈夫。罗摩拿起神弓用力一拉，神弓被折为两段。国王当即决定把悉多许配给罗摩。十车王也带着王后和另外两个王子赶到弥提罗。遮那加王将他另一个女儿和他弟弟的两个女儿分别许配给十车王的三个王子。

十车王一行返回阿逾陀，百姓倾城出动，热烈欢呼，祝福王子们新婚。

2.《阿逾陀篇》

十车王感到年迈体弱，要立罗摩为太子。二王后吉迦伊受驼背侍女的蛊惑，要立婆罗多为太子，并要求把罗摩流放林中 14 年。

罗摩决定到森林中去，罗什曼那和悉多都要求同行。他们脱去了华贵的服饰，换上了隐居者穿的树皮衣，一起上路了。

十车王在罗摩走后就去世了。婆罗多为十车王举行了火葬仪式，便立即动身去找罗摩。他请求罗摩回国执政，罗摩不肯。婆罗多只好回京城代罗摩执政，罗摩等三人继续过流放生活。

3.《森林篇》

一转眼过了 10 年。一天早晨，女罗刹舒罗潘卡从茅舍前经过，看见了罗摩，向罗摩求婚。罗什曼那割下了她的鼻子和耳朵。舒罗潘卡受了奇耻大辱，跑到楞伽岛去找哥哥罗婆那帮她复仇。罗婆那想出计策，让一个罗刹摩里支变成金鹿，去引诱罗摩兄弟二人走开。他则将悉多劫持到楞伽岛。金翅鸟王阻止，被罗婆那打成重伤。罗婆那飞行的途中有一座高山，山上站着猴王妙项和他的四个大臣。悉多丢下一块围巾，好让他们把消息转达给罗摩。

悉多被劫持到了楞伽岛，任何威胁利诱都无法改变她的心。罗婆那就让女罗刹们先把她看管起来。他准备同罗摩决一死战。

罗摩兄弟俩发现悉多不见了，知道出了事。金翅鸟王用最后的力气告诉罗摩兄弟，罗刹王罗婆那抢走了悉多，朝南方飞去了。

4.《猴国篇》

罗摩兄弟来到猴王妙项居住的高山上。妙项本来统治着一个庞大的猴国，但前不久被他的弟弟波林窃取了王位。妙项身边只有四个大臣和朋友跟随，其中之一是风神伐由之子神猴哈努曼。哈努曼把罗摩兄弟二人引到山上与妙项等人相见，彼此了解了对方的身世和经历后，结成了联盟。罗摩要帮助妙项恢复王位，妙项则说他一定帮助罗摩找到悉多。

罗摩帮助妙项杀死了波林。妙项登上王位。根据罗摩的要求，他们要先查明悉多的下落。于是妙项把猴军和熊军的众首领召集起来，让他们分头到世界各地去打探。哈努曼带上一支军队来到海边。他登上山顶，将身体变得异常高大，吸足一口气，用力一纵，腾空而起，落到楞伽岛上。

5.《美妙篇》

哈努曼在一座高山上俯视楞伽岛。天黑了，哈努曼变成一只猫进入城内。他进入了十首王的宫殿。他看到了许多宝贵的艺术品和美丽绝伦的女子，又看见十首王巨大的躯体躺在金床上睡着了。哈努曼终于在无忧树林中见到悉多。传递过消息后，哈努曼与悉多告别。

哈努曼大闹楞伽岛，故意被捉，见到罗刹王罗婆那。哈努曼的尾巴被点着，他的长尾巴四处乱甩，烧着了罗刹们的胡须和衣服。他又跳到了一些豪华的住宅上，用尾巴把这些房子和宫殿点燃。哈努曼闹腾够了，来到高山上纵身一跳，顺利地返回。哈努曼把在楞伽岛的见闻详细说了一遍，罗摩发誓要打败十首王。

6.《战斗篇》

妙项把全部大军都交由罗摩指挥。大军日夜赶路，很快就抵达了南海之滨，在树林里安营扎寨。楞伽城里，罗婆那的弟弟维比沙那规劝罗婆那放了悉多，同罗摩讲和。罗婆那不听，反而说弟弟站在罗摩一边，并打了弟弟。维比沙那一怒之下，带了四名正直的罗刹飞出楞伽岛，投奔罗摩。

罗摩大军建造了一座跨海大桥，大军沿着大桥越过了大海。两军交战，各有伤亡。最后是罗摩和罗婆那对阵，各自使用法宝和兵器。经过激烈厮杀，十首王终于无法躲避罗摩射出的神箭，倒地而死。

罗刹们都愿意归顺维比沙那。罗摩派罗什曼那辅助维比沙那完成登基大典。

罗摩和悉多团圆。他们乘坐上财神俱比罗提供的巨大云车回国。婆罗多把国家权力交给罗摩，王宫里举行了盛大的登基大典。

7.《后篇》

一天，罗摩听到一些百姓对悉多的风言风语，就决定把悉多送到恒河对岸蚁垤仙人的净修林里去。

转眼就是十几年过去了。罗摩的国家变得十分强大。另一边，悉多在净修林里为罗摩生下了一对双胞胎，分别取名为俱舍和罗婆。他们不知道父亲是谁，蚁垤仙人就把罗摩的英雄事迹编成长诗，教给他们吟唱。

一天，罗摩要举行马祭大典，俱舍和罗婆到宫中演唱，父子相认。蚁垤把悉多带进王宫，当着所有人的面，再次证明悉多的贞节。这时候，大地裂开，大地女神把悉多抱进怀里，消失在地下深处。大地闭合，天空降下花雨。

随着时光的流逝，罗摩兄弟们的母后一个个地升入天堂，同十车王会合了。罗摩放弃王位，到森林中隐居。他把王国分为两半，一半给俱舍统治，另一半给罗婆统治。罗摩在森林中度过了生命的最后时光，告别人世。在天堂，他与悉多会合了。俱舍和罗婆统治着各自的国家，生活过得非常美满幸福。

二、《摩诃婆罗多》

史诗《摩诃婆罗多》共分18篇，主干故事的大体情节如下：

1.《初篇》

古老的月亮族系中有个迅行王。迅行王有五个儿子，其长子叫雅度，最小的叫布卢。布卢贤德，继承了王位。布卢王的第十六代后裔豆扇陀和沙恭达罗生的儿子叫婆罗多。婆罗多的孙子叫哈斯提，他当政时建立了王都象城。哈斯提的玄孙就是俱卢王。俱卢王的第十五代后裔是福身王。

福身王与恒河女神结婚，生下儿子毗湿摩后，恒河女神返回天上。数年后，福身王向渔夫之女贞信求婚，对方的条件是将来由贞信之子继承王位。毗湿摩发誓不继承王位，也不娶妻生子，促成了父王的婚姻。

贞信先后生下二子。长子花钏，次子奇武。花钏死去，奇武继位。奇武在位仅七年就去世了，没有后代。为了不使俱卢家族断了香火，贞信找来婚前与苦行者生的儿子广博仙人，让他为俱卢族传宗接代。广博仙人生下三个儿子，持国、般度和维杜罗。持国是盲人，般度继承王位。持国与犍陀罗国公主甘陀利生了一百个儿子，他们被统称为“持国百子”，长子难敌，次子难降。

般度有二妻，贡蒂和玛德利。贡蒂生下坚战、怖军和阿周那。玛德利生下孪生兄弟无种和偕天。这五兄弟被称为“般度五子。”贡蒂婚前还有一私生子迦尔纳，后由车夫养大。

般度王去世，持国继位。王子们逐渐长大，由武功大师慈悯和德罗纳进行训练。阿周那箭术最好，难敌和怖军擅长杵战，而坚战则长于车战。无种和偕天的剑术高超，德罗纳之子马勇也身手不凡。

难敌把般度五子视为眼中钉，决心拔除他们。难敌、迦尔纳和难敌的舅舅沙恭尼策划建造了一座容易燃烧的紫胶宫，让贡蒂和五子居住，想伺机烧死他们。由于维杜罗的提醒，般度五子和贡蒂逃脱。流亡中，怖军娶了个罗刹女为妻，生子“瓶首”。般遮罗国木柱王举行选婿大典，般度五子获胜，合娶黑公主为妻。难敌得知般度五子没死，而且还和木柱王结了亲，心中不安。持国王把部分土地划归般度五子管理。阿周那娶了黑天的妹妹妙贤，生下一子名叫“激昂”。

2.《大会篇》

般度族兄弟政绩辉煌，坚战举行王祭，成为一方霸主。持国百子很不高兴。沙恭尼想出一计，邀请坚战玩掷骰子，通过赌博把般度人的一切都赢过来。沙恭尼代表难敌和坚战玩，坚战总是输，他越输下的赌注越大，先后输掉了财产和国家，最后竟然把亲兄弟、自己和黑公主也输了。

难降在大庭广众之下侮辱黑公主，怖军发誓要杀死他。持国王见情形不对，将一切归还般度五子，让他们回国。难敌埋怨父亲破坏了计划，让他传旨召回五子再赌一次：输了流放 12 年，第十三年如被发现，还要再流放 12 年。于是，坚战回来再赌，又输在沙恭尼手中，般度人不得不去森林中过流放生活。

3.《森林篇》

光阴荏苒，般度五子已经流放了十二年。经过十二年的锻炼，般度兄弟增强了体魄、才干和经验，他们变得更坚强和成熟了。

4.《毗罗吒篇》

第十三年，般度五子来到摩差国，在国王毗罗吒的宫廷服务。一天，王后的哥哥空竹调戏黑公主，又当众打骂和羞辱她。怖军满腔怒火，除掉空竹。

难敌怀疑事件背后可能与般度五子有关。他联合三穴国袭击摩差国。

危急时刻，般度五子帮助毗罗吒王打败了敌人。毗罗吒王把女儿嫁给了阿周那的儿子激昂。

5.《备战篇》

十三年期满，般度人和俱卢人各派使节谈判，都失败了。各国都卷入了备战行动，或参与这一方，或参与那一方。

为求得黑天的支持，阿周那和难敌几乎同时到达黑天的住地。黑天表示支持双方，他把自己的军队算一份，把他自己算一份，让二人挑选。阿周那毫不迟疑地选择了黑天。难敌则心满意足地得到了黑天的军队。无种和偕天的舅舅沙利耶是摩德罗国国王。他率领一支大军前去支援般度人，途中接受了难敌的款待，还误以为是两个外甥所为。“吃了别人的嘴软”，他答应为难敌效力。

黑天亲自到象城说和，建议把国家的一半分给般度兄弟，难敌态度顽固地说：“我连针尖大的地方也不给他们！”黑天离去，和解的最后希望破灭了。

木柱王之子猛光为般度族全军的大元帅。在猛光的统率下，般度大军开进了俱卢之野。难敌的十一支大军也开到了俱卢之野，大元帅是毗湿摩。

6.《毗湿摩篇》

大战终于开始了。顷刻间，战鼓声、螺号声伴随着马嘶、象吼和人的呐喊声响成一片。转眼间，父子、叔侄、甥舅、兄弟……人们六亲不认，互相厮杀着。

前九天的战斗互有胜负，双方都损失了不少战将。第十天，般度之子根据黑天的建议，让束发率军在阵前向毗湿摩冲击。俱卢人无力阻止般度人的冲击。毗湿摩恪守原则不与束发交锋，致使自己身中三箭。这时，阿周那从束发身后瞄准毗湿摩连连放箭，全部击中毗湿摩。毗湿摩躺在箭床上，并未死去。

7.《德罗纳篇》

德罗纳就任俱卢军的大元帅，率领俱卢军进行了五天的战斗。

在最后的三天里，阿周那之子激昂因冲进胜车王的重重包围中，在车轮战中阵亡，阿周那杀死胜车，为儿子报仇。迦尔纳又杀死了怖军之子瓶首。德罗纳杀死了木柱王和毗罗吒王。这时，怖军用大杵砸死了一头叫马勇的大象后，高声吼道："我杀死马勇了！"德罗纳听后，以为自己的儿子马勇死了，顿时万念俱灰。他扔掉手中的武器，坐在地上打起坐来，猛光乘机割去了他的头颅。

8.《迦尔纳篇》

德罗纳死后，俱卢军任命迦尔纳为大元帅。战斗空前激烈，利箭和飞镖遮天蔽日，地上尸横遍野，血流成河。

难降向怖军冲去。怖军重重一击，把他打倒，又扑上去拧断他的肢体。

迦尔纳和阿周那的激战开始了。迦尔纳的气数已尽，他的车轮陷入泥中。这时，黑天催促阿周那射箭。阿周那箭发，射掉了迦尔纳的头。

9.《沙利耶篇》

战争的第十八天，沙利耶成为大元帅。坚战亲自率军向沙利耶发起攻击。双方激战很久，最后，坚战向沙利耶掷出一支长矛，击中要害，沙利耶当即身亡。偕天射出一支箭，沙恭尼的头颅应声落地。俱卢方面已溃不成军，难敌跳进一个池塘中躲了起来。般度五子发现了他。怖军急切地冲上前去，两人用铁杵对打起来。最后，怖军举杵照难敌的臀部砸去，难敌重伤倒地，在荒野里呻吟。

10.《夜袭篇》

俱卢方面冲出重围的三个勇士——马勇、慈悯和成铠夜间来到般度族的营地，杀死所有的人，又放了一把火。三人来到难敌身边，说：“我们已使般度军全军覆没。我方只剩下我们三人，般度方面仅剩黑天、善战和般度五子了。”听完这消息，难敌便咽了气。

11.《妇女篇》

战争结束，象城沉浸在悲痛之中，到处是孤儿寡女在恸哭。持国王带着妇女们来到俱卢之野，面对凄惨的景象，不禁失声痛哭。在俱卢之野，坚战为阵亡的将士举行了隆重的祭奠亡魂仪式。

12.《和平篇》

在众人劝说下，坚战进象城担起了管理国家的职责。毗湿摩躺在箭床上向坚战传授治国方略。

13.《训诫篇》

毗湿摩继续对坚战教诲，回答其疑难问题。然后，毗湿摩离开了这个世界。

14.《马祭篇》

根据广博仙人的建议，坚战举行马祭大典。

15.《林居篇》

马祭过后，度过了十五年平静的岁月。这期间，持国、维杜罗、甘陀利和贡蒂等和般度五子和睦相处，过得比较顺心。一天，持国王和甘陀利要去林中修行，贡蒂后也加入了他们的行列。三位老人互相搀扶着走入林中。三年后，他们在一次森林大火中了却残生。

16.《杵战篇》

大战之后，黑天在多门城执政三十六载。由于雅度族人肆无忌惮地过着放荡的生活，遭到仙人的诅咒而全族毁灭。黑天感到自己谢世的时间到了，于是，他躺倒在一棵大树下。一个猎人误认为是只鹿，射出一箭，黑天便离开了人世。

17.《远行篇》

般度五子获悉黑天去世的噩耗，也失去了对人生的依恋。他们把王位传给激昂之子环住，便带着黑公主来到喜马拉雅山山麓，开始了朝觐的最后历程。途中，黑公主和四兄弟相继离世，最后仅剩下坚战带着凡胎进入天堂。天帝因陀罗热情地接待了他，并告诉他，他的弟兄和黑公主的灵魂已先他一步到达了天堂。

18.《升天篇》

坚战与四兄弟和黑公主在天堂会面，也见到了所有战死的双方将士。

环住王在位多年，因遭蛇咬而死，镇群王继位。镇群王举行蛇祭时，广博仙人的弟子护民仙人为镇群王和众人讲述了以上婆罗多族可歌可泣的故事。

05

— 第五章 —

印度传说

印度的各种传说很多，史诗《罗摩衍那》和《摩诃婆罗多》的主干故事，即可作为历史传说看待。印度古代，也有“历史”（itihasa）这个词，其实指的就是历史传说，而不是真实可信的历史。同样，佛教中关于释迦牟尼的故事、耆那教中关于大雄的故事，都可以视为历史传说。所以，我们下面就不再介绍印度的历史传说了。

一、风物传说

关于自然景物和自然现象，吠陀时代就有若干传说。例如，太阳、月亮、朝霞、风雨雷电等。有一则关于日食和月食的传说，已见于众神搅乳海的神话。

印度古人对月亮有所观察，和中国古人一样，他们也认为月亮中有个兔子。在佛本生故事中就有这样一个传说：古时候，有三只动物居住在树林里，它们是狐狸、兔子和猿。一天，帝释天化作一个饥饿老人来见它们。它们极力为老人服务，找东西给他吃。狐狸叼来一条鱼，猿摘来了果子，兔子却什么也没有找到。兔子为了表示诚意，跳进火里自焚，要把自己的肉献给老人。帝释天受了感动，就把兔子送到了月亮里。从此，月亮里就有了兔子。这个故事在汉译佛教中多次出现。

同样，许多印度的山脉、河流、湖泊、森林等，都有一些传说。我们在史诗和往世书中经常能看到这样的传说。如喜马拉雅山、恒河等，都有一些相关故事，有的在前文已经提过了。下面再举几个地方和城市的例子。

传说，在很久很久以前，在印度半岛的南端，今天喀拉拉邦一侧的西海岸地区还是一片汪洋大海。在大海的北面，今天果阿以南的地方有座神庙。那时，海水不断上涨，眼看就要淹没神庙了，庙里的出家人非常恐慌。他们赶紧跑去向持斧罗摩求救。持斧罗摩就来到神庙前，面对大海向水神伐楼那喊话："伐楼那，你听着，立刻把海水退下去！不然我就让你的海水干枯！"水神没有在意，海水继续上涨。持斧罗摩面向天空，此时，由于他的法力巨大，从天空中落下了弓和箭。他拾起弓箭，海水便沸腾起来。此时，伐楼那害怕了。他说："我愿意听你的吩咐。"持斧罗摩说："好吧，我现在把我的斧子扔出去，斧子落到什么地方你就把海水退到什么地方。"于是，持斧罗摩把斧子向南方扔去，海水也跟着向南退去。最后，斧子在坎尼亚库马里落下，海水也就退到那里。从那以后才有了喀拉拉邦这片陆地，而坎尼亚库马里也就变成了印度半岛最南端的地方。

有趣的是，在中国也有一个类似的传说，是笔者小时候听老人讲的。在辽东半岛南端有个金州（今大连市的金州区），金州的东边有座大和尚山（现名大黑山），山上有座唐王殿；金州西海（属于渤海）边有个龙王庙。传说，唐朝的时候，薛仁贵随唐太宗征东，驻扎在大和尚山上。那时，山下就是海水，没有练兵的地方。薛仁贵请来西海龙王，说要借一块地方练兵。龙王问，需要多大地方。薛仁贵说，只要"一箭之地"。龙王同意借地。于是，薛仁贵弯弓搭箭，一箭射出，海潮跟着后退，箭落潮止。后来，薛仁贵怕龙王反悔，就在西海边上建起了一座龙王庙。这下可好，龙王反而连借出的地也不能收回了。因为龙王要涨潮的话，就大水冲了龙王庙了。

比哈尔邦首府是巴特那市。关于巴特那，也有一个传说：远古时候，大神湿婆的妻子是沙蒂，沙蒂因维护丈夫的尊严自焚而死。她的遗骨分为 51 份撒在各地，这 51 个地方便成为圣地。她遗留的衣物撒在一个地方，后来人们在这里建立了一座巴特恩女神庙。因为有了巴特恩庙，所以后来人们就把这里叫作巴特那了。

关于北方邦首府勒克瑙市的传说更多。其中一种说法是，罗摩的弟弟罗什曼那出生在这里，他后来开辟了这里的土地，所以这里叫勒克西曼普尔，后来演变为勒克瑙。另一种说法是，远古时，大神毗湿奴化身为人狮，用利爪掐死了魔王以后，在高姆纳河水里洗掉爪（勒克）上的血。所以，高姆纳河边的这座城市就叫作勒克瑙了。穆斯林有自己的传说：13 世纪，有一批穆斯林移居这里，一名叫勒克纳的工匠在这里修建了一座城堡。人们为了纪念他，就把这里叫作勒克瑙了。

关于印度中央邦瓜廖尔市，也有一个离奇的传说：从前，这里有一个国王，名叫苏尔吉・森，是个麻风病人。一天，他外出打猎，爬上了一座山。山上有一位出家人，名叫瓜里亚。出家人给国王喝了池塘里的水，治好了国王的麻风病。国王很高兴，便应出家人的要求在山上修建了一座城堡，以出家人的名字为城堡取名为瓜里亚尔・沃尔，瓜廖尔也由此得名。

印度的梅加拉亚邦是个雨量充沛的地方，尤其是乞拉朋齐，更以世界年降雨量第一而著名。那里有许多河流和瀑布。有一个叫作迦・黎迦义的瀑布，传说是一名叫迦・黎迦义的妇女的眼泪。迦・黎迦义是一名农村妇女，丈夫死后，她又和另一男子结婚。但这个男子很坏，非常恨她前夫生的女儿。一次，趁妻子不在家，他将继女杀死，把她的肉做熟，又把她的手指藏在篮子里。妻子回来，问女儿哪里去了。丈夫说是去邻居家玩了。迦・黎迦义正准备吃饭，发现了篮子里的手指，便明白了一切。她极度悲愤，跑出去跳河自尽了。村里人为了纪念她，给这个瀑布起名为迦・黎迦义瀑布①。

---

① 以上几个地名的传说均见刘国楠、王树英：《印度各邦历史文化》一书，北京：中国社会科学出版社，1982 年版。

二、风俗传说

这里重点介绍与印度的节日习俗相关的传说。印度的民俗节日很多，有一年十二个月十三个节日之说。但近年又有印度学者编了一本书，名叫《天天过节》①，一共列出了365个民俗节日。也就是说，一年365天，几乎天天都是节日，不是全国性的节日，就是某个宗教、某个民族或某个地区的节日，而且每个节日都有故事。我们这里只能介绍几个影响较大的节日及其相关传说。

1. 灯节的传说

这是印度传统的民俗大节之一。时间在印历秋八月的朔日。之前，人们要打扫卫生，把家里、院子里都打扫干净，准备迎接天神的降临。在印度的多数地方，人们在这一天要供奉和礼拜吉祥天女。有的人也礼拜象头神群主（主要是湿婆派信徒），玩掷骰子的游戏。有的人干脆把吉祥天女和群主合在一起礼拜，因为他们都是保佑吉祥的，是幸福和财富的象征。在有的地方，人们礼拜财神俱比罗，也有礼拜阎罗王

①［印］维迪亚文杜·辛赫等：《天天过节》，新德里，文艺女神出版社，2000年。

的。这天晚上，家家户户都在屋里屋外点上一排排的油灯，说是要为吉祥天女照路，让她光顾自己的家。

在印度教徒中有很多关于灯节的传说。有的说是庆祝罗摩流放 14 年归来，有的说是庆祝毗湿奴杀死巨魔，有的说是庆祝坚战王举行王祭，有的说是庆祝超日王加冕，等等。但主要有两个故事，一个是关于吉祥天女的，一个是关于群主的。

从前，有一个没落的商人。他家有个女孩，每天给一棵菩提树浇水。女孩经常能看到吉祥天女从菩提树中显现，有时呈火一样的金黄色，有时呈玫瑰一样的红色。一天，吉祥天女对女孩说，“你做我的妹妹吧。”女孩说，“好的，我先回家问问爸爸，再来做你的妹妹。”女孩不知道自己见到的是吉祥天女，回家把事情和爸爸说了，爸爸很赞成。第二天，她去与吉祥天女认了姊妹。吉祥天女说：“到我家去吃饭吧。”女孩又回家得到爸爸的许可，才跟吉祥天女来到家里。吉祥天女准备了丰盛的饭菜，让她坐在金凳子上吃。吃饱喝足之后，女孩要回家了，但吉祥天女拉住她的衣襟说：“你什么时候邀请我去你家？”女孩说：“等我问问爸爸再来告诉你。”得到爸爸的同意，女孩向吉祥天女发出邀请。但让她发愁的是，她在姐姐家坐的是金凳了，吃的是丰盛的饭菜，可是她家很穷，别说是金凳子，连个破木凳子都没有，更不要说丰盛的饭菜了。她爸爸说：“别担心，我们有什么就用什么来招待。去吧，在门口点上灯。”吉祥天女来了，高高兴兴地吃了她家的粗茶淡饭。神奇的是，她坐过的凳子忽然变成了金的，她用过的盘子也变成了金的。囤子里装满了粮食，屋子里堆满了财富。

很久以前，大神湿婆和雪山神女玩骰子赌输赢，结果大神湿婆把一切都输给了雪山神女。他沮丧地离开了喜马拉雅山，到恒河边居住去了。他们的大儿子战神塞健陀见父亲输得很可怜，就开始研究骰子的玩法。当他研究好了以后，就去找母亲雪山神女玩，结果把父亲输掉的一切赢回来，又交还给湿婆。这次是雪山神女非常痛苦地来到恒河边居住了。小儿子群主见母亲很不高兴，也自己练起了玩骰子。结果他又把哥哥给赢了。这时，大神湿婆让群主去找母亲回来，大家讲和。根据这个传说，人们喜欢在这一天玩骰子，而且敬奉象鼻神群主。

印度的耆那教徒也过灯节，但他们有自己的传说：自从世尊大雄得道后，就坚定不移地朝着解脱的目标努力。一天，他和他的追随者来到圣洁的邦瓦城。邦瓦城中的国王名叫象护王。他早就盼望着有一天大雄能踏进他的王国。当他听说大雄已经来到时，高兴极了，立即率众人前去拜谒。世尊大雄来到湖边的花园里。这时，正是印历八月黑半月的第 14 天。月亮正在 27 星宿中的第 15 星宿上。五更时分，世尊大雄独自坐下禅定。就在这时，在这地方，世尊大雄获得了解脱。因为是黑半月的第 14 天，夜很黑。但世尊大雄的灵光却照亮了四周。在场的众人全都看见了大雄身上放射出的熠熠灵光。人们向大雄欢呼着，称颂着。一片吉祥之声响彻云天。家家户户点起了油灯，就是从那时起，在印度，每逢印历 8 月的朔日之夜，人们就点燃灯火，欢度灯节。如今，邦瓦城已经成了耆那教的圣地。因为世尊大雄的足印，这地方变得圣洁。人们都说，朝拜过这圣地的人可以洗去自己的一切罪过，成为一个洁净的人。两千多年过去了，大雄的足印如今还清晰地留在那湖边。

但是，印度现在的佛教徒不过这个节日。

2. 恒河女神下凡节

恒河女神下凡节是印度教徒的一个大节，它起源于一则古老的神话传说：在远古时期，恒河是天界的银河，并没有流淌在印度的大地上。有一个国王，他为了拯救自己的先辈而放弃王位，去修单腿站立的苦行。他一直“金鸡独立”了若干年，终于感动了大神湿婆，大神同意满足他的愿望。他的愿望是让天上的恒河流向大地，洗清他先人的罪过，使他们能够升入天堂。湿婆答应了。恒河要冲向大地了，但大地如何能承受那巨大能量的冲击呢？于是，大神湿婆挺身而出，让恒河先冲向自己的头颅，然后再沿着他的头发分成三大支流流向大地。从此，人间便有了恒河[①]。在大地上，各个支流又汇合到一起，一路奔腾，流向本已干枯的海洋。那个国王先人的骨灰在海底得到圣水的洗涤，他们的灵魂都升入了天堂。今天，人们都要到恒河去沐浴，死后也要把骨灰撒进恒河，为的就是能够洗涤罪恶，升入天堂。

3. 兄妹节

兄妹节是印度教信徒的传统大节之一。在每年印历八月初十前后，姊妹要在弟兄的手腕上戴上手镯，或者捆上彩色吉祥线。关于这一习俗，有个古老的传说：远古时候，天帝因陀罗和阿修罗作战，连续打了 12 年，因陀罗非但没有打胜仗，却被阿修罗打得落花流水，险些丧命。一天早上，他的妻子在他的手腕上套了个保护圈后，他就打了胜仗。

4. 罗摩胜利节

又叫“十胜节”，是全印度的大节之一。这个节日要庆祝 10 天，主要是庆祝罗摩远征楞伽岛，杀死十首魔王罗婆那的胜利。节前，人们就扎好了三具纸糊的大像，分别十首王、十首王的弟弟和儿子。节日期间，根据《罗摩衍那》的情节，连续演出罗摩的故事。节日最后一天将魔王的大像烧毁。

---

① 季羡林主编：《印度古代文学史》，北京：北京大学出版社，1991 年版，第 172 页。

5. 洒红节

又音译为霍利节。关于洒红节的传说很多，其中一个是这样说的：古时候有一个阿修罗王，名叫金蒂，他与大神毗湿奴势不两立。他的小儿子普拉赫拉德是大神毗湿奴的信徒[①]。于是他就想害死小儿子，但想尽办法也没有害死他。一天，他让自己的妹妹霍里迦抱着普拉赫拉德坐到火堆上，因为他妹妹不怕火烧，他想这样就可以烧死普拉赫拉德。可是，普拉赫拉德因为有大神毗湿奴保佑，在大火中安然无恙，霍利迦却被烧成灰烬了。所以，在人们庆祝洒红节的时候都要选一个开阔地，堆放一些木柴、树枝等，到夜里将这些木柴点燃，表示将阿修罗魔女烧死，以祈求平安吉祥。

6. 贡帕庙会

这是印度教的盛大节日，分别在四个地方，每 12 年举行一次。届时，有数百万人到这 4 个地方去沐浴和庆祝。据传说，当年众神和阿修罗一起搅乳海的时候，搅出了甘露。后来，金翅鸟为了救母而驮走了盛甘露的罐子[②]。金翅鸟在四个地方停留过，有甘露从罐子里滴出，落在这四个地方。因此这四个地方就变成了圣地。四个地方是：北方邦的安拉阿巴德（恒河与亚穆纳河交汇处）、恒河上游的哈里德瓦尔、中央邦的乌贾因和马哈拉施特拉邦的纳西克。人们还传说，当时众神与阿修罗为争夺甘露打了 12 天仗，阿修罗失败。按天上的一天等于地上的一年计算，所以地上就每 12 年举行一次庆祝活动。在四个圣地中，安拉阿巴德的贡帕庙会最著名也最盛大，因为这地方处于两条圣

---

① 参见前文，往世书神话中的人狮的故事，第 61 页。

② 参见前文，史诗神话中的搅乳海故事和金翅鸟救母故事，第 49~50 页。

河的汇流处。所以，每逢节日期间，虔诚的印度教徒们都要从四面八方到这里来，听印度教大师们宣讲经文，参加祈祷大会，更重要的是要到圣河中沐浴。而这个庙会之所以被称为贡帕，是因为盛甘露的罐子叫作贡帕。

06

— 第六章 —

印度民间故事

由于印度民间文学特别发达，所以在本章分类介绍民间故事之前，要先介绍两种故事集，即《佛本生经》和《五卷书》。前面已经提到过这两种书，也涉及其中的故事。这里只谈其中的寓言。

一、《佛本生经》和《五卷书》寓言

（一）《佛本生经》的基本情况

《佛本生经》"是世界上最古老的寓言故事集之一"①，保存在南传佛教巴利文大藏经《小部》当中。其中共收有故事 547 个，有个别故事重复，也还有不少本生故事没有收进《佛本生经》中，而是保存在别的佛典中。

这些故事之所以被叫作本生故事，是因为佛教倡导轮回转世的思想，认为众生都是有灵魂的。一个人今生的情况是前生所做的"业"决定的，今生是人，前生可能是动物，因为动物经过行善积德，也可以转生为人。释迦牟尼之所以能够成佛，是因为他在前世积下了功德，而且不仅仅是转生一次的功德，而是数百次转生积累的功德才使他最终获得了成佛的功果。于是，这些故事就被说成是佛祖前世一次次转生，一次次地行善积德的事迹。佛教徒在把这些故事搜罗起来的时候都做了处理，加盖了佛教的标记。他们把故事中的正面角色（人或动物）说成是佛的前身——菩萨，而把坏的或者愚蠢的角色说成是佛的

① 郭良鋆、黄宝生译：《佛本生故事选・译后记》，北京：人民文学出版社，1985 年版。

对立面——提婆达多，其他一些人物则被说成是佛的弟子或亲属等。

在释迦牟尼在世的时候，就喜欢用故事来解说教义和戒律。而在他去世后不久，佛教徒也开始利用民间故事宣传佛的功德，宣扬佛教的教义。所以，至少在公元前3世纪，就有了佛本生故事，只是当时可能数量还不多。后来，故事越搜罗越多，不断积累，就汇集了500多个，被称为“五百本生”。

我们常把南传佛教叫作小乘佛教，主要流传于斯里兰卡、缅甸、泰国、老挝、柬埔寨等国，在中国的云南也有传播。所以，佛本生故事在这些地区流传甚广，有些故事几乎是家喻户晓。

（二）《五卷书》的基本情况

在印度浩瀚的民间文学作品中，《五卷书》以耀眼的光芒吸引着全世界的梵文学者、民俗学者和文学爱好者，在印度文学史上占据着特殊的重要地位。

关于《五卷书》的成书年代，中国学者的说法大同小异。季羡林先生没有直接讲到成书年代的上限，而是认为，印度的寓言故事出现很早，“最老的故事至迟在公元前六世纪已经存在了”，而《五卷书》里的故事“至晚也晚不过十二世纪”。[①]金克木先生说：“现在印度有几种传本，最早的可能上溯到公元二三世纪，最晚的梵语本是十二世纪编订的。”[②]这就涉及一个版本问题。季先生指出，由于年代久远，其流传又很广，所以《五卷书》的传本很多，在印度和尼泊尔都有，西方人士根据繁简的不同，划分出“简明本”“修饰本”和“扩大本”等[③]。黄宝生先生又进一步指出，《五卷书》除上述版本外，还有“克什米尔

① 季羡林译：《五卷书·译本序》，北京：人民文学出版社，1981年版，第5页。

② 金克木：《梵语文学史》，北京：人民文学出版社，1980年版，第215页。

③ 同注①，第2页。

本”和“南方本”。他说，“简明本”大约产生于1100年，是由一位耆那教徒编订的；“修饰本”大约产生于1199年，也是由一位耆那教徒编订的；“南方本”和“尼泊尔本”也都出现较晚，只有“克什米尔本”被认为是现存最古老、最接近“原始《五卷书》”的写本，而原始本又已经失传，所以“难以确定《五卷书》的最早成书年代”[①]。

季羡林先生的汉译本是根据“修饰本”译出的，1959年出第一版，1981年出第二版。本文以下的介绍和讨论，都依据这个第二版。

现将《五卷书》的基本内容简介如下：全书的开头部分叫作“楔子”，很短，叙述了《五卷书》的成书原因。说某城市有个国王，生了三个愚笨的儿子，不爱读书。根据一位大臣的推荐，国王请一个婆罗门教导他的三个儿子。婆罗门便以讲故事的方式教育他们，所讲的故事就成了《五卷书》。顾名思义，该书分为五个部分，即五卷。第一卷叫作《朋友的分离》，主干故事讲述狮子和牛结交为好朋友，豺狼离间了它们。除了主干故事外，中间还穿插了30个小故事。第二卷叫作《朋友的获得》，主干故事讲乌鸦、乌龟、兔子和鹿结交为友，四人同心协力摆脱了猎人的捕杀。除主干故事外，还穿插了9个故事。第三卷叫作《乌鸦和猫头鹰从事于和平与战争》，主干故事讲述乌鸦与猫头鹰结怨，乌鸦用计战胜猫头鹰。除主干故事外，穿插了17个故事。第四卷叫作《已经得到的东西的丧失》，除主干故事外，穿插了11个故事。第五卷叫作《不思而行》，除主干故事外，也穿插了11个故事。这样，5个主干故事加上78个穿插故事，总共83个故事。这是根据小标题统计的数字，实际上书中有些地方还穿插有小故事，所以《五卷书》的故事总数要超过83个。

《五卷书》具有突出的结构特点，即大故事里套小故事，层层叠

---

① 季羡林主编：《印度古代文学史》，北京：北京大学出版社，1991年版，第310页。

叠，环环相接。季羡林先生把这一结构特色叫作“连串插入式”。

《五卷书》还有一个特点，就是韵散相间的形式。叙述故事情节一般都是散文体，而在叙述过程中不断插入有韵律的诗歌、格言和警句。这种形式在印度古代的文学作品中时常出现，可以说是印度古人的一种发明。

黄宝生先生指出，“在《五卷书》的寓言故事中，以动物寓言居多。在吠陀文献中，有天神幻变成动物的事例，《歌者奥义书》中动物与动物、动物与人之间对话，但都不是寓言故事”①。这是《五卷书》的又一特点，也是印度古代寓言故事的突出特点。

至此，我们可以给《五卷书》的性质下一个简明扼要的结论，它是印度古代一部寓言故事集。

书中讲述的既然是寓言故事，就必然具有民间性和口头性的特点。这些故事最初都是民间百姓的创作，并以口头形式流传，后来才由文人出面，将它们收集整理出来，编订成书。所以，成书的年代可以有一个时限，但故事产生的年代却很难估计。寓言故事还有一个特点，就是具有说教劝善的功能。每一个故事都要说出一个道理，或者告诉人们人生要义，或者告诉人们处世哲学，或者宣扬伦理关系、道德准则，具有劝世警俗的社会效能。寓言的第三个特点是幽默。既然要劝世警俗，就要对社会上的不良行为、不轨行为，尤其是愚蠢行为进行讥讽、嘲笑和鞭笞，使听众或读者在幽默中感悟人生的道理，认识社会百态，从而自省自律，完善自我。读了《五卷书》之后，我们完全能够感觉到这些寓言故事的基本特征，也会对印度寓言故事的特点有所了解。

总之，关于《五卷书》的基本情况，季羡林先生在1959年写的

---

①季羡林主编:《印度古代文学史》，北京大学出版社，1991年版，第311页。

《五卷书·译本序》和1979年写的《再版后记》中做了分门别类的详细介绍和深刻分析。金克木先生在《梵语文学史》中，黄宝生先生在《印度古代文学史》中，也都有精辟论述和恰当评价。这些优秀成果都是我们今天阅读和研究《五卷书》时必须了解和参考的。

（三）《佛本生经》与《五卷书》

这里要先说说佛本生故事与《五卷书》的关系。

《五卷书》并不是印度最早出现的民间寓言故事集，一般认为,《本生经》要比《五卷书》出现得早。

《本生经》，中国最早翻译的佛本生故事是在三国时期，康僧会翻译了《六度集经》，支谦翻译了《菩萨本缘经》[①]。西晋时期，印度来的僧人竺法护于285年译出五卷，名《生经》；唐代去印度取经的高僧义净音译其名为《社得迦》，后人又译其名为《佛本生经》和《佛本生故事》等，指的都是同一部书。《本生经》的故事中有四分之一以上是动物寓言。这部书成书时间较早，至少在晋代高僧法显到斯里兰卡时（5世纪初）已经大体形成了现在的规模。在佛教的早期文献《大事》（约成书于公元前后）中，已经收入有本生故事约80个[②]。也就是说，至少到公元前后，已汇集起的本生故事数量就与12世纪编订的《五卷书》的故事总量大体相当了。而到公元5世纪初，出现"五百本生"的时候,《五卷书》也许初具规模。因此，从时间的先后和故事的数量看,《五卷书》显然要比《本生经》晚出和逊色。

从结构上看,《五卷书》的连串插入式结构虽然与两大史诗关系密

---

①据《高僧传》卷一《康僧会传》(《支谦传》附)，二人译此二经，当不晚于3世纪。支谦所译之经或许更早。

②［印度］婆罗多辛赫·乌帕德亚耶:《巴利语文学史》，阿拉哈巴德，民光出版社，2000年版，第342页。

切，但与《本生经》也有一定联系。《本生经》的编辑工作也面临同样的问题，即如何把众多毫不相关的故事串联在一起，这就需要一条线一以贯之。这条线就是佛的前身——菩萨。《五卷书》没有沿袭《本生经》的编纂思路，但也要寻找一条能够一以贯之的线索，那就是从教导国王的笨儿子引起话头，然后展开故事，是以治国驭民思想为出发点的。

还有一点值得注意，即《本生经》中每个故事中都有两句或者更多句诗，这些诗也可以说是偈颂。同样，《五卷书》也采取了这样的形式。这是否说明《五卷书》模仿了《本生经》，很难断言，但也很难否定。因为我们不清楚《五卷书》的原貌，故不知其原来即有诗偈，抑或后来才由那位编订者（耆那教徒）加进的。如果属于后一种情况，其受耆那教文学影响的可能性也是存在的。但根据我们目前有限的知识，佛教徒有可能是印度最早采用韵散相间文体写作的人。

如黄宝生先生所说："由于来源相同，各教派的寓言故事集中常有相同或类似的动物故事。例如，《五卷书》中第一卷第六个故事、第十六个故事、第十八个故事、第四卷主干故事、第七个故事等，分别与巴利文《佛本生故事》中的第38《苍鹭本生》、第215《乌龟本生》、第357《鹌鹑本生》、第189《狮子皮本生》等相同。"[①]这里所说的"来源"，应当是指民间。同样的故事使《五卷书》与《本生经》联系起来，但不能说前者抄袭了后者，而只能说当时这些故事在民间广泛流传。

还可以举个例子。《五卷书》第三卷第171首诗引用了一个典故：

我们听说：为了积德修福，古代那一个伟大的尸毗王，

① 季羡林主编：《印度古代文学史》，北京：北京大学出版社，1991年版，第312页。

把自己的肉给鹰吃，而使一只鸽子免于死亡。

正如季羡林先生在该诗的注解中所指出的，这个“尸毗王的故事见于《摩诃婆罗多》。中译佛典里也有许多关于尸毗王割肉贸鸽的故事”[①]。

总之，《五卷书》与佛经故事的关系是既相联系又相区别。

（四）《佛本生经》《五卷书》在中国的影响

关于《本生经》和《五卷书》在中国的影响，季羡林先生曾经举出一些例子。他举的第一个例子是《五卷书》第四卷的主干故事，同时也是一个佛本生故事，故见于《本生经》[②]。故事说猴子和海怪（有些书中说是鳄鱼）交朋友，海怪要猴子的心，猴子机智地摆脱了海怪。这则故事最早传入中国是在三国时期，出于《六度集经》三十六。此后，又屡见于《生经》十、《佛说鳖猕猴经》《佛本行集经》卷三一等。这本是一个动物故事，但到唐代又被中国的文人改写成了人物故事，显得怪异而诙谐[③]。季先生举的第二个例子是《五卷书》第一卷第9个故事：一个婆罗门救了虎、猴、蛇和人，结果动物都报了恩，只有人恩将仇报。这也是个佛本生故事，最早见于《六度集经》四十九[④]。这个故事长期在中国流传，即著名的《宝船》故事。此外，季先生举出了三则汉译佛经以外的故事：1.《太平广记》卷二八七的《襄阳老叟》（出《潇湘录》），与《五卷书》第一卷第8个故事相似，“很可能是出

---

① 季羡林译：《五卷书》，北京：人民文学出版社，1981年版，第290页。

② 黄宝生等译：《佛本生故事选》，北京：人民文学出版社，1985年版，第127页。

③ 薛克翘著：《中印文学比较研究》，北京：昆仑出版社，2003年版，第113~116页。

④ 见季羡林译《五卷书·译本序》，北京：人民文学出版社，第16页。

自同源”[①]。2. 宋人韦居安《梅磵诗话》里的故事，又见于明人江盈科的《雪涛小说》，与《五卷书》第五卷第 7 个故事相似。这个故事在明清时代十分流行，即著名的《一个鸡蛋的家当》的故事[②]。3.《五卷书》第三卷第 13 个故事，讲的是一只老鼠被变成姑娘，太阳、云、风、山都不嫁，最后嫁给一只老鼠，与明刘元卿《应谐录》里《鼠猫》的故事在结构上相似，“很难想象，它们之间没有联系”[③]。

前述尸毗王的故事也通过佛经在中国古代产生了变体，那就是《幽明录》卷三《乌衣人》的故事[④]。

《五卷书》第三卷第 11 个故事说，国王有两个女儿，大女儿对父亲说了吉利话受到父亲的喜爱，小女儿说了实话却受到父亲的驱逐，结果小女儿得到了好的结果。这个故事在孟加拉地区流传，并变异为《宝扇缘》，讲一个商人同七个女儿的故事[⑤]。这很容易使我们想起莎士比亚的戏剧《李尔王》，而在中国民间也有类似的故事，如越剧《五女拜寿》。

其实，《五卷书》和佛本生故事在中国几个少数民族地区的影响要比在汉地的影响大。我们知道，佛教在蒙古族地区很流行，而且《五卷书》有蒙古文译本，因此，《本生经》和《五卷书》中的故事在蒙古族地区流传就不足为怪了。现在让我们来举几个例子。蒙古族中流传着一个《乌龟和猴子》的故事[⑥]：乌龟和猴子交上朋友，猴子在陆地上

---

① 见季羡林译《五卷书·译本序》，北京：人民文学出版社，第 17 页。

② 同①，第 249~253 页。

③ 同①，第 18 页。

④ 同①，第 43 页。

⑤ 许地山译：《孟加拉民间故事》，北京：商务印书馆，1957 年版，第 110~122 页。

⑥ 胡尔查译：《蒙古族动物故事》，北京：中国民间文艺出版社，1984 年版，第 42 页。又见［蒙古］德·策伦索德诺姆编，史习成、支水文译：《蒙古民间故事选》，北京：世界知识出版社，1987 年版，第 68 页。

救了乌龟；乌龟驮着猴子在大海里游，却要吃猴子的心。猴子说自己的心放在树上，乌龟相信了。猴子到了树上，让乌龟张口接它的心，却拉屎给乌龟吃。如前所说，这个故事既出于《五卷书》，又见于佛经。不过，这个故事在蒙古族地区已经发生了变化，即本地化了。蒙古族地区还流传一个《兔子处死兽狮王》的故事[①]：兔子遇见了狮子，狮子要吃掉兔子。兔子急中生智，利用狮子的骄横心态，把狮子带到一口井边，说那里有个更厉害的动物。狮子果然中计，看到井中自己的影子便猛扑上去，结果被淹死了。这个故事也很流行，出自《五卷书》第一卷第 7 个故事。同一个故事还在其他少数民族地区流行。如景颇族有一个《智除暴君》的故事[②]，讲的是兔子用同样的计谋杀死了老虎。

我国藏族多信佛教，并从印度翻译了大量文献，主要是佛教典籍，但也有不少其他文献。在文学方面，西藏古代翻译有印度的史诗《罗摩衍那》和抒情长诗《云使》以及戏剧《龙喜记》等，还有不少文学作品受到印度文学的影响，如一些格言诗等；此外还有像《尸语故事》这样受印度民间故事影响而本地化了的作品[③]。虽然笔者目前还不知道《五卷书》是否被翻译为藏文，但《五卷书》中的不少故事肯定在藏族民间广泛流传。下面就举出几个例子。

《五卷书》第一卷第 28 个故事：一个人要到外地去旅行，把一个家传的铁秤寄放在一个朋友家。当他旅行归来，向朋友索取铁秤的时候，朋友却告诉他，铁秤已经被老鼠吃掉了。于是这个人便想了个办

---

① 胡尔查译：《蒙古族动物故事》，北京：中国民间文艺出版社，1984 年版，第 42 页。又见［蒙古］德・策伦索德诺姆编，史习成、支水文译：《蒙古民间故事选》，北京：世界知识出版社，1987 年版，第 72 页。

② 鸥鹍渤编：《景颇族民间故事》，昆明：云南人民出版社，1983 年版，第 243 页。

③ 丹珠昂奔著：《佛教与藏族文学》，北京：中央民族学院出版社，1988 年版，第 59~62 页。

法，找机会带朋友的儿子去游泳，然后告诉朋友说他的儿子被老鹰叼走了。朋友无奈，交出铁秤换回儿子。这个故事与一则阿凡提故事《锅生儿》有相似的思路，也与藏族《阿古登巴故事集》中《孩子变成猴子》[①]相似：阿古登巴有个传家宝，放在头人家。一天，头人要去做官，把三个儿子寄养在阿古登巴家。阿古登巴要取回传家宝，但头人用一块石头取代了传家宝。而当头人要见自己儿子的时候，阿古登巴就牵来三只猴子，说他的传家宝既然能够变成石头，那么三个儿子为什么不会变成猴子。这样，阿古登巴以其人之道还治其人之身，迫使头人交出了传家宝。

藏族地区有一个《兔与狮》的故事[②]，与上面提到《五卷书》第一卷第7个故事相似，与蒙古族《兔子处死兽狮王》基本相同。藏族地区和蒙古族地都不出产狮子，所以这个故事显然是直接从印度传来的。这两个民族又都信佛教，所以这个故事的传播又显然与佛教有关。

藏族《香獐、大乌鸦和狼》的故事中讲到香獐被猎人的套索捆住，乌鸦出主意让它装死，骗过猎人得以脱身[③]。这个故事与《五卷书》第二卷第9个故事有相似之处：猎人网到乌龟，鹿装死诱开猎人，老鼠咬断绳子救出乌龟。

藏族《大乌鸦和青蛙》的故事讲乌鸦与青蛙交朋友，青蛙把乌鸦驮进海里，并告诉它，海王要吃它的心，乌鸦说自己的心不在身上，青蛙便游回岸边，“大乌鸦几嘴把青蛙撕成八片”[④]。显然，这是那个猴子与鳄鱼故事的变体。

---

① 佟锦华、耿予方编：《阿古登巴故事集》，北京：中央民族学院出版社，1989年版，第71页。

② 陈石峻搜集整理：《泽玛姬》，北京：中国民间文艺出版社，1982年版，第193页。

③ 廖东凡主编：《天湖神女·世界屋脊上的神话和传说（四）》，武汉：湖北少年儿童出版社，2004年版，第223页。

④ 同③，第259页。

藏族《海鸥、鱼儿和螃蟹》的故事[①]：海鸥在水池边发现池中有许多鱼，便乔装为喇嘛模样，向鱼儿表示慈悲。海鸥告诉鱼儿说，头人要往水池里投毒，应该立即离开这个水池。于是海鸥答应背鱼儿到别处去，然后把它们一条条地吃掉。最后只剩下螃蟹。螃蟹得知海鸥的阴谋，用夹子夹死了海鸥。这个故事还有一个变体，就是《猫喇嘛讲经》[②]，二者有相似的情节，有相同的教益。这个故事出于《五卷书》第一卷第 6 个故事，讲的是白鹭、鱼和螃蟹的故事，情节与《海鸥、鱼儿和螃蟹》基本相同。

总之，在中国有不少民间故事类型，都能在《本生经》或《五卷书》中找到相应的故事，而这些中国民间故事的每个类型又都有若干个例子。

关于这方面内容，20 世纪 80 年代初，刘守华先生写过一篇十分有价值的文章《印度〈五卷书〉与中国民间故事》[③]。文中，刘先生列举出很多实例，详细地讨论了《五卷书》中的故事与中国民间故事的关联。所涉及的故事除了汉族故事以外，还有藏族、蒙古族、维吾尔族、柯尔克孜族、壮族、白族、普米族和苗族的故事。关于《五卷书》故事传入中国的途径，刘先生认为不外乎口头与书面两种。而书面传播途径主要有四条：一是直接翻译，如蒙古文的《五卷书》大约翻译于 17 世纪；二是通过佛经，汉文和藏文佛经中有不少与《五卷书》相同和相似的故事；三是直接从印度故事改写，如藏族《说不完的故事》等；四是通过波斯阿拉伯方面辗转传入，如新疆维吾尔等民族的有关故事。

---

① 廖东凡主编：《天湖神女・世界屋脊上的神话和传说（四）》，武汉：湖北少年儿童出版社，2004 年版，第 269 页。

② 同①，第 166 页。

③ 刘守华：《比较故事学论考》，哈尔滨：黑龙江人民出版社，2003 年版，第 174 页。

（五）《佛本生经》《五卷书》与东方民间故事

在东方，《佛本生经》和《五卷书》的故事也传遍各个角落，除了在中国的传播以外，还大体上可以分为四大地区：一是印度的周边地区——南亚，二是印度以西和西北的地区——西亚、非洲和中亚，三是东北亚，四是东南亚。下面我们就简要地谈谈《佛本生经》和《五卷书》的故事在这四大地区的流传情况。

先说南亚。可以肯定地说，《五卷书》中的故事在南亚的传播是最早而且最广泛的。因为在印度，先于《五卷书》出现的佛本生故事中已经包含有《五卷书》里的故事。而佛教典籍的传播早在公元前就达到了古代五印度各地。在公元后的若干个世纪里，从中国古代典籍的记载可知，当时的"五印度"包括今天的巴基斯坦、尼泊尔、孟加拉国和克什米尔地区，甚至还包括斯里兰卡和阿富汗（至少是一部分）。佛教很早就传遍了这些地区，佛本生故事于公元前后在这些地方流传就是情理之中的事情了。从季羡林先生《五卷书·译本序》可知，在1914年以前，《五卷书》已经被翻译成15种印度语言，其中即使不包括旁遮普语和信德语，也至少会包括乌尔都语和孟加拉语。而当时的印度包括现在的巴基斯坦和孟加拉国，因此《五卷书》早就在这两个国家的民间流传了，这是没有问题的。下面举个例子。

许地山先生于1928年翻译过一本《孟加拉民间故事》，1929年出版。他在书的《译叙》中说此书依据的是1912年的本子，而1912年本子最初依据的是1893年的本子[①]。也就是说，此书成书时并没有"印巴分治"的事情发生，那时的孟加拉包括今天的孟加拉国和印度的西孟加拉邦。前面我们已经提到过《宝扇缘》的故事，此外，书中还有一个《阿芙蓉》的故事，讲的是一只小老鼠被一个仙人救活，仙人满

① 许地山译：《孟加拉民间故事》，北京：商务印书馆，1957年第六版第二次印刷。

足它的愿望，先后把它变成猫、狗、猕猴、大象和美女。这个故事使我们联想到《五卷书》第三卷第13个故事。书中还有一个《三王子》的故事，中间穿插了好几个小故事，都是因误会而杀死好人（或好动物）。这使我们联想到《五卷书》第五卷第1个故事，也使我们想到英国亚瑟王的一个传说。

《五卷书》在尼泊尔流传的明证是，如本文第一部分提到的，那里就有一个《五卷书》的写本。而在我们现在所依据的中文译本中，也有《五卷书》在尼泊尔流传的蛛丝马迹。例如，《五卷书》每个故事的开头几乎都是“在某个城市里”或“在某座树林里”，但第五卷主干故事的开头却有明确的地点：“在南方，有一座城市，名字叫作波吒厘子城”。季先生还专门加了一个注解，给出梵文原文，说：“中国古代也译作‘华氏城’，就是现在的巴特那。”[①] 这个巴特那是现在印度比哈尔邦的首府，在恒河南岸。如果说这里是“南方”，那么，讲故事人所处的位置应在巴特那以北比较远的地方，也就是尼泊尔一带或者至少在尼印交界地区。这也是《五卷书》的故事在尼泊尔流传的明证。

至于斯里兰卡，由于佛教的传播，那里至今保存着巴利语的文献，而佛本生故事早就在那里广泛流传，5世纪法显在那里看到的五百本生故事的表演就是明证。由于《佛本生经》的流传，一些与《五卷书》相关的故事在斯里兰卡流传就不足为奇了。试举二例。斯里兰卡有一则《乌龟骗了狐狸》的故事：池塘里的水已经干涸，两只水鸟用一根木棍抬乌龟转移；狐狸看到，就引诱乌龟说话，使乌龟摔到地上；狐狸要吃乌龟，却咬不动乌龟壳；乌龟说用水泡软了才能咬动，狐狸相信，将乌龟放到水里[②]。这个故事的前半截即《五卷书》第一卷第16个

① 季羡林译：《五卷书》，北京：人民大学出版社，1981年版，第359页。

② 薛克翘主编：《东方趣事佳话集》，合肥：黄山书社，1992年版，第305页。

故事。还有一则智者故事《孩子变成了猴子》[①]，即《五卷书》第一卷第28个故事。

次说西亚、非洲和中亚。黄宝生先生指出："《五卷书》在世界故事文学中占有重要地位。它曾经通过《卡里莱和笛木乃》周游世界。早在6世纪，波斯一位名叫白尔才的医生奉国王艾努·施尔旺（531~579年在位）之命，将《五卷书》译成巴列维语（中古波斯语）。这个巴列维语译本早已失传，但根据这个译本转译的6世纪下半叶的古叙利亚语译本（残本）和8世纪中叶的阿拉伯语译本得以留存。这三种译本的书名都叫作《卡里莱和笛木乃》。"[②]这部译自《五卷书》的故事集后来还被翻译成西亚的希伯来语（12世纪）和土耳其语（16世纪），因而在这些地区长期流传。它还直接影响了著名的阿拉伯故事集《一千零一夜》，学者们最津津乐道的就是其中《乌木马的故事》，这个故事来自《五卷书》第一卷第8个故事[③]。而《一千零一夜》在结构上以及故事类型上都与印度故事书有许多联系[④]。

《卡里莱和笛木乃》的故事在中亚地区流传十分广泛，刘守华先生曾于20世纪80年代中期写过一篇精彩的论文《〈卡里莱和笛木乃〉与新疆各族民间故事》[⑤]。文中，他一口气举出了10组故事进行对比，其中有6组与维吾尔族的故事有关，有2组与柯尔克孜族的故事有关，有1组与塔吉克族的故事有关。这固然证明了《卡里莱和笛木乃》的

---

① 薛克翘主编：《东方趣事佳话集》，合肥：黄山书社，1992年版，第188页。

② 季羡林主编：《印度古代文学史》，北京：北京大学出版社，1991年版，第314页。

③ 张朝柯：《接受影响和民族特色——"金翅鸟"和"乌木马"两故事的比较》，载《印度文学研究集刊》第三辑，上海：上海译文出版社，1997年版。

④ 郅溥浩：《〈一千零一夜〉的印度构成》，载《印度文学研究集刊》第三辑，上海：上海译文出版社，1997年版。

⑤ 刘守华：《比较故事学论考》，哈尔滨：黑龙江人民出版社，2003年版，第252页。

故事在中国少数民族地区的影响，但也说明了《卡里莱和笛木乃》的故事在中亚地区的流传。这些，实际上都是在证明《五卷书》故事在这一地区的影响。另外，广泛流传于中亚、西亚和阿拉伯地区的阿凡提故事也直接或间接地受到过《五卷书》故事的影响。

再说东北亚。关于《佛本生经》和《五卷书》在蒙古国的流传，前面已经涉及，与在内蒙古流传的情况差不多，所以这里不再重复。《佛本生经》和《五卷书》的故事在日本也有广泛流传。首先，佛教最初从中国经朝鲜半岛传到日本，后来，日本僧人直接到中国来学习佛教的很多，中国也有和尚到日本去传播佛教和中国文化。因此，通过佛教传播是一个很重要的途径。在古代频繁的中日交往中，中日民间故事也必然通过各种途径相互传递。正因为如此，日本民俗学家关敬吾先生断言："可以说中国的民间故事有一半以上与日本的民间故事相同或者类似。"[①]那么，中国民间故事中那些与《五卷书》相关的故事，大多也能在日本找到。可以举两个例子。日本新潟地方流传有一个故事，叫作《田鼠的婚事》：一个田鼠要把自己的女儿嫁给"日本第一大名将"，于是，它召集大家议论；有人说太阳最厉害，但太阳会被云遮住，云又会被风吹散，风会被土堤挡住，而土堤又会被田鼠挖开；因此，除了田鼠，其他都算不上第一大名将，它的女儿只能嫁给田鼠[②]。这就是《五卷书》第三卷第13个故事的翻版。日本还有一则《老虎与水牛》的故事，其中有一个细节：老虎对农夫说，它想知道人的聪明才智，农夫说他把聪明才智放到家里了。这与猴子说自己的心放在岸边的树上一样。类似的故事我们还能举出一些。朝鲜的情况与日本差不多，甚至更进一步。

---

①［日］关敬吾：《日本民间故事选·寄语》，北京：中国民间文艺出版社，1982年版，第1页。

②同①，第1页。

因为朝鲜与中国山水相连，中国的朝鲜族又与朝鲜人血肉相连，因此中国与朝鲜的联系更为密切，交往更加频繁。如果说日本有一半以上的民间故事与中国的民间故事相同或相似的话，那么，朝鲜只会更多而不会更少。

最后说东南亚。由于地理位置的原因，东南亚的文学从古代起就受到中国和印度两大文明的影响[1]。应当说，印度对东南亚的影响要更大一些。因为印度移民到东南亚的时间很早，印度的佛教文学作品以及婆罗门教的作品如两大史诗等也都很早就传入东南亚。印度民间故事向东南亚传播也无非是书面和口头两种途径。由于印度文化的影响，早期东南亚不少地方都使用印度的文字，后来才有自己的文字，即便是今天，东南亚不少国家的文字还是包含了大量印度古代梵文词汇，有些国家，如缅甸、泰国、老挝、柬埔寨等，所使用文字的字母也是从印度文字的字母演化来的。因此，印度民间故事以书面形式向东南亚传播不仅开始早，而且规模大。这种书面传播途径大体有三：一是通过印度婆罗门教传播，二是通过佛教文献传播，三是通过伊斯兰教文化传播。通过婆罗门教传播的故事大多包括在印度两大史诗《摩诃婆罗多》和《罗摩衍那》当中。我们知道，印度两大史诗的结构特点之一是其间穿插大量的各类神话、童话、寓言等民间故事，而这些故事中有与《五卷书》相同和相似的故事。通过佛教文献传播的故事主要包括在《佛本生经》中。通过伊斯兰教文化传播的故事则主要包括在如《卡里莱和笛木乃》和《一千零一夜》这类故事集中。下面举几个例子。

---

① 梁立基、李谋主编：《世界四大文化与东南亚文学》第一编、第二编，北京：经济日报出版社，2000 年版。

1. 越南有一则民间故事，叫作《杜达与美人鱼》[①]：一个国王学会了一种咒语，将一个小糕饼变成了参天大树，却不会还原的咒语，结果被大树倒下砸死。《五卷书》第五卷第3个故事：四个婆罗门通过咒语让一堆狮子的白骨变为一只有血有肉的活狮子，结果其中三个被复活的狮子咬死。《嘉言集》里也有这个故事，说得更清楚：因为这四个婆罗门只知道使狮子复活的咒语而不知道使它重新变为白骨的咒语，所以被害。这与越南的这则故事显然有相似之处。然而，与《五卷书》和《嘉言集》里这则故事更接近的是流传于缅甸的一则故事《三个智者和一个傻瓜》[②]：三个智者会起死回生的法术，他们不听傻瓜的劝告，将一堆虎骨变成活虎，结果被老虎吃掉。2. 印尼有一则《鳄鱼和狒狒的故事》[③]，正是《五卷书》第四卷的主干故事。3. 老挝有一则笑话《谁怕谁》：老鼠怕猫，猫怕狗，狗怕主人，主人怕他母亲，而他母亲怕老鼠[④]。这显然是受了《五卷书》第三卷第13个故事的启发而编造出来的。4. 老挝民间故事《假神仙》[⑤]：一个孤儿遇到一个富人的儿子，二人同为富人干活，富人却不按事先的约定平分其劳动所得；孤儿觉得不公，富人说可以去找树神评理；富人匿身树洞装神，孤儿以火烧树洞揭穿其诡计，讨回公道。《五卷书》第一卷第26个故事与此大同小异。5. 泰国有一则民间故事《义蛇》[⑥]：一名樵夫救了一条蛇和一个青年，青年为了报答救命之恩，把一顶王冠给了这名樵夫。樵夫把王冠献给国王，却被当做贼捆绑起来。樵夫在危难中想到蛇，蛇就来帮助

---

① 姜继编译：《东南亚民间故事》中册，福州：福建人民出版社，1982年版，第95页。

② 姜继编译：《东南亚民间故事》中册，福州：福建人民出版社，1982年，上册第33页。

③ 许友年译：《印度尼西亚民间故事》，北京：中国民间文艺出版社，1983年版，第62页。

④ 薛克翘主编：《东方趣事佳话集》，合肥：黄山书社，1992年版，第122页。

⑤ 同③，第254页。

⑥ 同③，第289页。

他。蛇去把公主咬伤，再让樵夫去救治。结果樵夫得到了国王的奖赏。这与《五卷书》第一卷第9个故事有着相似的情节。6. 柬埔寨流传着一则《锅的故事》[①]，即广泛流传的阿凡提故事和藏族阿古登巴故事《锅生儿》。刘守华先生指出，这与《五卷书》第一卷第28个故事有异曲同工之妙，都是“以子之矛，攻子之盾”的思维方式[②]。这里仅仅举了6组例子，事实上，东南亚民间故事中受《五卷书》影响的远不止这些，只是我们没有更多的时间去阅读和寻找而已。

总之，《佛本生经》和《五卷书》的故事传遍了世界，而在东方国家则流传得更加广泛。通过以上的论述和举例，我们看到了《佛本生经》和《五卷书》千百年来在世界民间文学发展史上的巨大贡献，可以说是无论怎样评价都不会显得过分。

---

① 许友年译：《印度尼西亚民间故事》，北京：中国民间文艺出版社，1983年版，第132页。

② 刘守华：《比较故事学论考》，哈尔滨：黑龙江人民出版社，2003年版，第186页。

二、伦理道德故事

印度的两大史诗及其插话故事、佛教和耆那教中的故事，很多都涉及道德问题，有的故事甚至是专门讲道德问题。下面只介绍两种。

（一）梵语伦理道德故事集

《僵尸鬼故事二十五则》《宝座故事三十二则》和《鹦鹉故事七十则》是三部梵语故事集，而且都有讲伦理道德的特点。前两部讲伦理较多，后一部则主要讲妇女如何不守妇道，在丈夫不在家的时候如何偷情，如何受到惩罚等。下面着重介绍《僵尸鬼故事二十五则》中的故事。这是由一个主干故事串起来的故事群，说的是一个国王应修道人的请求，深夜到树林里去扛僵尸鬼。僵尸鬼突然说话，给国王讲了25个故事（实际上不止25个故事），并提出了难题让国王解答，国王一一予以解答。下面选出其中三个故事。

1. 谁是她的丈夫

《僵尸鬼故事二十五则》中僵尸鬼讲的第二个故事：

从前有一位婆罗门，他的女儿名叫珊瑚，美貌出众。珊瑚到了青春妙龄，婆罗门要给她寻找一个门当户对的如意郎君。这时，有三名美德俱全的婆罗门青年前来求婚，他们的态度都非常坚决。但这位婆罗门父亲没有把女儿嫁给他们，因为他怕嫁给其中一个，另两个会闹出人命来。三个青年都一心一意地要娶珊瑚，住了下来，眼巴巴地等待着喜事降临到自己头上。然而，没过多久，珊瑚突然病故了。三个婆罗门青年十分悲伤。他们一起把珊瑚的遗体送到河边火化了。然后，三个人中的一个便在火化的地方搭起茅棚，每天在她的灰上睡觉。另一个青年把她的头骨送到了恒河。第三个青年则成了苦行者，四处漫游。

不久，青年苦行者学会了一种起死回生的咒语，便回来了，想用咒语救活自己心爱的人。这时，那个送头骨的青年也回来了。他们三个人又聚到一起。那个苦行的青年让那个睡骨灰的青年拆掉茅棚，然后通过咒语的魔力让珊瑚复活了。珊瑚经过火的洗礼之后，变得更加健康和光彩照人了。三个青年都要娶她。

僵尸鬼问国王：她应该嫁给谁？国王回答：那个苦行青年让她复活，给了她生命，应该是她的父亲；那个将她的头骨送到恒河的青年完成的是做儿子的责任；而睡在她骨灰上的青年则应是她的丈夫。①

按照我们的看法，那个送头骨的青年肯定是白忙活，而那个睡骨

① 黄宝生、郭良鋆、蒋忠新译：《故事海选》，北京：人民文学出版社，2001 年，据第 383~394 页缩写。

灰的青年虽然执着，但没有付出过多的劳动。只有那个四处云游的苦行青年付出很多劳动，又使姑娘复活，他应该得到姑娘。但印度古人的答案却不是这样，他们不管你付出多少劳动，就算是跑断了腿，不合乎礼法也得不到佳偶。从这个故事给的答案可以看出，古代印度是很强调礼法的，强调礼法中规定的责任和义务。

这个故事显然是编造的，现实中很难发生这样的事情。但是我们不妨把它看成一种假设，看成一个案例，看成是印度古人给司法和伦理学家出的考题。下面两个故事也应该这样看。

2. 谁最勇敢

《僵尸鬼故事二十五则》中僵尸鬼讲的第四个故事：

古时候，有一座富丽城，统治这座城的国王是一位贤明的君主，名字叫作首陀罗迦。一天，一个名叫至勇的婆罗门来到国王面前，请求给他一个差事。至勇虽然是个婆罗门出身，但身边却总带着匕首、剑和盾。他向国王提出，要每天给他 500 元钱的薪水。国王见此人气度非凡，便同意了他的请求，让他把守王宫大门。同时，国王想：这个人要那么多薪水做什么？是挥霍还是行善呢？于是，国王命令密探调查他的情况。调查的结果是，至勇每天早晨到王宫来见国王，然后是到宫门守卫。傍晚回家，先把 100 元钱交给妻子作为家用，养活一儿一女两个孩子。然后拿 100 元买沐浴用品。再拿 100 元买东西敬神。最后把剩下的 200 元施舍给贫穷的婆罗门。夜里再到王宫大门站岗。每天如此。国王听了密报，心里很满意。

过了一些日子，雨季到了，国王还想看看至勇在夜里值班是否尽职尽责。国王登上王宫平台，经过观察，发现至勇不管天气多么恶劣，都能坚守岗位。一天夜里，暴雨倾盆，国王又到平台上观察，至勇还是坚守在那里。这时，国王突然听到远处有女人的哭声，他觉得在自己治理的国土上不应该发生这种情况，便让至勇去看个究竟。至勇遵命前往，国王则尾随其后。

在城外一个水池边，至勇发现一名妇女在哭，便问她为什么。她说：我们的国王只有两天的寿命了，为了全国百姓，得想办法救他。至勇问有什么办法能救国王。她说：把你的儿子作为牺牲献给难近母，国王就得救了。说完，那个女人便不见了。至勇毫不迟疑，回到家里，把情况对妻子说了，妻子也同意用儿子作牺牲。询问儿子，儿子也愿意献身。国王一直尾随着至勇，这一切都看在眼里。

至勇带着家人来到难近母的神庙，儿子先被杀死，女儿因伤心过度，也当场死亡。妻子见两个孩子死了，也要求一起死，就跳进焚烧两个孩子的火堆自尽了。最后，至勇在膜拜了圣母之后，自己也割下头颅做出牺牲。看到这里，国王走上前，祷告圣母，让她开恩使至勇一家人复活，他要用自己的性命换回他们一家人的生命。在他举刀要自杀的时候，空中传来难近母的声音，她不让国王自尽，并答应让至勇一家人复活。国王回到宫殿，至勇也重新回到王宫门口继续站岗。

第二天，国王把亲身经历和看到的一切讲给大臣们听，大家都深受感动。于是，国王把部分国土分给至勇和他的儿子，让他们管理。至勇和国王共同治理着两个强大的国家，互相帮助，过着幸福安宁的生活。

僵尸鬼问：他们这些人中，谁最勇敢？国王回答：这些人中，最勇敢的是那个国王首陀罗迦。因为，至勇虽然勇敢，可是他作为国王的臣仆，应当以自己的性命去保卫国王的性命；至勇的妻子儿女，应当听从丈夫的指引。而作为国王的首陀罗迦，却要为臣民而献身，以换回他们的性命。[①]

在这个故事里，印度古人的那种忠君尽职的思想得到超乎寻常的渲染；也树立了家庭中妻子和儿女都必须服从家长的极端典范。

3. 她应该嫁给谁

《僵尸鬼故事二十五则》中僵尸鬼讲的第九个故事：

从前有一个国王，他有一个美丽的女儿。这个公主到了该嫁人的时候，国王便派人找来世界上所有国王的画像，让她从中选择一个做自己的丈夫。公主最后表示，要嫁给一位身怀绝技的英俊青年。当人们知道这件事之后，便有四个青年前来应征。他们轮流在国王和公主面前说出了自己的技艺。第一个说："我是一个首陀罗，名字叫五衣匠。我一天能做五套上等的衣服。一套献给神，一套献给婆罗门，一套自己穿，一套给妻子穿，一套拿去卖钱安排生活。把公主嫁给我吧。"第二个说："我是一个吠舍，名字叫知语。我能听懂一切飞禽和走兽的叫声。把公主嫁给我吧。"第三个说："我叫持剑，是个刹帝利，有一双强有力的胳膊。在剑术方面，天下没有

① 黄宝生、郭良鋆、蒋忠新译：《故事海选》，北京：人民文学出版社，2001 年版，据第 395~397 页缩写。

一个人是我的对手。把公主嫁给我吧。”第四个说：“我是一个婆罗门，名字叫命授。我的本领是能让死了的东西起死回生。请把公主嫁给我吧。”

僵尸鬼问：公主到底应该嫁给谁？国王回答：当然应该嫁给刹帝利青年，因为国王是刹帝利，刹帝利的女儿就应当嫁给刹帝利。①

这个故事给人们提供了印度古代种姓制度的刚性范例。国王通常是刹帝利出身，国王的女儿只能嫁给刹帝利青年，否则会被天下人耻笑。而作为其他种姓的青年，也不应该对国王的女儿存非分之想，即使他再有技能，也不能超越种姓的规范。

（二）民间伦理道德故事

1. 聪明的媳妇

从前有个聪明的媳妇，每天要到水井去打水。一天，她在井边打水，来了四个过路人。

第一个说：“我渴了，给我点水喝吧。”

聪明的媳妇考虑到自己穿衣服不多，又没有饮水的罐子，觉得在井台上给陌生人水喝不方便。就问：“你是什么人？”

“我是过路人。”

“世界上过路人有两个，你是哪一个？”

这个人答不上来，没有得到水。第二个人又来要水喝。

聪明媳妇又问：“你是什么人？”

① 黄宝生、郭良鋆、蒋忠新译：《故事海选》，北京：人民文学出版社，2001 年版，据第 413~414 页缩写。

“我是穷人。”

“世上穷人有两种，你是哪一种？”这个人又不能回答。

她问第三个人：“你是什么人？”

“我是个不识字的乡下人。”

“不识字的乡下人有两种，你是哪一种？”

聪明媳妇问第四个人：“你是什么人？”

“我是个愚蠢的人。”

“愚蠢的人有两种，你属于哪一种？”

聪明媳妇见他们都被问住了，她这时也打完水了，就说：“请你们到我家去喝水吧。”四个人跟她到家，在门外等着。她回去换了衣服，灌了一壶水给客人们喝。客人们喝完就走了。她的公公看到这情景，心里想：我儿子在外面做生意，这媳妇竟然把陌生人领来家，一定有问题。于是，他去找国王，把事情对国王说了。国王也感到有问题，就派人去传那媳妇。婆婆见有士兵上门要人，吓得哭了起来，可媳妇却笑着问那几个士兵：“先回去问问你们国王，他叫你们怎样请我去王宫？以什么身份去？”不一会儿，士兵们回来了，说：“大王叫我们把你当他的儿媳妇看待，要用轿子把你抬到王宫。”

到了王宫，国王问：“你丈夫不在家，为什么要把男人领回家？”

“大王，给过路人一点水喝是一个女人的本分。我打水时穿的衣服少，又没有舀水的东西，所以就提了几个问题先把他们难住，回到家我换了衣服才给他们水喝。”

国王好奇地问：“你向他们提了什么问题？”

媳妇把问题说了一遍，国王和大臣们也都答不上来，就让媳妇说出答案。

媳妇说："第一个问题的答案是，世界上只有太阳和月亮是不停走路的。第二个问题的答案是，世界上只有母牛和儿媳妇是最穷的。第三个问题应回答是，水和饭。这两种东西很简单，却是人人都需要的。"

"那么第四个问题的答案呢？"

"请原谅，大王，我不敢说。"

"没关系，说吧。"

"既然大王命令我说，那我就说了。世界上的两种蠢人就在我的面前，一个是我公公这样的，不了解情况就来告状。另一种就是大王这样的，不顾他儿媳妇的声誉，冒冒失失地把儿媳妇传进宫。"

国王听了，虽然很不高兴，但也佩服这媳妇的才华。①

这个故事是在印度中央邦一带流传的，讲的是道德问题，同时也是一个机智幽默故事。

2. 妮利

在泰米尔纳德邦，人们经常演唱这个故事。其大意是：

有一个商人家庭的青年娶了一个名叫妮丽的妻子。婚后不久，青年又爱上了另一个姑娘。妻子知道了，非常生气。而那个姑娘提出，只有青年把他妻子戴的吉祥线取来戴在她

① 刘国楠、王树英：《印度各邦历史文化》，北京：中国社会科学出版社，1982 年版，据第 141~143 页缩写。

身上，她才能和他好。没想到这个青年为了和情人好，竟然起了杀妻之心。他欺骗妻子说，为了和那个姑娘断绝关系，他决定带她远走高飞。妻子已经怀孕，但仍愿意和丈夫一起走。他们走了很远，来到树林里，在一口井旁，妻子说她实在走不动了。他们就在那里过夜。妻子在丈夫的怀里睡着了，狠心的丈夫便把妻子的吉祥线取下，然后把她推进井里。

多年过后，青年死了，又转生为一个商人。一天，他路过前生害死妻子的地方，来到那口井边。突然，一个美女出现了，指认他是自己的丈夫。商人不承认，两人发生争执。事情闹到村子里，村里的五老会判定他们二人是夫妻，并给他们一间房子居住。但是，第二天人们发现，商人已经死了，而那个女的也无影无踪了。[①]

这个故事用因果报应阐释了民间流行的伦理道德。

① 刘国楠、王树英：《印度各邦历史文化》，北京：中国社会科学出版社，1982年版，据第200页缩写。

三、浪漫爱情故事

古往今来，印度有关爱情的故事多得不胜枚举。在史诗《摩诃婆罗多》中，一些优美的插话就属于这种情况，典型的如《那罗与达摩衍蒂》《沙维德丽》等。在佛教和耆那教典籍中也有不少这种故事。到了中世纪，在《故事海》中，同样有很多这样的故事。中世纪，随着伊斯兰教不断传入印度，阿拉伯、西亚、中亚，甚至西方的一些传奇故事也传进了印度，并在民间流传。我们无法一一介绍。

这里我们介绍的是在旁遮普地区流传的爱情故事《赫尔和朗恰》：

在切纳布河对岸有一个村子。一天大清早，一只船开过来靠在岸边。船上有一顶花轿，船夫和两名妇女坐在船头。这时，一个男青年过来想渡河。船夫告诉他，这船不是摆渡船，而是他们东家小姐的专用船。青年急于过河，就脱下衣服想跳进水里游过去。船夫上前劝阻，说太危险。可青年执意要游过去。这时，小姐得知情况，便吩咐船夫让青年到船上来。青年上船，开始吹起竖笛。小姐掀开窗帘，青年被她的美貌震惊了。小姐问青年的姓名，青年说叫朗恰。小姐称赞朗恰竖笛吹得好。小姐问：“你要到哪里去？”

朗恰答：“到对面的村子去。”

“去那儿干什么？”

“我要去安家。”

“那里有你什么人？”

“有人，说了你别笑话我。”

“我保证。”

“好，我说。我的嫂子故意刺激我，说有本事把对面村子里的赫尔姑娘娶过来。我一气之下就决定到那里去，去等赫尔姑娘。”

“等她干什么？”

“和她结婚。”

“要是结不成呢？”

“那也没关系，只要让她听听我吹竖笛我就心满意足了。”

小姐说：“朗恰，你的秘密我不会向任何人泄露。我还要设法帮助你。”

到了小姐家，她让父亲给朗恰安排了放牛的工作。朗恰每天到树林里放牧，小姐给他送饭，听他吹竖笛。天长日久，两个人产生了爱情。朗恰也知道她就是赫尔了。

赫尔的叔叔是个心术不正的人。一天，他跟踪赫尔到树林里，发现了他们相爱的秘密，就把这事告诉了赫尔的父母，还在村里散布谣言。赫尔的父母很着急，决定先把她嫁出去。

迎亲队就要来了，赫尔找到朗恰，问他怎么办，要不要私奔。朗恰觉得私奔是逃不掉的，就让她先到新郎家去。无奈，赫尔上了花轿。朗恰赶着一群水牛跟在后面。两个人都在痛苦之中。

赫尔到了婆家，整天愁眉不展。婆家人本来很高兴，因为赫尔是远近闻名的美人。可是，他们看见她整日失魂落魄的样子，以为她病了。这时，赫尔的小姑很同情赫尔。

朗恰也很苦恼，总是想办法与赫尔见面。最后他决定当一名出家人，以便能云游各地，寻找机会见到赫尔。一天，他来到赫尔婆婆家的村子，村民们为这位出家人安排了住处。赫尔的小姑见到了这位出家人，回来告诉赫尔，并带赫尔去见出家人。二人相见，都很激动兴奋。赫尔回家后，饭也吃得香了。家里人都很感谢那个出家人。

一连十天，赫尔都由小姑陪同去见朗恰。终于有一天，赫尔跟朗恰私奔了。婆家人追上了他们，把朗恰打个半死。

这件事传到国王那里，国王亲自过问这件事。当他问明情况后，就决定让赫尔和朗恰结婚。

于是，朗恰和赫尔商量决定，各自先回家，然后说服两家父母，选定日子正式结婚。事情进行得很顺利，两家父母都同意他们的婚事。但就在要迎亲的时候，赫尔的叔叔找到她父亲，说这样结两次婚是败坏家族的声望。他催促赫尔的父亲一定要痛下决心，毒死赫尔，除掉家中的丧门星。赫尔的父亲也觉得自己给家族带来了耻辱，就同意毒死赫尔。赫尔的叔叔就让赫尔喝下毒药。

当迎亲队到来的时候，赫尔已经被掩埋了。朗恰得知消息，跑到赫尔的墓前，一头撞死在墓碑上。[①]

这是一对青年男女浪漫的爱情悲剧，有点像中国的《梁山伯与祝英台》。

---

① 刘国楠、王树英：《印度各邦历史文化》，北京：中国社会科学出版社，1982年版，据第323~329页编写。

四、机智幽默故事

印度从很早的时候起就有了许多机智和幽默故事。例如，在《佛本生经》中有个《大隧道本生》，其中就有一系列的机智故事，出了各种难题，由智者一一解决。如如何分辨木头的根和梢、如何判断牛的主人是谁、如何将线穿过宝石上弯曲的孔、如何判断孩子的真正母亲，等等。这些难题故事已经传遍了世界，在各国民间故事中有许多相似的类型。在中国，也有一些受本生故事影响而出现的故事，如著名的"二妇争子"故事，最早出现于东汉的《风俗通义》中，并在后世广为流传[①]。

在我国，相传在三国时期有一个"曹冲称象"的故事，而且写在了正史里[②]，但这个故事是从印度传来的，出自佛书《杂宝藏经》卷一《弃老国缘》，其实也是个本生故事[③]。

保存在佛经中的印度早起机智幽默故事很多，汉译佛经中除了属

① 薛克翘：《中印文学比较研究》，北京：昆仑出版社，2003 年版，第 14 页。

②《三国志・魏书・邓哀王冲传》。

③ 季羡林：《中印文化关系史论文集》，北京：三联书店，1982 年版，第 122 页。

于本生系列的文献外，还有一部《百喻经》，专门讲一些机智幽默故事，也可以说是一部寓言集或笑话集。

现在，在印度许多城市的书摊上都能看到多种版本的《比尔巴尔故事集》和《谢赫·奇里的故事》，这是两种笑话集，其中收有上百个机智或幽默故事，而且不断在增加新编的故事。这两个故事集中，前者的影响更大。关于故事中的主人公比尔巴尔，在印度学界有各种争论，有的说是实有其人，有的说是子虚乌有。不过，在莫卧儿王朝皇帝阿克巴的宫廷里，有四名辅政大臣，其中一名叫作比尔巴尔的大臣是唯一的印度教徒。后来，印度教徒就把一些故事加到他的身上。而《谢赫·奇里的故事》中的主人公谢赫·奇里就更说不清是什么来源了。不过可以肯定的是，这两个故事集出现的时间最早不会超过莫卧儿王朝阿克巴统治时期。下面，从《比尔巴尔故事集》选出三段，以供欣赏。

1. 蠢人名单

阿拉伯的马贩子到印度来卖马，皇帝阿克巴也买了几匹。阿克巴对这几匹马特别喜爱，叮嘱马贩子再给他送几匹来，并预付了1000金币。马贩子拿着钱高高兴兴地走了。

智慧的大臣比尔巴尔觉得皇帝的做法很愚蠢，但没有当场表示反对。

过了几天，皇帝心血来潮，要比尔巴尔写一份全国蠢人名单。比尔巴尔很快就写好了，呈送给皇帝。皇帝看了名单，上面有许多人名，但皇帝自己的名字却被列在第一位。看到这里，皇帝不由得很生气，不过，他忍着没有发火，因为他知道其中一定有原因。

“你为什么把我的名字也列上去了？”皇帝问比尔巴尔。

“如果一个人能给一个素不相识的马贩子1000金币，这个人难道不是很愚蠢吗？”比尔巴尔反问道。

“原来如此……好吧，如果马贩子把马送来了，你还有什么话说？”

“那好办，如果他真的把马送来，那就把陛下的名字从名单中去掉，再把他的名字填上。”

2. 德里有多少只乌鸦

这一天，阿克巴皇帝一大早就上朝了。当大臣们走进宫里时，他便一个个地问：“你知道德里有多少只乌鸦吗？”

大臣们一个个被问得目瞪口呆，因为谁也说不出来德里有多少乌鸦，谁也不敢乱说。

比尔巴尔来了，皇帝也向他提出了同样的问题。

“13525只，陛下。”比尔巴尔立即回答，“我上个月刚刚数过。”

皇帝听了很吃惊：他怎么顺口就回答出来了？连想也没想。

“我不信，你的数字准确吗？”

“绝对准确，陛下。”

“我要派人重数一遍，如果错了怎么办？”

“我甘愿受罚。”

“好，如果多一只或者少一只，我就罚你1000金币。”

“可以，不过我得事先说清楚，这个数字是上个月的，肯定是准确的。但现在数的话可能会有出入，因为有一些乌鸦可能会到外地去走亲戚，而外地乌鸦也可能到德里来做客，那就怪不得我了。”

3. 瞎子更多

一天，皇帝阿克巴问大臣们："世界上的瞎子多还是眼睛好的人多？"

大家都说眼睛好的多，瞎子少。可是唯有比尔巴尔说瞎子多。

"如果瞎子多，世界上的事情怎么能办好？"

"一切事情都照常进行。"

"这怎么可能呢？"

"我可以用事实证明。"

一天，比尔巴尔坐在皇宫大门口看书，他的身边放着纸和笔。

从比尔巴尔身边经过的人都问比尔巴尔："你在这儿干什么？"

比尔巴尔也不说话，只是把问话人的名字记到纸上。当皇帝阿克巴经过时，也问了同样的问题，所以比尔巴尔也把他的名字记到纸上了。

第二天，比尔巴尔拿着一张一百多人的名单去见皇帝。

"陛下，您看，这是我昨天记录下的瞎子名单。我只是在一个地方就记下了这么多。"

皇帝看名单，发现上面记了许多大臣的名字，感到很荒唐；又一看，他自己的名字也在上面，就更觉得荒唐了。

"比尔巴尔，你为什么把我的名字也写上了？难道我和这些人一样，也是瞎子吗？"

"陛下，您一定记得，这个名单是我昨天坐在宫门口看书时写的。当时我看到了所有的大臣们，也看到了您。"

"是啊，记得我当时还问你在干什么。"

“这就对了，陛下，您明明看见我在看书，还要问我在干什么，这不是瞎子吗？”

皇帝苦笑道：“原来你是在证明自己的话。”

“是的，陛下，那些没有眼睛的人固然是瞎子，可那些有眼睛的人也大多是瞎子，因为他们视而不见。”

在印度民间还有一些零散的机智幽默故事。例如，哈里亚纳地区流传着一个故事。

4. 让父亲的名声变好

有一个小偷，一辈子干尽了坏事，名声很坏。他临死的时候对自己一生的行为有所忏悔，便对儿子说：“孩子，我做了一辈子坏事，人们都说我的坏话。你要一生都做好事，让人们在我死后能说我的好话。”儿子在父亲死后便苦苦地思索，怎样才能实现父亲的遗愿，让人们说父亲的好话呢？他想来想去，终于想出了办法。他到村里每家每户去捣乱，搅得全村人不得安宁。终于有一天，人们都忍受不住了，都说：“天底下没有比这小子更坏的人了，他父亲还要比他好十万倍呢！”就这样，他实现了他父亲的遗愿。①

① 刘国楠、王树英：《印度各邦历史文化》，北京：中国社会科学出版社，1982年版，第304页。

07

— 第七章 —

印度歌谣、谜语和谚语

一、歌谣

印度的民间歌谣十分丰富，人们不论在什么时候，只要有机会、有由头就会唱起来。在一些节日里自然要唱，在不同的季节里也要唱，恋爱、结婚、生子、死人、斋戒、朝圣、宴请、劳动等，都要唱。因此，千百年来，各种民歌很多，有的歌谣已经唱了上千年。

下面介绍五个类别。

（一）季节歌

印度民间不同季节和不同月份都有民歌，下面举几个例子。

比哈尔邦民间有《十二月歌》，人们一到雨季就唱道：

二月里孔雀开屏，啊呀嗬，
俺穿的纱丽是浅黄色。
风吹头发收不拢，
双手捂头走下坡。
风吹衣襟沙啦啦响，啊呀嗬。

为爱架起桥，哎呀嗬，
罗摩为了找悉多。
女友啊，五月里来好时节，
毛毛细雨下成河。

杧果、桑葚、波罗蜜，
美丽的果实挂满枝。
行路人啊你莫急，
现在正好是五月，
远处的雷声告诉你，
前方有雨你莫去。

啊，雨季五月天，
雷鸣和闪电，
莲花河水又涨满哟，
丈夫快快回家转，回家转。

雨季五月天啊，
家家户户荡秋千。
唱起秋千调啊，
吉祥乐无边。

雨季五月天哟，
女伴们莫醉倒，
看啊看，找啊找，
女伴们哟，你的心上人哪儿去了？

哈里亚纳邦有一首《正月歌》：

一敬大神那罗衍，
他创造了世界；
二敬父亲和母亲，
让我看到世界；
三敬我的师父，
指给我人生道路。
寒冷冬季回家去，
宜人春季已来临。
所有季节轮流转，
人走了就不再回。
时时念叨："我的，我的"，
终有一天变成一堆灰；
给出的施舍和你一起走了，
剩下的一切都留在这里。
山泉变得很欢快，
说我们要去克什米尔。
各种草木在开花，
春天的月光在迷人。
番红花装满一篮篮，
吉祥痣、檀香膏样样齐全，
去把媒人找来，
为古丽江结姻缘；
去把竹匠找来，
为古丽江做竹器；

去把金匠找来，
为古丽江做首饰；
去把裁缝找来，
为古丽江做嫁衣；
去把木匠找来，
为古丽江搭彩棚。
金银器皿都做好，
金银顶的彩棚也做成。
把女仆们找来，
带古丽江上彩棚。
新郎敲锣打鼓来迎亲，
古丽江现在结了婚。
婚后公主变用人，
手提罐子头上擎。

从这些例子可以看出，所谓的季节歌也基本上是唱爱情的，与生产劳动关系不大。

（二）劳动歌

喜马偕尔邦民间有一种叫作《鲁姆尼》的歌，意思是“种植歌”：

种稻子的季节，鼓在敲响，
闺女啊，来，我们去插秧。
下到水田里，我们插秧忙。
松树叶在水流里飘过，
干完这些，就去丈人家忙活。

还得给玉米地除草，
这块地种芹菜，那块地种香稻。
我们要筑起田埂，
每块地都种上新品种。
种稻子的季节，鼓在敲响，
闺女啊，我们去插秧。

这首歌唱出了农活的繁忙，农民的辛苦。

奥里萨邦有一种《船夫歌》：

我的石船在深河里飘荡，
保佑小船吧，圣母娘娘。
顺流而下，水波不兴，
南瓜开花，不合节令。
我的情人，身段迷人，
也许会给我捎来口信。
是谁孤零零坐在河洲，
是谁唱着歌坐在船头？
劳累了一天，
太阳下了山。

这首歌表现了船夫一天的劳累，他一方面在深河中撑船提心吊胆，一方面又思念情人，借以消除疲劳。

奥里萨邦还有一首《搅奶歌》：

牧人家女儿挤牛奶，

唰唰的声音像下雨。
牛奶挤满了一陶罐，
挤完了牛奶搅奶皮。

奶皮还没有搅出，
牛已经走上山路。
牛犊还睡在栏里，
闺女家为何哭泣？

母牛已走上山路，
公牛还没有饮水。
牛能够到山上吃草，
女儿在牛棚里度日。

这首歌虽然表现的是劳动场面，但却抒发了青春女孩的怨气。她到了该出嫁的年龄，却仍然被大人限制在牛棚周围。

孟加拉地区有一首《牧牛歌》：

在河边，我的运气真不错，
遇见了一个放牛的小伙。
哎，放牛的小伙，
帮我割牛草吧，
再帮我捆成捆。
我抓住你的手求你，
帮我把草往头上搁。
把我送回家吧，

求求你，一直陪着我。

这是一个牧牛女孩唱的歌，在劳动中，她让一个牧牛的青年帮忙，也许她爱上了这个勤劳而乐于助人的青年。

（三）爱情歌

哈里亚纳邦民间流行一种叫作《拉曼》的情歌：

青竹编成篮子，成竹做管子；
心上人去远方，相会在何时？

冬天已经到了，东家呀，
让心上人回家，放假吧。

这是农村女青年思念远方恋人的情歌。

哈里亚纳邦还有一种叫作《纳提》的民歌：

园子里有甜香蕉，
你干吗要吃酸柠檬？
亲爱的人啊，
你的心不诚，我的心纯净。
那边林子里鸽子在说：
别在意我的话，这就是生活，
要高高兴兴地过。
那边花园里的香花开了，
我思念你，白天叹息晚上哭泣。

我最爱的人啊，我的心是朴素真诚的，
相爱就要爱到底，
可是你的心就像油松的叶子不沾水。
今天，天黑下来了，会黑暗一会儿，
时间在过去，月亮会放出光辉。
心爱的人啊，为什么为一点小事就蹂躏我的心？

这首歌表现的是少女在和情人闹了点别扭之后的心理活动。

印度东北部少数民族那加人的情歌《金王和林王》：

一对情人，一处长大。
两片新叶，共连枝芽。
爱情似火，直冲云霞。
烟上天国，灰留地下。
弹指一挥，万事作罢。

这首民歌不仅描述了爱情，还描绘了死亡，似乎看穿了人生。

印度那加族有个习俗，就是男孩和女孩到13岁就算成年，要在村子里住公房过集体生活。男女青年有各自的公房，分开居住，但可以恋爱。有这样一首民歌：

亲爱的女友像蜜枣，
每个枝上挂得都不少。
狐狸见了想摘去，
满嘴流涎直嚎叫。
大小苍鹭一群群，

从异国山谷飞来了。
停在枣树枝条上，
把全部枣儿都吃掉。
我们住在公房里，
蹒蹒跚跚迟来到。
抬头望望枣树上，
只见秃树光枝条。
捶胸顿足抱头哭，
哭声直上冲云霄。①

这首民歌也许反映了一种古代社会的抢婚现象。男青年们看到自己心爱的人被外来者抢走，异常悲愤。

比哈尔邦桑塔尔族妇女喜欢把木棉花编在辫子上，她们唱道：

池塘四面围栅栏，
荷花开得红艳艳。
你看花就爱上花，
你瞧俺就爱上俺。
只是不知道啊，
是不是就爱俺半天？

男青年们则唱道：

① 以上两首转引自刘国楠、王树英：《印度各邦历史文化》，北京：中国社会科学出版社，1982年版，第31、32页。

金子和银子都发光，
俺心爱的人像金子一样。
看到手上的金戒指，
就想起俺心上人的模样。

情歌可以说是歌谣中数量最多的一种，最具活力，也最富于变化。特别是在男女青年对歌的时候，很有即时性。

（四）结婚歌

印度各地区和民族有不同的结婚歌。

哈里亚纳的妇女们在新人结婚时喜欢唱歌。她们唱得很幽默，根据不同对象不同场合，有不同的歌。例如，在迎亲队到来的时候，她们经常唱这样的歌：

火热的中午我不走，
你把花轿放在房后头。
第一次公公来接我，
我不愿和老头一道走，
你把花轿放在房后头。
第二次丈夫来接我，
火热的中午我也走，
你把花轿放在院里头。

再如，她们还喜欢用歌来逗新娘子：

妹妹你的新郎呀，

脸蛋儿好比月儿美，
妹妹你的新郎呀，
脸蛋儿好比月儿美。
妈妈把他怀里抱，
爹爹亲自把饭喂，
四部《吠陀》全教会。
妹妹你的新郎呀，
脸蛋儿好比月儿美，
鼻子就像鹦鹉鼻，
双眼就像柠檬片，
还有一张扁平嘴。
妹妹你的新郎呀，
脸蛋儿好比月儿美。

又如，在婚配不相称时，她们会一面假装抽泣，以便唱歌谴责新娘的父母：

妈妈，你把我打扮得像仙女，
可把我嫁给了一个瘦老头。
为啥把我嫁给瘦老头？
我要服毒自杀一命休。[①]

奥里萨邦有一首民歌，是新娘子第一次离开娘家到婆家去的时候

① 以上三段歌词转引自刘国楠、王树英：《印度各邦历史文化》，北京：中国社会科学出版社，1982 年版，第 301、302 页。

唱的，叫作《哭腔》：

娘啊，盘里的水一敲就会溅出来，
娘啊，出远门的亲人何时再回来？
正月的夜晚花儿开，
正午的花儿经不起晒，
像花儿得到娘的露水，
离开娘家没人宠爱。

一般来说，结婚歌多是欢乐喜庆的，但这种对娘家恋恋不舍的结婚歌也很常见。

（五）摇篮歌

从南方到北方，印度教妇女哄孩子唱的摇篮曲多半都是唱黑天的故事，或者把自己的孩子比作黑天。

我的牛郎饿了，
我的牛郎哭了，
我的牛郎要吃奶酪。
别哭了，宝贝，
妈妈给你吃的，
妈妈带你去沃林达林[①]里。

① 这段歌词里，牛郎指黑天。黑天小时候偷奶酪吃的故事家喻户晓，而沃林达树林是其少年时代放牛和玩耍的地方。

摇啊摇啊，摇摇篮，
哦，我的宝贝是黑天。
谁人见过黑天面？
黑天就在这摇篮。

如果自己的孩子是个女孩，母亲则会唱道：

摇啊摇啊，摇摇篮，
我给小宝贝买银环，
我给你珍珠穿项链，
让别的孩子都眼馋。

如果说这首歌在表现一位母亲自豪感的同时，还带出了某种炫耀财富的心态，那么另一首歌则直接而朴素地表现出母亲的自豪和满足：

宝贝哭了，眼泪像珍珠断了线，
没有宝贝，妈妈就得去讨饭。
妈妈幸运，生下了我的宝贝，
现在是乞丐从妈妈这里讨饭。

这首歌虽说是表现了一种自豪感和满足感，但背后还隐含着一种社会问题，隐含着心酸。可以想见，如果没有儿子，一些妇女将变得无依无靠，甚至沦落为乞丐。

二、谜语

印度民间的谜语很多，这里选出四类，分别举例。

（一）动植物谜

手也快，腿也快，
跑起来，不见怪。（兔子）

黑身体，穿黄衫，
有人说它像黑天[①]。
没有笛子却有声，
你说是不是神仙。（大黑蜂）

一只小鸟细枝站，
却有孩子八九千。（罂粟籽）

① 印度神话中，黑天大神克里希纳少年时代总喜欢穿黄色的衣服，吹横笛。

身上披着绿衣，
怀里满是珠玉，
头上顶着缨珞，
站在国王花园里。（玉米）

打对面来个老丈，
身量小，胡子长。（大麦）

待在树上不是鸟，
给人奶喝不是牛。（椰子）

笔者小时候在家里听大人说过这样的谜语："三块瓦盖小庙，里面坐个白老道。（荞麦）"而从印度这几则关于植物的谜语可以看出，印度民间的谜语和中国民间的谜语有相似之处。民间的这类谜语，不要求十分贴切，但经常运用比喻，很形象生动；甚至也不要求猜谜的人能够猜出，经常是很快把谜底直接告诉对方，仅仅是为了达到娱乐的目的。

（二）物件谜

小屋的水装起来，
屋顶的火点起来，
一根笛子吹起来，
一条黑蛇飞出来。（水烟袋）

兄弟双胞胎，
专门搞破坏。（剪子）

一块砖，浑身眼。（方形的筛子）

一个池塘一根藤，
藤子头上开花红。（油灯）

罐子上头加罐子，
上面站着红战士。（台灯）

太阳和月亮不可开交，
吉祥天女来去自由了。（锁和钥匙）

印度的民间谜语有自己的特点，和他们的日常生活相贴近。例如，抽水烟的习俗，用方型筛子筛东西。这组最后一个谜语最能体现印度的特点。这对于我们来说是很难理解的，觉得实在是太牵强，简直是不着边际，但对于印度人来说，会觉得它还比较合理。这首先与神话传说和宗教信仰有关，其次与生活习惯有关。在印度人看来，一把锁的两部分扣起来，太阳代表阳，月亮代表阴，用来比喻阴阳合一。至于把吉祥天女比作钥匙，是因为人们把她看成保护家庭平安的神，把钥匙带在身边，出出进进很自由方便，就像吉祥天女跟在身边一样安全可靠。

（三）自然现象谜

小芝麻，大芝麻，
撒满青布单，
白天都不见，

晚上才出现。（星星）

躺在地上懒洋洋，
不怕水浇不怕烫。（影子）

来了去，去了来，
喝醉了，起不来。（困倦）

路上捡了钱，
疼得直叫唤。（被刺扎了）

一个姑娘，生个儿郎，
没有腿脚，没有臂膀，
来到世界，世界冻僵。（寒冷）

一棵树，很茂盛，
水一浇，就死净。（火）

一条条金带子爆裂开，
谁也不能把它接起来。（闪电）

关于夜空，中国有个谜语：青石板，钉铜钉。中国人把夜空比喻成石板，印度人则把夜空比喻成青布。一刚一柔，表现出民族性格的不同倾向。同样，其他的自然现象谜也体现了不同民族在情趣上的差异。

（四）食物谜

身子白白的，
尾巴绿绿的。（白萝卜）

是国王还是妃子，
一个球里两色汁。（鸡蛋）

一个闺女真可爱，
下水洗澡不出来。（糖）

包了一层又一层，
儿子比爸爸更白净。（果仁）

（五）人体谜

高高一座山，
兄弟住两边，
相邻在咫尺，
永远不相见。（耳朵）

高高一道梁，
两边有池塘。
遇到伤心事，
水就往外淌。（眼睛）

一棵树上开五朵花。（手臂）

长在你手上，
不在你手上，
用手去摸它，
总也摸不着。（肘）

三、谚语

印度的民俗学者喜欢把谚语分成许多类。如道德品行、生产和气候、灾难与命运、小孩和老人、种姓和对世界的认识等[①]。我们这里分为三大类予以介绍。

（一）生产劳动谚语

毛毛雨，八月[②]落，家家揭不开锅。

种得早，收成好。

种地少，养活一家老小；
种地多，全村人的灾祸。

二月雨瓢泼，

①［印］高塔姆·夏尔马：《喜马偕尔邦民俗文化与文学》，新德里：印度民族图书托拉斯，1999 年版，第 203~209 页。

② 指印历八月，相当于公历 9、10 月间。下文的二月、四月同，可类推。

不长杧果不长核。

二月天不亮，
老虎也冻僵。

四月天，像火烤，
庄稼收成好。

春天来，多雾霾。

在道路上种地，
和二流子交际。

这一组谚语都与生产劳动有关。其中有几个问题需要说明。第一，大凡民间谚语中提到月份，都是印度阴历的月份。印度传统上实行阴历，月亮的运行位置很受印度古人的重视，印度的民俗节日几乎都与月亮的亏盈和运行位置紧密相关。印度的节气也依据月亮的变化而划分。这和中国的情况一样。第二，这里有的谚语虽然与农活和气候有关，但其引申的意思却另有所指。如第一条和最后一条。第三，有的印度谚语和中国的歇后语相似，如“好雨下在了石头上”，后面还可以加上画龙点睛的词——白费力。

（二）伦理道德谚语

自己吝啬，倒让别人施舍。

自己一身骚，倒说邻居不好。

没有敌人就没有兄弟般的友谊，
没有失败就没有赌博的交易，
没有官府就没有小偷的生意，
没有淫乱就没有宦官的价值。

鞋小咬了脚，不好；
头上起脓包，不好；
亲戚说坏话，不好；
马儿不肯跑，不好。

腐烂食物没洗的脸，
儿子不轨儿媳不端。

儿子数落父亲，
如同皱纹满脸；
儿媳数落公公，
如同全身瘫痪。

在印度民间，人们很注重长幼尊卑，这和中国的情况是一样的。同时，人们也很讲究脸面，这也和中国人爱面子是一样的心理。所以，在一些印度谚语中能够看到，随便议论长辈或亲戚是很不道德的，而被人议论也是很丢面子的。

（三）生活经验谚语

好雨下在了石头上。

老虎洞里怎么能找到肉？

给东家种地，在远地方好。

费尽辛劳得来的，
老鹰飞来叼了去。

听见乌鸦呱呱叫，
知道杧果快熟了。

没有公鸡叫，
早晨照来到。

被蛇咬了怕绳子。

一种毒能够消除另一种毒的作用。

挖矿挖出了老鼠。

如果敌人在身边，
最好和远处的人交朋友。

一看就知道，印度有些谚语与中国的一些谚语、成语很相似。如以上最后四条，在中国则是“一旦遭蛇咬，十年怕井绳”“以毒攻毒”“嗑瓜子嗑出个臭虫”和“远交近攻”。类似的情况还有。这说明，在日常生活当中，不同的民族有着相同或相似的体验和感受，得出了相同或相似的结论。

08

—第八章—

印度戏剧与歌舞

印度的戏曲源自原始的歌舞表演，因此它的起源甚早。而到公元前后，印度的戏曲表演已经成熟，出现了《舞论》(又译《戏剧论》)这样的理论著作。印度早期的戏剧就是一种歌舞表演，而这种歌舞表演是有故事情节的，所以带有戏剧的要素。因此，古代的歌舞和戏剧是分不开的，两者使用的是一个词，既可以翻译为戏剧，也可以翻译为歌舞。

直到今天，受西方文化的影响，印度的戏剧和歌舞虽然被区别开来，但我们在看印度电影时，还会看到戏剧与歌舞高度结合的场面。至于印度的民间戏剧和歌舞，仍然是很难区分的。有许多民间歌舞是表现故事情节的，而许多民间戏剧又通过演唱的来表现。

尽管如此，我们还是把印度民间的戏剧和歌舞作了大体上的划分，将故事性强的归入戏剧一类，将故事性稍弱的归入歌舞一类。

一、民间戏剧

印度的戏剧和歌舞始终是为宗教服务的，表现的内容又始终是与神话传说紧密相关的。像梵语戏剧《小泥车》那样世俗性很强的作品，可以说是绝无仅有的。

在印度民间，戏剧表演也大体是为宗教服务的，完全世俗的很少。下面，我们分宗教性戏剧和世俗性戏剧两类予以介绍。

（一）宗教性戏剧

这类戏剧的最突出代表是广泛流传于印度各地区的“拉姆里拉”和“拉斯里拉”。“拉姆”，就是史诗《罗摩衍那》中的罗摩；“里拉”，有表演、娱乐等意思。而“拉斯”，是指表演黑天故事的歌舞或戏剧，加上“里拉”也是这个意思。

1. 拉姆里拉

印度民间的拉姆里拉表演的是罗摩故事。关于罗摩故事的梗概，在前面的史诗部分已经介绍过了。这里要介绍一个印度西孟加拉邦民间的拉姆里拉的一个片段。这个片段取自《罗摩衍那·森林篇》：十首王罗婆那让罗刹摩里支变成金鹿去引诱悉多，悉多喜欢上金鹿，让罗摩去捉。罗摩把悉多交给弟弟罗什曼那保护，自己去追赶金鹿。罗摩射到金鹿，摩里支中箭现出原形，他临死前模仿罗摩的声音喊罗什曼那救命。悉多听见，让罗什曼那快去救罗摩，罗什曼那不去，悉多逼他去。罗什曼那只好去了。此时，罗婆那出现，劫持了悉多。下面就是悉多逼迫罗什曼那去救罗摩的一段：

（净修林的茅棚里，悉多和罗什曼那在焦急地等待罗摩）

悉多：我不知道为了什么，怎会这样无端冲动？罗什曼那呀，请你告诉我。我的右半边身子在颤抖，我的心感到不安和丧气。那金鹿是个不祥之兆，因此，我心里才有了坏念头。啊，罗摩，你在哪里？行行好，回来吧。

罗什曼那：忠于丈夫的女人啊，我请求你要有耐心。罗摩不是一般的人，请你千万沉住气。我的嫂夫人啊，你不必着急和担心，罗摩一定会带着鹿回来的。即使这是魔法，也不必担心，罪人会受到惩罚。

（后台传来声音）

摩里支：啊，我可爱的弟弟罗什曼那，你在哪里？救救我，把我从罗刹的魔爪下救出来！悉多啊，你在哪里？来捉金鹿是个错误，你看我多么狼狈！

悉多：听，听啊，罗什曼那，罗摩遇到危难了，要你立即去救他。快，快去救我的夫君。（唱）

你还磨蹭什么？

快快拿起弓箭！

我的夫君在受难，

你要保护我的尊严！

罗什曼那：相信我，莫恐惧，罗摩是不可战胜的。他一定会平安回来，一定会粉碎罗刹的诡计。（唱）

这可能是别人模仿他的声音，

嫂夫人，请安静，别担心。

悉多：你不肯离开这茅棚，是不是？我已经猜透了你的心，你是口蜜腹剑的小人。婆罗多夺去了他的宝座，现在你又想得到我，看来你是出于这个目的才和我们一起出来过流放生活的。你的图谋不会实现的，我要在脖子上坠上重物，跳进水里自尽。

罗什曼那：嫂夫人，我把你视为娘亲，你怎么会说这种话？既然你非让我去不可，我去就是了。不过你要小心，千万别走出我划的圈子。

（罗什曼那下）

悉多：我的话说得太重，罗什曼那心情沉重地走了。（唱）

啊，作为公主，我多不幸，

在这林中苦难重重。

罗摩啊，回到我身边吧，

这小茅棚里我孤苦伶仃。

（罗婆那变化为乞讨者上）

罗婆那：请给点施舍吧，我就在你门前，我遇到了很多麻烦，已经有好几天没吃东西了。①

①［印度］阿舒托士·巴托恰列：《孟加拉：民间文化与文学》，新德里：印度民族图书托拉斯，1997 年版，第 140~142 页。

2. 拉斯里拉

拉斯里拉表现的是少年黑天与牧区姑娘们在一起游戏的故事，而其中最主要的是黑天与牧女罗陀的恋爱故事。这里选取的是黑天和罗陀在一起斗嘴的情节，出自奥里萨邦民间的拉斯里拉，表现少年黑天的机敏善辩。

（在亚穆纳河边，罗陀去见黑天，一见面，罗陀就笑着问）

罗陀：
你长得那么黑，
还对我图谋不轨？
黑天：
你竟然说我黑，
是不是遭了雷？
亚穆纳河黑不黑，
却是圣洁的水。
棕榈黑，可以盖房子；
乌云黑，能够下甘雨。
女人黑，说话很甜蜜。
油灯黑，可以敬神明；
图勒西草黑，可以献祭。
墨水黑，可以写经书；
八哥黑，叫声很甜美。
眼珠黑，让你更传情；
眼眉黑，让你更美丽。
黑豆黑，餐桌上的美食；

黑披巾，却在仙女身上披。
影子黑，却庇护受热的人；
敬神草黑，祖先享用不尽。
你真是遭了雷，
竟然胡说我黑。

3. 世俗性戏剧

在比哈尔邦北部地区，人们在雨季到来之前要表演《贾塔·洁丁》，一方面求雨，一方面自娱自乐。虽带有一定的宗教性，但主要是世俗的。

《贾塔·洁丁》的故事情节很简单：从前有一个名叫贾塔的青年，他和洁丁新婚不久。贾塔养了许多水牛，经常到河边去放牧。洁丁在家里卖牛奶、酥油和奶酪。小两口相亲相爱，日子过得很美满。一天，洁丁因为和公公拌了几句嘴，一生气就回了娘家。贾塔回家不见了洁丁，出来到处找她。

先生，我美丽的洁丁，
苗条得像修竹一样。
先生，我洁白的洁丁，
像月夜里的银光。
薄薄的嘴唇，
细细的牙齿，
一张口，像珠玉闪亮。

因为洁丁长得漂亮，四乡人都议论她的美貌。因此，贾塔认为洁丁还没到娘家就被某个村里的有钱人扣留了。贾塔一路寻找，经过了不少村子，过了好几条河。他到每个有钱人家去打听。

先生，老爷，
快把门打开，
让我找找洁丁……

最后，贾塔一直找到洁丁的娘家。

过去，这个剧的男女主人公都由女子扮演，男人不仅不能参加演出，而且也不许看。女人们在演出和观看这个剧的同时，尽情欢笑和嬉闹，而且还可以指名道姓地嘲笑村里的男人们。

二、民间歌舞

与我们上面介绍的民间歌谣不同，这里要介绍的民间歌舞主要是指舞蹈的伴唱歌词或舞蹈中所表现的故事。许多民间歌舞都有歌词，歌词的内容可以是多样的，有的是一整个故事，有的是史诗故事的片段，有的是表达爱慕的男女对唱，有的是即兴的发挥，等等。

其实，印度现在所谓的古典舞蹈，本来也是出自民间的，其表现内容也是史诗故事，只是这些舞蹈，久而久之被固定下来，被程式化了。例如，流行于安得拉邦的库奇普提舞，原先是村民们跳的，后来在宫廷里演出，受到国王的赏识，便成了宫廷舞，所以现在有人认为它是古典舞，也有人说它是民间舞。再如，喀拉拉邦的卡塔卡利舞被认为是印度四大古典舞蹈之一，但是，它也是产生于民间的舞蹈。这个舞蹈要画脸谱，表现的故事主要来自两大史诗。

在泰米尔纳德邦，一种叫作加瓦迪的舞蹈非常著名。加瓦迪的意思是扁担，所以，加瓦迪舞就是扁担舞。这个舞是朝拜穆鲁格神庙时跳的。穆鲁格就是传说中的战神，就是大神湿婆的长子塞健陀。传说他曾经率领众神的军队消灭了阿修罗，而他的天兵有六个兵营，其中一个兵营就在马杜赖市附近的一座山上。一个名字叫英班度的魔王曾经用扁担将穆鲁格担下山，所以人们为了纪念这件事，就编出了扁担舞来跳。其实，扁担舞应当与生产劳动相关，而把它与神话联系起来，自然会使印度教信徒深信不疑。

在印度的古吉拉特邦，顶罐舞特别受欢迎。这种舞有两种，男人们跳的顶罐舞叫格尔巴，女人们跳的叫格尔比。不管格尔巴还是格尔比，都要顶上陶罐，罐子上部有许多小孔，罐子底部装上油和捻子，通常是在过“九夜节”的时候跳，罐子里点上灯的时候非常好看。印度的九夜节有两个，一个在春天，叫“春九夜节”；一个在秋天，叫“秋九夜节”。到时候，人们不仅要到杜尔迦（难近母）女神庙去跳这个舞，而且还在村里走街串户地跳。相传，就是在这个日子里，女神难近母杀死魔王拯救了众神和人类[①]。所以在跳这个舞蹈时，伴唱的歌词主要是歌颂女神难近母的。

在印度东北阿萨姆邦和邻近地区，流行一种叫作“比忽”的歌舞。比忽本是阿萨姆人的民俗节日，一年中有三个比忽节，而最主要的是春天的比忽节，相当于阿萨姆人的春节，时间从印历正月的最后一天（约在阳历 4 月）开始，有的庆祝达一个月。每逢这个节日，人们都要敬神，还要做许多好吃的，年轻人和孩子们要到老年人跟前致敬，并得到老人们的祝福。但最主要的活动是唱歌跳舞，跳的舞被称为比忽舞。比忽舞的参加者主要是青年男女。尤其是姑娘们，她们边跳边唱：

> 我最喜欢的东西是绸布，
> 我最喜欢的节日是比忽。

男青年通常是为姑娘们敲鼓，但当姑娘们唱起来以后，他们也不

---

① 参见本书第三章第三节，湿婆故事中杜尔迦女神诛杀魔王大小松波的故事，第 70 页。

示弱，往往和姑娘们一起跳，而且唱道：

> 我上哪儿去？
> 叫我怎么办？
> 我怎么能够忘记你？
> 如果叫我忘记你，
> 除非我服毒死去！

他们跳舞狂欢，一直跳到大家筋疲力尽为止。

09

— 第九章 —

印度民间文学研究概述

既然印度民间文学是一个巨大的宝库，印度的民间故事对世界许多地区和国家的民间文学都发生过影响，那么，它很早就受到世界民俗学者的重视，则是情理中的事。这里仅简要介绍三方面的情况。

一、西方的研究

欧洲学界对民族学和民俗学的兴趣开始于 18 世纪中叶。大约 100 年后，西方的民俗学和民间文学研究得到了长足的发展，涌现出一批世界著名的学者和一批重要的学术著作。当时的民俗学研究大体可分五大流派：以爱德华·伯内特·泰勒和詹姆斯·乔治·弗雷泽等人为代表的人类学派，以马克斯·缪勒及其助手乔治·威廉·考克斯为代表的宗教语言学派，以弗洛伊德和容格等为代表的精神分析学派，以 Y.M. 索科洛夫等人为代表的社会学派和以提奥多尔·本费为代表的历史语言学派。

在这五大学派的代表人物中，在印度民间文学收集、整理和研究方面成就最突出的是三个人：缪勒、考克斯和本费。

缪勒主要研究吠陀诗歌，整理出版了《梨俱吠陀》，并提出了“太阳神起源”论，即主张所有吠陀神（不论男女）都起源于太阳神苏利耶。他从宗教学和语言学的角度考察《梨俱吠陀》，认为印欧颂神诗是由于语言变化而产生的；同样的诗歌在不同地方发现，说明这些地方的民族原本属于同一个族系。

考克斯是缪勒的助手和追随者。1870 年，他的代表作《雅利安各民族的神话》（Mythology of Aryan Nations）出版，书中指出：在挪威、意大利、希腊、印度等国流传的民间故事有着根本上的一致性，这说明雅利安民族在分散到欧洲和亚洲各地之前，就已经建立了一个宗教颂神诗的宝库。他对几个希腊神和吠陀神进行比较，证明其同源性。他指出，每一个雅利安民族都有一个庞大的故事宝库，而民族的历史传说、史诗、口头流传的民间故事在这些宝库中得到保存。

本费从印度民间故事中探寻世界民间故事的起源。1859 年，他整理出版了《五卷书》的德文译本。在译本的序言中，他提出，少量的寓言、大量的神话和其他故事是从印度走向世界各地的。他还认为，是旅行者和商人口头把这些故事传播开来，尤其是 10 世纪之后，伊斯兰世界对印度的了解增加了，印度的传奇故事被翻译介绍到波斯和阿拉伯；印度的民间故事被佛教文学利用，并于 1 世纪起就畅行无阻地传入中国；又以同样的方式传入蒙古。他的“印度起源论”虽然经过后世学者们的修正，但这一影响至今存在，人们至少承认有相当一部分故事是起源于印度的。

18 世纪中期，英国人战胜法国人，在东南印度和孟加拉地区取得了支配地位。接着，他们又战败马拉塔人，在整个南印度站稳了脚跟。19 世纪初期，北印度的莫卧儿王朝已经有名无实，只是在苟延残喘而已。英国人全面统治印度的野心即将化为现实。1857~1859 年，英国人终于镇压了印度民族大起义，把全印度划入大英帝国的版图。在这种历史背景下，英国人开始了对印度社会和文化的全面研究，而对印度民间文学的研究则是其中的一个副产品。有一些政府官员和传教士参与了印度民间文学的搜集、整理和注释，也写出了一些研究文章和专著：

詹姆斯·托德上校大约是最早重视并全面搜集印度民俗资料的英国官员。他曾作为使节长驻拉贾斯坦各地。1829 年，他出版了一本书——《拉贾斯坦的古史与古风》(Annals and Antiquities of Rajastan)。

1832 年，传教士威廉·莫顿汇集过孟加拉文和梵文的民间谚语。

1868 年，传教士詹姆斯·龙格搜集的孟加拉谚语集《妙语连珠》(Pravid Mala) 出版，他精通多种印度和欧洲语言，在谚语比较研究和分类方面很有建树。

同年，威廉·维尔森·亨特出版了《孟加拉乡村纪事》(Annal of Rural Bangla) 一书，描绘了桑塔尔人的生活习俗，也介绍了他们的民歌。

1870 年，托马斯·哈尔波特·列文出版了《东南印度的原始部族》(*The Wild Races of Southeastern India*) 一书，介绍了吉大港山区几个尚不为人知的少数民族，如查克芒、鲁沙依、库基等，也介绍了他们的民间传说、童话和谚语。

1872 年，查尔斯·戈沃尔牧师搜集和翻译的民歌集《南印度的民歌》(*Folksongs of Southern India*) 出版。

1879 年，梅沃·斯托克斯的《印度童话》(*Indian Fairy Tales*) 出版。

1884 年，弗洛拉·安妮·斯蒂尔夫人和 R.C. 坦培尔二人合作的《机智故事》(*Wide Awake Stories*) 出版，其中汇集了旁遮普和克什米尔的 43 个故事。10 年后，这本书又以《菩提树讲述的旁遮普故事》(*Tales of the Punjab Told by the Pippul*) 为题再版。

1893 年，威廉·克鲁克的研究著作《北印度的民间宗教与民俗》(*Popular Religion and Folklore of Northern India*) 分两卷出版，被誉为印度民间文化的简明词典，不乏印度民间文学的内容。

进入 20 世纪以后，西方学者对印度民间文学的收集、整理和研究热情依然不减。这里首先要提到的一个人是乔治·格里尔森。他曾在印度孟加拉和比哈尔等地担任殖民官员多年。早在 19 世纪 70 年代，他就开始搜集印度北方流传的传奇长诗，如流传于孟加拉北部农村的《马尼克·昌德拉之歌》，流传于比哈尔的《维杰马尔之歌》《阿尔哈之歌》等，然后于19世纪80年代在皇家亚洲学会的杂志上发表，并写出若干研究文章。到1927年，他的搜集、整理和研究成果斐然，他的11卷本巨著《印度语言调查》（*Linguistic Survey of India*）于1894~1927年陆续出版，其中有不少关于印度民间文学的内容，如他曾举出各地方言中的《败家子的故事》，并与欧洲同类故事做比较。

1908年，传教士斯维纳顿的《旁遮普的浪漫故事》（*Romantic Tales From the Panjab*）出版，搜集者的目的仅仅是为人们提供一个消遣读本。

1909年，P.O.波丁等人翻译的《桑塔尔族地区的民间故事》（*Folklore of the Santhal Paraganas*）出版，其中收有125个故事，并加了注释。

1912年，威廉·麦库洛奇的《孟加拉的家庭故事》（*Bangla Household Tales*）出版。1913年，唐纳德·麦肯齐的《印度的神话和传说》（*Indian Myth and the Legend*）和马格丽特·诺布尔的《印度教和佛教神话》（*Myth of the Hindus and the Buddhists*）也相继出版。学术界对这三本书评价不高，认为它们的作者缺乏民俗学眼光，在翻译中带有随意性。

1940年W.G.阿彻出版了两部书，一部叫《青色园林》（*The Blue Grove*），是乔塔·那格普尔地区土著居民的口头文学作品集，主要是民歌，尽管书中没有附原文，但其英文翻译十分优美。另一部叫《奥昂人谜语集》（*An Oraon Riddle Book*）。1946年，他的《桑塔尔人结婚歌》（*Santal Marriage Songs*）出版。

另一位学者维利埃尔·艾尔温长年生活于印度中央邦和奥里萨邦的土著民族之中，采集了各个民族的大量民间文学作品。1939~1958年间，他出版了不下 15 本书。他于 1944 年出版的《大乔萨罗民间故事》（*Folktales of Mahakoshal*）收有当地土著民族恭达人、拜伽人、阿格里亚人、崩多人、马里亚人等多个民族的民间故事，而且对每个民族的故事都做了考察介绍。他对印度中部地区原住民的研究是全面的，文学只是其中的一个部分。

以上介绍的主要是西方学者对吠陀、史诗和往世书以外的民间文学作品，尤其是当时以口头形式流传作品的搜集、整理、翻译和研究的情形。而西方学者对吠陀、史诗和往世书等的整理、校对、翻译和研究的情况不包括在内。事实上，西方学者在这方面的研究也是很深入的。例如，对两大史诗的研究，英、德、法、美、苏联以及北欧诸国的学者都有建树，在这方面，从季羡林、刘安武先生选编的《印度两大史诗评论汇编》[①] 中可以看出概貌。

20 世纪，西方对印度民间文学的研究虽然没有终止，但印度学者们的研究成果已经越来越突出。

---

① 季羡林、刘安武编：《印度两大史诗评论汇编》，北京：中国社会科学出版社，1984 年。

二、印度的研究

印度学者对本国民间文学的研究具有先天的优势，但起步较晚。最初，他们受到西方学者的启发，开始注意民俗学知识，然后是跟在西方学者的后头进行模仿或参与其中的部分工作。到 20 世纪初期，印度学者开始走上了独立自主的研究道路，而且成就越来越大。

1883 年，拉尔·比哈里·戴出版了他在孟加拉地区搜集的《孟加拉民间故事》(*Folk-Tales of Bengal*)。这是印度人搜集整理并较早出版的一部书。

在 1920 年前后，印度各个邦的民俗学研究出现了一个高潮，出现了一批献身于民俗学事业的学者。如孟加拉的迪奈什·昌德拉·森、比哈尔的沙拉特·昌德拉·罗易、古吉拉特的甲贝尔·昌德拉·梅伽尼、旁遮普的德温德拉·萨提亚尔提、北方印地语地区的拉姆那莱什·特里帕提，等等。

迪奈什·昌德拉·森早在 1917 年就出版了关于国王戈比昌德拉的民间歌谣。后来，他出版了两部有关民间文学的巨著，一是四卷本的《麦门辛赫民歌集》，搜集于麦门辛赫县。其英文译本也分四卷，名为《东孟加拉民谣》(*Eastern Bangla Ballads*)，陆续出版于 1923~1932 年间。

二是他的文集《孟加拉民间文学》(*Folk Literature of Bangla*)，出版于1920年。1939年还出版过关于孟加拉农村妇女的著作。

比哈尔的沙拉特·昌德拉·罗易以律师为职业，但他对民俗学情有独钟，对乔塔·那格普尔县的土著民族多有了解，写过不少关于孟达、桑塔尔、奥朗沃等民族的文章。他于1921年就出版过有关书籍，其中有民歌方面的内容；1925年，出版关于比尔霍尔族的书；1928年出版《奥朗沃：宗教与习俗》(*Oranv: Religion and Customs*)一书，其中有民歌；1936年出版有关奥里萨邦山民布依亚族的书；1937年出版了卡利族民歌和谜语的书。

古吉拉特的甲贝尔·昌德拉·梅伽尼长期从事民间歌谣的搜集整理，他的四卷本民歌集《拉提雅丽之夜》(*Radhiyali Rat*)出版于1925~1942年间，其中包括各种民歌，如季节歌、结婚歌、游戏歌等，应有尽有。1928年，他出版了收有94首结婚歌的《琼德丽》(*Chundri*)。1931年出版了古吉拉特达休人的12个传奇故事。他曾应邀到孟买大学讲演，他的5篇讲演稿发表于1939年。他被认为是“真正意义上的民俗学者”[①]，一生共出版了16部著作，对于印度民间文学理论的建设做出了重要贡献。

拉姆那莱什·特里帕提于1925年在杂志《文艺女神》发表了在苏丹普尔县采集到的两首民歌。到1929年，他在北方邦、比哈尔、古吉拉特、拉贾斯坦、旁遮普和克什米尔等地采集到民歌11000余首，出版了五大卷，总名为《诗的月光》(*Kavita Kaumudi*)。1940年，他的《我们的乡村文学》(*Hamara Gram Sahitya*)出版，其中搜集了各地的民歌、谚语、成语等。1951年，他的三卷本《乡村文学》(*Gram Sahitya*)出版。他主张对民间文学作品进行原汁原味的搜集

---

①[印]特里洛坚·潘德亚:《民间文学研究》，阿拉哈巴德，民光出版社，1978年版，第69页。

和整理，不修饰不删改。在印地语民歌搜集整理方面，他是当之无愧的先驱。

旁遮普的德温德拉·萨提亚尔提是印度著名的民俗学家。他早年受印度民族独立运动的感召，以极大的爱国热情开始从事印度民间文学的搜集整理工作。他在全国各地奔走，到 1945 年，搜集到的民歌已达 30 万首。这些民歌在 1936~1952 年间分 10 卷出版，其中有印地语 4 卷、旁遮普语 3 卷、乌尔都语 2 卷和英语 1 卷。他在第一卷《大地在歌唱》（*Dharti Gati Hai*）的序言中指出了印度民间文学的多样性：多民族、多语言、多体裁、多风格；也指出了印度民间文学的统一性：同一片土地、同样的爱国心、同样的文化氛围①。这一“多样统一”的提法在今天仍然具有现实意义。

20 世纪 40 年代以后，印度各地建立了一批民俗学研究组织，它们也出版书籍。一些大学也开设相关课程。学者们开始在各个地区从事民间文学的采集、整理和研究。例如，布罗杰语文学团体成立于 1940 年，在布罗杰语地区搜集了大量民间长诗、民歌、民间故事等；1944 年，提格姆加尔民俗学会成立，主要搜集民间口头文学作品；1946 年，在比加普尔成立了拉贾斯坦文化研究所；1952 年，在贝拿勒斯成立了印地部落民研究会；1957 年，在加尔各答成立了印度民俗学研究会；1958 年，在阿拉哈巴德成立了印度民间文化研究中心，等等。

印度独立以后，学者们继续发扬前人的精神，不断将印度民间文学研究推向深入。这中间，有以下学者具有代表意义：奥里萨的昆贾·比哈里·达斯、比哈尔的加奈士·乔贝、马哈拉施特拉邦的杜尔

①［印］德温德拉·萨提亚尔提：《大地在歌唱·序言》，贝拿勒斯（今瓦拉纳西），1948 年版，第 5 页。

加·巴格万、孟加拉的阿舒托西·巴塔查里亚、阿萨姆的维兰奇·库马尔·巴鲁阿、北方邦的萨提炎德拉和克里希那德瓦、中央邦的克里希那南德·古普塔和西瓦萨哈耶·查图维迪、拉贾斯坦邦的苏里亚卡兰和那罗顿·达斯·斯瓦米、古吉拉特邦的那马达·香卡尔·梅赫塔、喀拉拉邦的 S.K. 那亚尔、安得拉邦的马利卡尔琼·拉奥和拉马拉朱、卡纳塔克邦的 B.R. 班德雷、泰米尔纳杜的斯瓦米那特·阿亚尔，等等。

独立后的前 20 年，印度大学在社会学系和文学系开设有关课程，讲授有关知识，有的大学还设立了相应的硕士和博士学位，只是数量很小。在这方面，孟加拉走在最前面，加尔各答大学于 1938 年就有了博士课程，1948 年有了印地语的民俗学博士。

20 世纪 70 年代，有的大学设立了专门的民俗学系，如阿萨姆的高哈蒂大学、古吉拉特的索拉施特拉大学等。

印度独立后，比较文学日益受到重视。1956 年，加尔各答的贾达瓦普尔大学首先设立比较文学系。1961 年，该系出版第一份比较文学杂志。20 世纪 80 年代以后，印度的比较文学研究发展很快，而且在走印度自己的路。其中一个很突出的特点是在比较文学系设立印度民间文学课程，把本国的民间文学研究与比较文学研究结合起来。

这一时期还出现了一些民俗学杂志和一些刊登民俗学内容的杂志。

总之，印度学者对印度民间文学的研究起步虽晚于西方学者，但经过近百年的努力，目前已经取得了巨大的成就，可以说是学者如云，著作如山，已经很难作详细介绍了。我们这里重点介绍的是老一辈的学者和他们的著作，因为他们是印度民间文学研究的开创者、奠基者和领路人，他们做了最艰苦的工作，他们的著作也为后人的研究打下了坚实的基础。

这里需要说明的是，我们以上介绍的印度民间文学研究状况仅仅局限于对民间口头文学的采集、整理、翻译和研究，并不包括对吠陀、史诗、往世书等的研究。尽管这些古老的文献并没有失去民间性特征，但它们都早就被编定并落实为文字了。所以，对它们的研究主要不是当前民俗学家的任务，而主要是文学评论家和文学史家的任务。关于印度学者研究印度两大史诗的大体情况和主要观点，可参见季羡林、刘安武先生选编的《印度两大史诗评论汇编》一书。

三、中国的研究

中国学者对民俗学的研究开始较晚，大体上开始于新文学运动之后。而对印度民间文学的研究，则开始得更晚，大体上开始于20世纪20年代。这里分1949年以前和1949年以后两个时期，着重介绍几位成就突出的学者和他们的有关著作。

1. 1949年以前的翻译介绍和研究

在20世纪20年代，当西方学者和印度学者已经对印度民间文学研究做出重要贡献的时候，一些中国学者也注意到了他们的一些研究成果。例如，杨成志、钟敬文先生就翻译过《印欧民间故事型式表》，1928年由中山大学民俗学会小丛书出版发行[①]。钟先生在同年同一丛书出版的《民间文艺丛话》中，收有一篇《中国印欧民间故事之相似》。此文写于1928年2月5日，文中开头即指出了西方学者在民间故事研究中关于相同故事起源的6种理论：1. 偶然说；2. 假借说；3. 印度发源说；4. 历史说；5. 雅利安种说；6. 心理说。他

① 该丛书于2004年被黑龙江人民出版社重新出版，收录于叶春生主编的《典藏民俗学丛书》中。

比较赞同最后一种观点[①]，但并不否认“印欧民间故事”这样的提法，而且他拿中国的民间故事与之比较。同一丛书同年还出版了杨成志先生的《民俗学问题格》，他在书中根据民俗研究的需要提出了许多问题，并没有提到印度民间故事，也没有“印欧民间故事”的字样，但却附了许多插图，其中就有若干幅是有关印度的[②]。这说明了杨先生对西方人研究的特别关注。

中国学者对印度民间文学的研究实际上也开始于20世纪的20～30年代。当时，鲁迅、胡适等著名学者都对印度文学予以关注。尤其是鲁迅先生，曾出资刻印《百喻经》，还写了题记，将印度寓言之丰富比之“大林深泉”，认为“他国艺文往往蒙其影响”。

我们这里要着重介绍的是两个人，即许地山和郑振铎先生。

许地山先生于1917~1923年在燕京大学期间，曾主持座谈会，特邀徐志摩介绍泰戈尔生平，也曾研习佛经与梵文。他于1923年8月赴美，在哥伦比亚大学研究宗教史及宗教比较学，9月转入牛津大学研究宗教史、印度哲学、梵文等。1926年回国途中到印度瓦拉纳西印度教大学研究梵文及佛学，并拜访泰戈尔。1927~1934年在燕京大学任教，并在北大、清华等校讲授印度哲学等课程。其间，1933年3月他再度赴印，自费研究宗教和梵文4个月，回国前访问了孟买、果阿、马德拉斯等地。从他的这些经历可以看出，他对印度和印度学有着特殊的兴趣。

季羡林先生说过：“小说家和梵文学者许地山对印度文学有特殊的爱好。他创作的许多小说取材于印度神话和寓言，有浓重的印度气

① 该丛书于2004年被黑龙江人民出版社重新出版，收录于叶春生主编的《典藏民俗学丛书》中，第275页。

② 同①，第445、470、477、488页。笔者按：第445页的“缅甸安达曼岛”即今印度的安达曼群岛。

息。他根据英文翻译过一些印度神话，像《太阳底下降》和《二十夜问》等。他也曾研究过印度文学对于中国文学，特别是中国戏剧的影响……他还写过一部书，叫作《印度文学》。篇幅虽然不算长，但是比较全面地讲印度文学的书在中国这恐怕还是第一部。”①

地山先生最主要的译著是三本书：《孟加拉民间故事》②、《二十夜问》③和《太阳底下降》④。这三本书都是印度故事集，篇幅都不算大，但它们都是首次被介绍到中国来。所以，我们应当肯定地山先生的开创之功。

地山先生的《孟加拉民间故事·译叙》写于1928年6月6日，也就是说，此书大约在此前不久译出。《译叙》中谈到此书所依据的底本是1912年麦克米伦公司出版的*Folk-Tales of Bengal*，作者为Lal Behari Day（即由他采集并翻译为英文），最初出版于1883年。其中收有22个故事。地山先生说，他翻译这本书的主要动机“是因为我对‘民俗学’（Folk–Lore）底研究很有兴趣，每觉得中国有许多民间故事是从印度辗转流入底，多译些印度底故事，对于研究中国民俗学定很有帮助”。接着，他用很大的篇幅来谈民俗学和民间故事。他根据西方民俗学者的意见，认为民间故事是研究民俗学的重要材料；口传文学包括四项：故事、歌谣、格言（谚语）和谜语；故事又分为“认真说的故事”和“游戏说的故事”；认真说的故事包括神话（解释的故事）和传说（叙述的故事）；游戏说的故事包括民间故事、神仙故事、童话和寓言等。他画了一张表来阐释这些概念之间的关系，并辅以英文，

---

① 季羡林：《印度文学在中国》，《中印文化关系史论文集》，第132页，北京：三联书店，1982年版。

② 许地山译：《孟加拉民间故事》，北京：商务印书馆出版，1956年版。

③ 许地山译：《二十夜问》，北京：作家出版社，1955年版。

④ 许地山译：《太阳底下降》，北京：作家出版社，1956年版。

详细而准确地解释了这些概念。

1930 年，商务印书馆出版了他的《印度文学》。这虽是个小册子，现在看来也比较简陋，但它毕竟是首次向中国人介绍印度文学的概貌，当然，其中也包括印度民间文学的内容。

1935 年，地山先生翻译了印度神话故事《二十夜问》和《太阳底下降》。当年发表于《文学》月刊，20 世纪 50 年代由作家出版社正式出版。他在《二十夜问》的《小引》中说，这个译本依据的是英文译本，梵文本未见，即使是英文译本已不易得。英文本的名字叫 *A Digit of the Moon*，选自 F.W. Bain 的 *The Indian Stories* 第 1 卷。《小引》中，地山先生还简要地介绍了印度古代搅乳海的神话。而更重要的是，他说："印度文学也和她底建筑一样，从头到尾虽是一整个，但各部分是独立底。各相连底部分都是同样的模型，使人感到层层叠叠，无穷无尽的结构。又因故事还没离开诗歌底格调，为保持文体上底节律，所以各故事底引结，都没有多少变更。在书册难得底时代，这是很必要的，因为人要记诵才能讲出来。印度民间故事都有这样的体裁。"这段话之所以重要，在于地山先生第一次指出了印度民间故事的一个十分突出的结构特征，而这一特征对世界文学产生了广泛的影响。

郑振铎先生（笔名西谛）在中国文学史上占有重要位置。他对于中国俗文学的研究成就卓著，这集中体现于他的《中国俗文学史》一书中。该书近 50 万字，开始撰写于 1933 年，1938 年由长沙商务印书馆出版；又于 1954 年由作家出版社再版；1984 年由上海书店影印；1996 年由东方出版社重印；1998 年由商务印书馆重印；同年又被山花出版社收入《郑振铎全集》；而台湾商务印书馆到 20 世纪 80 年代止已至少再版 7 次。"从郑振铎 1926 年为他选编的第一部俗文学选集《白雪遗音选》（古代民歌选）写的序为起点，到 1958 年 10 月 16 日（他遇难前的两天）的绝笔之作——为他主编的《古本戏剧丛刊》第四集所写的序——为终点，在他的全部文学生涯中，据不完全统计，共写关于俗文学的文论约 122 篇”[①]。

西谛先生很早就与印度文学结下不解之缘，他于 1921 年就在《小说月报》上翻译发表印度大诗人泰戈尔的诗，1922 年出版了泰戈尔的《飞鸟集》，1923 年又出版了《新月集》。新中国成立后，他曾兼任中印友好协会理事，还曾两次率团访问印度，写过许多有关中印文化交流的文章。对印度民间文学，西谛先生也给予了特别的关注。这里举几个具体的例子。

在《民间故事的巧合与转变》一文中，他介绍了欧洲 19 世纪以来对民间文学研究的几个发展阶段和代表性理论，如“比较神话学派”的“印度发源说”“阿利安来源说”和“印度故事转变说”，以及人类学派的“必然巧合说”等。[②]说明他对西方一个多世纪以来的民间文学研究理论十分了解。

他写过一篇《榨牛奶的女郎》，其中说道：“印度的巨大故事集《故事海》中,《魔鬼的二十五故事》《鹦鹉的七十二故事》《五经书》中，也都有极可笑的愚蠢人的笑话在着。”[③]说明他对印度民间文学概况的了解。

在《中山狼故事之变异》一文中，他指出，“中山狼的故事，有马中锡的《中山狼传》、康海的《中山狼杂剧》、王九思的《中山狼院本》。但在印度、高丽各处，也有与此大同小异的民间传说[④]”。文中，他用印度故事与中国故事进行了比较。

他还特别谈到印度文学通过佛教影响了中国文学，如唐代变文。

---

①郑尔康：《郑振铎说俗文学 · 前言》，上海：上海古籍出版社，2000 年版，第 7 页。

②郑振铎：《郑振铎文集》，北京：人民文学出版社，1988 年版，第六卷 255 页。

③同②，第 261 页。

④《郑振铎文集》第六卷，北京：人民文学出版社，1988 年版，第 263 页。

他说："变文之渊源，不能不求之于印度。彼邦重要佛教经典，如《佛本生经》(Jataka)，如《本生鬘论》(Jataka-mala)皆由韵散联合组成。"[①]他还批判了那种一切作品都是国货的"国粹"派观点，认为中国古代俗文学也受到印度的影响。他说："我们重要的民间文学，如弹词，佛曲和鼓词，也都是受印度影响而发生的。"[②]

除了地山先生和西谛先生，1949 年之前，还有一些人也曾在不同场合、不同著作中论及印度民间文学的问题，只是比较零散，这里不再介绍。

2.1949 年之后的翻译介绍和研究

1949 年中华人民共和国成立，1950 年印度同中国建交。整个 50 年代，中印关系出现了一个黄金时期。中国对印度文学的介绍和研究也随之出现了一个高潮。在对印度民间文学的介绍和研究方面，也出现了一个高潮。之后是约 20 年的沉寂，到中国改革开放以后才出现第二个高潮。

在这两个高潮中，中国出版了许多翻译或编译的印度神话集、民间故事集，这里无法一一列出，而只能以人为纲，重点介绍几位成就突出的学者和他们的主要著作。

在这两个高潮当中，季羡林先生始终是中国介绍和研究印度民间文学的第一人。其实，季先生在中华人民共和国成立前就有不少涉及印度民间文学的论文。下面列出的是收在《比较文学与民间文学》一书中主要的几篇：

---

①《郑振铎文集》第六卷，北京：人民文学出版社，1988 年版，第 245 页。文中，"鬘"应为"鬘"，当为排版致误。

②《郑振铎文集》第六卷，北京：人民文学出版社，1988 年版，第 288 页。

《印度寓言自序》，作于1941年底，是先生为自己编译的《印度寓言》写的序言。而《印度寓言》则是“在巴利文《佛本生经》里和梵文《五卷书》里选择最有趣的故事，再加上一点自己的幻想，用中文写出来，给中国的孩子们看[①]”。

《一个故事的演变》，作于1946年底，以《五卷书》中的寓言故事同中国故事比较。

《梵文〈五卷书〉：一部征服了世界的寓言童话集》，作于1946年底，详细介绍了《五卷书》在世界各地流传的情况，尤其是对不同年代、不同语言译本的介绍，简直令人眼花缭乱，说《五卷书》“征服了世界”实不为过。

《从比较文学的观点上看寓言和童话》写于1947年10月初，把印度的故事和中国的故事、希腊的故事做比较，认为“印度可以说是有产生故事的最好条件”。

此外尚有《柳宗元〈黔之驴〉材料来源考》（1947年10月）、《“猫名”寓言的演变》（1948年3月）、《〈列子〉与佛典》（1948年12月）、《三国两晋南北朝正史与印度传说》（1949年2月）等，都利用印度民间故事做了比较研究。

20世纪50年代，季先生写过《印度文学在中国》（1958年1月）和《印度寓言和童话的世界“旅行”》（1959年2月）等重要文章。而更重要的是，在此期间，他翻译自梵文的《五卷书》出版了[②]。该书的出版对于中国学者研究印度民间文学有着重要帮助。20年之后，当出版社要再版此书时，季先生又专门写了一个相当长的《再版后记》（1979年12月），论述了《五卷书》的产生背景、印度古代文艺发展的

① 季羡林：《比较文学与民间文学》，北京：北京大学出版社，1991年版，第7页。

② 季羡林译：《五卷书》，北京：人民文学出版社，1959年版，1981年再版。

道路、《五卷书》的语言、《五卷书》的内容及其结构特点。

粉碎“四人帮”之后，他于1978年写了《〈西游记〉里面的印度成分》，1981年写了《新疆与比较文学的研究》等文章，还为一些有关印度民间文学的翻译作品写序。这一时期，他翻译的印度史诗《罗摩衍那》自1980年陆续由人民文学出版社出版，到1984年出齐，共8卷。这是一项了不起的工程，对于我国印度民间文学的研究产生了重大影响。同时，他还出版了专著《罗摩衍那初探》[①]。

季羡林先生还和刘安武先生合编了《印度两大史诗评论汇编》，这部书节选了印度、德国、苏联、美国、法国和英国12位著名学者研究两大史诗的精彩论述，对于了解两大史诗和国外的研究状况很有帮助。

这里还应提到季先生主编的《印度古代文学史》[②]。此书是我国6名学者的工作成果，其中包括了许多印度民间文学的内容。

金克木先生在印度民间文学介绍和研究方面也有突出成就。这主要体现于他的《梵语文学史》[③]当中。这是中国第一部系统、翔实的印度古代文学史，虽然仅限于梵语。书中，详细准确地介绍和分析了吠陀文学作品中的主要部分，尤其是最早的《梨俱吠陀》；详细准确地介绍和分析了两大史诗的主要内容，包括其中的重要插话；详细准确地介绍和分析了往世书的主要内容；详细准确地介绍和分析了《五卷书》《僵尸鬼故事二十五则》《宝座故事三十二则》《鹦鹉故事七十则》的主要内容；详细准确地介绍和分析了《故事海》的主要内容。金先生以他丰富的学识，不时地与中国文学相联系，不时地与汉译佛经做比较，有许多结论都十分精辟。可以说，这部书大大超过了前人的介

---

① 季羡林：《罗摩衍那初探》，北京：外国文学出版社，1979年版。

② 季羡林：《印度古代文学史》，北京：北京大学出版社，1991年版。

③ 金克木：《梵语文学史》，北京：人民文学出版社，1964年版，1980年修订重印。

绍和研究，到目前为止仍然是学习印度古代文学的必读书，也是研究印度民间文学的必读书。

金先生还带领三位弟子，赵国华、郭良鋆、席必庄，联合翻译了《摩诃婆罗多插话选》[①]。该书分上下两卷，共收入15个精彩插话。书前有金先生的《译本序》，文中加有注解。由于是对原文的忠实翻译，所以该书为印度民间文学研究者提供了可靠的资料。

金先生还与赵国华、席必庄联手，翻译了《摩诃婆罗多》第一卷《初篇》[②]。这预示着一项浩大工程的开始。不幸的是，主力赵国华先生于1991年去世，未见到第一卷的出版，余下的工作也无法进行。好在这项工作还有其他人在继续，并很快就完成了。

刘安武先生也对印度民间文学的研究做出了重要贡献。他作为北大的资深教授，著作等身。前文已经提到他和季羡林先生合编的《印度两大史诗评论汇编》一书，而他对印度民间文学的研究成果，则主要体现于他的四部专著当中，这三部书是：

（1）《印度印地语文学史》[③]，对一些早期印地语长篇叙事诗如《地王颂》《赫米尔王颂》《苏尔诗海》《罗摩功行录》和《莲花公主传》等做了详细介绍和评论，而这些作品无疑都具有民间性特征。

（2）《印度两大史诗研究》[④]，从多个角度考察了印度两大史诗的思想性和艺术性，在谈到两大史诗对后世的影响时，发表了关于印度神话产生和发达的精辟论断。

（3）《印度文学和中国文学比较研究》[⑤]，大量运用印度民间文学的

---

① 金克木编选：《摩诃婆罗多插画选》，北京：人民文学出版社，1987年版。

② 金克木等译：《摩诃婆罗多》第一卷《初篇》，北京：中国社会科学出版社，1993年版。

③ 刘安武：《印度印地语文学史》，北京：人民文学出版社，1987年版。

④ 刘安武：《印度两大史诗研究》，北京：北京大学出版社，2001年版。

⑤ 刘安武：《印度文学和中国文学比较研究》，北京：中国国际广播出版社，2005年版。

材料同中国的文学作品比较。如《失妻救妻——〈西游记〉中微型罗摩故事》一章，指出了《西游记》第六十八至七十一回的故事与《罗摩衍那》主干故事的相似性，很有创见。

黄宝生、郭良鋆先生对中国印度民间文学研究也贡献良多。他们合译的《佛本生故事选》[①]中共收有154个故事，是直接从巴利文翻译出来的。我们知道，古代汉译佛经中有许多佛本生故事，但这一次介绍的故事数量却超过了汉译佛经中的本生故事数量，对于印度民间文学研究和比较文学研究极有补益。在季羡林先生主编的《印度古代文学史》中，二位撰写了梵文、巴利文文学的绝大部分。可以说，他们在金克木先生《梵语文学史》的基础上又前进了一步。2001年，他们和蒋忠新先生合译的《故事海选》由人民文学出版社出版，尽管不是全本，但也是中国译介印度民间文学工作中的一件大事，其中有些作品都是第一次同中国读者见面。更重要的是，他们还参与了史诗《摩诃婆罗多》的翻译工作。1996年起，黄宝生先生开始主持《摩诃婆罗多》的翻译工作，经过六位学者近十年的努力，这部巨著的汉译本终于2005年12月出版。同时出版的还有他的《〈摩诃婆罗多〉导读》。《导读》与其说是一部阅读这部史诗的入门书，不如说是一部学术性很强的研究著作。因为，对于《摩诃婆罗多》这样的书，仅仅理清其头绪和结构就不是一件容易事，更何况还要对其中的人物、故事、文化背景做出说明和分析。

王树英先生几乎是我国目前唯一一位专门从事印度民俗学研究的学者。早在1982年，他和刘国楠先生合作编著的《印度各邦历史文化》由中国社会科学出版社出版，其中就有印度各地民风民情的介绍。他的《印度文化与民俗》《宗教与印度社会》都是研究印度民俗学的专著。

---

①郭良鋆、黄宝生译：《佛本生故事选》，北京：人民文学出版社，1985年版。

他以自己在印度的亲身经历和社会调查为基础，对印度的民俗文化进行了深入研究。他和石怀真、张光璘、刘国楠合作编译的《印度民间故事》是一部较大型的印度民间故事集，收有故事 174 则。他和雷东平、张光璘先生合作编译的《印度神话传说》出版于 1987 年。

此外，中国还有一些民俗、民族学者，他们不是专门研究印度学的，但他们对中国的民间文学十分了解，也曾撰写出与印度民间文学有关的精彩论文，其中最突出的是刘守华先生。还有许多人，也都翻译、研究过印度民间文学，这里只介绍一个概况，很难全部列出。总的来看，在中国改革开放以后，中国学者对印度民间文学的介绍和研究都出现了空前繁荣的局面。

附录

一、罗摩的故事

在印度的远古时期，有一个甘蔗族。甘蔗族的祖先是太阳神，因而又称为太阳族。太阳族中有一个名叫十车的国王，他统治着喜马拉雅山以南的一片美丽富饶的国土。这个国家叫拘萨罗，首都是阿逾陀城。

十车王的文治武功远近闻名。他有八个大臣，也都很贤能，他们辅佐十车王把国家治理得井井有条，百姓们安居乐业。十车王有三个美丽的王后，但她们谁都没有为国王生下一儿半女。十车王眼看就要老了，他面对自己创下的丰功伟业，深深为没有一个继承人而忧虑。一天，他召集起满朝文武，宣布要举行一次盛大的祭典。他认为，通过这祭神大典也许会赢得天神的喜欢，赐给他一个儿子。

祭坛上的圣火熊熊地燃烧着，祭司们三天三夜不停地念诵着颂神的经文。由于祭典非常盛大隆重，十车王又非常虔诚，天上的诸神真的被感动了。诸神来到大梵天跟前，请求他赐子给十车王。当时正巧有个罗刹的首领罗婆那在人间作怪，他统治着楞伽岛，搅得三界不得安宁，需要有天神下凡去制服并除掉他。于是梵天请求大神毗湿奴下凡，投生到十车王家。毗湿奴以保护世界为己任，欣然同意下凡救世。

他拿着一个金质的器皿在祭坛的圣火中出现，把它交给十车王，说："国王啊，你的虔诚打动了众神。你把这器皿中的牛奶粥拿去分给王后们喝，她们喝下去之后，你就会有儿子了。"大神说完就消失了。

十车王非常高兴，他把大神赐的牛奶粥分给三个王后喝了。后来，三个王后果然怀孕分娩，一共生下四个儿子。大王后乔萨丽雅生的儿子取名罗摩，二王后吉迦伊生的儿子取名婆罗多，三王后萝密多罗生下双胞胎，取名为罗什曼那和沙多卢那。

光阴飞逝。四个王子成长很顺利，个个结实英武，而其中罗摩尤为突出。王子们从小受到了优良的教育，学过经典，学会了治理国家和领兵打仗，而且个个武艺超群。

有一天，婆罗门修行者众友仙人来到阿逾陀城，走进王宫。十车王得到报告，听说大仙亲自来访，连忙离开宝座率群臣出迎。十车王说："大仙的光临使我们喜出望外，大仙有什么要求就请讲，我一定满足修行者的愿望。"

众友仙人说："近来，有两个罗刹奉罗刹王罗婆那的命令来到我的净修林，他们胡作非为，破坏我的修行。你的儿子罗摩已经长大，我想带他到净修林去保护我的修行。"

十车王万万没有想到，众友仙人会提出这样的要求。他非常爱长子罗摩，怕他对付不了那两个罗刹反被罗刹伤害，但他答应了众友仙人的诺言又不能反悔，只得忍痛让罗摩跟众友仙人去了。三王子罗什曼那非常喜爱和崇敬长兄罗摩，终日不离其左右，这次，他也执意要与罗摩同行，十车王只好同意。

罗摩和罗什曼那跟着众友仙人来到了净修林，兄弟俩根据众友仙人的要求，杀死了那两个扰乱净修林的罗刹。众友仙人对他们的勇敢很满意，森林中居住的修行隐士们也都非常感谢罗摩兄弟为他们除了害。一天，众友仙人对两位王子说："我听说弥提罗城的国王遮那加要举行一次祭神大典，许多人都赶到了那里，我想带你们去。听说遮那加王有一张大神湿婆的神弓，多少年来一直没有人能拉开，许多英雄都试过，谁也没有成功。”

罗摩听说有这样一张弓，十分兴奋，很想去试试。于是，众友仙人带着两位王子坐上车子向弥提罗进发了。当他们抵达弥提罗城的时候，国王遮那加已经接到消息，得知举世闻名的大仙前来，并且带了两个英俊的武士，便立即带领群臣到城门恭候。国王将众友一行迎进王宫，热情款待。

众友仙人祝福过国王之后，便说明了来意："听说大王要在这里举行盛大的祭神大典，我便带着十车王之子罗摩和罗什曼那前来了，我们想参加大典，同时也想见识一下湿婆神弓。"众友仙人还介绍了罗摩的品德才能及其诛杀罗刹的英勇事迹，这使遮那加王和大臣们惊奇不已。

遮那加王介绍了湿婆神弓的来历，说那是大神湿婆当年的武器，因众神曾经得罪湿婆，湿婆盛怒之下要用神弓来射杀众神。众神知道神弓的威力，纷纷赔罪，并请求湿婆把弓放到人间，免得众神看见它就胆战心惊。湿婆就把神弓放在了弥提罗，成为弥提罗的镇国之宝。遮那加还说："我在这里当国王已经许多年了，可是天神没有赐给我后代。我选择了一块地方要举行祭祀祈求天神赐子，当我翻耕那块地时，犁沟中突然出现了一个女孩。她就是大地女神地母赐给我的女儿，名叫悉多。我非常高兴，并且对天神发誓说，只有那能够把湿婆神弓拉开的人才能成为悉多的丈夫。后来，许多有名望的国王和王子都来到这里求婚，因为他们都知道悉多的美貌和贤惠。但他们谁都拉不开这张神弓，所以他们雄心勃勃地来了，又都灰心丧气地走了。不久，这些国王和王子以为我愚弄了他们，便纠集在一起前来围攻弥提罗城，幸亏有天神的帮助我才免遭劫难。现在，既然英勇的十车王之子来到这里，我当然高兴展示一下神弓。”说罢，遮那加王命人去取神弓。五千名壮士拉着沉重的大车，车上装着一个巨大的铁箱，铁箱里装着湿婆神弓。

当壮士们将大铁箱搬下来时，遮那加王说：“看吧，这就是大神湿婆的神弓。如果英勇的罗摩能够拉开神弓，那么美丽的悉多就将成为他的妻子。”

众友仙人说：“好，一言为定。”他向罗摩示意，罗摩便打开铁箱，用一只手便把神弓举了起来。只见他从容地把弦装好，抬起手臂用力一拉，一声山崩地裂般的巨响，神弓被折为两段。在场的人们被惊得目瞪口呆，有的甚至趴到了地上。

过了半天，遮那加王才说出话来：“伟大的圣者啊，你带来的罗摩使这里出现了奇迹。罗摩的神力简直不可思议。现在，我总算找到了一个称心如意的女婿，我女儿悉多也总算可以出嫁了。请让我派使者飞报十车王，把这里的一切都告诉他，并请他尽快到弥提罗来。”

弥提罗国的使者驾着马车飞驰了三天三夜。使者在阿逾陀城把消息全部报告给了十车王。十车王得到罗摩的消息非常高兴，立即命人打点礼品和准备车辆。第二天，十车王便带着王后及另外两个王子同众大臣陪伴着，坐着华丽的车子，浩浩荡荡向弥提罗进发了。

十车王到了弥提罗城，受到了遮那加王的热情款待。双方都为这次结亲而感到高兴。当年，遮那加王在得到悉多后又添了一个女儿，另外他弟弟也有两个女儿，这三个女孩都生得貌似天仙，人品非凡。在众友仙人的建议下，遮那加王将这三个女孩分别许配给十车王的三个王子。这样，四对新人的婚礼就在弥提罗隆重地举行了。婚礼过后的第二天，众友仙人独自返回了自己的净修林，十车王也准备回国了。

当十车王一行返回阿逾陀城的时候，城中百姓全部出动，他们热烈欢呼，高声赞美国王和他的家族，祝福王子们的新婚。阿逾陀城被打扫得干干净净，到处都装饰了彩旗和鲜花，人们唱歌跳舞，热热闹闹地庆祝了一番。

有一天，婆罗多王子的舅舅派人带信来，说是要外甥们到他那个国家去住上一些时日。十车王召见了婆罗多和沙多卢那，打发他兄弟二人到舅舅那里去，留下罗摩和罗什曼那在王宫帮助他处理政务。这时，十车王已经感到年迈体弱，需要尽早立下太子。他召集众大臣商量，大臣们一致认为长子罗摩是一个十全十美的人，应当太子。于是，十车王宣布了自己立罗摩为太子的决定，这受到百姓们的一致拥护。但是，二王后吉迦伊的侍女曼多罗听到这个消息后却很不高兴。她是吉迦伊小时候的伙伴，一直跟随吉迦伊。她为人不善，又是个驼背，因此人们称她驼背女。驼背女曼多罗得到罗摩将登基为王的消息，立即跑去找吉迦伊，说："糊涂的王后啊，灾难就要降临了，你还在这里睡大觉！"

吉迦伊忙问："发生了什么事？你为什么要这样惊慌？"

曼多罗说："十车王已经决定让罗摩继承王位了。他把婆罗多打发走了，这是别有用心。"

吉迦伊笑了，说："曼多罗，你带来的消息很好。罗摩如同我亲生的儿子，他继承王位有什么不好？"

曼多罗说："难道你还没有看出来？罗摩当了国王，乔萨丽雅就是太后。婆罗多当不上国王，你也得去伺候乔萨丽雅。罗摩将来会把婆罗多赶出国，因为他是罗摩的竞争对手。"

吉迦伊经不起驼背女的再三蛊惑，终于动了心："依你看，怎么才能阻止罗摩当国王？"

驼背女说："你记得吧？从前国王曾经同敌人作战，他受了重伤，是你把他救回来又治好了他的伤。当时他非常感激你，许诺要满足你两个愿望。但你没有提出。现在是时候了，你要设法提醒他，使他记起自己的诺言。你提出，让婆罗多继承王位，并把罗摩放逐到森林里去。”

吉迦伊听信了驼背女的话。就在十车王准备为罗摩举行继位仪式的时候，吉迦伊寻找机会向国王提出了自己的两个愿望。十车王一听，当即晕了过去，他又气愤又悲痛，万万没有想到自己心爱的王后会提出这样邪恶的要求。当他清醒过来以后，愤怒地谴责了吉迦伊。但是吉迦伊一时鬼迷心窍，坚持要求国王履行诺言。她甚至用服毒自杀来威胁国王，说国王如果不遵守诺言，不把罗摩赶走，她就一死了之。十车王虽百般劝说，吉迦伊仍固执己见。最后，衰老的国王再次晕倒在地。

另一边，大典的一切事宜都已准备就绪，但国王还没有出来。人们在焦急地等待着，这时，吉迦伊传下话来，说十车王太劳累，想先见见罗摩。

罗摩来见父王，见父王满面愁容、精神不振，十分诧异。他生怕自己有什么过失惹父王不高兴，便向吉迦伊询问原因。吉迦伊便把自己向国王提了两个愿望的事向罗摩说了一遍。罗摩听了吉迦伊的一番叙述，心地坦然地表示，为了父王的健康，为了吉迦伊母后的欢喜，他可以赴汤蹈火。他愿意到森林里去过流放生活，过多少年都可以。听了罗摩的保证，吉迦伊心花怒放，十车王却放声痛哭起来，哭着哭着又失去了知觉。

罗摩为免除父王的苦痛，决定立即动身到森林中去。他向失去知觉的父王行过礼便走出了吉迦伊的住处。他又在罗什曼那的陪同下来到母后乔萨丽雅的住处。乔萨丽雅听到消息，悲痛欲绝。罗什曼那非常气愤，他认为父王糊涂，被吉迦伊所迷惑，现在罗摩应当立即登基为王，如果婆罗多胆敢反对，他将毫不留情。罗摩安慰了母后，又说服了罗什曼那，便去见妻子悉多。罗摩本打算与悉多道别，让她很好地照顾年迈的父王和母后，可悉多却坚决地表示要与丈夫在一起同甘共苦。罗什曼那也要与兄长在一起，甘愿随罗摩到森林里过流放生活。

罗摩和悉多都脱去了华贵的服饰，换上了隐居者穿的树皮衣，准备同罗什曼那一起上路了。这时百姓们都聚集来了，要为王子送行。十车王和乔萨丽雅也赶来送行。他们依依惜别，以十分沉痛的心情望着罗摩等人远去的车子。

十车王忍受不了与爱子罗摩诀别的悲伤，终于在罗摩走后的第六天夜里去世了。消息传出，阿逾陀城里一片哀悼。人们忙着派使者到婆罗多的舅舅那里去请回婆罗多。

婆罗多回到阿逾陀城以后，很快就知道了所发生的一切。他首先谴责母亲，说她为了自私的欲望害了父王，也害了他所敬爱的长兄罗摩。他在大臣们的催促下首先为十车王举行了火葬仪式，然后就决定立即动身去寻找罗摩。他带领了一支庞大的军队向罗摩的流放地出发，逢山开路，遇水搭桥，经过长时间的艰苦跋涉，终于追赶上了罗摩。

这天中午，罗摩和悉多刚刚吃过午饭，正坐在火堆旁休息。只见远处烟尘滚滚，喧哗声越来越近。罗摩赶紧把罗什曼那叫来，让他去看看究竟发生了什么事。罗什曼那走到前边，爬到一棵大树上瞭望。他清楚地看到了一支军队正向这边席卷而来，便立即从树上下来，向罗摩报告："那边过来了一支大军，为首的正是吉迦伊的儿子婆罗多。我们还是准备战斗吧，他到这里来一定是想杀死我们以确保他坐稳王位。"

罗摩说："罗什曼那，你不要胡思乱想，婆罗多不是那种人。"

这边，婆罗多命令部队驻扎下来，自己前来会见罗摩。他见罗摩穿着破烂的修行衣，心一酸，便跪在罗摩的脚下哭了起来。罗摩向他询问父王的情况，婆罗多把父王去世的情况说了一遍，罗摩、悉多和罗什曼那也痛哭起来。婆罗多请求罗摩回国执政，但罗摩不肯。婆罗多要求与罗摩在一起，罗摩也不答应。罗摩说，阿逾陀城中不能没有国王，更何况婆罗多做国王也是当之无愧的，再说，母后们也需要有人在身边照料。罗摩说他不回去是为了安慰父王的灵魂，也是为了实现自己的誓言，他决心已定，是不能改变的。婆罗多见自己无法说服罗摩，便要求罗摩脱下脚上穿的木屐，说："我要把这双木屐带回去，放在王位的座位上，它们将代表你的权力。我回阿逾陀后要等待你的归来，如果14年你还不回来，我就将自焚。"就这样，婆罗多拜别了罗摩和悉多，回到京城代罗摩执政去了。

罗摩等三人继续在深山老林里过着流放的生活。他们遇到过妖魔，也曾经迁徙过住地。一转眼就过了10年。在第11年里，罗摩找到了一个景色优美、食物充足的地方，他们决定在靠近河边的树林间建造起一个新的茅舍。经过一番劳累，一座新居终于建好之后，兄弟二人到河里洗了个澡，又采集了一些果实和植物根茎带了回去。

这天早晨，一个女罗刹从茅舍前经过，她无意中看见了罗摩。年轻的罗摩是那样英俊健壮，使这个女罗刹一见倾心。她无法抗拒爱神之箭的魔力，被爱欲冲昏了头脑，不由自主地走上前与罗摩搭话："壮实漂亮的男人啊，你是谁？你怎么会来到这里？"

罗摩对女罗刹说了自己的经历，然后问道："妇人啊，现在该你说了，你是谁？属于什么种族？到这里来做什么？"

女罗刹说："我叫舒罗潘卡，是楞伽岛十首罗刹王罗婆那的妹妹。罗摩啊，我能千变万化，我的力气很大，连我哥哥罗婆那也惧怕我三分。我在森林里到处游荡，以吃人肉为生。可是当我见你以后，就热烈地爱上了你，跟我结婚吧，我们会生活得很幸福。至于那个悉多，她瘦弱不堪，怎能配得上你？"

罗摩耐心地听舒罗潘卡说完，便笑了起来，说："高尚的罗刹女啊，你是明白事理的。我已经娶了妻子，怎么能随便抛弃她呢？你的本领很大，是不能做我的第二房妻子的。正好有我弟弟在这里，他孤身一人，年轻力壮，武艺高强，与你正相匹配。你可以去问问他，看他是否愿意娶你。”

女罗刹求爱心切，听了罗摩的话便信以为真。她见罗什曼那果然容貌不凡，便上前求爱说：“罗什曼那，你这样英武，正适合当我的丈夫，我们结婚吧。”

罗什曼那微笑着说：“美人儿，你要知道，那个罗摩是我的兄长，也是我的主人，我只不过是他的一名奴仆。像你这样的人应当成为王后，而不应当成为奴仆的妻子。”罗什曼那又把舒罗潘卡打发到罗摩跟前。当罗摩表示他要与悉多长相厮守白头偕老时，舒罗潘卡醋性大发，向悉多扑去，要吃掉悉多。悉多被这个女魔吓得魂不附体。罗摩立即上前抓住舒罗潘卡，并对罗什曼那说：“罗什曼那，还是别开玩笑了，快些惩罚这个吃人的妖魔吧。”

罗什曼那听到哥哥的话，立即抽出宝剑，迅速地割下了舒罗潘卡的鼻子和耳朵。女罗刹号叫着逃进了丛林。

舒罗潘卡受了奇耻大辱，她跑到楞伽岛去找哥哥罗婆那为她复仇。罗婆那是罗刹的首领，他长有10个灵活的脑袋，有20只手臂。他非常强健有力，连天帝因陀罗也斗他不过。这一天，他正在自己金碧辉煌的宫殿里坐着，四周环绕着专事阿谀奉承的大臣。舒罗潘卡一来就用话语刺激罗婆那，说他整天只知道享乐，连世界上出现了罗摩那样的强敌都不知道。罗婆那向妹妹打听罗摩的情况，舒罗潘卡说：“罗摩是十车王之子，年轻美貌，威力无比，他射出的箭百发百中，任何人都不是他的对手。”舒罗潘卡还告诉罗婆那，罗摩有一个无比美貌的妻子悉多，“她应当成为你的妻子。谁要是能得到悉多为妻，谁就会获得永久的幸福。不信你就去亲眼看看她，只要你看她一眼，保证会使你落入情网，永远也不会忘记她。”

罗婆那被舒罗潘卡说动了心，决定去看看悉多，并准备同罗摩决战。他披挂上铠甲，乘坐上神奇飞车。罗婆那的飞车越过大海，在云中飞驶了一阵便落到了地上。这片地方住着一个叫摩里遮的罗刹，是十首王罗婆那（后简称十首王）的部下。摩里遮迎接了罗婆那，并向他询问来意。罗婆那说他很苦闷，他要为妹妹报仇，还要从罗摩的手里夺过美人悉多。摩里遮从前曾在众友仙人的净修林里被罗摩射伤过，因此他深知罗摩的厉害。他劝罗婆那放弃复仇的念头，也不要去夺人家的妻子。但罗婆那不听，他坚持叫摩里遮帮助他。罗婆那为了夺到悉多，想出了一条计策，他让善于变化的摩里遮变成一只可爱的金鹿，到罗摩的住处去引诱罗摩上当。摩里遮无奈，只好按十首王的吩咐去做。

这一天，悉多从茅舍中走出，想到附近去采些杧果和鲜花。她一出门，看见一头金色的小鹿正在门前的空地上欢快地跳跃。金鹿看到悉多，走到悉多跟前与她玩耍。悉多从来没有见到过这样美丽的小鹿，她喜欢得入迷，便叫罗摩和罗什曼那出来观看。罗摩和罗什曼那出来以后，小鹿却离开了悉多。悉多说："瞧，这小鹿多么活泼可爱，快把它捉来让我喂养，我还从来没见过这样温顺可爱的动物呢。"

罗摩也觉得小鹿很可爱，便对罗什曼那说："在这森林中能有这样一头小鹿陪伴悉多玩耍是再好不过了，你应当帮助我满足悉多的愿望。"

罗什曼那说："兄长啊，这事有些奇怪，这头鹿实在不平凡，它会不会是罗刹摩里遮变的呢？因为摩里遮是善于变化的，他以前就曾经变化成鹿。"

罗摩说："即使是摩里遮变的，我也要捉住它。如果真是罗刹，我就杀死它。"罗摩让罗什曼那留下来保护悉多，自己带着弓箭前去捉那金鹿。金鹿见罗摩过来便向林中跑去，罗摩在后边紧紧追赶。

罗摩追了一阵，那金鹿钻进密林深处不见了。罗摩找了半天，又发现金鹿在森林的边缘出现了。罗摩追出去好远，总是捉不住金鹿。罗摩生气了，拿出了一支箭，拉开弓，向金鹿射去。罗摩的箭从不虚发，这一箭正好射中了金鹿的胸脯。摩里遮现出了原形，倒在地上。就在摩里遮临死前，他想起了罗婆那的命令。于是，他模仿罗摩的声音喊道："哎，罗什曼那！哎，悉多！"

罗摩跑过去，见摩里遮已死，知道事情不妙，便回身向茅舍跑去。

再说悉多和罗什曼那，他们正焦急地等罗摩回来，当听到摩里遮死前的叫声时，还以为罗摩真的遇到了什么危险。悉多放心不下，催促罗什曼那去找罗摩。罗什曼那按兄长的嘱托要保护好悉多，所以他站在原地不动。悉多急了，非让罗什曼那去找罗摩不可。罗什曼那不得已，只好去找罗摩。

罗什曼那一走，隐藏在树丛中的罗婆那便立即变化成一个婆罗门修士来到了茅屋前。悉多见婆罗门长者前来，便恭恭敬敬地招待他。谁知罗婆那见了悉多以后便迷恋上她，说出了一些甜言蜜语来勾引悉多。悉多这才警觉起来，立即严肃地问婆罗门的来历。罗婆那现出本相，威胁悉多顺从他，但悉多坚决不从。罗婆那恶狠狠地揪住悉多的头发，一手抱住悉多的腰，将她装进了自己的飞车。悉多在飞车里挣扎着，哭叫着，但无济于事，飞车已经高高地飞了起来，在云端飞速地穿行。这时，正在树林的一株高树上打盹的金翅鸟王听到了悉多的呼救声，立即冲天而飞，迎上了十首罗刹王。鸟王对罗刹王说："听着，罗婆那，你不能干这非法的勾当。罗摩是善良的十车王之子，他会惩罚你的。你身为一国之王，不能强夺人妻破坏法典，否则是不会有好下场的。"

凶暴的十首王见鸟王胆敢阻挠他，就与鸟王打了起来。他一连射出许多箭，都被鸟王的巨大翅膀挥落了。鸟王进而用巨翅拍碎了飞车，使罗婆那落到地上。罗婆那继续同鸟王作战，他的20只手臂挥动着兵器。鸟王毕竟年迈体弱，他虽然用翅膀击伤了罗婆那，但罗婆那越战越勇。最后，鸟王被罗婆那的剑重伤，倒在地上。

罗婆那抱起悉多，凭借自己的力量向天空中飞去。在空中，悉多不停地叫喊，不停地责骂，罗婆那却不去理会，自顾向楞伽岛飞去。罗婆那飞行的途中有一座高山，此时山上站着猴王妙项和他的四个大臣。悉多看见他们，便丢下一块围巾，让他们把消息转达给罗摩。

悉多被劫持到了楞伽岛，罗婆那把她安置在华丽的宫殿中，并严加看管。他说："没有我的命令，任何人也不许见她。她需要什么就立即给她拿。谁要是敢碰她一下，我立刻就杀死他。"接着，罗婆那向悉多显示自己的权势，并软硬兼施，逼悉多同他成亲。悉多反复表示，自己的丈夫是伟大的十车王之子，任何威逼利诱都无法改变她的心。她还说："罗婆那，你等着受死吧，我的丈夫很快就会来救我，那时就是你的死期。我还要告诫你，我绝不会允许你碰我一下。我虽然没有能力同你搏斗，可是我可以掌握自己的生命，一旦受到侮辱，我决不苟且偷生。"

罗婆那见一时说服不了悉多，就让女罗刹们先把她看管起来。他认为，阻碍他和悉多成亲的最大障碍是罗摩，只要罗摩还活在世上，他就不能得到安宁，因此他要做好准备同罗摩决一死战。于是他四下派人去查访罗摩的下落。

再说罗摩杀死罗刹摩里遮以后，正满心狐疑地向回跑，途中看见罗什曼那，便责问他为什么把悉多一个人留下而到这里来。罗什曼那说听到了罗摩的求援声，悉多恶语伤人，非叫他来寻找罗摩不可。兄弟俩回到茅舍，发现悉多已经不见了，知道出了事。他们在茅舍周围转了好几圈，始终未发现悉多的踪影。罗摩悲痛欲绝，他像失去了理智的人，向周围的花草树木发问，问它们是否看见了悉多，向它们诉说自己失去爱妻的苦恼。

罗摩两兄弟并不灰心，他们走出好远去寻找悉多。终于，他们来到了鸟王同罗婆那作战的地方，看到了被折断的弓箭和车子碎片，继而又发现了地上的斑斑血迹和悉多的首饰。罗摩几乎昏厥过去。他以为悉多已经被罗刹撕成碎片了。罗什曼那却冷静地说："不，兄长，我们应当查找这车子和弓箭的主人。既然这里发生了战斗，就不可能查不出抢走悉多的坏蛋。"

这时，他们看见了倒在血泊中的金翅鸟王。他们认出，这鸟王是他们父王的朋友。金翅鸟王已经奄奄一息了，他用最后的气力告诉罗摩兄弟："是罗刹王罗婆那抢走了悉多，由于我年迈无用，没有夺回悉多，反而受了致命伤。罗婆那已经带着悉多朝南方飞去了。"说完，鸟王就断了气。罗摩兄弟忍着悲痛为鸟王举行了安葬仪式，然后向南方出发了。

罗摩兄弟来到猴王妙项居住的高山上。妙项本来统治着一个庞大的猴国，但前不久被他的弟弟波林窃取了王位。妙项身边只有四个大臣和朋友跟随，他们是尼罗、那罗、哥婆加和风神伐由之子神猴哈努曼。现在，他们五个人正在山上闲坐，发现两个强壮英武的人手持弓箭向这边走来，还以为是波林派人来谋害他们，都感到不安和惊恐。为了弄清这两个人的来历，善变的神猴哈努曼变作一个苦行者来到罗摩面前。哈努曼说："看样子你们是林中的修士，但你们又像国王一般威武，而且手中持有弓箭，不知你们从哪里来？"

罗摩见这个苦行者彬彬有礼，便让罗什曼那把他们的来历介绍了一番。哈努曼听了介绍，立即道出了自己真实的身份，并说猴王妙项可以帮助罗摩寻找悉多。风神之子哈努曼把罗摩兄弟二人引到山上与妙项等人相见，彼此了解了对方的身世和经历以后，相互很同情。他们互相拥抱，结成了联盟。首先，罗摩许诺要帮助妙项恢复王位。接着，妙项拿出悉多从空中丢下的围巾，说他一定帮助罗摩找到悉多。

妙项能得到罗摩兄弟的帮助，自然十分高兴，但他不放心的是，波林十分强大，这兄弟二人是否能打败波林。他把自己的担心告诉了罗摩，罗摩没有说话。只是取出一支箭射了出去。这支锐利无比的箭一连贯穿了七株大树，又透过了一座山峰，最后又飞回了罗摩的箭筒。妙项等人看后都情不自禁地跳跃起来，那不必要的担心也烟消云散了。

妙项带着罗摩兄弟来到波林的都城外。罗摩和罗什曼那躲在林中观看，妙项一个人来城门口大声叫战。波林得知妙项在叫战，便立刻跑出城门。他觉得，这是他斩草除根的天赐良机。波林和妙项长得非常相像，两个人在你来我往地搏斗，罗摩虽手持弓箭准备暗中帮忙，却难以区分，不敢轻易放箭。

妙项同波林的战斗进行了很久，妙项渐渐支持不住了。他带着伤跑进了森林中。他在森林中责备罗摩兄弟不出手相助，罗摩做了解释。罗摩要求妙项脖子上戴个花环，再次去向波林挑战，这样他可以区分开二人，便于放箭。妙项又一次来到城门外大叫，波林恼怒了，他冲出城门，想尽快杀死妙项，了却心病。这次，妙项因为受了伤，没有和波林打多久就支持不住了。这时，罗摩在暗处瞄准了波林，放出了他那百发百中的神箭。神箭正中波林的前胸，波林像一棵大树一样倒在地上失去了知觉。罗摩和罗什曼那从隐蔽处走了出来，来到垂死的波林跟前。波林说："我原以为十车王之子光明磊落，谁知也会暗箭伤人。"说完就气绝身亡。

妙项为波林举行隆重的葬礼，又妥善安置了波林的妻儿。在罗摩的主持下，他登上了王位，开始掌管这庞大的猴国。但是，妙项当上猴国国王以后，却纵情于声色之间，忘记了他答应帮助罗摩寻找悉多的诺言。这样一天天地过去了，哈努曼实在忍耐不住，便找妙项进言，妙项搪塞了几句就又拖了下来。雨季已经结束，罗摩心焦如焚。一天，他对罗什曼那说："兄弟啊，秋天就要到来了，这正是领兵作战的大好季节。但是，妙项似乎还不准备履行自己的诺言，而我却觉得这个雨季像一百年那么漫长。"听了长兄的话，罗什曼那也气愤了，他要去找妙项算账。这边，哈努曼也在劝说妙项，要他不要忘记朋友罗摩的恩德。妙项终于被说服了，他下令将罗摩兄弟迎进宫殿，共同商讨寻找悉多和同罗婆那作战的事。

妙项下了命令，要召集一支猴子大军。风神之子哈努曼接到命令，立即通知所有的猴子。数以千计大大小小的猴子从四面八方聚集到妙项的国都，同时还来了不少大熊，他们也来帮助妙项。根据罗摩的要求，猴军的首要任务是先查明悉多的下落，看她是否还活在人世。于是妙项把猴军和熊军的众首领召集起来，让他们分头到世界各地去打探悉多的消息。

罗摩非常欣赏哈努曼的聪明才智，他请求妙项让哈努曼亲自去寻找悉多。他从手上拿下一枚戒指交给哈努曼，说："英明的哈努曼，如果你见到悉多，就让她看看这戒指，她会信任你的。"哈努曼恭敬地接过戒指，带上一路人马，向南方进发了。

哈努曼的军队一直向南走，沿途他们仔细地察看了每一个角落。他们这样寻找了一个月，始终没有打听到悉多的下落。他们来到了海边，望洋兴叹，不知怎么办才好。这是，鸟王商婆底来到他们跟前。他是死去的老鸟王的侄子，他说，由于偶然机会，他见到罗婆那劫走悉多，他们是朝楞伽岛飞去的。那里有雄伟坚固的楞伽城，罗婆那就是那罗刹国的国王。楞伽城所有的城门都由罗刹把守，非常难进去。而悉多被囚禁的地方是美丽的无忧树林。那里由女罗刹们把守，谁也进不去。猴子们听了商婆底的讲述欣喜欲狂，他们一个月的努力总算没有白费。不过，他们就这样回去向罗摩报告消息还有所不妥，因为他们没有亲眼看见悉多，不知道商婆底的话是否确实。

现在的问题是怎样才能渡过大海到达楞伽岛。猴军中有些勇健而跳跃力强的猴子，但他们纵身一跃，只能投身大海，根本到达不了楞伽岛。这时猴子们想到了哈努曼，他们一致认为，只有他这位风神之子才能跳过大海，并安全返回。

哈努曼确实不凡，他是风神伐由和天女结合生下的儿子，小时候就能从地上一下跳起，飞上三千由旬[①]到达天庭。由于他的顽皮，曾惹怒过天帝因陀罗，被因陀罗的闪电击落，摔坏了下巴，因而他得到了哈努曼的名字，意思是烂了下巴的。

哈努曼决心跳过大海，独自到楞伽岛去一趟。为了一举成功，他登上山顶，并按照自己的意愿，将身体变得异常高大。他吸足一口气，用力一纵，巨大的躯体腾空而起。正当他在天空飞行时，前方突然出现了一个女罗刹挡住了他。这女罗刹的样子十分可怕，她的名字叫须罗婆，天神曾赐给她吞吃一切东西的权利。她看见哈努曼，便张开了巨口。哈努曼的身体变大，她的口也变大，哈努曼又突然把身体变小，钻进她的口里，没等她闭上口，哈努曼又飞了出来。哈努曼说："须罗婆，我没有违背天神赐给你的权利，只是从你的口中绕了出来，现在我可以继续前进了。"

哈努曼飞着飞着，前方海浪中又出现了一个女妖，她曾得到过大梵天的恩典，能够捕捉人的身影吞食。她扑向哈努曼映在海水中的身影。哈努曼发现了女妖，立即将身体变得非常小，一下子钻进了女妖的嘴里，又从嘴里进入女妖的肚里。他用利爪抓破了女妖的肚子，把她的心撕得粉碎。女妖死了，哈努曼跳出女妖的嘴，继续向南飞。

楞伽岛出现了，哈努曼落在岛上的一座高山上。哈努曼从高山上向下俯视楞伽城，这城果然雄伟，四周是用黄金筑的城墙，城内一片

---

① 由旬，印度古代长度单位，一由旬约合 12215 千米。

豪华气派，宫殿鳞次栉比，彩旗随风摇摆。城门都由机警的罗刹把守，想轻而易举地混进去是不可能的。哈努曼经过观察和思索，决定等天黑再进城。

天黑了，哈努曼摇身一变，化成了一只猫，神不知鬼不觉地进入了城内。他在各建筑物前面走过，观察着周围的动静。他来到了王宫门前的广场上，看到了罗婆那派出的警卫和密探。他不断地跳跃着，悄悄进入了十首王的宫殿。他在宫殿中四处察看，看到了许多宝贵的艺术品，也看到了许多珍禽异兽和美丽绝伦的女子。他走进了十首王的寝宫，看见十首王的巨大躯体正躺在金床上。十首王睡着了，他的周围是一些跳舞跳累了而昏睡过去的美女。哈努曼没有发现悉多，便继续寻找。他找遍了所有的亭台楼阁，也搜寻了所有的花园和通道，他甚至怀疑悉多可能已经不在人世了。正当他快要绝望的时候，他发现了一片无忧树林。

无忧树林的周围戒备森严，有许多罗刹在巡逻把守。哈努曼轻轻地跳上围墙，进入树林中。这座园林中别有一番美景，有珍贵的树木、奇异的花草，还有明洁的池塘和优美的山丘。哈努曼发现池塘边有一株枝叶茂密的大树，他便爬上大树，在树梢观察整个园林的情况。他看见前面不远处有一座洁白的建筑物，建筑物前的树下坐着一个面色惨白、身体瘦削、表情忧伤的妇女，妇女的四周有一群女罗刹围着。哈努曼断定，这妇女就是悉多。

天亮了，哈努曼仍然藏在大树上，他一直没有机会下去接近悉多。这时，罗婆那来了，他身前身后有一群女罗刹侍从。罗婆那走到悉多坐的地方，用甜言蜜语来说服悉多。悉多十分厌恶十首王，只是蜷着身子哭泣。罗婆那答应给悉多一切，让她过上最幸福的日子，成为三界中最富有的人，但悉多的回答是："我是罗摩的妻子，我出身高贵，什么财富也引诱不了我，什么时候也不会失掉尊严。"罗婆那用死来威胁悉多，悉多却说："如果你想保住王位和性命，你就应当乖乖向罗摩投降，不然，罗摩的箭是绝不留情的。他的箭将断送你的性命，将消灭整个罗刹族。"最后，罗婆那说："这样的话要是换作别的女人来说，我早就把她杀死了，尽管你顽固不化，但我还是可以给你两个月的时间让你仔细考虑。如果两个月后你仍然这样固执己见，我会毫不客气地将你杀死。"罗婆那说完，怒气冲冲地走了。

罗婆那一走，那些女罗刹们便围上了悉多。她们七嘴八舌地劝说和威胁悉多。悉多被她们折磨得无法忍受，便来到了哈努曼藏身的那株大树下，她想把头发拴在这株树上自尽。这时，哈努曼用只有悉多能听见的小声说话："光荣的甘遮王族中有位伟大的十车王，他的英雄儿子是罗摩。罗摩同妻子和弟弟在森林里过着流放生活，但狡猾阴险的罗婆那用计劫走了他的爱妻。罗摩到处寻找妻子，途中遇上了猴王妙项。妙项王派出猴兵四处打探悉多的下落。我就是他派来的大臣。我跳过大海，来到这里，终于找到了悉多。"

说到这里，哈努曼突然不说了。悉多感到非常惊讶。她抬起头，发现了隐藏在树上的风神之子，被他那猴子的相貌吓了一跳。哈努曼从树上跳下来，表明自己的身份，并报告了罗摩的消息，但悉多不信，她认为这是罗婆那耍的把戏，故意变成猴子来蒙骗她。哈努曼在悉多面前再次赞颂了罗摩，并且拿出了罗摩交给他的宝石戒指。悉多见了戒指，睹物思人，仿佛又回到了罗摩的身边。她高兴了，称赞了哈努曼，又询问起罗摩的情况。哈努曼把罗摩思念悉多的焦急不安心情告诉了悉多。悉多则让哈努曼带口信给罗摩，让他尽快来解救她，否则将不会看到活着的她了。悉多说："哈努曼，快走吧，时间长了会被罗刹王发现的，你把我的这块宝石带去交给罗摩。见到这块宝石，他会很快来救我的。"

哈努曼接过宝石拴在头上，便与悉多告别。悉多指着一片甘果林，叫哈努曼吃了甘果再走。甘果园周围有一道网，天上的飞鸟也无法进去。哈努曼变成一只猫，趁卫兵不注意偷偷钻了进去。他把高枝上的甘果都摘下来，又攫下了许多树叶和花。看守甘果树的女罗刹被吵醒了，她们见甘果树遭到破坏，便将各自的武器向哈努曼投去。哈努曼接住武器，勃然大怒，他拔起甘果树向女罗刹砸去，一连打死了几十个女罗刹。只有几个幸免者逃了出去，她们跑到十首王罗婆那跟前，报告了情况。罗婆那怒吼起来："一定要把那只猴子抓到这里来！"

罗婆那派他的仆人牟罗去捉拿哈努曼，牟罗被哈努曼打死了。罗婆那又派大将遮菩摩利率兵去捉拿哈努曼，遮菩摩利也被哈努曼打死了。损兵折将的消息不断传来，罗婆那非常恼火，他招来儿子阿加沙耶，命他带兵前往。但阿加沙耶也没有制服哈努曼，反被哈努曼活活摔死。最后，罗婆那又派他的另一个儿子因陀罗吉特去擒拿哈努曼。因陀罗吉特的意思是战胜因陀罗的，因为他确曾战败过天帝因陀罗，所以得到了这个称号。他有一件法宝，即能套住任何敌人的绳索。他在和哈努曼搏斗中使用了它。凭哈努曼的神力完全可以摆脱绳索，但他故意要被绳索捆住，想趁此机会去见见罗婆那。

因陀罗吉特命令罗刹们拖着哈努曼去见罗刹王罗婆那。哈努曼故意把身体变得十分沉重，数百个罗刹竟不能挪动他半步。他又把身体变得十分高大，迫使罗婆那不得不下令把宫门拆除。哈努曼戏弄够了罗刹们，这才进入宫殿。

罗婆那坐在大殿的宝座上，异常威武，他的四周是群臣、王子、贵族和美女。哈努曼进来后背对罗刹王说："我要见罗婆那，别人都不配问话。"侍卫们说："看，这就是我们的大王。"哈努曼注视着罗婆那，说："哈，我见过你，原来你就是罪大恶极的罗婆那！"

罗婆那强忍着怒火问道："你快说，是谁派你来的？如果说实话，我可以放了你。""听着，"哈努曼说，"要想知道我的来历，先听听关于罗摩的一切。你抢走了罗摩的妻子，他正准备找你报仇。我来的目的是先通报你一声，你的死期已经临近，现在改邪归正还为时不晚。”

罗婆那一听就咆哮起来：“快把这个猴子剁成肉酱！”

这时，罗婆那的弟弟维比沙那说：“使者是传递消息的，国王不应杀使者。他傲慢无礼，可以按规定剃光他的头，但不能杀他。”

罗婆那认为，剃光一个猴子的头是不能使他感到羞辱的，最好还是用火烧他的尾巴。于是，罗刹们找来许多布和油，点火烧哈努曼的尾巴，然后押着他去游街示众。哈努曼哈哈大笑，根本不把这事放在心上。大街上围满了看热闹的人，他们都觉得哈努曼的样子十分奇特。这时，天神们也都在天空中观看这场热闹。

像一座山一样高大的哈努曼走着走着突然把自己的身体变得非常小，摆脱了捆绑他的绳索之后，他又立即变得和原先一样高大。他趁机抓起身边的东西作武器向押着他的罗刹兵们打去，刹那间便打死了好几个罗刹。哈努曼一边追杀罗刹兵一边大笑，他的长尾巴四处乱甩，烧着了罗刹们的胡须和衣服。他又跳到了一些豪华的住宅上，用尾巴把这些房子和宫殿点燃。哈努曼从一所房子跳到另一所房子，楞伽城的大火由此蔓延开来。楞伽城里一片混乱，鸡飞狗跳，哭爷叫娘，许多罗刹被大火烧死，许多房屋和宫殿变成废墟。

哈努曼闹腾够了，突然想起了悉多。他怕大火烧到无忧园，就赶紧去查看悉多的安危。悉多平安无事，火势也没有向这里蔓延。哈努曼熄灭了尾巴上的火，与悉多告别了。

哈努曼来到一座高山上，向着北方又是纵身一跳，便顺利地回到了陆地上。等在那里的猴军热烈地欢迎他、赞美他。他向猴军讲述了他在楞伽岛的所见所闻、所作所为，然后带领猴军立即向猴国出发。

罗摩和妙项等人正在焦急地等待着。这一天，当他们看到哈努曼所率的一支猴军兴致勃勃地回来时，便知道他们一定探明了悉多的下落。哈努曼上前先向罗摩致敬，告诉他悉多还健康地活着。哈努曼把自己在楞伽岛的见闻详细地说了一遍，尤其是把悉多的情况介绍得更为详尽。他称赞了悉多的品德，歌颂了她的坚贞。哈努曼从头上解下悉多的那块宝石交给了罗摩，郑重转达了悉多要求罗摩立即去救她的话。罗摩接过宝石，发誓要打败十首王，立即救出悉多。罗摩紧紧地拥抱了哈努曼，表达了由衷的感激之情。

妙项把全部大军都交由罗摩指挥。罗摩命尼罗率领数千名猴子为先头部队，让熊王阎婆梵率重兵殿后，中间是浩浩荡荡的千军万马。为了营救悉多，大军日夜赶路，很快就抵达了南海之滨。罗摩让大军在临海的树林里安营扎寨，然后进一步筹划渡海的计谋。

在楞伽城里，罗婆那的弟弟维比沙那走进了兄长的宫殿。他穿过了许多宫室，来到罗婆那坐着的大殿里。他对罗婆那说："所向无敌的王兄啊，自从你劫掠来罗摩的妻子以后，我们这里出现了许多凶兆，圣坛上的祭火屡烧不旺，上供的油中发现了死鹤，蛇爬进了神庙，乌鸦乱飞乱叫，乌云在头上盘旋，野狼跑进城里，豺狗发出悲鸣……这预示着我们罗刹族将面临一场浩劫。所以，你还是以国家为重，交出悉多，同罗摩讲和吧。"

罗婆那说："我丝毫也不惧怕罗摩，他和罗什曼那只不过是两个凡夫俗子，我和我的强大军队一定会打败他们。"

因陀罗吉特插话说："叔父啊，你怎么能长敌人的志气呢？我们的家族中没有胆小鬼和懦夫。我们罗刹军是战无不胜的，我曾经击败过天帝因陀罗，难道还惧怕两个凡人？"

维比沙那说："孩子，你还幼稚，智慧不够成熟。你要知道，十车王之子面前是没有对手的，无论你还是你父亲，都不应妄自尊大。"

罗婆那对维比沙那非常不满："生活在公开的敌人中要比同暗藏的敌人生活在一起好得多。一个人往往会容忍死神，但却不容忍自己亲属、朋友的兴旺发达。你这是忌妒我的财富、权力和荣誉。”

维比沙那说：“国王啊，你真是鬼迷心窍！我是关心你才好言相劝，可你坚持不走正道，听不进逆耳忠言，任用一些只会阿谀奉承的小人，离灭亡已经不远了。”

罗婆那见自己的弟弟竟站在罗摩一边谴责自己，不由得怒火中烧，打了维比沙那。维比沙那一怒之下，带了四名正直的罗刹离开了罗婆那。

维比沙那等人飞出楞伽，转眼之间便到了罗摩扎营的地方。他们的到来在罗摩军中引起了意见分歧。妙项认为，维比沙那可能是罗婆那派的，是来刺探虚实或者进行破坏的，因此应当把他们抓起来杀死，否则后患无穷。哈努曼则认为，人的本性是不容易掩饰的，维比沙那言辞恳切，不像是狡猾的敌人。罗摩认为，维比沙那与罗婆那有矛盾是合乎情理的，兄弟间争夺王位是常有的事，维比沙那为争夺王位而来，应把他当朋友和盟友来对待。于是，罗摩亲切热情地接待了维比沙那及其随从。维比沙那向罗摩介绍了罗婆那的本领，并把罗刹军中各个将领的情况一一做了介绍。最后，他建议向海神祈祷，请求海神指点渡海的办法。

罗摩接受了维比沙那的建议，来到大海边祈祷。三天之后，海神出现在罗摩面前。海神告诉罗摩：“大海本是深不可测的，但为了你的正义举动，我可以帮助你。你的大军之中有个那罗，他是天上工巧大神毗首羯磨的儿子，他可以跨海造一座大桥，而我会用海水托住这座大桥。”

那罗开始指挥造桥了。成千上万只猴子前往森林中，拔起各种树木运到海边。还有成千上万的猴子来到山岩上，滚下许多巨石运到海边。石头和树木被纷纷投到海水里，另有许多猴子在那罗的带领下开始动手筑桥。他们第一天修了 14 由旬长，第二天 20 由旬，第三天 21

由旬，第四天 22 由旬，第五天 23 由旬。这样，猴子们仅用了 5 天时间就造出了一条 100 由旬长的跨海大桥。那罗的技术真不亚于他的父亲。这座桥宏伟壮观，富丽堂皇，像天上的银河一样。连天神们也都来观看这一奇妙的工程了。

大军沿着大桥越过了大海，在楞伽岛岸边的树林里扎下营。过了一夜，罗摩指挥大军向楞伽城进发。猴子们的欢呼和吼叫掩盖住了楞伽城里传出的喧闹声。大军按罗摩的命令，占据了楞伽城外的要道，包围了楞伽城。

这时，罗婆那已经获得罗摩大军到来的消息，但他仍然狂傲地说："即使是天神们都联合起来向我进攻，我也不会交出悉多。"他派了两名罗刹前去探刺罗摩的军情。

那两名罗刹化装成猴子混进罗摩军中，但他们被维比沙那认了出来。维比沙那捉住他们，把他们带到罗摩跟前。罗摩说："如果你们俩已经看清楚了我们军队的情况，那么就可以平安地返回并向十首王汇报了。我们要转告罗婆那，准备好作战吧，明天楞伽城就将变成废墟。"两名罗刹感谢罗摩的不杀之恩。他们回去后向罗婆那报告了罗摩军中的情况。

罗婆那一边部署军队去扼守城门和要道，一边招来一个名叫电舌的罗刹，命他用魔法造出一颗罗摩的头颅和一张罗摩的弓箭。电舌按罗婆那的要求施展魔法，果然造出了罗摩的头颅和罗摩的弓箭。罗婆那看了很高兴，便带着这些东西来到了无忧园悉多的住处。他走近悉多，编造了一个罗摩被杀的谎言。悉多不信，他就让悉多看电舌所造的那些东西。悉多不辨真伪，看后立即昏了过去。当她醒来时，罗婆那已经走了。悉多痛不欲生，正在她想与罗摩同归于尽时，维比沙那的妻子偷偷地赶来了。她告诉悉多，罗摩的大军已经来到了，而这头颅和弓箭不过是用魔法造出来的。这时，悉多仿佛已听见了罗摩大军的战鼓声和呐喊声，总算又有了生的希望。

楞伽城下，无数的猴子将整个楞伽城团团围住，战鼓声、螺号声和呼喊声压倒了海潮声。城中的罗刹军震惊了，暴怒的罗婆那命令罗刹军出城。罗刹军接到命令，也擂起战鼓，吹响螺号，洪水般地涌出了城门。一场激烈的战斗开始了。

猴子们求战心切，迎着罗刹兵便冲了过去。他们大喊："胜利属于罗摩！胜利属于妙项王！"用木棍、石块或爪子、牙齿攻击敌人。罗刹们也不示弱，他们高喊着："胜利属于罗刹王！"凶狠地用箭和标枪对付猴子。这场大战进行得非常激烈，就像当年天神与阿修罗之间的大战一样，所以吸引了天神们，他们纷纷来到楞伽岛上空观战。

猴国前国王波林之子盎加陀深明大义，在波林死后，他并不怨恨罗摩和妙项，这次他作为猴军的一员猛将也参加了战斗。他正巧遇上了罗刹王罗婆那之子因陀罗吉特，二人打得难分难解。因陀罗吉特用金刚杵击中了盎加陀，盎加陀也用自己的棍棒将对方的战车击得粉碎。因陀罗吉特受了伤，抛弃了战车。他未打过盎加陀，便乞灵于梵天赐给他的法宝，打算用计谋取胜。他隐去身形，来攻击主将罗摩和罗什曼那。他向罗摩兄弟连续射出了许多利箭。罗摩为了发现这暗箭伤人的仇敌，便命令哈努曼和盎加陀等大将飞向空中。他们腾身飞起，用大树横扫四面八方，但始终没有搜索出因陀罗吉特。因陀罗吉特仍然不停地向十车王的两个儿子放出利箭，使他们都受了重伤。为了置他们二人于死地，因陀罗吉特念动咒语，射出了蛇箭。蛇箭一支支地飞向罗摩和罗什曼那，像绳索一样将这两兄弟捆住。罗摩兄弟身受重伤，又不能动弹，便倒在了地上。因陀罗吉特以为他们死了，便狂笑起来："当我隐身的时候，连因陀罗也打不过我，何况你们这两个凡夫俗子呢？"说完，他便收兵回城庆祝胜利去了。

猴子大军的将领们见罗摩兄弟倒地，死命守护着他二人的身体，直到罗刹们全部退回城中为止。

罗摩和罗什曼那在地上躺了很久。妙项等人急得团团转，但怎么也想不出救这两兄弟的办法。这时，金翅鸟王迦楼陀突然飞来，凌空而降。他来到罗摩兄弟身边，用手去触摸那流血的伤口。他的手触到之处，那些伤口便即刻愈合。不一会儿，罗摩和罗什曼那便站立起来，又像先前那样威武英俊了。罗摩非常感激迦楼陀，但却不知他是谁。迦楼陀说，他是众鸟之王，是蛇类的天敌，所以能将蛇毒立即驱除掉。他祝福了罗摩，展开巨大的翅腾飞向上空中，眨眼间便消失了。

猴子们见罗摩恢复了体力，便欢呼起来。大军又重新向楞伽城发动了进攻。罗婆那正在为儿子杀死罗摩兄弟而扬扬自得，忽然听到猴子们的欢呼和击鼓声，感到大惑不解。他命人去打探情况，探子回报说罗摩兄弟已经起死回生，正在指挥大军攻城。罗婆那有些心惊了，他立即命令大将雷齿带兵出战。

雷齿身穿金光闪闪的铠甲，带着大队罗刹兵出城了。他从城门出来时，天上出现了许多凶兆。乌鸦在头上盘旋，秃鹫落在他的战旗上。雷齿的心情虽然压抑，但作战的威力并没有减弱。他一路向猴军杀过来，像在播撒着死亡。盎加陀见雷齿如此善战，便带兵迎了上来。雷齿杀得兴起，他指挥罗刹兵向盎加陀的队伍倾泻了箭雨，猴子们被冲散了。盎加陀见阵势已乱，便径直扑向了雷齿。雷齿向盎加陀射出了许多箭，射中了他的身躯。但盎加陀还是带着伤拔起一棵巨树向雷齿扫去，雷齿急忙躲过，用自己手中的武器将大树击得七零八落。盎加陀又举起巨石向雷齿砸去，巨石将雷齿的战车砸得粉碎，但雷齿却跳了出去。正在雷齿惊魂未定之际，盎加陀的另一块巨石已经砸了过来，雷齿躲避不及，巨石正中前胸，这个罗刹大将口吐鲜血勉强支撑着应战。这时，盎加陀也觉得力不从心了，他振奋精神，用尽全力向对手砍出了最后一刀。雷齿的脑袋落了地。

罗婆那得到雷齿被盎加陀杀死的消息，暴跳如雷，立即又派大将阿甘波那出城作战。阿甘波那武艺高强，有着像太阳神一样的威力。但当他的战车驶出城门时，他也感到了不祥，四周有野兽的嚎叫，头上有鸟雀的哀鸣。他顾不上这些，抖擞精神向猴子大军杀去。许多猴子被阿甘波那的箭雨射中，纷纷倒地。这时，无所畏惧的哈努曼立即迎了上来。他迎着箭雨，巍然如山，拔起一棵大树向罗刹们扫去，许多罗刹被他横扫而死。哈努曼哈哈大笑，又扑向了阿甘波那。阿甘波那向哈努曼投去了许多标枪。哈努曼身上虽然中箭，也被标枪刺中多处，但他的威风始终不减，他又拔起一棵更大的树，用全身的力量扫向阿甘波那。阿甘波那抵不住风神之子这有力的一击，终于被扫下战车，当场毙命。罗刹们见主将身死，立即向城中逃去。猴子们则欢呼着胜利。

十首魔王罗婆那见自己一方连连失利，便对自己大军的统帅钵罗诃私陀说："钵罗诃私陀，带兵出战吧，现在只有你能够挽回败局。那些愚昧的林中动物，听到你战斗的怒吼便将四下溃逃，罗摩和罗什曼那会成为孤家寡人，你可以轻而易举地消灭他们。"钵罗诃私陀接到命令，披挂上阵。他的战车出城时，他也看到了一些不祥的凶兆。

罗摩不认识钵罗诃私陀，便向维比沙那询问。维比沙那说："这是罗婆那的得力将领之一，武艺超群，统帅着楞伽城三分之一的罗刹军。"话音未落，双方的军队已经开始交战。罗刹兵向猴子们射出了箭雨，猴子们奋力抵抗。许多猴子被钵罗诃私陀杀死，猴军的队伍溃散了。另一批猴子又冲上前去，顶住了罗刹军。双方厮杀得异常激烈。战场上堆满了罗刹和猴子的尸体，血流成河。钵罗诃私陀像死神一样，站在金色的战车上，不停向猴军放箭。猴军的大将尼罗冲向钵罗诃私陀，他不顾对方的箭雨，用一根大树干将钵罗诃私陀的战车击碎，然后随手一击，又将这名罗刹统帅手中的弓箭打断。钵罗诃私陀跳下战车，手执金刚杵同尼罗战斗。双方拼杀时互相都击伤了对手，但机灵的尼罗趁对手不备用石块击中了他的头部。这是致命的一击，钵罗诃私陀脑浆迸裂。统帅阵亡了，罗刹们像决堤的洪水一样涌向楞伽城。

罗刹王接到钵罗诃私陀阵亡的消息，勃然大怒，决定亲自出城去会会罗摩。他登上了金光闪闪的战车，在一片颂歌和螺号声中出了城门。他来到战场上，看到了猴子大军，恨得他咬牙切齿。他吩咐罗刹将领们带领部队排列在城下，以保卫各个城门的要道，自己驱车直冲猴军阵地。

妙项王先发制人，托起一座山峰向十首王砸去。可是，罗婆那连射金箭，把那座山峰射得粉碎。他又拿起标枪，闪电般地向妙项王投来，猴王没有躲开这迅猛无比的武器，受了重伤倒在地上。正在罗刹兵欢呼之际，那罗等猴军将领一起向罗婆那发起进攻，他们救下了妙项王，但也个个都受了伤。当罗刹王又向前冲来时，哈努曼迎了上去。哈努曼叫道："喂，罗婆那！天神和妖魔都杀不死你，这是因为你得到了大神湿婆的恩典。但今天你与我们猴子作战，那是自寻死路。"

罗婆那咬牙答道："你来吧，要想战胜我，还得先看看你的力气和胆量。"

说着，二人便放下武器，开始肉搏战。罗婆那挥起右手，狠狠地打了风神之子一下。哈努曼摇晃了一下身躯，好不容易才站稳。他紧握拳头朝十首王打去，罗婆那抖动了一阵，也站稳了脚跟。罗婆那说："猴子呀，就力量来看，你还配作我的对手。"

哈努曼说："没有一拳打死你，看来我的力量还不够大。不过，下一拳可就没有这么便宜了。"

罗婆那被激怒了，他奋力一拳打向哈努曼，哈努曼晃动了一下便失去了知觉。这时，尼罗朝十首王扑来。罗婆那向尼罗射出了乌云般的一束箭。尼罗搬起小山一样的一块巨石朝十首王砸去，十首王又连发七箭将巨石射得粉碎。尼罗见一击未中，又拔起一棵大树向魔王投去。罗婆那又用箭将大树射落。尼罗一连拔起几株大树，不停地投向罗婆那，但罗婆那都一一将它们射落了。不仅如此，罗婆那还射出了十箭，直取尼罗要害。尼罗为避开这些致命的利箭，立即将身体变小。他腾起小小的身体，飞到了十首王战车的上空，并不停地喊叫着嘲弄他。罗婆那十分恼怒，便抽出一支火箭瞄准了尼罗。这支威力无比的箭射中了灵巧的尼罗。但尼罗并没有死，而是隐蔽了起来。

罗什曼那接到罗摩的命令，前去对付十首王。他手握弓箭，无所畏惧地向十首王挑战。罗刹王举起弓，一连向罗什曼那发出七支金箭。与此同时，罗什曼那也发出七箭，将十首魔王的金箭一一射落。魔王见自己的金箭落地，又发出了一股箭雨，但罗什曼那又将它们射落。十首魔王大怒，拿出了一支带火的箭，这是大梵天赐给他的法宝。这支箭果然不凡，射中了罗什曼那。罗什曼那带伤作战，用他那百发百中的箭射断了罗婆那的弓，使魔王也身中三箭。这时，魔王拿出了他那火柱般的标枪，朝罗什曼那猛投过来。罗什曼那连忙射箭，但那标枪威力不减，撞落那些阻拦它的利箭不停地向前飞。罗什曼那身中标枪，晕倒在地。十首王正在得意，哈努曼飞身上前，一拳击中十首王前胸，使他口吐鲜血，跪倒在自己的战车上。哈努曼趁机抱起罗什曼那跑回罗摩身边。

哈努曼说：“罗摩啊，你应当立即去惩罚那罪恶的敌人。快骑到我的背上，我驮着你去同恶魔作战。”罗摩坐到哈努曼的背上，高大强壮的风神之子驮着他冲向罗婆那。十首王向他们射来一束乌云般的利箭，其中有一些射中了哈努曼。哈努曼忍受着痛苦向敌人靠近。罗摩也射出了箭雨。他那百发百中的神箭将罗婆那的车夫、马匹和车子射得粉碎，罗婆那的战旗也被射成碎片。罗婆那的身上中了箭，已无力举起武器。这时，罗摩又投出了他那能够自己寻找目标的轮宝。轮宝击向十首王，将罗婆那的头盔击落。罗婆那惊慌失措，赶忙带着残兵败将退回了楞伽城。罗摩高喊道：“罗婆那，你罪恶累累，在战斗中杀死了我的许多士兵。但你已经筋疲力尽了，今天败在我手上，我可以不杀你，以后我们还会相遇，如果顽固到底，我决不饶恕你。”

十首罗刹王退回自己的宫殿，一边医伤一边对部下说：“你们瞧，天神和阿修罗都伤害不了我，可今天我被凡人打败了。现在，巨大的危险在威胁着我们，我们一定不能松懈斗志。你们要把城墙和城门守好，防止敌人偷袭。另外，现在必须去叫醒恭波加那，他是不可战胜的。”

恭波加那是十首王的一个弟弟，威力惊人。他曾同罗婆那一起修行，一同得到过梵天的恩典。当初，当梵天答应给这个庞然大物以恩典时，众天神怕他给世界带来灾难，便让女神辩才天钻进他的喉咙，代替他提出请求：长眠不醒。梵天便答应给他这个恩典，让他每睡六年醒来一次，醒来一天后再睡上六年。现在，六年的期限就要到了，所以罗婆那派人去叫醒他。

罗刹们来到了恭波加那睡着的山洞里，围在恭波加那周围，齐声大喊，然而恭波加那仍睡得很熟，丝毫没有醒过来的意思。罗刹们又吹响螺号，擂响大鼓，上前你推我拉，恭波加那还是不醒。罗刹们急了，有的去揪这巨魔的头发，有的去咬他的耳朵，有的则往他身上泼水，可恭波加那仍然一动不动。最后，罗刹们牵来了许多大象，让大象在巨魔的身上乱踩。这样，恭波加那才缓缓地醒来。他伸了一下懒腰，张开了巨大的嘴巴，打了一个呵欠，口中喷出的气流像一股狂风。罗刹们早就为恭波加那准备好了食物，知道他醒来的第一件事就是吃饱喝足。恭波加那吃了像山一样的鹿肉和牛肉，又喝了许多罐酥油和水。他问周围的罗刹们：“你们为什么要把我吵醒？难道有什么了不起的大事情？”

罗婆那的一个大臣上前告诉他："壮士啊，天也不能把我们怎么样，可是凡人却成了威胁我们的巨大危险。楞伽城已经被猴子大军包围好几天了。他们的统帅是英勇善战的罗摩。罗摩因为要救出悉多而前来寻仇，已经打败了我们的国王。"

巨魔恭波加那站起身来，立即去找兄长罗婆那。他巨大的身躯高出楞伽城城墙，他的脚步使大地都在抖动。罗婆那拥抱了他，说明了自己派人唤醒他的原因。恭波加那说："国王啊，不用担心。只要我还活着，就一定会消灭你的敌人。我生下来就是要吞吃生灵的，现在趁我还没有吃饱我要把全部猴子大军吃光。我也用不着军队和战车，用不着弓箭、标枪、长剑和金刚杵，赤手空拳就可以把罗摩的头带回来。"

罗婆那深知罗摩的厉害，劝说恭波加那穿上盔甲，带上了标枪。恭波加那出城了。罗婆那让罗刹将领们带上士兵，吹响螺号为他助威。

猴子们见到这个庞然大物，都吓得四处奔逃。盎加陀喊道："站住！你们不要怕，这不过是个幻影，是罗刹的魔法变出来的！"猴子们这才回过头来，用树干和石块去攻击恭波加那。但是，粗大的树干打到恭波加那身上就像嫩枝一样折断了，那些坚硬的石块也像砸到钢铁上一样粉碎了。恭波加那把猴子一个个活捉，放到嘴里吞吃了。他一连吃掉了数百只猴子，猴军大乱。盎加陀在召集溃散了的队伍，鼓舞他们拼死作战。哈努曼举起一座山峰向恭波加那投去，巨魔用标枪把山峰击碎。哈努曼又搬起一座更大的山峰向恭波加那投去，巨魔被这座山峰击中，身体摇晃了一下，鲜血流了出来。但巨魔也用标枪刺伤了哈努曼，哈努曼大叫了一声，负疼逃走了。尼罗、盎加陀等猴军将领围上来，纷纷向巨魔投掷木棒和石块，但这些打击对巨魔来说都显得微不足道。巨魔的反击使这些猴军将领都昏了过去。

妙项王赶忙上前挑战，但他投出的巨石也被巨魔的身体撞得粉碎。

巨魔向妙项掷出了标枪，这威力极大的标枪从空中飞来，直奔妙项王的要害。在这危急关头，风神之子哈努曼纵身飞起，凌空抓住标枪，并把它折为两段。当猴子们欢呼时，巨魔恭波加那将一块巨石投向妙项王，妙项王被击中倒地，昏了过去。

恭波加那没有了武器，便顺手抓起身边的猴子就吃，一眨眼工夫，他又吃了许多猴子。这时，罗摩和罗什曼那向巨魔走来。罗摩向恭波加那射出了神箭。这一箭，射掉了巨魔的右手。他那巨大的手臂从空中落到地上，压死了好几个罗刹和猴子。罗摩又射出了一支金箭，射断了巨魔的左手臂，同样，这只手臂落到地上时又压死了好几个罗刹和猴子。罗摩射出了月牙形利箭，两箭射断了恭波加那的两条腿。恭波加那巨大的身躯倒在地上，发出了像山崩一样的响声。他张开那巨大的血盆大嘴向罗摩爬了过来。罗摩射出的箭雨填满了巨魔的嘴。罗摩又拿起标枪，挥臂向巨魔掷去，这致命的武器将巨魔的头颅斩断。那巨大的头颅飞落在楞伽城头，砸坏了城门和一段城墙。

在天空中观战的诸神看到这场空前激烈的战斗，都感到欢欣鼓舞。猴子们也开始庆祝罗摩的胜利。

罗婆那闻听恭波加那的死讯，哭得死去活来。这天夜里，猴子和大熊的军队向楞伽城的各个城门发起了突然袭击。但由于遭到守城罗刹的拼死抵抗，袭击虽杀死了许多罗刹将领和士兵，却没有显著成效。

罗婆那又悲伤又恼怒，他一连派出了几个儿子同对方交手，都被对方杀死了。这时，因陀罗吉特向父王请战，他要为叔父和几个兄弟报仇。罗婆那忍着悲痛，派出了他的最后一个儿子。

早晨，因陀罗吉特带领罗刹将士们出城了。看见罗刹军出城，猴子们杀兴顿起，朝罗刹们蜂拥而来。哈努曼冲在猴军的前头，当他靠近因陀罗吉特时，看见悉多也坐在这罗刹王子的战车上。悉多衣衫不整，面带悲伤。而因陀罗吉特却哈哈狂笑。风神之子看到这一切，不由得又愤怒又伤心。只见因陀罗吉特抓住悉多的头发，用剑割下了她的头颅。他说："哈努曼，你看到了吧，我用剑杀死了罗摩的爱妻。快去报告罗摩吧，你们所做的一切都毫无用处。"说完，这个刽子手就突然消失了。

哈努曼像疯了一样，立即了冲上前去杀罗刹的士兵，但罗刹们都退回城里去了。

听到悉多的死讯，罗摩当场晕倒在地。猴子们慌了手脚，围着罗摩往他身上洒凉水。罗摩清醒了，悲伤不已。维比沙那带着他的四个随从来见罗摩，说："伟大的十车王之子啊，不要这样悲哀。我非常了解罗婆那和他的儿子，罗婆那决不会把悉多交给他的儿子。他的儿子是精通魔法的，他杀死的悉多肯定不是真的，那是他用魔法变出的幻象。你不要丧失斗志，继续指挥我们作战吧，我们一定能救出悉多。"

听了维比沙那的劝说，罗摩觉得有道理，心情也平静了下来。维比沙那又说："我知道，因陀罗吉特现在正在阴森恐怖的树林里进行祭祀，他要修炼出一种武器。这武器威力无比，不是凡人所能抵挡的。如果现在不发起进攻，后果将不堪设想。"

罗摩听罢，振作起精神，命令罗什曼那同维比沙那一起往因陀罗吉特行祭的树林进发，同时还带上哈努曼率领的猴军和阎婆梵率领的熊军，去追杀因陀罗吉特。

维比沙那带路，军队接近了那座树林。他让罗什曼那立即下令进攻，这样可以打断因陀罗吉特正在举行的祭祀。

罗什曼那开始向树林周围的罗刹射箭，猴子和大熊们也在哈努曼和阎婆梵的带领下向罗刹兵杀去。空中，双方射出的箭雨互相撞击，标枪飞来飞去。地上，猴子和大熊奋力用爪子和牙齿袭击罗刹，一会儿就血流成河。哈努曼和阎婆梵都十分勇猛。他们拔起巨树横扫罗刹兵，很快就把罗刹兵杀得落花流水，纷纷逃命。

正在进行祭祀的因陀罗吉特听到震天的杀声，又见罗刹们纷纷逃回，不得不中断祭祀，走出了那阴森森的树林。哈努曼和阎婆梵迎击因陀罗吉特。

这时，维比沙那把罗什曼那拉到一边，说："先让哈努曼抵挡一阵，你跟我到祭坛去，预先在那里等着他。他击退哈努曼等人一定还要回到祭坛去完成他的祭祀，那时就可以杀死他。"

罗什曼那和维比沙那走向了树林深处，在一棵大树下弯弓搭箭，等着因陀罗吉特。不一会儿，因陀罗吉特果然急急忙忙地回来了。他身披铠甲手持宝剑，坐在四匹马拉的战车上。罗什曼那从树后走出，说道："罗刹王子，你准备一下吧，今天我要同你拼个你死我活。"

因陀罗吉特见维比沙那站在一旁，便明白了一切，他咬牙切齿地骂道："你这个叛徒，忘恩负义的东西！你身为罗刹，是我父王的兄弟，却站到了敌人一边，充当敌人的谋士，这是多么可耻！出卖亲人的逆贼啊，新主人从来不会相信你这种叛徒，一旦目的达到，他就会置你于死地的。"

维比沙那说："年轻的罗刹王子啊，你不明事理，又非常傲慢，所以才说出了这些无知的话。罗婆那才是不讲仁义的人，他抢劫别人的妻室，虐待百姓，反对天神，已经给楞伽人民带来了莫大的伤害，这是十恶不赦的罪孽。你和你的父王已经恶贯满盈，灭亡是你们的唯一下场。"

因陀罗吉特又转向罗什曼那，说："十车王之子啊，你如果不健忘，还记得我打败过你的事情吧？你今天来到这里，只是自寻死路。"

罗什曼那说："别说大话了，吃人的魔鬼终究要灭亡，今天就是你的死期。"

罗刹王子气冲冲地射出了一阵箭雨，罗什曼那也立即回敬。激烈的战斗开始了。罗什曼那先用五支铁箭射伤了罗刹王子，因陀罗吉特也用七支利箭射中了罗什曼那。然而双方的伤势都不重，都没有停止向对方射箭。罗什曼那向对手射出一阵箭雨，这无法躲避的利箭射到罗刹王子的身上，罗刹王子的铠甲都被射成碎片，像陨石一样落在地上。遍体鳞伤的罗婆那之子向英勇的罗什曼那射出了上千支箭，也把他的铠甲射成了碎片。两个武士浑身是伤，浑身是血，但还在不知疲倦地厮杀。他俩搏斗了很久，可是谁也占不了上风。维比沙那在一旁射死了许多罗刹，不让他们上前援助十首王之子。

哈努曼和阎婆梵的猴军和熊军也压了过来，因陀罗吉特手下的将领和士兵死伤很多，他的驭手和马匹都被罗什曼那杀死。十首王之子确实英勇，他跳下战车，向维比沙那投去一支标枪，但这支标枪在半空中被罗什曼那用箭射落。因陀罗吉特大怒，抽出一支死神给他的箭朝罗什曼那射去。罗什曼那立即拿出一支财神俱毗罗的箭对射。两支可怕的利箭在空中相撞，发出了耀眼的火光和惊天动地的巨响，同时被撞碎落地。两个人又各自拿出他们从天神那里得到的神箭对射，结果仍是一样。最后，罗什曼那把一支无法躲避的神箭装上了弓，这是一支天帝因陀罗当年用过的箭。这支箭带着风声飞了出去，在因陀罗吉特尚未施展出任何手段时就射落了他的头颅。十首王之子终于倒下了。罗刹们见主将殒命，纷纷逃命。维比沙那带猴军追杀他们。

因陀罗吉特死了，天空中观战的诸神都兴高采烈，整个世界在欢欣鼓舞。猴子们嬉笑打闹，狂呼乱叫，“胜利属于罗什曼那”的呼喊声响彻云霄。

罗婆那得到消息，当即昏了过去。当他清醒过来时，便伤心地大哭起来。他盛怒之下，拿起剑要去杀死悉多，谋臣们上前劝阻，让他先去杀死罗摩兄弟。

这一段时间里，楞伽城里一片悲哀，有许多家庭都失去了亲人。罗刹族的人逐渐明白了，正是罗婆那使他们遭受了如此巨大的灾难，他们怨声载道，又悲伤又愤恨。

但罗婆那丝毫没有悔改的意思，急于报仇的他命令手下的大臣们去整顿兵马。一队由象军、骑兵、步兵和车兵组成的大军已整装待发，罗婆那披挂停当，登上了他那闪闪发光的战车。罗婆那带着大军出城时，天空中出现了各种凶兆，但丧失了理智的罗刹王根本不去理会它们。

双方的激战开始了。猴子和大熊们用石块和树干打击罗刹们，许多罗刹兵口吐鲜血，倒地毙命。同样，猴子们也被罗刹兵杀死不少。由于罗婆那无比威猛，猴军开始节节撤退。妙项王带领手下将领顶住了罗刹大军。他亲手杀死了一员罗刹大将，自己也身受重伤。熊王阎婆梵身中数箭，但仍然杀死了一员罗刹大将。同时，波林之子盎加陀也杀死了一员罗刹大将。罗婆那见自己的将领逐个被杀，便亲自冲锋，猴军将士被他打得落花流水，死伤无数。罗婆那直奔罗摩和罗什曼那，就像天狗逼近月亮一样。罗什曼那向十首罗刹王射出了云一样的一团箭，但都被十首王击落了。十首王向罗摩射出了蛇般可怕的利箭，罗摩也以箭相还。这二人顷刻间便射出无数支箭，但未分胜负。罗婆那急于复仇，动用了阿修罗的魔箭。这些箭射出之后，就像毒蛇猛兽一样向罗摩飞奔而来，但罗摩的利箭却把它们一一击落了。

维比沙那悄悄绕到罗婆那战车侧面，用金刚杵打死拉车的马匹。十首王大怒，从车上跳下，拿起一支标枪要杀死维比沙那。在这紧急关头，罗什曼那用箭雨阻止了十首王。十首王的前胸、手臂都受了伤。十首王见没有机会杀死维比沙那，就把标枪投向了罗什曼那。这支无情的标枪击中了罗什曼那，他身上流着血，终于倒在地上。妙项王和哈努曼立即上前，将罗什曼那抬走。罗摩则用箭掩护着他们。

罗什曼那已经奄奄一息，罗摩在绝望地哭泣。聪明的熊王阎婆梵说："人中的豪杰啊，不要过于悲伤。罗什曼那的伤势虽然很重，但并非没有救。”熊王又对风神之子说：“哈努曼，现在要看你的了。在遥远的北方喜马拉雅山中，有一座神奇的药山，那山上长着各种草药，其中有四种草药，分别叫回生草、康复草、伤合草和接骨草。你乘着风力飞行，快去把这四种草药采来，千万别耽搁时间。只要能及时赶回，我们的英雄就能起死回生。”

哈努曼听了熊王的话，毫不犹豫地爬上山顶，纵身一跳就飞向了云端。风神之子乘风飞行，掠过大海，越过高山，经过平原和江河湖泊，一刻不停，一连飞了几千由旬，终于发现了前方喜马拉雅那白雪皑皑的群峰。他一座座山峦地观察，发现了熊王所说的那座药山。他落到山上，开始寻找那四种草药。他不认识这四种草药，急得火冒三丈。最后，他决定将整座药山带走，便用力抱住山峰摇晃。山峰晃动了，哈努曼托起山峰腾空而起。他用来时的速度飞行，越过陆地和海洋，返回楞伽城外的猴军驻地。

聪明的阎婆梵找出了那四种草药，立即拿来为罗什曼那治伤。罗什曼那当即醒了过来，恢复了体力。猴子们见状都欢天喜地，罗摩也高兴得流下眼泪。

罗摩和罗什曼那又走向了战场。这时，罗婆那已经登上了一辆崭新的战车。他射出闪电般的利箭，恶狠狠地向罗摩冲过来。

罗摩步行同十首王作战。天空中观战的诸神都觉得应当帮助罗摩尽早杀死罗婆那，于是天帝因陀罗叫来了自己的车夫摩里多，对他说：“快去，把我的战车送给罗摩，帮助他战胜那个魔王。”

摩里多驾起插有金色旗帜的天帝战车降落到地面，来到罗摩面前，双手合十说：“英雄王族的后代啊，千眼天神因陀罗为了使你获胜，特地把他的金车借给你使用。同时我还带来了他的神弓、神箭和金甲。快上车吧，我来为您驾驭，去杀死那万恶的魔王。”

罗摩看了看金车，拜了拜，就登上了这辆光照三界的战车。这样，一场空前激烈的战斗便在他与十首魔王之间展开了。

十首王为了置罗摩于死地，施展了魔法，从他弓上射出的金箭立即化成毒蛇飞向罗摩。罗摩不敢怠慢，立即用大鹏金翅鸟王的金翎箭去对付蛇箭。金翎箭化作无数只鹏鸟，将蛇箭全部毁掉。

暴怒的罗刹王又向罗摩射出了数千支箭，使车夫摩多里受了伤，车上的金旗也被射落。罗摩以牙还牙，用自己的箭射伤了罗婆那本人和他的马匹。罗摩的箭和罗婆那的箭在空中相遇，发出震耳的响声。他们周旋了很长时间，罗婆那的箭射伤了罗摩和摩多里，罗摩也使十首王和他的驭手受了伤。两个武士一会儿对射利箭，一会儿又用标枪、长矛和金刚杵对打，大地因他们的厮杀而颤抖，天空中被他们的箭云所弥漫。

终于，罗摩取出一支像长蛇一样的巨大曲箭奋力射向罗婆那。这支致命的曲箭直取十首王的头颅，将十个头颅中的一个射落在地。但奇怪的是，罗婆那的肩上又生出了一个新的头颅。罗摩将这个新头颅也射了下来，然而转瞬间又生出一个新的。这样反复地射，反复地长，罗婆那的脑袋始终一个不少。

正在罗摩大惑不解的时候，摩多里提醒他说："快用大梵天赠给你的那支神箭杀死他。"罗摩立即抽出了这支箭。这支箭具有无比威力，其尾部的羽毛带有风神的威力，其箭锋具有火神和太阳神的威力，它的重量像须弥山和曼多罗圣山一样沉重。这支可怕的箭被罗摩搭上弓，发了出去。它呼啸着，带着火光飞向了罗婆那。十首王无法躲避这支神箭，明白他的死期已经来到。神箭射穿他的胸膛、刺透他的心脏，又带着这罗刹王的鲜血飞回到罗摩的箭壶。

十首王死了，他那巨大的身躯像一座崩溃了的山般倒下了。罗刹们绝望地逃窜，猴子们则开始欢呼罗摩的胜利。天空中传来天鼓的响声，降下了阵阵花雨。

维比沙那见王兄身死，心中也不禁一阵酸楚，流下泪来。罗婆那的王妃们都跑出城外，围着罗婆那的尸体大哭。罗摩看到这种情形，劝维比沙那为罗婆那举行葬礼。维比沙那认为，罗婆那生前做了许多坏事，罪大恶极，人神共怒，不应当为他举行葬礼。罗摩劝道："不管这个人生前做了多少坏事，但他毕竟是一个国王，是一个战士。他战死沙场，对他的仇恨应当随着他生命的完结而一起消失。你为他举行一个与他身份相称的葬礼，百姓是会拥护你的。"

维比沙那接受了罗摩的劝告，吩咐手下人为罗婆那准备葬礼所需要的一切。罗刹们在海边用檀香木和香草搭起了一个柴堆，把罗婆那的尸体架上去，并在尸体上浇上酥油，又盖上了珍贵的布匹，在周围摆上花环。根据经典的要求，由婆罗门念诵颂诗和咒语，维比沙那亲手点燃了柴堆。

罗婆那死了，罗刹们都表示愿意归顺维比沙那。罗摩派罗什曼那带领一些人进入楞伽城，让他辅助维比沙那完成登基大典。罗摩又叫哈努曼进城去把胜利的喜讯报告给悉多。

哈努曼进入楞伽城后，来到无忧园中。悉多站在一棵树下，正满面愁容，周围是一些女罗刹。哈努曼走上前合十敬礼，说："尊贵的公主啊！灾难已经结束了。罗摩在妙项王和维比沙那等人的帮助下已经战胜了十首罗刹王，亲手杀死了他。"

悉多高兴得流下泪来，说："哈努曼啊，我终于盼到了这一喜讯，感谢你为我带来了这大好消息。你应当得到最高的奖赏。"

哈努曼说："公主啊，我看到罗摩在战场上杀死敌人，我能参加这场伟大的战争，这就是最高奖赏了。"哈努曼说完，准备动手杀死那些女罗刹。悉多阻止了他，说："这些人不过是些可怜的奴仆，她们是受人驱使的。我的不幸应当归于命运。罗婆那既然死了，她们便不会来伤害我了。现在对我来说，最大的事情是立即见到我的丈夫。"

哈努曼把情况告诉了维比沙那。维比沙那命人准备好轿子，抬着悉多去楞伽城外罗摩的营地。楞伽城的罗刹们得知悉多出城，倾城出动，前来观看。

悉多走到罗摩跟前，以兴奋的目光注视着她久别的亲人。在这一刻，她所有的痛苦和委屈都烟消云散了。罗摩见到悉多，说："公主啊，我已经杀死了十首魔王罗婆那，将你解救出来，我的誓言已经实现了。我洗刷了敌人对我的侮辱。可是，我作为高贵王族的后代，怎么好就这样把你领回来呢？你毕竟离开我很长时间，在敌人的家里住了这么久。罗婆那碰过你，怎么能证明你的贞洁呢？我不能使自己伟大的家族蒙受这样的奇耻大辱，所以，现在我给你自由，你可以自己决定到什么地方去，但我不能接受你做我的妻子。"

悉多听了罗摩这冷酷无情的话语，一片喜悦立即化为阴云。她感到了莫大的屈辱，泪如泉涌。她说："上天啊！如果说别人曾经碰过我，那是完全违背我个人意愿的。我对丈夫的忠诚从来没有改变过。罗摩，你只知自己家族的荣辱，却忘记了我的出身，我是大地的女儿，我将毫无愧色地面对任何人。罗摩，既然你决定将我抛弃，为什么不叫哈努曼提前通知我？我何必忍辱负重活到今天，你又何必忍受侮辱来到楞伽，使那么多百姓遭受战争之苦？"

悉多严正的指责，使罗摩无话可说。悉多又对罗什曼那说："罗什曼那，请你为我准备一堆火，面对一个无情的丈夫，生命已不足以爱惜，只有火才能医治我的悲伤，只有火才能证明我的清白。"

罗什曼那为悉多点起一堆火。悉多双手合十走向火堆，说："火神阿耆尼啊，请你向所有的人作证，我是清白的。"说完，悉多跳进了火堆。周围的猴子和罗刹都发出了叹息声，他们都在抱怨罗摩太不近情理。

悉多跳进火里以后，安然无恙。只见跳动的火光中升起一个巨人，将悉多高高托起。这巨人就是火神阿耆尼，他托着悉多走近罗摩，说：“罗摩，收下你的悉多吧，在罗婆那扣留她的日子里，她始终坚贞不渝。她是没有任何罪过的。我是火神，我可以向你证明。”

火神把悉多放到罗摩跟前后，就消失不见了。罗摩含着眼泪，对周围的人说：“你们都看到了吧？我美丽的悉多是忠贞和清白的。她在罗婆那的宫中住这么长时间，是应当在大家面前进行这净化仪式的。她将永远是我的妻子。”

罗摩接纳了悉多，在场的人都感到非常快乐。

第二天早晨，维比沙那来见罗摩，说：“罗摩啊，从现在起，我就是你的奴仆，你可以让我做任何事情。你、悉多和罗什曼那可以住在我的王国里，想住多久就住多久，这个王国的一切都由你来掌管。”

罗摩说：“高尚的罗刹国王啊，我感谢你的一片诚意。但是，我有自己的国家，我弟弟婆罗多在阿逾陀城等待着我，他已经等待了十四年。”

维比沙那根据罗摩的意愿，为罗摩安排回国的事宜。他还慷慨地奖赏了所有的猴子和大熊。

罗摩就要启程回国了，他向妙项王和维比沙那告别，并祝福了所有在场的猴子、大熊和罗刹们，感谢他们所给予的帮助。但是，当罗摩兄弟和悉多登上财神俱毗罗那辆巨大的云车时，妙项王、哈努曼、阎婆梵、维比沙那等却提出了要求，说要跟罗摩一起去，要亲眼看到罗摩登基再返回自己的国家。罗摩同意了，于是他们也一起登上了云车。

俱毗罗的云车十分宽大，载着罗摩、悉多和罗什曼那，载着维比沙那和他的随从，也载着妙项王、哈努曼和所有战争中幸存的猴子和大熊，风驰电掣般地向北飞去。

从罗摩流放之日起，至今已整整十四年了。这十四年里，婆罗多一直住在阿逾陀城外的净修林中。他把罗摩的木屐放在国王的宝座上，表示他只是代表兄长处理政务。

云车在阿逾陀城外降落了。罗摩首先遇到的是婆罗多。兄弟久别重逢，无比高兴。婆罗多把国家权力交给了罗摩，并命人准备登基大典所需要的一切。

阿逾陀城的百姓得知罗摩归来，倾城出动，把阿逾陀装扮得非常整洁美丽。罗摩、罗什曼那、悉多以及他们的亲密朋友们走在阿逾陀笔直的大道上，婆罗多和四弟沙多卢那及大臣们前来迎接他们。

罗摩进城后，拜见了母后们，然后带着悉多走进了王宫。全城百姓欢天喜地，王宫里举行了盛大的登基大典。罗摩和悉多坐在装饰有名珍异宝的黄金宝座上，围着他们的是婆罗多、罗什曼那、沙多卢那、妙项、哈努曼、维比沙那、盎加陀、阇婆梵、尼罗、那罗以及十车王的旧臣们。

连日来，阿逾陀城的百姓一直沉浸在欢乐之中，他们为罗摩归来和登上王位而日夜狂欢庆祝。百姓们都为有这样一位英雄神武、品德高尚的国王而高兴。歌手们大唱罗摩家族的荣誉史，赞颂罗摩的无比威名。歌手们唱道："战无不胜的统帅啊，当你闭上眼睛的时候，黑夜就降临大地；当你睁开眼睛的时候，万物才从梦中醒来，阳光重新照耀大地。你是我们的主宰，与世界保护神毗湿奴不相上下；你是我们的国王，如同世界的创造者大梵天一样。你坚持正法，主持正义，心地善良，品德高尚，你是人中唯一的英雄汉，你是王中空前的好国王。"

听到罗摩返回故国、登基为王的消息，周围国家的国王们纷纷前来祝贺。他们带来了许多珍贵的礼物，送给罗摩，可是，罗摩只收下很少一部分，而把大部分都转送给了妙项和维比沙那等人。

猴子和大熊们在阿逾陀生活得自由自在，非常舒适。城里的居民们知道他们都是国王的朋友，对他们十分友好，慷慨地为他们提供食品。尽管罗摩的这些朋友们过得很愉快，但他们都知道，罗摩该专心地治国理政了，没有过多的时间来陪伴他们，而他们也该回到自己的国家了。于是，在几个月之后，妙项和维比沙那等人向罗摩提出了返回故国的请求。罗摩同意了。

分别的时刻到来了。罗摩把猴子、大熊和罗刹的首领们召进宫廷，再一次感谢他们在危难中所提供的无私援助，嘱咐他们回国后好好治理自己的国家，并真诚地祝福了他们。忠诚的朋友们含着热泪听完罗摩的话，纷纷上前向罗摩敬礼。哈努曼与罗摩紧紧拥抱，说："国王啊，你将永远留在我的记忆中，我的心永远同你连在一起，只要你需要，我任何时候都可以来为你效劳。"罗摩把自己脖子上的宝石项链摘下来，挂到哈努曼的脖上留作纪念。这些在战场英勇杀敌的勇士们，此刻都热泪纵横，依依不舍。

忠诚的朋友们都离开了阿逾陀，各自回到自己的家乡。罗摩则同自己的兄弟们一起，在优秀的大臣们的协助下开始治理自己的国家。

罗摩治理国家时间不长，举国上下一片和美富足的景象。人们生活美满，丰衣足食，夜不闭户，路不拾遗。罗摩四兄弟也同自己的妻子过着幸福的生活。

罗摩对悉多关怀备至、亲密无间，这使悉多终日笑逐颜开。他们在享受了相当长时间的幸福生活之后，一天，悉多来到罗摩面前说要到恒河的对岸去，去见一下那里苦修的隐士，祈求他们的祝福。罗摩知道悉多去见隐士们的目的，便说："高贵的王后啊，我知道你这是在盼望着小生命的到来，我又何尝不想得到后代呢？去吧，我明天就让罗什曼那护送你到恒河对岸去，去见那闻名世界的蚁垤仙人，他会祝福你的。"

当天，罗摩来到大臣们中间，向大臣们询问百姓的情况。大臣们说："伟大的国王，你的臣民都在称赞你高贵的美德，他们生活得非常美满。"

罗摩说："现在天下太平了，但百姓们一定还有许多要求。尤其是对我本人，如果有什么使他们不满意的，就请你们毫无顾虑地全部告诉我。"

大臣们犹豫再三，终于告诉罗摩说："百姓们对陛下充满了敬意，只有一点不大满意。

我们听到老百姓的一些街谈巷议，说大王征服楞伽岛是空前的壮举，为这个古老的王族增加了光彩。百姓们还说，王后被罗刹王罗婆那掠去那么长时间，居住在魔王的宫廷，大王你不应当把她带回来。总之，百姓们有不少议论，有的话甚至不堪入耳，陛下只当没有这事罢了，百姓们又不了解实情。"

罗摩听了这些话，感到头晕目眩。他急忙派人把三个兄弟招来，诉说了自己的苦闷心情。他们："我可爱的兄弟们，你们是了解我的。我从来不怀疑悉多的忠贞，但百姓们现在议论纷纷，我觉得自己的做法有失当之处。作为国王，应当是全体臣民的榜样，应当维护我们古老家族的荣誉。为了平息百姓们的意见，为了我的名誉，我决定让悉多住到恒河对岸蚁垤的净修林里去。蚁垤是位无所不知、品德高尚的隐士，他一定会照顾好悉多的。"

三兄弟对罗摩的决定感到突然，觉得这样做不公正。但罗摩以他那至尊的地位来命令兄弟们接受他的决定，并安排罗什曼那第二天一早护送悉多去恒河彼岸。

第二天早晨，当满怀忧伤的罗什曼那到后宫接悉多上车时，悉多还不知道发生了什么事。她高高兴兴地走出王宫，登上了出城的车子。车子出城时，悉多感到身体颤抖，右眼在跳。她知道这是不祥之兆，便问罗什曼那发生了什么事。罗什曼那强忍着哀伤，用话搪塞过去。

他们的马车赶了一天的路，第二天才来到恒河的岸边。见到滚滚的恒河，罗什曼那再也忍不住了，他大声哭泣起来。悉多不明白是怎么回事，便安慰起罗什曼那来了。她说："英勇的罗什曼那啊，我来到恒河边，这是值得高兴的事情，我的愿望将得到满足，可是你为什么这样伤心呢？"

罗什曼那忍住了泪水，安排船只渡河。悉多的心头布满了疑云。船只来到了恒河对岸，他们下了船来到陆地上，这时罗什曼那才双手合十对悉多说："兄长派我到这里来送你，这件事对我是一个严重的打击，它深深刺伤了我的心。美丽的悉多啊，你宽恕我的罪孽吧。我的王兄为了他的名誉，为了家族的荣誉，决定把你休弃，吩咐我将你安置在蚁垤仙人的净修林里。高尚的王后啊，你一定要坚强些，不要因为这不幸的消息而毁了自己。我知道你是清白无辜的，而我的王兄又何尝不知道这一点。蚁垤是一位伟大的苦行者，他会使你情绪安定，使你今后的生活舒适安闲。你多多保重吧。"

悉多听了罗什曼那的话，如同被毒蛇咬了一样，当场晕倒在地。她恢复知觉以后，便痛哭起来："罗什曼那，我不怪罪你，也不怪罪罗摩。说真的，造物主使我出生，就是让我到人世来受苦受难。也许我做错过什么事情，但我从未背叛过自己的丈夫。如今他休弃了我，我有何面目继续活下去？如果我住在净修林里，我该怎样向蚁垤仙人做解释？罗什曼那，回去告诉罗摩，我这一生，只忠于他一个人，我之所以现在还不能自尽，是因为我已经怀孕，我在等待着我们王国的继承者，不然，我会毫不犹豫地投入恒河。"

罗什曼那又安慰了悉多一阵，洒泪拜别了嫂夫人。悉多望着罗什曼那渐渐远去的背影，绝望地大哭起来。蚁垤仙人和他的弟子们来到悉多面前，蚁垤说："高尚的夫人啊，不必这样悲痛。你所有的不幸，我都知晓。你就住在我的净修林里吧，你所需要的一切，都会得到满足。我的这些弟子们都会关心你，谁也不会欺负你。”

悉多跟随蚁垤走进净修林，从此在净修林中住了下来。

罗什曼那回到京城，把情况向罗摩一一做了禀报，同时责备了罗摩，认为他不该受风言风语的影响。罗摩的心情十分沉重。

时间过得很快，转眼就是十几年。这段时间里，罗摩致力于国家的治理，使他的国家变得十分强大。另一边，悉多在蚁垤的净修林里，为罗摩生下了一对小王子。这对小王子分别名叫俱舍和罗婆，他们长得像罗摩一样英俊。蚁垤仙人教会了他们领兵打仗的本领，也教给他们如何治理国家。俱舍和罗婆不知道自己的父亲是谁，蚁垤仙人就把罗摩的情况告诉了他们。蚁垤还把罗摩的英雄事迹编成了长诗，教给俱舍和罗婆吟唱。这对小王子非常聪慧，很快就能在琴声的伴奏下把全部长诗吟唱下来。

一天，罗摩要举行马祭大典，想以此来表示对天神的虔诚，同时也向世人宣布他在人世间所获得的最高统治地位。他的兄弟和大臣们对此表示赞同，并分别派人向四面八方发出邀请。不久，各地前来参加马祭大典的国王们都汇集到阿逾陀城来了，周围的老百姓也都赶来观看这盛大的典礼。蚁垤仙人知道了消息。他带着弟子们和悉多的双生子赶到了阿逾陀。

蚁垤对俱舍和罗婆说：“我的孩子们，你们俩要每天早晨在大街上吟唱罗摩的英雄事迹，要沿着大街向王宫门前走，人们一定很喜欢听。消息传到王宫中，说不定罗摩会把你们召进宫去。”蚁垤这样吩咐过后，就返回了净修林。

早晨，俱舍和罗婆走在京城的大街上，他们边走边唱罗摩的功绩，一直向王宫门前走去。街上的行人都停下来听这兄弟二人演唱，那优美的曲调打动了所有人的心。罗摩在王宫中听到了歌声，他下令把两名年轻的歌手召进宫中。随后，他又下令将前来参加大典的所有博学的婆罗门和修道人都请进宫来，一起听歌手的演唱。

俱舍和罗婆按照蚁垤的教导，在罗摩面前吟唱着长诗。在场的听众都聚精会神地听着，他们都注视着这两个歌手，并惊奇地发现，这两个年轻的歌手长得和罗摩十分相像。两兄弟的吟唱使在场者十分感动，罗摩听了也非常满意。但是，两兄弟吟唱一天，只唱完了全部长诗的开头部分，要唱完全诗，还需要许多天。罗摩当即表示要重赏两兄弟，并要求他们每天到宫中来吟唱。当罗什曼那奉罗摩之命拿出一万多金币来做赏赐时，两兄弟却拒绝接受。这使罗摩感到惊奇，便问："请你们告诉我，为什么拒绝我的赏赐？"

俱舍和罗婆说："伟大的国王陛下，我们是山林中的隐士，平时靠采集野果和草木根茎为生，靠山泉溪水解渴，黄金对我们毫无用处。"

罗摩又问："既然你们是隐士，那么是谁教会你们唱这长诗的？这位了不起的智者是谁？"

俱舍和罗婆答道："陛下，编这长诗的是伟大的修道人蚁垤，他是无所不知的圣者。"

就这样，俱舍和罗婆在王宫中唱了许多天，当他们唱完这部长诗的时候，罗摩终于明白了，站在他面前的这两个年轻歌手就是悉多的两个儿子，也是他的亲生子。罗摩站起身，上前去拥抱他们。这时，在场的大臣们才明白，为什么这两个歌手同罗摩长得那么相像。

罗摩立即派出特使前去请蚁垤和悉多。在一个吉祥的日子里，蚁垤和悉多来到了阿逾陀城。蚁垤把悉多带进王宫，当着罗摩和所有人的面，再一次证明悉多的贞洁。他说："十车王之子啊，你为了自己的声誉而把妻子放逐到森林中去，你害怕人民的指责，却伤害了一个无辜的人。"

这时候，悉多仰起头，说："除了罗摩，我心中没有过任何人，我从未做过任何背叛丈夫的事，如果我讲的是实话，那就让大地母亲敞开胸怀。”

悉多的话音刚落，大地真的裂开了，在那裂缝中冉冉升起一个金光闪闪的宝座，宝座上坐着大地女神。她伸出手臂，把悉多抱进怀里，消失在地下深处。大地闭合了，天空降下花雨。

这一奇迹再一次向人们证明了悉多的忠贞。人们把悉多奉为贞洁的象征，永远纪念她。罗摩悲痛欲绝，他流着泪说：“悉多从我的眼前消失了，我永远地失去了她。当她被十首罗刹王劫去时，我还可以救回她；当她被流放进森林时，我还可以派人接回她。可是，她现在被地母带走，我怎样才能重新得到她呢？”

罗摩十分伤心地诉说着自己的悲哀，不时地哭喊着。这哭诉声感动了梵天，他现身于罗摩的面前，说：“伟大的勇士啊，不要悲伤。悉多被地母接走了，很快便会到达天堂。在众神的天宫里，你终将与她相聚。你将和她在一起，永生不灭。”

从此，罗摩为了纪念爱妻，命能工巧匠雕造一尊金质的悉多像。他每天陪伴着这尊雕像，没有再娶妻子。

随着时光的流逝，罗摩兄弟们的母后一个个地去世了，她们相继来到天堂，同十车王会合了。罗摩决定放弃王位，到森林中去过隐居生活。他把王国分为两半，一半交给俱舍统治，另一半交给罗婆统治。

罗摩在森林中度过了生命的最后时光，告别人世，升入天堂。在天堂，他与悉多会合了。俱舍和罗婆统治着各自的国家，生活过得非常美满幸福。

二、摩诃婆罗多的故事

古老的月亮族系的先祖中，有许多著名的国王，如洪呼王、友邻王、迅行王等。其中迅行王有五个儿子，其长子叫雅度，最小的叫布卢。布卢贤德，继承了王位。布卢王的第十六代后裔豆扇陀和沙恭达罗生的儿子叫婆罗多。婆罗多的孙子叫哈斯提，他当政时建立了王都象城。哈斯提的玄孙就是俱卢王。俱卢王的第十五代后裔是福身王。

一天，福身王在恒河边见到一位美少女，便向她求婚。少女说，如果国王答应绝不干涉她所想做的任何事情，她可以嫁给他。国王当即答应了她。这少女就是恒河女神，她为福身王生下儿子毗湿摩之后，便返回了天上。毗湿摩相貌非凡，智力超群，掌握了各种经典，精通战术，武艺高强。国王宣布立他为王储。

数年后的一天，福身王在亚穆纳河岸遇到渔夫之女贞信。国王找到渔夫，请求娶他的女儿。渔夫说，如果国王答应让其女儿之子继承王位，他就同意。

国王无法答应，整日心事重重。毗湿摩问父王为何郁闷，国王说出了原委。毗湿摩亲自找到渔夫为父亲提亲，并发誓自己绝不继承王位，也不娶妻生子，而把王位让给贞信之子。渔夫同意把贞信嫁给福身王。

贞信先后生下二子。长子花钏，次子奇武。福身王、花钏先后死去，毗湿摩辅助奇武继位。当迦尸国举行选婿大典时，毗湿摩战败众国王，为奇武抢回了三位公主安巴、安毕迦和安波利迦。因公主安巴不愿与奇武成婚，因此奇武只娶了另外两位公主。奇武在位仅七年就去世了，没有后代。为了不使俱卢家族断了香火，贞信劝毗湿摩继位并娶两个王后为妻，毗湿摩表示绝不违背誓言。

贞信婚前与苦行者生过一子。此子奇丑无比，却聪明绝伦，被人称为“广博仙人”。贞信召来了儿子广博仙人，让他为俱卢族传宗接代。

当广博仙人与安毕迦同房时，王后见到他的可怕面容吓得闭上了眼。因此，安毕迦生的儿子持国成了盲人。在广博仙人与安波利迦同房时，王后吓得面无血色。因此，她生的儿子般度也面色苍白。广博仙人还同安波利迦的侍女生了个儿子维杜罗，此子后来成为学识渊博的大师。这三个孩子都被认为是奇武王的合法继承人。王子们未成年之前，由毗湿摩摄政。王子们长大后，因持国是盲人，毗湿摩便把王位交给了般度。持国与犍陀罗国公主甘陀利成婚，甘陀利陆续为持国生了一百个儿子，他们被统称为“持国百子”。长子叫难敌，次子叫难降。

雅度家族与俱卢家族有血缘关系，他们同是迅行王的后裔。雅度族公主贡蒂成了般度王的王后。后来，般度王又娶了摩德罗国公主玛德利。

一天，般度王在林中打猎，见两只鹿在作乐，便射出一箭，公鹿受了重伤。原来这两只鹿是一位仙人与其妻子变的。仙人在临终前诅咒般度会在床上作乐时死去。般度王深感内疚。回宫后，他把朝政交给毗湿摩和维杜罗掌管，带着两个王后到林中去过禁欲生活。

贡蒂的父亲苏罗是雅度族的头人，也是黑天的祖父。贡蒂在少女时曾侍候过敝衣仙人，仙人教给她一个求子咒。一念这咒语就能呼唤天神，天神会下来使其怀孕。贡蒂曾用这一咒语唤来太阳神苏利耶，使她生了一个酷似太阳神的儿子迦尔纳。贡蒂为了保持名誉，把孩子装在一个木匣中，放到河里任其漂流。一个车夫发现了这个孩子，把他抚养长大。

林中修行的般度因仙人诅咒，无法实现得子的愿望，心中焦虑。贡蒂说了求子咒的事，般度便竭力催促两个妻子使用这一咒语。结果贡蒂分别与正法之神达摩、风神伐由和因陀罗生下了坚战、怖军和阿周那。玛德利则与双马童生下了孪生兄弟无种和偕天。这五兄弟被称为“般度五子。”

般度王不久便离开人世。玛德利随夫殉葬。五子年幼，盲人持国继承了王位。贡蒂带着五子住进了持国的宫中，般度五子和持国百子生活到了一起。般度的第二子怖军膂力过人，常常欺负堂兄弟们，因此持国百子打心底里憎恨怖军。

孩子们渐渐长大，国王为他们请来武功大师慈悯和德罗纳。经过训练，王子们个个本领非凡。为检验学习成绩，国王选了日子举行比武大会。持国王、毗湿摩、德罗纳和慈悯等都来观看。般度第三子阿周那在箭术上超过了所有兄弟，是德罗纳最得意的门生。难敌和怖军擅长用铁杵作战，而坚战则长于车战。无种和偕天的剑术高超，和王子们一同练武的德罗纳之子马勇也身手不凡。

阿周那的表演赢得全场欢呼，难敌却嫉恨交加。这时，太阳神和贡蒂之子，现为车夫之子的迦尔纳冲进场地。他公然藐视阿周那，并把阿周那做过的重新表演了一遍。难敌见到有能与阿周那对抗的高手，高兴地拥抱了迦尔纳，并册封他为盎伽王。迦尔纳不仅技压群雄，还有一件从因陀罗那里得到的法宝，用它可以击毙任何敌人，但仅能使用一次。他还曾冒充婆罗门而从持斧罗摩那里学得使用一件宝器的咒语。但由于他欺骗了老师而受到诅咒，他学的咒语在紧要关头将忘得一干二净。

难敌把般度五子视为眼中钉，决心拔除他们。难敌、迦尔纳和难敌的舅舅沙恭尼整天策划着坑害般度五子，但阴谋始终未得逞。在民众中，般度五子比持国百子更有威信。难敌深知这一点，就鼓动父亲持国王把般度五子派到北部的多象城去。持国王没有同意。难敌便收买了一批人，帮助他动员般度五子去多象城。同时，难敌派出心腹布罗旃事先到多象城建造了一座容易燃烧的紫胶宫。

般度五子果然决定去多象城。动身前，维杜罗暗示坚战说："大火能烧毁整个森林，但却不能伤害躲在地道中的豪猪。"坚战牢记了他的忠告。

般度五子和母亲贡蒂在布罗旃引导下住进紫胶宫。坚战查看了宫内设施，理解了维杜罗的话。他们装得若无其事，暗中监视着布罗旃，同时也挖了地道。一天晚上，贡蒂举行宴会，邀请全城的人开怀畅饮，布罗旃喝醉了。怖军放火点燃了宫殿，布罗旃被烧死，般度五子和母亲沿着地道逃走了。而百姓都以为他们遇难了。持国王得知消息，十分悲痛。难敌心中窃喜。只有维杜罗心中有数。

般度五子和贡蒂走了多日，来到一座密林。怖军在这里娶了个罗刹女希丁芭为妻，生了个儿子瓶首。瓶首和母亲在一起，没跟父亲去流亡。在独轮城，怖军为民除害，杀死了钵迦怪。

这时，听说般遮罗国木柱王要举行选婿大典，般度五子便去了般遮罗国。前来参加大典的英雄中，有持国百子、迦尔纳、黑天、童护和妖连等。这天，般遮罗国太子猛光骑着马在前，妹妹黑公主乘大象在后，来到演武场。当黑公主从大象上下来时，她的苗条和美貌使全场人倾倒。

猛光宣布，能用他提供的弓箭连射五箭并命中靶心者，可娶黑公主为妻。众国王纷纷上前，童护、妖连、沙利耶和难敌等人都没有拉开弓，迦尔纳也功亏一篑。最后，化装成婆罗门的阿周那出场，操弓上弦，连发五箭，箭箭命中。

五兄弟带黑公主返回住地，按家族习俗合娶黑公主为妻。次日，般度五子来见木柱王。当得知他们是般度五子时，木柱王大喜。

难敌得知般度五子没有死，而且还和强大的木柱王结了亲，心中很不安。他把消息呈报持国王。持国王召集会议商量对策。

毗湿摩、德罗纳和维杜罗建议分给般度五子一半国土。持国王采纳了三位长者的建议，把般度五子和贡蒂召回象城，把古都甘味城附近的一片地方划归般度五子管理。此时的甘味城已是废墟，但不久，般度五子就带领人们把它建设成一座新城，命名为天帝城。许多人都来投奔般度五子，天帝城日益繁荣。

一天，阿周那来到黑天的管地多门城，爱上了黑天的妹妹妙贤。在得到黑天的鼓励后，阿周那按刹帝利的抢婚方式与妙贤结了婚。婚后，妙贤与黑公主关系融洽。黑公主为每个丈夫都生了一子。妙贤也为阿周那生下一子激昂。激昂从小就有超凡的勇气和才能。

般度五子政绩辉煌。在他们诛杀了摩竭陀国国王妖连和车底国国王童护之后，坚战举行了盛大的王祭，成为一方的霸主。

看到般度五子强盛，持国百子很不高兴。他们的舅舅犍陀罗王沙恭尼想出一计，邀请坚战玩掷骰子，通过赌博把般度人的一切都赢过来。难敌大喜。他们向持国王讲述了这一阴谋。于是，持国王派人去邀请般度五子到象城来玩。

坚战带着四兄弟和妻妾来到了象城。在这里，沙恭尼代表难敌和坚战玩起了掷骰子的游戏。赌博大厅中聚集了很多观众，其中包括德罗纳、慈悯、毗湿摩、维杜罗和持国王等。坚战总是输，他越输下的赌注越大。他先后输掉了金钱、大象、军队、牲畜、土地等一切财产，最后竟然把亲兄弟和自己都当作赌注押上，然而还是输了。这时，沙恭尼说："还有一件宝物，怕你不舍得押。你可以把黑公主也押上。"输红了眼的坚战又答应了，结果他还是输了。

难降揪着黑公主的头发把她拖到了大庭广众之中，还无耻地去脱黑公主的衣服。善良的人们不忍直视，都低下了头。然而奇迹发生了：由于天神的保护，难降脱掉黑公主一件衣服，她身上便重新出现一件。难降不停地脱着，累得气喘吁吁，黑公主仍然穿着衣服。怖军气得浑身发抖，他怒吼道："现在我发誓，在交战中，我若不撕开这些败类的胸膛喝他们的血，就让我死后升不了天堂！"

这时，难敌用咄咄逼人的口气问坚战："你自己来回答，是不是把老婆输了？"坚战哑口无言。接着，难敌拉开围裤的一边，做了个下流动作。面对这一奇耻大辱，怖军咆哮着："难敌，你听着！在战斗中我要一杵砸烂你的屁股，否则就让我进不了祖先的天堂！"

对面前所发生的事，在场的人无不震惊。这时，持国王说："难敌，你真不知羞耻！"他把黑公主叫到身边，安慰了她，又对坚战说："你是个宽容的人，饶恕难敌的恶行吧，我让你恢复自由，把输掉的一切都拿回去，回天帝城吧！"

般度五子走后，难敌埋怨父亲破坏了计划，说："般度五子是不会善罢甘休的，等他们打来时，我们就完了。所以，你最好传旨让他们回来，和我们再赌一次，谁输，就到森林中流放十二年。"持国王同意了儿子的要求。

于是，坚战等又返回了象城。此次的赌注是：输者要到森林中流放十二年。第十三年仍不应被辨认出来，如果被认出，则需继续流放十二年。不消说，坚战又输在沙恭尼手中，于是，般度人不得不去森林中过流放生活。

过了一段时间，阿周那按照广博仙人的建议，为了求神赐给他威力强大的新武器，辞别了众兄弟，只身前往喜马拉雅山去修苦行。

光阴荏苒，般度五子已经流放了十二年。经过十二年的锻炼，般度五子增强了体魄、才干和经验，变得更坚强和成熟了。

第十三年，般度五子来到摩差国。坚战扮成修行人，取名刚伽，陪伴毗罗吒王掷骰子消遣。怖军自称牛牧，当了御膳房的主持。阿周那取名巨苇，当了宫廷侍者。无种取名法结看管马匹，偕天取名索护照料牛群。黑公主则当上了王后妙施的宫女持犁。他们在毗罗吒的王宫里平静地度过了数月，然而在第十三年即将结束时终于出了麻烦：王后的哥哥、国王的统帅空竹一次撞见了黑公主，为她的姿色打动了。他对黑公主说："美人啊，爱我吧，我将让你享尽荣华富贵。"黑公主拒绝了他。空竹绝没想到，一个宫女居然会拒绝他，从此便怀恨在心。

一天夜里，王后妙施派黑公主到空竹家去要一壶酒，黑公主很为难，但她还是硬着头皮去了。在空竹家里，空竹企图调戏她，她挣脱后跑回宫中。空竹则随后也追入宫中，当众骂她，踢她，羞辱了她。黑公主实在忍不住心中的痛苦，去找怖军哭诉了空竹对自己的凌辱。怖军满腔怒火，决意第二天除掉空竹。

第二天夜里，当空竹又来到宫中纠缠黑公主时，事先埋伏在那里的怖军出其不意地扑向空竹，把空竹迅速干掉之后，他又若无其事地回到了御膳房。

空竹被杀的事件轰动了王宫乃至全国，黑公主成了既美丽又可怕的人。人们要求把她赶出城去。于是，王后妙施就对黑公主说，她已经不需要她了，希望她尽快离开。因为离十三年只差一个月了，所以黑公主要求国王和王后允许她再待一个月，到时她的丈夫一定会感谢他们。毗罗吒王答应了黑公主的请求。

从第十三年开始，为搜索般度五子，难敌把大量的暗探撒向了四面八方。探子们把城市、山川、森林等一切可去的地方都搜了一遍，也没有发现他们的踪迹。探子们回来都说，看来般度人已经死在荒野之中了。

当空竹被杀的消息传来时，难敌怀疑事件背后可能与般度五子有关。他主张去进攻摩差国，劫走他们的牛群。如果般度五子在那里，他们必定会站出来作战，这样他们就会暴露出来了。长期与摩差国不和的三穴国国王善佑极力支持这一计划。他说空竹已死，现在是进攻它的最好时机。于是会上决定，善佑从南面率先进攻摩差国，将其兵力引向南方，难敌则随后率大军从北面发起进攻。

善佑率军队从南面一路杀来，抢走了大量牲畜。这时，刚迦对国王说："我自己、厨师牛牧、管马人法结和牧牛人索护都是优秀的战士，请发给我们武器，我们和你们一起战斗。"于是，除了阿周那之外，其余般度兄弟全都参加了战斗。国王把太子优多罗留下管理政务，自己率领主力迎击三穴国国王。双方展开了一场恶战，死伤无数。善佑的军队逐渐占了上风，俘获毗罗吒王，摩差国军队大乱。这时，坚战命怖军去搭救毗罗吒王。怖军上了战车，用弓箭和宝剑长驱直入，救出了毗罗吒王并俘虏了善佑。于是，摩差国转败为胜。

正当摩差国军队在南方得胜的时候，难敌大军从北方压来，掠走了成千上万的牲畜。牧民派人请求太子迅速派兵追回牲畜，太子逞能说："别慌，只要有人替我赶车，我就能把牲口追回来。"

于是，阿周那便被叫去为太子驾车，他那高超的驾车技术使太子的车疾驰如飞。优多罗开始惊慌失措了，他央求阿周那说："快把车赶回去吧，我一个人怎么能对付这么庞大的军队呢？这不是去送死吗？"阿周那说："你来驾车，先把车赶到那棵大树跟前去！"两人到了树跟前，阿周那让太子爬上树顶，取下一个包裹。阿周那把包裹打开，露出了寒光四射的兵器。优多罗看得目瞪口呆。阿周那说："我是阿周那，刚伽是坚战王，厨子牛牧是怖军，宫女持犁是黑公主，马夫法结是无种，牧牛人索护是偕天。你别怕，好好赶车，看我怎么打败俱卢人！”

得知巨苇是阿周那，优多罗顿时勇气倍增。阿周那的战车长驱直入，杀入俱卢大军。他那神弓发出的巨响，声震四面八方；暴雨般的利箭，使敌军死伤成片。他很快便赶上了难敌，难敌打不过阿周那，丢下抢来的牛群狼狈而逃。阿周那又陆续打败了德罗纳、迦尔纳、马勇、慈悯和毗湿摩，使俱卢军队溃不成军。此次战斗摩差国大胜，他们赶着夺回的牲畜胜利返回。

为庆祝胜利，毗罗吒王主持了庆祝典礼，大殿里高朋满座。这时，刚迦、牛牧等一行五人身穿盛装鱼贯而入，不经邀请便泰然自若地坐在了王族的席位上。毗罗吒王见状，脸上骤然变色。这时，阿周那向国王，也向在场的人公开了他们的真实身份，这一令人震惊的消息顿时使全场轰动。

毗罗吒王表示：一年来，般度五子和黑公主尽心地侍奉了他，在危难关头又拯救了他的国家，般度家族对他们恩深似海。他愿将国家奉献给他们作为报答，并愿将女儿嫁给阿周那。般度五子没有接受毗罗吒的王权。而毗罗吒王的女儿至上公主则嫁给了阿周那的儿子激昂，因为阿周那说他是至上公主的长辈。

这时，难敌的使者赶来，传达难敌的口信说：“由于阿周那不慎，在未满十三年的时候被发现了，所以你们理应继续在林中度过十二年。”坚战听罢大笑：“去问问懂历法的人吧！阿周那拨动神弓的响声已宣告了十三年期限的结束！”

激昂和至上公主的婚礼，成了亲朋好友和英雄们的聚会。婚礼过后，大家聚集在毗罗吒王的会议大殿中。毗罗吒王左右坐着黑天和坚战。木柱王的左右坐着大力罗摩和善战。众人坐好后，黑天建议首先派一个精明能干的使者去劝说难敌归还坚战原有的领地。接着，大力罗摩表示支持，而雅度族勇士善战表示反对。他的理由是不经过打仗，难敌决不会交出土地。

会后，黑天回多门城，般度兄弟、木柱王、毗罗吒都立即紧张备战。木柱王派婆罗门前往象城去谈判，并同时向友好国家派出使者，通知他们集结军队。另一方面的难敌同样没有闲着，他们的备战活动也在加紧进行。各国都卷入了这一大规模的备战行动，或参与这一方，或参与那一方。

为求得黑天的支持，阿周那赶到多门城。难敌几乎同时到达，并抢先走进黑天的卧室，黑天还在睡觉，他就在一把椅子上坐下。阿周那进去，双手合十站到黑天的脚边。黑天醒来，第一眼看到了阿周那，随后也看到了难敌。黑天对两人表示欢迎。难敌说："是我先来的，我来请你在未来的战争中帮助我。"

黑天回答说："你先来，我要帮你的忙；但我第一眼看到的是阿周那，我也要帮助他。我这里有两份礼物，我的强大军队算一份，不拿武器和不参与厮杀的我个人是另一份。按照传统，礼物先分给年幼的，所以我让阿周那先挑。"

阿周那毫不迟疑地选择了黑天；难敌则心满意足地得到了黑天的强大军队，这支军队由勇武的成铠指挥。难敌随后又找到了大力罗摩，大力罗摩说："你们双方都是我的亲戚，我哪一方也不参加。"

无种和偕天的舅舅沙利耶是摩德罗国国王。他率领一支大军前去支援般度人。难敌事先在他们行军途中尽心地款待了沙利耶的大军。沙利耶误以为是两个外甥所为。"吃了别人的嘴软"，当他得知是难敌在款待他们时，囿于情面，不得不率军站到了外甥们的对立面，答应为难敌效力。

木柱王派出的婆罗门使者来到持国王的宫内，受到了应有的礼遇，却引起一番争论。持国王决定派全胜为使者去和般度人谈判。

全胜作为使者见到了坚战，坚战提出只要五个村庄。全胜返回象城，向持国王禀报了出使情况。持国王对难敌说："给他们五个村庄就能摆脱战争，你为什么非要那么固执呢？"难敌恼怒地说："我针尖大的地方也不给他们！"

那边，黑天决定亲自到象城去一趟。持国王得到了黑天将要到来的消息，他一面下令做好隆重欢迎的准备，一面找来维杜罗，商量送黑天什么礼物。维杜罗说："他是为谋求和平而来的，给他和平就足够了。"

黑天来到象城后，先后拜会了持国王、维杜罗和贡蒂后。持国王让他直接劝劝难敌。于是，黑天对难敌说："把国家的一半分给般度兄弟吧，他们会欣然拥戴持国王和拥护你做王储的。"毗湿摩和德罗纳也好言相劝，然而难敌的态度仍无任何改变。他还是那句话："我连针尖大的地方也不给他们！"

难敌和他的一伙人策划绑架黑天。黑天是大神毗湿奴的化身，对此事自然早有防备。黑天匆匆离去，和解的最后希望破灭了。

黑天自象城返回后，向般度族诉说了出使的失败。于是，坚战下令，对军队进行总动员。他把部队分编为七个军，任命木柱王、毗罗吒王、猛光、束发、善战、索马吉人的国王显光和怖军为各军统帅。最后，他又根据黑天的建议任命木柱王之子猛光为般度族全军的大元帅。随即，在猛光的统率下，般度大军威武雄壮地开进了俱卢之野。

另一方面的难敌也率领十一支大军开到了俱卢之野。统帅这支大军的大元帅是毗湿摩。各支大军由德罗纳、慈悯、沙利耶、成铠等这样一些身经百战、威震四方的战将指挥。

人们在焦急地等待着开战的那一刻的到来。就在这时，般度军中出现一阵骚动，只见坚战王出乎意料地脱掉铠甲，放下武器，跳下战车，双手合十地穿过全副武装的俱卢军密集的人群，走向俱卢军的元帅。来到毗湿摩面前，坚战向他行了触足礼，然后说道："爷爷，请允许我们向您开战，并希望您祝福我们。"

毗湿摩说："我是不得已站在了你的对立面。勇敢战斗吧，胜利属于你！"

接着，坚战又以学生身份向德罗纳大师深施了一礼。德罗纳也祝福他在战斗中取胜。坚战又陆续得到了慈悯和沙利耶的祝福后，这才返回自己的阵地。

大战终于开始了。顷刻间，战鼓声、螺号声伴随着马嘶、象吼和人的呐喊声响成一片。转眼间，父子、叔侄、甥舅、兄弟……人们六亲不认，互相厮杀起来。

在第一天的战斗中，毗湿摩的战车驰骋在疆场上，到处撒播着死亡的种子。激昂见状，便冲上前去，于是，这一对最年长的和最年轻的亲族之间便无情地拼杀到了一起。俱卢军纷纷赶来围攻激昂，毗罗吒和王子优多罗、猛光、怖军都前来接应。优多罗的战象踏倒了沙利耶的战马，沙利耶投出的一只飞镖，击穿了优多罗的甲胄，王子随后便落地身亡。

优多罗的哥哥白净见到弟弟惨死，奋不顾身地冲向沙利耶。毗湿摩向白净射出了致命的一箭，白净倒地身亡。

第二天早晨，毗湿摩便率军冲乱了对方的阵脚，般度军死伤无数。阿周那对黑天说："照这样下去，我军将被毗湿摩消灭殆尽。他不死，大难将不已。"黑天应道："说得对！"阿周那随即便驱车向毗湿摩冲去。为了确保毗湿摩的安全，俱卢军从四面八方向阿周那围拢过来。随着阿周那战车的驶过，伴随着神弓的轰鸣，大量的俱卢将士横尸战场。毗湿摩抖擞精神，向阿周那冲去。双方打了无数回合未分胜负。善战一箭便射倒了毗湿摩的车夫，于是，无人驾驭的战马狂奔着把毗湿摩拉出了战场。般度人乘机发起攻击，俱卢人大败而逃。

第三天上午，在激战中，怖军射伤了难敌，使其晕了过去，被迫撤离了战场。般度人乘胜追击，俱卢人大败。老英雄毗湿摩率队复出，在般度军中肆意砍杀，如入无人之境，致使般度人大败。在这种形势下，黑天对阿周那说："你不能再心慈手软了，必须杀死毗湿摩。"

战斗的第四天，难敌的八个兄弟死在了怖军手中。到了第八天，难敌共有十六个兄弟毙命。在整个战斗过程中，难敌不时地找到毗湿摩，用尖刻的语言挖苦和抱怨他没有使用全部力量和般度五子作战。毗湿摩回答说："有两件事我不能依你：第一，我不能和妇女作战，因此我不和束发作战；第二，我不能亲手杀死般度五子。除了这两件事，其他事我都可以依你。"

原来束发是安巴公主转世。当初毗湿摩为弟弟奇武抢来了安巴三姊妹，奇武与两个妹妹成婚，安巴因心中另有别恋而不肯成婚，她为此事对毗湿摩耿耿于怀。她苦苦修行得到了湿婆恩典，允诺她下世可杀死毗湿摩。于是，安巴跳入火中自焚，投胎为木柱王的公主。公主在林中修行变成了男子，即是束发。

战斗的第十天，般度五子根据黑天的建议，让束发率军在阵前向毗湿摩发起冲击。俱卢人无力阻止般度人的冲击。毗湿摩恪守自己不与妇女作战的原则不与束发交锋，致使自己身中三箭。这时，阿周那从束发身后瞄准毗湿摩连连放箭，全部击中毗湿摩。浑身是箭的毗湿摩终于从车上栽倒在地。

毗湿摩的身体因为有无数箭在支撑着，未直接触地，仿佛睡在箭床上。双方都停止战斗围拢过来。奄奄一息的毗湿摩对难敌说了最后的话："孩子，尽快与般度族和解吧！"难敌根本不听。

俱卢军现在是群龙无首，难敌请德罗纳就任俱卢军的大元帅。德罗纳把俱卢军排成了圆形阵。从开战以来从未露面的迦尔纳此刻在战场上出现，他的战车不停地穿梭，给俱卢军注入了极大的勇气。

大战的第十三天，俱卢人的敢死队把阿周那引向了远离坚战的地方。于是，德罗纳率领布成了莲花阵的俱卢军向坚战冲来，紧急关头，坚战把阿周那和妙贤的儿子激昂叫到跟前，让他冲进敌阵。激昂的战车势如破竹，冲破了敌人的阵脚，引起俱卢人一片慌乱。但信度国王胜车迅即指挥着军阵重新合拢，把般度族其他将领隔在了阵外。身陷重围的激昂孤军奋战，杀死了无数扑向他的士兵，打退了德罗纳、慈悯、迦尔纳等战将的轮番攻击。但终因寡不敌众，被难降之子用铁杵砸死。激昂的阵亡，使坚战万分悲痛，他觉得自己无法向阿周那交代。般度军中笼罩着一片悲哀的气氛。

阿周那和黑天杀败敢死队返回了营地。当阿周那得知爱子已不在人世时，悲痛欲绝，发誓说："明天日落之前我要杀死那个置我儿子于死地的胜车！"

第十四天，战幕拉开，阿周那穿过道道防线，向胜车王逼近。整个战场的交战形势是：前往支援阿周那途中的善战正在与广声交战；怖军前去支援阿周那的途中路遇迦尔纳，两人正在厮杀；德罗纳正在阵前抵挡着般度军的轮番冲击。

怖军和迦尔纳打得昏天黑地。怖军在攻击迦尔纳时，又顺便杀死了十多个难敌的弟弟。另一边，善战乘砍掉了广声的头。阿周那一路砍杀，终于冲到了胜车王的跟前。双方激战了很长时间也不见胜负。这时已经日落西山。在胜车王回头看西方地平线的时候，阿周那一支利箭终于射掉了他的人头。

夜幕降临，怖军之子瓶首和迦尔纳之间展开激战。瓶首的罗刹大军善于夜战。俱卢军的士兵死伤无数。紧急关头，迦尔纳动用了因陀罗给他的那件法宝。法宝击中瓶首，使这个巨人倒地身亡。

第十五天。德罗纳越杀越勇，这时，怖军用大杵砸死了一头叫作马勇的大象后，高声吼道：“我杀死马勇了！”德罗纳听后，顿时万念俱灰。他扔掉手中的武器，坐在地上打起坐来。这时，猛光乘机割去了他的头颅。

德罗纳死后，俱卢军任命迦尔纳为大元帅。战斗空前激烈，利箭和飞镖遮天蔽日，仿佛是一群群飞蝗。到处尘土飞扬，地上尸横遍野，血流成河。

在阿周那的攻势面前，持国的十个儿子不多时便命丧黄泉。另一边，难降向怖军冲去。怖军重重一击，使他摔倒在地。怖军迅即扑上前去拧断他的肢体。

迦尔纳和阿周那两位英雄的激战开始了，双方发射的利箭遮天蔽日。这时迦尔纳的气数已尽，他的车轮陷入泥中。身陷绝境的迦尔纳想到使用从持斧罗摩那里学来的咒语，但他脑子里竟然一片空白。这时，黑天催促阿周那射箭，于是，阿周那射出了致命的一箭，割去了迦尔纳的头。

沙利耶成为大元帅，俱卢军又继续战斗。坚战王亲自率军向沙利耶发起攻击。双方激战了很久，最后，坚战向沙利耶掷出一支长矛，击中要害，沙利耶当即倒地身亡。损失了最后一员主将，俱卢军内人心惶惶。但持国剩下的儿子们还在拼命地围攻怖军。怖军把他们尽数杀死。另一面，沙恭尼正在与偕天交战，只见偕天射出一支锋利的箭，沙恭尼的头颅便应声落地。

俱卢方面早已溃不成军，难敌孤身一人跳进一个池塘中躲了起来。般度五子追踪到这里发现了他。怖军急切地冲上前去，于是两人用铁杵对打起来。两人的体力和武艺相当，打了许多回合仍不分胜负。当怖军想起当年受辱的那一幕，胸中顿时腾起熊熊的怒火，他狮子一般猛冲上去，举杵照难敌的臀部便狠狠砸去，难敌重伤倒地。人们都走了，只剩下难敌一个人躺在荒野里呻吟。

俱卢方面冲出重围的三个勇士——马勇、慈悯和成铠听说难敌生命垂危，便返回去找到了难敌。夜幕已垂，三个人来到般度族的营地，般度人已全都入睡。马勇找到猛光，将他活活踢死。接着他又残忍地杀了黑公主的所有儿子和般遮罗族人。最后，他们又一把火把般度人营帐全部化为灰烬。

三人再次来到苟延残喘的难敌身边。马勇报告说："我们已使般度军全军覆没。我方只剩下我们三人，般度方面仅剩黑天、善战和般度五子了。"听完马勇禀报的消息，难敌便咽了气。

战争结束，象城沉浸在悲痛之中，到处是孤儿寡母在恸哭。持国王来到俱卢之野，面对凄惨的景象，不禁失声痛哭。在俱卢之野，他为阵亡的将士举行了隆重的祭奠亡魂仪式。在众人劝说下，坚战进象城担起了管理国家的职责。

过了一些时候，广博仙人建议坚战举行马祭。马祭过后，度过了十五年平静的岁月。这期间，持国、维杜罗、甘陀利和贡蒂等和般度五子和睦相处，过得比较顺心。一天，持国王和甘陀利要去林中修行，贡蒂后也加入了他们的行列。三位老人互相搀扶着走入林中。三年后，他们在一次森林大火中了却了残生。

大战之后，黑天在多门城执政三十六载。由于他的族人肆无忌惮地过着放荡的生活，遭到仙人的诅咒而全族毁灭。黑天感到自己谢世的时间到了。于是，他躺倒在一棵大树下。一个猎人误认为是只鹿，射出一箭，黑天便离开了人世。

般度五子获悉黑天去世的噩耗，也失去了对人生的依恋。他们把王位传给激昂之子环柱，便带着黑公主来到喜马拉雅山山麓，开始了朝觐的最后历程。途中，黑公主和四兄弟相继离世，最后仅剩下坚战带着凡胎进入天堂。天帝因陀罗热情地接待了他，并告诉他，他的弟兄和黑公主的灵魂已先他一步到达了天堂。

环柱王在位多年，因遭蛇咬而死，镇群王继位。镇群王举行蛇祭时，广博仙人的弟子护民仙人为镇群王和众人讲述了以上婆罗多族可歌可泣的故事。

三、黑天的故事

大地的哀怨

从时间上说，世界要经过四个时代，第一个时代和第二个时代都是美好的。到第三个时代，这世界和世界上的生命就都开始变坏了，神和魔分为两大阵营，大地女神的负担也日益沉重。大地女神不堪其扰，便到大梵天面前哭诉。大梵天虽然能力很大，但毕竟要听命于至尊大神毗湿奴。于是，大梵天便和大地女神一起去见毗湿奴，诸天神也陪同前往。正处于睡眠状态的毗湿奴得知众神来到时，便醒来开始倾听大地女神的哭诉。最后，大神毗湿奴决定下凡到人世间，解除大地女神的苦难。

毗湿奴选择婆罗多族系作为下凡投胎的目标。众神也根据他的旨意纷纷投胎到婆罗多族系。海神在此前已经投胎到该族系，名为福身王。婆薮大仙则作为恒河女神与福身王的儿子投生为毗湿摩。福身王的另一个儿子奇武继承王位，生下持国和般度。持国是财神俱毗罗转生，天生是个盲人，般度继承王位。现在，般度已死，持国摄政，他的妻子叫甘陀利，般度之妻贡蒂和玛德利尚在人世。在这种情况下，众神下凡了。正法之神达摩投生为般度五子的老大坚战，神王因陀罗投生为老二阿周那，风神伐由投生为老三怖军，黎明之神双马童分别投生一对双胞胎老四无种和老五偕天。太阳神苏利耶则投生为贡蒂的婚前私生子迦尔纳，祭主仙人投生为武师德罗纳，阎摩王投生为维杜罗，黑暗之神投生为持国百子的老大难敌，月亮神投胎为阿周那之子激昂，太白仙人投生为广声，水神伐楼拿投生为闻杵，湿婆投生为马勇，等等。

大仙那罗陀催促毗湿奴赶快下凡，但毗湿奴一时拿不定主意，不知往谁家投胎合适。那罗陀建议他投胎到牧人富天家，说富天本是迦叶波大仙投胎，而迦叶波的两个妻子也同时投胎为富天的妻子提婆吉和罗希尼。于是，毗湿奴采纳了那罗陀的建议，投胎到提婆吉腹中。

那罗陀会见刚沙

随后，那罗陀来到下界，在马图拉城的树林里会见国王刚沙。他告诉刚沙，众神已经纷纷下凡投胎，大神毗湿奴将作为刚沙妹妹提婆吉的儿子出生，此子将不利于刚沙。

这个刚沙本是恶魔下世，是马图拉国的国王。他异常残暴，百姓苦不堪言。他听到那罗陀的话，认为那罗陀是在恐吓他。他自视甚高，以为自己的力量巨大，三界中无有敌手，毗湿奴也不在话下。但他又不能完全不相信那罗陀的话，便吩咐自己的大臣平日里警觉一些，尤其要注意他的妹妹提婆吉，一旦怀孕生子，就要向他报告。他还吩咐阿修罗和龙王，要在人间游荡，一旦有敌对者，就要及时消灭，不留后患。

刚沙的下属们果然尽责，他们及时地报告给刚沙提婆吉连续怀孕生子六次的事。所以，六个婴儿刚出生，刚沙就会及时赶来，把他们一个个都摔死在石头上。大神毗湿奴对刚沙的行为已经预先知悉，所以他让睡眠女神安排提婆吉的第七和第八次怀孕。第七次怀上的是大力罗摩，但怀上之后要把他转移到罗希尼的腹中。第八次怀的是毗湿奴的化身黑天。同时，睡眠女神也要投胎到郊外牧人首领难陀的妻子耶雪达之腹，然后二人同时出生。生下后，睡眠女神要和黑天调换，即黑天到难陀妻子耶雪达身边，而睡眠女神则作为提婆吉生的孩子让刚沙杀死。这样，睡眠女神可以积累一份功德，毗湿奴也可以顺利投生成功。于是，睡眠女神便奉命安排这一复杂而周密的计划。

大神黑天降生

一切都像大神毗湿奴预先设定的那样，提婆吉怀上第七胎时，出现了流产的险情，这是因为她的这个胎儿被转移到罗希尼的子宫里去了。富天根据大神的旨意，把罗希尼先送到难陀家，让她在那里生产，并在难陀家住下，生下来的孩子也由难陀抚养。不久，罗希尼则顺利产下一子，即大力罗摩。刚沙对大力罗摩并不忌惮，也未在意。

很快，刚沙就获知，提婆吉又怀上了第八胎。但他万万没有想到的是，一天夜里，在提婆吉临盆的时候，耶雪达也同时生了一个女孩。富天根据毗湿奴大神的旨意，连夜将小黑天抱走，送到难陀家，并将耶雪达生的女儿抱回家。凭借大神的威力，他做得十分秘密，连提婆吉和耶雪达都不知道发生了什么，她们还以为自己所生的孩子本来就是这样的。

第二天，刚沙赶来了，他强行从提婆吉怀里把婴儿夺去。提婆吉哭了，哀求刚沙："哥哥，我的六个儿子都被你杀害了，这次生了个好看的女儿，难道你就狠心连她也要杀死吗？"

刚沙哪管这些，他和以前一样，随手将女孩向石头丢去。但是，令他吃惊的是，这女孩一碰到石头，就像轻烟一样飞向天空，同时发出可怕的诅咒："刚沙，你听着！你这样残忍，你的末日很快就会到来。那时候，我要来挖出你的心，喝你的血！"

刚沙镇静了一下，旋即哈哈大笑，说："末日？只怕能够杀我的人永远也不会出生！"

刚沙回宫以后，心想，这个那罗陀的预言居然会出错，提婆吉生了个女孩，难道女孩也会杀死他？想来想去，心里仍旧不安。于是他又来到妹妹家，见到提婆吉，向她表示歉意，甚至给她跪下，说这一切都是不得已，否则他就会被她生的孩子杀死。提婆吉心里明白，这都是上天的安排，是命运的安排，她最后还是原谅了哥哥。

小黑天终于降生了。如今，难陀有了大力罗摩和黑天两个养子，心里十分高兴。富天当然也高兴，因为他知道，那两个儿子都是他亲生的，如今都活了下来。但是，为了不引起刚沙的怀疑，他不能去见自己的儿子。一次，他见到难陀，难陀劝他，叫他一定要有耐心，早晚会让他见到自己的儿子；而难陀也会像对待亲生儿子一样疼爱他们，照顾好他们。

黑天诞生的这个家族叫作诃利族，后来，人们就称呼黑天为诃利大神。黑天作为大神下凡，自幼就创造出很多奇迹。

第一个奇迹——踢破牛车

当小黑天还在襁褓中的时候，有一天，耶雪达把睡熟的黑天放在一辆牛车下，然后自己去亚穆纳河沐浴。当她返回家的时候，却发现那辆牛车已经散了架，她赶忙跑过去，发现孩子还在安详地睡着，这才放了心。但看着那散了架的牛车，她未免后怕，于是连忙抱起孩子，紧紧搂在怀里。她决定再也不会把孩子放到这样不安全的地方自己去沐浴了。这时，难陀也回来了，看着那牛车也觉得十分吃惊。他不明白，那样一辆结实的牛车怎么会无缘无故地散架了呢？而孩子本来在车子底下，怎么会安然无恙呢？

这时候，有一群孩子向他们说出了实情。孩子们说，他们原先在这里玩耍时，亲眼看见小黑天把牛车踢飞。车子飞到半空又落到地上，就摔坏了。他们当时很害怕，就躲开了。难陀和耶雪达听了孩子们的话，都感到不可思议，很难相信这是真的。因为他们不知道黑天是大神的化身，更不知道背后的隐情。难陀只好动手来修理这辆车。

原来，这是刚沙策划的一起事件。他派阿修罗沙迦塔苏尔来杀害黑天。沙迦塔苏尔见小黑天睡着了，就钻到牛车里，伺机下手。但这个阿修罗哪里知道大神毗湿奴的威力，还没有等他下手，小黑天早已飞起一脚，将车子踢上了天。这个阿修罗的命运和这辆牛车的命运一样，落到地面的时候就散了架，一命呜呼了。

刚沙毕竟不是等闲之辈，由于他的警觉，他还是了解到了事情的来龙去脉。原来，大神毗湿奴正是为了除掉他，已经化身为黑天下凡了。而且他还知道，毗湿奴使用偷天换日的手法到了难陀的家。他必须抓紧时机除掉黑天，以免后患。但他派出的第一个亲信不但没有得手，反而搭进了性命。

第二个奇迹——杀死女妖

刚沙为沙迦塔苏尔的死感到哀伤和沮丧，立即开始策划下一步计划。

刚沙出生的时候有个奶妈，叫普塔娜，原本是一个女妖。这次刚沙决定派她去杀死黑天。他指使普塔娜女妖，要让自己乳房里充满有毒的奶水，然后去给黑天吃，毒死黑天。普塔娜毫不犹豫地答应了。一天夜晚，她变作一只鸟飞了出去，翅膀发出的可怕声响打破了黑夜的寂静。她飞到难陀家，落到牛车上。人们都在睡觉，而她那乳房里的毒奶水，已经抑制不住地向外喷涌了。

她暗中观察，发现耶雪达正背对着黑天睡着。这是她下手的好时机。于是她立即钻进屋子，把自己的乳头塞进黑天嘴里。小黑天立即开始吸吮。普塔娜以为自己已经得手，不禁暗喜。她本以为这样一来小黑天便会很快丧命，可谁知黑天却吸个没完，不仅没有中毒而死，反而迅速把她的乳汁吸干，进而还把她的魂魄吸去。当普塔娜感觉不妙的时候，已经来不及了。只听她惨叫一声，倒地身亡。

难陀、耶雪达和牧民们都被惨叫声惊醒，急忙起身。他们看到普塔娜的巨大身躯，一个个都惊呆了。他们谁也不知道这个女人是谁，也不知道究竟发生了什么。

好心的人们帮助难陀夫妇把普塔娜的尸首处理完，便各自回家了。

难陀和耶雪达互相询问缘由，但都不知道这是怎么回事。他们感到，这件事也许会与刚沙有关，以后必须更加小心地照顾黑天。

第三个奇迹——拉倒大树

大力罗摩和黑天渐渐长大，进入了幼年时期。二人不仅相貌很相似，而且性格和举止也很相似。牧民们非常喜欢这对孩子，把他们当作战神下凡。

但是，这两个孩子又特别顽皮，经常搞一些恶作剧，让大人们哭笑不得。这也使难陀夫妇伤透了脑筋。

有一天，耶雪达为了不让小黑天乱跑，就用绳子拴住他的腰，并把一个大石臼拴在绳子的另一头。耶雪达以为，这样就控制住黑天了，只要他不乱跑，她就可以去干别的事情了。谁知，小黑天竟然拖着石臼来到了院子外面。凑巧的是，石臼被夹在两棵大树之间，黑天一使劲，那两棵大树竟然被连根拔起。这是两颗根连根的连理大树，它们倒下以后，村里许多人都看见了。牧民们惊诧之余，赶紧去告诉耶雪达和难陀，说他们的儿子拉倒了大树，还得意地笑着。

耶雪达急忙跑出来看，她为孩子没有受伤而感到庆幸。而难陀觉得，在小黑天身上已经发生了多次危险，如果这样继续下去，早晚会出大事。他一边爱抚着小黑天，一边责怪妻子的粗心大意。

耶雪达也为自己的做法后悔不已，她心疼地抚摸着小黑天的腰，那腰上已经留下了被绳子勒出的一道深深的印痕。

迁居沃伦达

黑天和大力罗摩已经长到了七岁了。他们非常英俊，经常在一起玩耍，一起吹笛子，一起放牛。牧民们都非常喜欢他们俩，不管他们做出什么恶作剧，从来都不责怪他们。

一天，黑天对大力罗摩说："哥哥，我们住的这个地方水草不旺，树木也被砍光，牛吃不饱，村里人应该离开这个地方。那边不远，有个沃伦达林，是个好地方，水草好，林子密，大家都该搬到那儿去住。"大力罗摩同意弟弟的想法，但不知道该如何说服大人们。黑天说，他可以想办法把人们弄走。

于是，黑天幻化出许多饿狼。这些狼出现在村子里，使人们感到恐怖。当发生过多起饿狼攻击伤人的事件以后，人们就跑来找头人难陀。难陀与大家商量的结果是决定放弃这里，迁居到沃伦达林去。

沃伦达林的确是个好地方，那里林木繁茂，绿草如茵。旁边还有一座山，名叫牛增山。难陀和牧民们在这里建立了新的家园，过上安稳的日子。

在这些日子里，黑天和大力罗摩也感到由衷的满意，因为他们为牧民们做了一件好事，虽然是通过幻化饿狼这样的恶作剧手段，但他们毕竟是出于好心。

降服龙王

虽然说在沃伦达林居住很幸福，但也难免遇到一些不愉快的事。

亚穆纳河流经沃伦达林，黑天、大力罗摩与牧民的孩子们经常到河边玩耍。但河对岸有一个深潭，潭中住着一个龙王迦梨耶。它力大无比，不时地从水中钻出来骚扰牧民。

一天，正当孩子们玩得高兴的时候，龙王迦梨耶突然从潭水中出来，吓得孩子们四处逃散。黑天劝大家不要害怕，说他将把这个吓人的家伙赶走。孩子们对黑天的话将信将疑，他们想看看黑天要做什么。

黑天爬上了水潭边的一棵大树，并从大树上纵身一跳，落进了水潭当中。看到这里，孩子们都吓呆了。接着，潭水便泛起了高大的浪花，龙王迦梨耶从水中腾跃而起，用血红的眼睛瞪着黑天。它有五个头，五个头都吐着火舌般的蛇信，发出咝咝声。其他孩子都被吓跑了，只有黑天毫无惧色。

迦梨耶把黑天紧紧地缠住了，并拼命地咬黑天。但黑天毕竟是大神毗湿奴的化身，毫发无损。

有的孩子跑回去，把黑天被巨龙缠住的消息报告给难陀。于是，难陀和大力罗摩都向深潭跑去。许多牧民也跟着跑过去。

当人们看到黑天被迦梨耶缠住的时候，都哭了起来。只有大力罗摩知道黑天的能力，他喊着黑天，让黑天赶紧出手，别让大家为他伤心痛哭了。

这时，黑天才使出威力，摆脱了龙王的缠绕，并照着龙头猛踹一脚。龙王被踹得有些发蒙，而黑天又趁势爬到龙头上，在上面跳起舞来。迦梨耶根本承受不住黑天那代表宇宙重量的身躯，身体下沉，鲜血从五个口中流出，染红了水潭。

迦梨耶这时才醒悟，原来这个孩子不是凡人。它立即哀求黑天饶它一命，表示皈依，并发誓以后不再作恶。

黑天听到迦梨耶的哀告后，大发慈悲，命令它带着全家滚到大海里去。黑天说完，便回到岸边。

难陀和牧民们对所发生的一切大惑不解，只有大力罗摩知道其中的缘由。

诛杀驴头妖

牛增山一带生长着许多奇异的藤萝树，这些高大的树上结满了藤萝果。这些果实成熟了，散发着香气，让人们见了就想吃。黑天见了这果实以后，便对大力罗摩说："哥哥，这些藤萝果一定很好吃，是吧？"

大力罗摩表示赞同。说着，大力罗摩站起身来，上前去拉着藤萝树摇晃，有许多果子落到地上。黑天也开始摇晃藤萝树，有许多果子落下来。

有一个驴头妖，名叫逮奴迦，藤萝树就是由他守护的。因为这藤萝果有奇异的功效，谁吃了藤萝果谁就会长得身材高大，膂力过人。所以，他看管严格，绝不允许外人去碰藤萝果，连林中的鸟兽都知道躲避藤萝树和藤萝果。

逮奴迦发现黑天和大力罗摩二人把藤萝果摇晃得满地都是，即刻火冒三丈，跳出来吼叫，张开了血盆大口要吃人。大力罗摩正在拣着地上的藤萝果，而逮奴迦已向他猛扑过来。大力罗摩趁势抓住它的两脚，把它抡到半空，然后朝藤萝树摔去。可怜这个逮奴迦，被大力罗摩摔得粉身碎骨。这时，又有一些驴头妖跑来向大力罗摩进攻，也都遭到了逮奴迦同样的下场。

这次黑天没有出手，大力罗摩一个人就轻松杀死了那些驴头妖，二人都很高兴。他们吃着藤萝果，觉得格外香甜。

在成群的牧童当中，黑天和大力罗摩非常显眼。他们身上分别穿着黄色的和蓝色牧童衣，头上戴着羽毛冠，显得英气十足。他们总是吹着牧笛，和其他牧童一起玩耍，一起在林间放牧。难陀夫妇看到两个儿子能够幸福快乐地成长，心中感到无比欣慰。

波罗兰钵之死

刚沙虽然几次谋害黑天不成，但也不肯善罢甘休。这次，他又指派一名恶魔去杀害黑天。这个恶魔叫波罗兰钵。波罗兰钵擅长妖术，会变化容貌。他穿上牧童衣服，化装成牧童模样混进黑天、大力罗摩和其他牧童中。在一起玩耍嬉戏中，大家都彼此熟悉了。波罗兰钵想先易后难，先向大力罗摩动手。

牧童们经常玩一种一对一的打斗游戏，然后战胜者要骑在战败者的肩头上，战败者必须驮着胜利者跑上一段路。其他牧童作为旁观者会为胜利者喝彩。一次，黑天打败了一名叫苏达玛的小朋友，而大力罗摩则战胜了波罗兰钵。黑天便骑在苏达玛的肩上，大力罗摩则骑在波罗兰钵的肩上。苏达玛驮着黑天径直跑向指定的地点，而波罗兰钵却以为获得了下手的良机，他驮着大力罗摩朝着相反的方向跑，边跑边把自己的身躯变得像一座山一样硕大无比，模样变得像阎王一样狰狞可怖。他沉重的步伐使得大地都在塌陷。

波罗兰钵这个样子吓坏了牧童们。而骑在波罗兰钵肩上的大力罗摩也不知道该怎办了，叫道："弟弟，我该怎么办呀？"

黑天回答说："我们俩是一体的，我们降生在这里，就是要降妖除怪，你自管狠狠打他就是！"

大力罗摩恍然大悟，立即用非凡的力量朝波罗兰钵的头上砸去。只听砰的一声，波罗兰钵脑浆迸裂，身体也轰然坍塌。

在场的牧童们一个个都惊讶得目瞪口呆。他们虽然都目睹了一场奇迹的发生，却始终不知道事情背后的秘密。

力擎牛增山

牧民们有一个传统，就是要在雨季过后举办因陀罗的祭典。黑天对此很不满意。在他看来，因陀罗并不值得祭祀，倒是给他们带来福祉的牛增山值得祭祀。他说服了牧民们，于是家家户户开始为举行牛增山祭祀而忙碌起来。在选定了吉日之后，牧民们在祭祀牛增山的同时，也举办了庙会。

神王因陀罗得知黑天不让人们祭祀自己，转而去祭祀牛增山，便对黑天怀恨在心，并决定向牧民们实施报复行动。他招来随从们，命令他们使沃林达林下雨，淹没那里的土地、庄稼、草地和房屋。

因陀罗的随从们接到命令，一个个群情激奋，摩拳擦掌，觉得自己大显身手，向神王表示效忠的机会到了，便一窝蜂地向沃伦达林进发了。

本来风和日朗的沃伦达林，突然间狂风大作，黑云滚滚，电闪雷鸣，大雨滂沱。顷刻间，上涨的河水淹没了土地，拔起了大树，冲向了房屋。人们一片慌乱，不知如何应对。

这时，黑天让大力罗摩组织牧民们赶着牛车，载着财物，迅速向牛增山转移，而他自己则先来到牛增山。黑天施展神力，撼动牛增山，又用右手食指擎起了这座大山。牛增山按着黑天的旨意，将自身范围扩大了几十倍，并在山上造出了上千个山洞。

牧民们拖家带口，载着急需物品冒雨赶到牛增山，他们看到，牛增山不仅扩大了面积，而且还出现了上千个山洞，正适合人们躲避狂风暴雨。全体沃林达林的居民，都在牛增山上找到了栖身之所。这时，洪水还在上涨，沃林达林已被淹没。在一片汪洋之中，只剩下了牛增山这座孤岛。

乌云和狂风忙得不亦乐乎，它们正把大海的水卷向沃林达林，但海神告诉它们，它们这样做是徒劳的，因为大神毗湿奴正在那里。于是，它们把海神的话转达给因陀罗。因陀罗这才知道，原来黑天就是大神毗湿奴的化身。他连忙收回成命，而此时，暴雨已经下了在整整七天。

七天过后，雨过风停，太阳露出了笑脸。人们纷纷回到自己的家园，那里已经面目全非。他们开始重建家园。当人们重新过上安定祥和生活的时候，他们更加感激黑天和大力罗摩。

“戈温德”称号

天界之王因陀罗骑着白象来到沃伦达林，为的是亲眼见见大神毗湿奴的化身黑天。这时，黑天正独自坐在一块巨石上，一身牧童装，一副牧童相。这使因陀罗十分高兴。因为他一眼就能看出，这个少年就是大神毗湿奴。他走到黑天面前，深深鞠躬，说道：“至尊啊，青色大神，恕我不知情，冒犯沃林达林。你保护了追随者，保护了那些牧民，是真正的圣者。我向你致敬！今天，我带来了装满圣水的罐子，要为你灌顶加冕，尊奉你为众牛之主戈温德。请受这一称号吧！”说完，因陀罗用银河圣水为黑天举行了加冕礼，这时，空中的天神们一起喝彩，撒下阵阵花雨。从此，黑天便有了“戈温德”这个称号，意思是众牛之主。

因陀罗请求黑天，请他按照大梵天的愿望尽快消灭人间的魔障，如刚沙、凯尸、阿克鲁尔和阿利施德等。因陀罗还告诉黑天：“你姑姑贡蒂生了一个名叫阿周那的儿子，他是我的血脉。他将是人间第一神箭手，请你帮助他，保护他。”

黑天听了因陀罗的话，答道：“因陀罗，你放心。我姑姑是般度之妻，阿周那与你的关系，我很清楚。此外，坚战、怖军、无种、谐天，他们与正法神达摩、风神伐由、黎明神双马童的关系我也知晓。你放心，只要我在，阿周那就不会有难，般度五子也将安然无恙。”

因陀罗非常高兴，当即返回天宫。

诛阿利施德

一天黄昏，牧童们正在玩耍。一个怪物出现了。它像一头公牛，全身漆黑，两角尖利，两眼放射着寒光。原来这怪物正是刚沙派来的。它拱倒了数户人家的牛棚，顶伤了数头奶牛和牛犊。

黑天见状，击掌吸引怪物，怪物果然冲向黑天。黑天不慌不忙，一把抓住怪物的头，发出神力，怪物便口鼻流血。它试图全力顶倒黑天，但黑天岿然不动。所有牧童都来围观，却没有一个人敢上前帮助黑天。

只见黑天猛然用力，用脚把怪物的脑袋踏到地上，迅速拔下它的一只角，回手就用那只角划破了怪物的肚皮。随着一声惨叫，怪物应声栽倒，四蹄抽搐。

怪物毙命，在场的人无不欢呼雀跃。黑天则面带微笑地回到了人群中。

刚沙终日忧心忡忡，夜不成寐。夜里，当居民们全都进入梦境的时候，刚沙把他的父亲、兄弟和仆从都叫到身边，向他们诉说自己的危险处境。人们都不理解，为什么像刚沙这样强大的人居然也有烦恼，也会受到威胁。刚沙便把事情的缘由向大家叙述了一遍，说自己的仇人是难陀的儿子，而难陀的儿子实际上并不是他亲生的，而是富天的亲生子。富天使用了诡计把儿子和耶雪达生的女儿调包，让他错杀了耶雪达的女儿，却放过了黑天。现在，黑天已经长大，成为刚沙家族的最大威胁，必须全力除掉才行。

然后，刚沙吩咐阿迦鲁尔去牧民那儿，命令难陀带上租税和两个儿子到马图拉来。他还说，要告诉难陀，那两个孩子擅长摔跤，就让他们来马图拉参加摔跤比赛，“你就和他说，我要举行神弓祭，务必让他们参加。”

阿迦鲁尔很高兴地接受了使命。因为他知道，黑天是大神毗湿奴的化身，如果有机会见到黑天，这将是他一生的莫大荣幸。因此，他恨不得立即动身前往沃林达林。

诛凯尸

在阿迦鲁尔出发之前，刚沙又命令大力士凯尸到沃林达林去，让他把黑天和大力罗摩杀死。如果凯尸能完成任务，那就一了百了了。

凯尸接受了主子的命令。来到沃伦达林。他首先毁坏了森林，迫使牧民牵着牛离开了那里。然后，他又显露出狰狞可怖的面孔，吓唬牧民。牧民们都跑到黑天这里来诉苦求救。黑天安慰他们后，便去找恶魔凯尸报仇了。

凯尸一见到黑天，便猛扑上去。他以为这个牧童很容易对付，一下子就能把他杀死。他先抬脚向黑天胸口踢去，一踢不中，又步步紧逼，想趁机咬黑天的手。黑天则故意卖了个破绽，把整只手伸进了恶魔的血盆大口。恶魔哪里想到，黑天运用法力，已经把手变得像钢铁般坚硬，他非但咬不动黑天的手，自己的嘴反被黑天的手撕开了。紧接着，凯尸的眼珠子也滚到了地上。他浑身发冷，满嘴冒血，不一会儿就栽倒在地。

围观的牧民们都兴高采烈地庆祝黑天的胜利，恐怖情绪一扫而光。人们从黑天创造的一件件奇迹中看到，黑天的确具有非凡的能力，再加上大力罗摩，二人的合力可以说是举世无敌。有黑天和大力罗摩保护他们，他们的日子会过得十分安定，十分幸福。

过了几天，阿迦鲁尔来到沃伦达林。在打听清楚难陀家的地址之后，他怀着极其虔敬的心情来到了难陀的家。

会见黑天

阿迦鲁尔走进难陀家院子的时候，黑天正在院子里，站在一群牛犊中间。阿迦鲁尔发现，这个少年的确器宇不凡：体格犹如雄狮，肤色犹如乌云，胸前有椰子形的印记，头戴羽毛冠，耳上穿耳环……没错，他就是大神毗湿奴的化身，是三界之主。阿迦鲁尔怀着崇敬的心情凝视着黑天，黑天也看到了他，并对他微微一笑。他立刻感到一股暖流流遍周身，仿佛受到阳光照耀。

这时，难陀出来了，与他亲切拥抱。在互相致意以后，他们进到屋子里，在华美的坐垫上坐下。大力罗摩也和黑天一起走进屋来，坐到了阿迦鲁尔对面。阿迦鲁尔见到大力罗摩，觉得这也是他的福分。

阿迦鲁尔邀请难陀、黑天和大力罗摩明天一起去马图拉。他说，这是他的邀请，也是国王刚沙的命令。刚沙要全体牧民带上礼物和地租前往。他还说，在马图拉将举办祭弓节，这是个非常盛大的集会，他们可以借这个机会见到亲戚朋友。现在富天受刚沙的监管，饱受折磨，非常消瘦，提婆吉也非常想念他们。

得知阿迦鲁尔的来意，黑天愉快地接受了邀请。难陀也决定带着大家一起到马图拉去。人们接到难陀的通知，都开始准备牛奶、酸奶、酥油等礼品，也准备了一年一度要上交的租税。

第二天，人们已经准备好了各种礼品，并且都装上车，动身向马图拉进发。牧民们的车队非常壮观，人们一路上唱着歌，喜气洋洋地前进，仿佛是赶庙会。阿迦鲁尔、难陀、大力罗摩和黑天同乘一辆车，一个个都兴高采烈，容光焕发。

车队来到亚穆纳河边的时候，阿迦鲁尔要大家停下来。他向难陀提出请求，到亚穆纳里沐浴。难陀同意了，叫车队停下，让人们也趁机休息一会儿。

神游水府

在阿迦鲁尔到亚穆纳河里沐浴之前，他注意到，黑天在朝他微笑。

他走进河里，低声念诵道："亚穆纳河万岁。"他把头浸入水中，但就在他抬起头的时候，奇迹出现了，他发现自己已经来到了一个水下世界。一位大神就坐在他前面的宝座上。宝座装饰华丽，旁边站着几个随从，还有人撑着华盖。大神有一千个头，他的一颗头颅支撑着大地。他的眼睛像莲花瓣一样好看，一只耳朵上戴着一个耳环。他的身体不断向四方放射出光芒。他皮肤的颜色是白皙的，长长的手臂，手上拿着犁铧和连枷。水中，婆苏吉龙王正在向大神顶礼膜拜。另外几个龙王手执拂尘站在一侧。有趣的是，大神身边还坐着一个像黑天一样的少年。

看到这里，阿迦鲁尔想说话，但喉咙里却发不出声音。他只好抬起头，向岸边走去。上岸后他发现，大力罗摩和黑天正坐在车子上。他觉得这景象与他在河里看到的情景有些相似，于是他再次走下河，又把头埋进亚穆纳河的水里。他再次看到黑天坐在大神身边。这一回，他明白了，便从河水中走上岸边。

黑天笑着问道："你在河里看见什么了？难道有什么让你吃惊的事情吗？"

阿迦鲁尔恭敬地回答："是的，世上最神奇的就是你。我在水中所见，正是我现在所见到的。"他向黑天和大力罗摩深深鞠躬，说："我们出发吧，太阳落山前赶到马图拉。"

医治驼背女

到达马图拉以后，阿迦鲁尔把黑天和大力罗摩带回自己家，暂时没让他们去见富天。因为富天被刚沙折磨，已经变得很憔悴了。黑天和大力罗摩想到马图拉的街市上逛逛，阿迦鲁尔同意了。

他们在街上最先遇到一个洗衣工。洗衣工跟前摆放着许多华贵的服装。两兄弟想向他要两套衣服，遭到了洗衣工的嘲笑和蔑视。黑天一怒之下打了他一巴掌，没想到洗衣工竟然吃不消，倒地气绝。

然后，两弟兄又来到一座花园，遇上一名花匠。花匠正在制作花环。黑天向他要花环。他见这兄弟二人相貌非凡，便给弟兄俩每人一个花环。于是黑天祝福了他。

两弟兄又遇到一个姑娘，这姑娘长相俊秀，却是个驼背。姑娘手里捧着檀香涂膏，见到黑天兄弟俩，立即被他们吸引住了。

黑天问她："你拿的檀香膏是打算给谁的？"

姑娘回答说："送给需要的人。你们需要，我就送给你们。"

黑天说："那就给我们一点儿吧。"

"好，要多少就拿多少，我喜欢你们俩。你们是谁，从哪儿来？"

黑天说："我们是摔跤手，想看看刚沙王的弓祭。"

姑娘满心喜欢，把檀香膏全都送给了黑天和大力罗摩。

黑天见她如此真诚，把她拉过来，用两个手指朝她的驼背处一点，她的后背立即就变直了。再一看，她已经是一个身材姣好的美丽淑女了。姑娘不禁心花怒放，黑天也祝福了她。

巨弓被毁

与姑娘分手后，黑天和大力罗摩朝刚沙的王宫走去。

弟兄二人来到刚沙王的祭祀大殿，那里摆放着很多弓。

他们问门卫，哪一张弓是刚沙用来做祭祀的。门卫便指示给他们看。那张弓的确很大，粗粗的弓背像木柱一样。

两兄弟走到巨弓跟前。这把巨弓不仅硕大，而且沉重，像一条巨蟒。据说，连天界神王因陀罗都拉不满它。现在，大神黑天拿起了它，并轻而易举地拉开。经黑天这么一拉，弓弦绷紧了。接着，黑天稍微使劲，便是一声巨响，那弓竟然断裂了。断弓的巨响震动了大地，刚沙的王宫也在抖动。门卫则被震得晕厥在地。黑天和大力罗摩也吃惊不小。他们俩就像做了错事的小孩，赶忙离开了祭祀大殿，跑回到难陀身边，也没有对别人说起这件事。

门卫苏醒过来以后，才发现被折断的巨弓，连忙跑去向刚沙王汇报。他哀求国王饶他一命，并说是两个孩子来到祭祀大殿，一个身穿蓝色衣服，一个穿黄色衣服，身上涂抹了檀香膏；那个穿黄色衣服的黑小子拉开了弓弦，把弓给扯断了。

刚沙听完汇报，沉默良久，走进了内宫。

黑天斗大象

第二天一大早，人们就像过节一样向摔跤场的方向集中。

摔跤场内，人山人海。四周的看台都被装饰得非常漂亮，彩旗招展，鼓乐齐鸣。刚沙王和王后、王妃们坐在主要的看台上。各路前来比武的人们也都坐在各自的看台上。

刚沙王已经提前策划了一个阴谋。他安排了一头非常凶悍的大象，这头大象的名字叫作古巴尔亚比尔。他让赶象人在场地的入口处等待，只要那个穿着黄色衣服和穿蓝色衣服的牧童进来，就立即让大象冲过去，杀死他们。

终于，大力罗摩和黑天来到摔跤场。他们的衣服很显眼，赶象人一眼就认了出来。于是，黑天和大力罗摩还没来得及进入场地，大象就朝他们冲了过来。

黑天见大象冲来，便知道这是刚沙的安排。黑天击掌挑逗大象，大象也咆哮起来。黑天站在大象的两腿之间，显得很小，但他却机敏地抓住了大象的鼻子。黑天摇晃着大象的鼻子，又去揪住大象的耳朵，然后又击打象腿。只见黑天忽上忽下，忽左忽右，捉弄得大象疲于奔命。大象终于经受不住黑天的捉弄和打击，已经没有力气向黑天进攻了。只见它跪在地上，脸上流下汗水般的黏液。这时，黑天用一只脚踩住象头，拔下了两颗长长的象牙。大象疼痛难忍，鲜血从象牙的根部流出。然后，大力罗摩上前，打死了大象，又抓住大象的尾巴，把它向外拖去。黑天也走上前去，一拳打死了赶象人。

兄弟俩并不罢休。他们毁掉了摔跤场入口处的拱门，打死了阻拦他们的所有士兵，进入了摔跤场。

黑天和大力罗摩挥舞着象牙进入场地，发出了挑战的呐喊。他们威风凛凛，身上沾满了大象的血。他们的到来引起了全场人的注意，人们向这两个威武英俊的少年欢呼致意。

刚沙也看到了黑天和大力罗摩，更看到人们对这兄弟俩的热情，心里感到了前所未有的恐惧。

刚沙的末日

刚沙王努力压抑着自己的恐惧，脸色阴沉。他宣布：身穿黄衣的少年与力士恰努尔比试，身穿蓝衣的少年与力士牟尸迪迦较量。

观众都知道，恰努尔和牟尸迪迦是刚沙王手下著名的大力士。让两个孩子与他们俩比赛，显得很不公平。根据以往的规定，比赛双方都不使用兵器，只是徒手较量；少年与少年较量，成年人与成年人较量；只展示力量与技巧，对倒地者不再攻击。但今天的情况明显违反了以往的规定。

牧民们也觉得这样不公平，议论纷纷。但这时，黑天却高声表示愿意与大力士恰努尔比赛。

比赛开始了。两对敌手斗得难分难解，人们发出一阵阵欢呼声。天空中，众天神也奏起鼓乐，他们是来给黑天助威的。有一位神明告诉黑天，这个恰努尔是个恶魔的化身，这次应该毫不犹豫地除掉这个恶魔。黑天得知这个消息，便使出了更大的力气，而此时的恰努尔已经力不从心了。黑天用手臂按住恰努尔，把他的头按到双膝之间，一拳将他的头击碎。恰努尔脑浆迸流，瘫倒在地。牧民们发出一阵欢呼。

在大力罗摩和牟尸迪迦的比赛中，也出现了类似的情况。牟尸迪迦被大力罗摩迎面一拳打得颅骨迸裂，栽倒在地。

接着，黑天又与第三个大力士窦沙尔比试，同样将对手毫不客气地杀死。

接连发生三起人命事件，观众们都觉得今天很奇怪，牧民们也感到情况不妙。其他摔跤手看见这种情况，都溜之大吉了。

富天今天也来到现场，看了自己儿子的英雄行为，他双眼满含热泪，感到无比自豪。

刚沙王看到眼前的情景，完全失去了理智。他不仅命令手下的人把那两个牧童赶出去，而且还命令手下把难陀抓起来，并宣布没收牧民们的全部财产。

牧民们听到刚沙的命令，都很害怕。难陀和富天也觉得大祸临头。提婆吉哭了起来。黑天并不担心这一切，他只是心疼自己的亲人，恼恨刚沙的霸道。他已经忍无可忍了。只见他迅速地跳到刚沙跟前，要出手教训刚沙了。刚沙见黑天来到面前，吓得面如土色。大神黑天一把揪住了他的头发，王冠滚落，耳环和鼻环也掉在地上。他没有反抗，被黑天用披肩勒着脖子，活活拖死了。

猛军登基

黑天和牧民们正在围观刚沙尸体的时候，沉浸在悲痛中的老国王猛军气喘吁吁地踉跄着来到黑天面前。他哽咽着对黑天说："嘿，孩子，你杀了我的儿子，出了心中的闷气。你建立了不朽的业绩，使自己闻名遐迩，在世人中树立了崇高的威望。敌人闻风丧胆，同胞为你自豪。你的勇武使众王折服，你的声音对百姓将是巨大的感召。现在，刚沙的王位理当由你来执掌，应该立即为此而做一切必要的安排。一切都应属于你。我仅仅向你提出一个请求，就是请你主持刚沙的葬礼。葬礼之后我将去山林中修行。祭奠过刚沙，我也就了却了我的责任。请你务必安排这一切。”

听了刚沙之父的话，黑天感到震惊。他安慰猛军说：“您的话全都在理。您生在一个美好的国度，您有宽宏大量的品格。您的话令人信服，遵照您的意愿，魂归阴曹的刚沙将得到应有的尊重。您博学多识，谙熟人间事理，但是您怎么竟然不知必然的法则呢？尊敬的国王，每个人的命运在其前世就已确定，随着时间的推移，它将逐渐应验。贤人、富人、慈善家、功成名就的政治家、精通吠陀经的学者、王公，乃至像因陀罗一样威震四方的众国王，全都逃不出它的桎梏。成百上千的僧侣、全知全能的智者、黎民百姓的保护人、英勇善战的猛士以至开明国王最终都将殁于它的手中。无论是恶棍还是善人，他们都将自食其果。尊敬的国王，死亡的进程是坚定而有力的。对这一进程连我都一无所知。现在，我请您照着我说的去做。”

黑天的安慰使猛军感到了由衷的满足。黑天继续说：“尊敬的国王，我的心思丝毫不在权力上。我杀了刚沙，但并非是为了夺取权力，而是为了大众的利益。刚沙监禁了您，篡夺了王位。与其要这种不仁不义的孽种儿子，还不如没有儿子的好。大王，我干的事完全符合百姓的利益。至于我自己，我还是愿意回到自己家乡去和牧民一道过自由的放牧生活。我再次起誓，我不想代替刚沙成为国王。”

接着，黑天十分恭敬地对猛军说：“请您照我说的办吧！您在雅度家族中德高望重，王权应由您来执掌。朝政就由您心情舒畅地一直主持下去吧。”

听了黑天的话，猛军始终低着头站在那里。黑天及时地为他举行了王位登基加冕礼。

黎明时分，雅度人为刚沙举行了葬礼。刚沙和他的随从的尸体被抬到了亚穆纳河边，雅度人按照传统的做法架好了木柴堆，为他们举行了火葬。接着，雅度族的瓦利施尼族系和安达迦族系的所有王公们为亡魂的升天又举行了超度仪式。黑天把上亿枚金币、大量的乳牛、白银、土地和村庄布施给婆罗门。办完这一切之后，人们面带忧伤地各自返回家中。按照黑天的吩咐，马图拉全城对刚沙表示了哀悼。

妖连的进攻

刚沙死了，牧民们自然觉得大快人心。但刚沙的父亲还活着，那就是老国王猛军。老国王是通情达理的，他要求黑天主持刚沙的葬礼，并接管国家的权力。但黑天说，他并非要夺取政权，只是除暴安良。他接受猛军的请求，为刚沙主持了隆重的葬礼，并让猛军重新当上马图拉国王。

刚沙的岳父名叫妖连，是摩揭陀国国王。当初，妖连把两个女儿都嫁给了刚沙，并支持刚沙废掉父亲，自立为王。当妖连知道女婿惨死和猛军执政的消息后，便决心为刚沙报仇。他受到女儿的鼓动，集合军队，准备讨伐黑天。妖连也联合了友邦和盟国的国王前来参战，如毗陀婆国具威王及其儿子宝光、车底王德姆高士等。大军很快就集合完毕，浩浩荡荡直奔马图拉。

而马图拉这边，上上下下的人都知道妖连的大军要来进攻了，但人们并不畏惧，而是严阵以待。一场恶战已经不可避免了。

两军相遇，战斗开始。大力罗摩作为主将同妖连对阵，黑天与具威王之子宝光对阵，老国王猛军与具威王对阵，其余是戈德对阵车底王，德瓦瓦迦尔对阵沙固，等等。双方厮杀得不可开交。

黑天并不打算要宝光的命，所以没有痛下杀手，只是抵挡他，不让他伤害到自己。其他的对阵也没有大将伤亡，但双方的士兵伤亡无数。

这场激战持续了27天，连天上的诸神都被惊动了，纷纷现身于战场的上空。

大力罗摩对妖连的战斗十分激烈，双方先射箭对抗，然后是近距离的车战。当二人的战车都被击毁，车夫也阵亡以后，二人就在地上用棍棒打斗。在不分胜负的情况下，大力罗摩回身抓起自己的独门兵器连枷向妖连打去。这连枷威力巨大，妖连命在旦夕。但正在此时，空中传来一个声音：“大力罗摩啊，妖连此刻命不该绝，不得用链枷杀他。”二人都听到了天音，于是各自罢手，双方收兵。

第二天，妖连没有叫战，原来他已连夜撤兵。后来，他又多次率兵前来进犯。马图拉的雅度族人则一次次地将妖连击退。由于雅度人的英勇善战，加上有大力罗摩和黑天的支持，妖连始终不能得手。

迦尔雅万之死

马图拉的雅度人中，有两个家族很出名，即瓦利施尼家族和安德迦家族。黑天出生于瓦利施尼家族。

在黑天出世以前，伽尔劫大仙是这两个家族的老师。他一直没有儿子。后来，他为了能够得到一个儿子而虔诚地膜拜大神湿婆。12年过去了，大神湿婆为他的虔诚所感动，决定给他一个恩典，那就是他将得到一个很有能力的儿子，而且这个儿子能战胜安德迦人和瓦利施尼人，会把瓦利施尼人赶出他们的家园。

西方有一个雅万国，国王雅万也想得到一个儿子。当他得知迦尔劫大仙得到大神湿婆的恩典之后，便在半路上迎接大仙，请他到王宫去。大仙受到国王的邀请，盛情难却，便去了雅万王宫。雅万王为了让自己的妻子生孩子，竟然不择手段，派自己的妻子去勾引大仙。这位王后美若天仙，把大仙勾引得魂不守舍。王后终于怀上了大仙的孩子。后来孩子出生，取名叫迦尔雅万。

又过数年，雅万王去世，迦尔雅万继位。这个迦尔雅万生得结实，孔武有力，一心要打仗，开疆扩土。正在他选择作战对象时，那罗陀大仙来了，向他介绍了瓦利施尼家族和安德迦家族的情况。于是，迦尔雅万决定进攻马图拉。那罗陀又跑去告诉黑天，说迦尔雅万将要攻打马图拉，目标针对的是黑天家族，而且由于迦尔雅万受到过湿婆的恩典，黑天不能杀死他，只能逃走。黑天得知这个消息，一面备战一面考虑退路。

迦尔雅万觉得自己的力量还不够强大，不足以征服黑天家族，便联络了一些山地国家，一起进军马图拉。迦尔雅万的大军迅速前进，一路上烟尘滚滚。

面临强敌，黑天动员全体雅度人，提出了迁居的想法。

黑天派人给迦尔雅万送去一个坛子，里面装有一条黑蛇。迦尔雅万看后，就让人把许多蚂蚁装进坛子，送还黑天。蚂蚁很快就把黑蛇咬死，吃光了蛇肉。经过双方的试探，黑天知道，他必须放弃马图拉，迁移到多门岛去。

黑天去了多门岛以后，一天，他又单独返回马图拉，结果被迦尔雅万发现。黑天知道自己无法战胜迦尔雅万，只有逃跑。他在前面跑，迦尔雅万在后面追。黑天跑多快，迦尔雅万就追多块。二人一直跑到喜马拉雅山上，黑天钻进了一个山洞。

这是穆朱贡德的山洞。关于这个山洞，有一段古老的故事：穆朱贡德是太阳世系国王莽达塔的儿子。远古时，天神与阿修罗交战，穆朱贡德帮助天神打败了阿修罗。天神表示感谢，答应满足穆朱贡德一个心愿。穆朱贡德说自己作战很累，想到喜马拉雅山的山洞里睡觉，谁要吵醒他，谁就在他睁眼的那一刻化为灰烬。天神们答应给他这个恩典。于是他就在喜马拉雅山找了个山洞睡下。

黑天从那罗陀大仙那里听说过这段故事，所以他见穆朱贡德还在酣睡，便赶紧躲起来。迦尔雅万不知就里，进洞后不停地喊叫。他误把穆朱贡德当作黑天，上前把穆朱贡德踢醒。穆朱贡德一睁眼，看到迦尔雅万，迦尔雅万便立刻化成灰烬。

黑天除掉了迦尔雅万后，把迦尔雅万的军队、财产等都交给猛军。猛军继续在马图拉执政，黑天则返回多门岛。

建多门城

黑天决定在多门岛上建立一座都城。他和雅度族的领袖们选好了地址，然后择吉日动工。黑天对雅度人说："现在，我们要建设一座多门城，它将像因陀罗的阿默拉沃提城一样美好。你们也将像天神一样生活在里面。"

黑天觉得，既然要建造一个美好的城市，应该请来工巧大神毗首竭磨。有了他的帮助，这座城市一定会更加美好。想到这里，黑天坐下来，通过瑜伽之力把意愿传达到天界。

毗首竭磨感知到黑天的召唤，立即来到下界，站到黑天面前，向黑天致敬，并说："主人，请吩咐，要我做什么？"

黑天向毗首竭磨讲述了自己要建设一座都城的意图。

但毗首竭磨表示，在一个土地有限的岛上建设一座大城市有困难，雅度族人口太多，要人人都有好房子住，这片海岛的面积就显得太小了。黑天觉得毗首竭磨说得对，于是他向大海提出要求，让大海让出长 300 由旬的地方来。

大海满足了黑天的要求。毗首竭磨着手建设多门城。

多门城建好了。无论是高耸的城门还是城里的其他建筑，都非常宏伟壮丽。毗首竭磨的高超技艺得到了充分体现。

有了住房以后，黑天又通过财神俱毗罗解决了财政问题，让民众过上了富足的日子。

黑天通过大臣会议制度，完善了各级行政部门，有条不紊地治理着这个国家。

待一切安排就绪，黑天和所有雅度人一样，过上了幸福安宁的生活。这期间，黑天还为哥哥大力罗摩娶了妻子。

抢劫艳光

妖连当初进攻马图拉时，车底王德姆高士曾参与战斗。为了巩固这层关系，妖连让毗陀婆国王具威把公主艳光许配给车底国王子童护。为了举办一个隆重的婚礼，他向许多强大的国王们发出婚礼邀请。

具威王的祖先在文迪亚山以南的毗陀婆建国，首都叫罐城。宝光是具威王之子，也参加过进攻马图拉的战斗，与黑天交过手。他曾从一些大神那里获得过不少武器，包括从持斧罗摩那里得到的大梵法宝。具威的女儿艳光非常美丽，并且钟情于黑天，黑天也想娶她为妻。但宝光对黑天怀恨在心，不让妹妹嫁给黑天。

这里的人事关系复杂，必须提起一些往事：从前，车底王巨车在摩竭陀国建造了王舍城。他是现今车底王德姆高士和摩竭陀王妖连的祖先。富天的妹妹嫁给了德姆高士，并生下童护等五个儿子。童护自幼寄养在妖连的宫廷，妖连对他视如己出，所以童护就对瓦利施尼人怀有敌意。

妖连与盟国和友邦的大军来到毗陀婆国首都罐城。具威王安排他们住在城里。黑天和大力罗摩的姑母是童护的母亲（富天之妹），由于这层关系，他们也率领瓦利施尼人的军队来到毗陀婆。具威王安排他们在树林里休息。

婚礼前一天，艳光乘马车去庙里，祈求天界诸神之母因陀罗尼的护佑。黑天看到她下车时的优美姿态，心动不已，欲火中烧，难以平息。艳光也向黑天传送出爱意。黑天当即决定劫持艳光。

艳光从庙里出来时，黑天上去拉住她，让她坐进自己的车里，然后驾车飞奔而去。与艳光同来的卫士们想夺回艳光，但已经来不及。大力罗摩拔起大树将他们击退。

童护和妖连得到消息，火冒三丈，立即去追赶黑天。车底王德姆高士，以及盎伽、梵伽、羯陵伽等国的国王们也跟着去追赶。黑天的车在前面飞跑，大力罗摩则在中途堵截追兵。双方发生激战。

宝光发誓要夺回妹妹，说如果不夺回妹妹就不回罐城。他奋力追赶，终于在纳尔马达河边追上黑天，二人开始战斗。黑天首先射杀了宝光的车夫，继而杀死了前来助阵的两员大将，宝光军中大乱。宝光向黑天猛攻，黑天则以利箭还击。宝光不敌黑天，胸部中箭倒地。黑天并未杀他，而是带着艳光返回多门岛。

黑天和艳光婚后，不久即生下明光，后来又连续生下九个儿子和一个名叫查鲁瓦蒂的女儿。除艳光外，黑天后来又娶了八个妻子。

宝光之死

后来，宝光痊愈了，他遵守誓言，没有回罐城，而是留下来，建立起一座新城居住。

过了多年，宝光的女儿舒庞姬长大，成为绝世美女。一次偶然的机会，舒庞姬和黑天之子明光相遇，二人一见钟情。

宝光认为女儿该结婚了，便宣布为公主举行选婿大典。听说公主美貌，各国的王子们都来参加典礼，明光也在其中。

典礼开始了，舒庞姬要把花环戴在自己钟爱的人的脖子上，谁得到花环，谁就会成为她的丈夫。舒庞姬看到到了明光，她毫不犹豫地走过去，把花环戴到明光的脖子上。宝光同意了这门婚事。婚后，舒庞姬生下儿子无碍。

又过了许多年，无碍长大成人。而宝光的孙女霞光女也长大了。

黑天找个机会为自己的孙子无碍向宝光提亲，宝光同意把孙女嫁给无碍。这一次，黑天、大力罗摩率领大军队来到宝光的首都。

这本来应该是一个隆重而热闹的婚礼，但意外发生了。

宝光和大力罗摩都是喜欢赌博的人，经不起人们的鼓动，二人开始赌博。宝光做东，大力罗摩下注。众人都来看热闹。

大力罗摩首局下注一千金币，输了。第二局他又下一千金币，又输了。大力罗摩急了，第三局下注一千万金币，但还是输了。在遭到众国王的嘲笑后，大力罗摩狠狠心，嚷道“我再下一千亿金币”！这次，大力罗摩赢了。由于赢得太多，宝光想要赖。大力罗摩恼怒异常，拿起旁边的一个金器砸向宝光，宝光当场身亡。

黑天听到消息，虽然很痛心，但也很无奈。

大战因陀罗

在天界因陀罗的花园里，有一棵神树，叫波利迦多。这棵树上长着三根树杈，每根树杈上都开着一种独特的花。凡是得到树花的人，都会吉祥如意。

此时，黑天已经娶了一万六千个妻子。原配艳光最受黑天和众妃们的尊重，因为她给黑天生下十个儿子，而且每个儿子都很有才能。一次，那罗陀大仙得到一枝波利迦多花，他把这花送给了艳光。而黑天的另外一个爱妃真忿女却嫉妒艳光，以为黑天最宠爱艳光。黑天为了表示他最爱真忿女，答应把整棵波利迦多树弄来给她。

这天一大早，黑天便带着本族的勇士善战驾车登山，叫明光随后赶到。到山上以后，黑天叫车夫达禄加在原地等他。他和善战骑上金翅鸟飞向天界。明光驾着飞车紧随其后。

黑天来到天界的花园，看见有许多卫士在守护神树。黑天强行挖出神树，放到金翅鸟的背上。因陀罗接到卫士们的报告，立即乘坐大象赶往花园。他儿子贾因陀也跟了过去。他们遇见了黑天，双方开始还彼此客气，接着就为神树动手打了起来。

黑天的箭射伤了因陀罗的大象。因陀罗的箭也把金翅鸟的翅膀击破。贾因陀和明光，天神使者波尔瓦尔和善战，也同时捉对厮杀。众天神、大仙、紧那罗、药叉、乾达婆、天女们都来观看，一个个惊诧不已。

最后，迦叶波大仙秉承大梵天的旨意，出面调停，黑天和因陀罗才最终和解。因陀罗让黑天带走波利迦多神树，但使用完后要重新栽回天国花园。

奢特普尔之战

当初湿婆大战特里普拉阿修罗时，曾有大批恶魔参与了与湿婆的拼杀。但湿婆仅仅杀了特里普拉阿修罗一个，70 万个恶魔幸免于难。特里普拉的死使阿修罗们感到压抑。他们仅靠空气为生，苦修了一千年，渴望得到大梵天的眷顾。他们分别躲在无花果树下、大榕树下不停地默念吠陀经。他们的修行感动了大梵天，他答应给予他们一个恩典。众恶魔乞求杀死湿婆，然而大梵天拒绝了他们这一请求。于是，众恶魔又转而请求让他们无忧无虑地生活在奢特普尔。

大梵天说："只要你们不给走正路的婆罗门找麻烦，不欺侮任何一个婆罗门，任何人都奈何不了你们。但是，如果你们侮辱了任何一个婆罗门，那么你们将无一例外地被消灭干净。"

众恶魔得到了大梵天这一恩典，都异常兴奋。他们中的大部分都成为湿婆的追随者，湿婆也把他们当作了自己人。

梵授王在奢特普尔城的河边举行马祭，来了许多贵宾。尼刚婆等恶魔也前来捣乱。他们狂妄地要求分走一部分祭品和苏摩酒。梵授王没有同意。尼刚婆进而要求梵授王把他所有的女儿送给他们。梵授王更是断然拒绝。于是，众恶魔搅乱了祭典，劫持了梵授王的所有女儿。富天也参加了祭典，见此情形，他立即叫来了明光，让明光神不知鬼不觉地用一帮变魔术的姑娘把梵授王的女儿换了回来。

明光和梵授王邀请众国王一起议事，其中包括妖连、童护、般度五子、持国百子、宝光、尼罗、文陀和阿奴文陀两兄弟、沙利耶、沙恭尼等。

一向喜欢搬弄是非的那罗陀看准机会，便来到尼刚婆的王宫，说道："诸位，黑天和梵授的交情很深，由于黑天的撮合，才使梵授娶了五百美女。她们尽心服侍了敝衣仙人，为此大仙给她们恩典，说她们第一次交合，每人便可得一子一女，儿子将成为博学多才的学者，女儿将成为绝代佳人。梵授把他所有女儿全都许配给了雅度人。现在，正好有不少国王在这里，你们应该给他们大量金银财宝和美女，笼络住他们，带他们一起去杀掉雅度人和梵授，把他的女儿全都据为己有。"

听了这话，众恶魔个个摩拳擦掌，他们正窝着一肚子的火。因为当他们抢回那些美女后，她们竟倏然而逝。众恶魔决意照那罗陀的话去做，盛情款待了前来参加庆典的众国王，送给国王们大量的钱财和美女。除般度五子外，众国王欣然接受，并一致表示："现在我们成了密友，请给我们一个为您效劳的机会吧！"

这时，恶魔之王尼刚婆说，他即将与梵授王开战，请众国王在战斗中帮他们。对此，除般度五子外的众国王一致表示同意。随后，恶魔攻占了梵授王的祭祀大殿。

另一边，黑天把朝政交由猛军执掌，自己率大军向奢特普尔进发。他们来到祭祀大殿附近驻扎下来。

次日拂晓，大力罗摩、黑天、善战等沐浴毕，敬过湿婆神，便披挂上阵。他们命明光为先锋，命般度五子保护祭祀大殿。这时，黑天又默想波尔瓦尔和因陀罗之子贾因陀，他们转瞬间便出现在他的面前。黑天派他们俩把守住通天界的道路。黑天还命山巴和巴陀摆出了怪鱼阵。黑天的兄弟萨兰和博遮族人、猛军之子阿耶德里什提、成铠、普利图、毗普利图等人被安排在阵中。俊杰和永童仙人协助无碍，被安排在阵的最后。大量的车马、战象、步兵都布置在阵的中央。各路兵马安排已毕，黑天便宣布开战。霎时间战鼓齐鸣，直震得惊天动地，奢特普尔之战开始了。

恶魔的庞大军队出现在战场上，势如潮涌。他们形态各异，着装古怪，手持寒光闪闪的怪样兵器，分别骑着象、马、驴、山羊、水牛、犀牛、骆驼，或是坐在战车上。战场上，号角声、车轮滚动声响成一片，犹如云涛发出震耳欲聋的怒吼。魔王尼刚婆在队伍的最前面。不少国王也来为其助威，其中包括持国百子。他们在难敌带领下率领大军前来为尼刚婆助战。队伍中木柱王尤为引人注目，他巨大战车的车轮发出可怕的轰鸣。沙利耶、沙恭尼、福授、妖连、三穴国国王、毗罗吒、优多罗等英雄都来为尼刚婆助威。

尼刚婆冲到阵前，猛军之子阿那德里什提给予了坚决的回击。尼刚婆见状，施用魔法使猛军之子晕倒在地。他上前把阿那德里什提抬进了洞里后，又迅速返回战场。接着，他又用同样的办法相继把包括成铠在内的许多雅度人抬进了洞里。在他施展魔法时，他在人们面前隐形，谁都看不见他。雅度人面临危难之时，黑天亲自走上了战场。

众恶魔一见到黑天，迅即像飞蝗一样成批地扑来。但是，黑天的利箭使众恶魔难以招架，他们纷纷夺路飞向天空，却遭到波尔瓦尔和贾因陀的沉重打击。这时，因陀罗派他的坐骑南迪送来威力强大的武器，他说："快用这些箭吧，这是湿婆神给的。"

这些神奇的武器把参战的所有国王全都捆绑起来关进了一个山洞里，无碍守住了洞口。恶魔的武器、驴、马、骆驼、水牛等坐骑全都被缴获。其余的恶魔四处逃散。尼刚婆网罗了他的残余势力，负隅顽抗，结果被般度五子等尽数扫荡。少量恶魔企图从空中逃跑，也没能从贾因陀和波尔瓦尔手下逃脱。

尼刚婆看见了黑天和阿周那，立即用铁杵向他们发动攻击。与此同时，他运用了隐身魔法。黑天和阿周那立即默想湿婆，便获得了湿婆神奇的视力，使尼刚婆在其面前暴露无遗。阿周那立即拉动神弓向尼刚婆发射了密如雨点般的利箭，然而这些箭都被尼刚婆用铁杵拨落在地。看到这种情况，阿周那惊诧不已。这时，尼刚婆钻进了关押雅度族众英雄的山洞里。黑天紧随其后，并把被押的众英雄放了出来。

黑天和尼刚婆动起了手。两人的搏战残酷异常，以至双方都昏厥过去。般度五子和雅度人全都慌了手脚。关键时刻，湿婆叫醒黑天，让他使用自己的神盘。神盘一出手，尼刚婆的头便应声落地。

黑天把缴获的财物和美女分给雅度人，把奢特普尔城的统治权交给了梵授王，随后返回了多门岛。

诛杀尼贡婆

明光杀了魔王尼贡婆的哥哥金刚脐并抢走了他的女儿光照女。为此，尼贡婆一直在伺机报复。他看准众英雄不在城中的机会，用魔法抢走了明光的女儿祥光女。听到祥光女的哀号，富天和猛光赶紧从宫中跑出来，但只听见祥光女的哭声，不见祥光女的踪影。他们两人都迷惑不解，赶紧跑去告诉黑天。黑天骑上金翅鸟赶往出事地点，临行时嘱咐明光随后跟上。

在尼贡婆挟持着祥光女即将回到住地博拉兹城的时候，黑天和阿周那赶来。尼贡婆左手挟持祥光女，右手舞动铁杵抵抗。黑天和阿周那本来有能力杀死他，但由于怕误伤祥光女，无法放手进攻。突然，尼贡婆不见了踪影。黑天和阿周那发现，原来他变成了一只翠鸟，不断兜圈子躲避阿周那的神箭。当他逃着逃着想翻过牛耳山时，突然连同祥光女一起栽倒在河边。原来湿婆住在牛耳山上。他的灵光使任何人都无法翻越这座山。这时，明光冲上前去，救出了祥光女。在黑天和阿周那用箭射向恶魔时，尼贡婆见地上有个洞，便钻进去返回了自己的家。

翌日晨，尼贡婆重新出现，阿周那和黑天立即向他射出利箭，尼贡婆避开箭雨，用铁杵击倒阿周那，接着又把明光击昏。黑天大怒，与尼贡婆扭打在一起。突然，尼贡婆的铁杵击中黑天，黑天倒地。因陀罗大惊，慌忙往黑天头上喷洒恒河还阳圣水，使黑天恢复知觉。黑天向因陀罗一笑，因陀罗这才明白，这本是黑天在施展法力，故意装作昏死，想蒙骗对手。

尼贡婆大喜，想立即把黑天抢回都城关押起来。令他诧异的是，连曼陀罗山都能搬起来的他，竟然搬不动黑天的身体。他正打算用大杵砸黑天，黑天却骤然抢过铁杵，把它抛到远处。尼贡婆吃了一惊，迅速飞到了空中。他施展了魔法，使地上和空中现出了成千上万个尼贡婆。黑天也施展了自己的法力，使地上和空中现出了无数个黑天、阿周那和明光。

尼贡婆突然劫走了阿周那。他在空中作法，空中出现了无数阿周那，纷纷向黑天发起攻击。黑天立即默想湿婆，并向尼贡婆发射数箭。箭箭都射掉尼贡婆一块肉，然而每块肉又立即变成了一个尼贡婆。这时黑天不得不拿出自己的神盘向尼贡婆抛去。只见尼贡婆的头应声落地，发出了一阵惊天动地的轰鸣。在倒地的一刹那，他扔下了被劫持的阿周那。明光上前接住了阿周那。

黑天返回多门城，见那罗陀已在那里等他。原来，那罗陀是来做媒的，促成了祥光女与般度五子之一偕天的婚事。

金刚脐觊觎天王位

此前，尼贡婆的哥哥金刚脐是个力大无穷的魔王。他在须弥山的一个山洞里修行，感动了大梵天，大梵天答应给他一个恩典，即众神谁都无法杀死他。

一天，一个恶魔报怨道："众神总在我们头上飞行，我们去占领天堂，众神就不会在我们头上乱飞了。"于是，金刚脐去找因陀罗，提出统治三界的要求。因陀罗跑到天神之师祭主仙人身边，把魔王的话告诉了他。祭主仙人给他出主意，让他以迦叶波的祭典还没完成为借口搪塞过去。迦叶波是生主，他的儿子很多，既有天神也有恶魔，还有动物。金刚脐是他的儿子之一。

一天，因陀罗把居住在天堂的众天鹅叫来，对它们说："你们也是迦叶波大仙的后代，所以我们就如同兄弟一样。如今，为了天堂的利益，我需要得到你们的帮助。"

天鹅首领说道："众神之主，我们是你的仆从，为众神效力是我们的福分。"

因陀罗说："你们都迁到金刚脐的金刚城中住下来，金刚脐的女儿光照女在三界中是绝无仅有的绝代佳人。现在，她的选婿大典即将到来，你们要设法使她对明光产生爱慕之情。"

众天鹅按照因陀罗的吩咐飞到了金刚城。这里风光旖旎、湖光潋滟。它们高兴地安下身来，不时地翩翩起舞，有时还飞到宫中的水池去。宫中的王妃、公主和侍女无不被它们优美的舞姿所吸引。魔王见到它们也异常兴奋。

天鹅们还以自己委婉动听的歌喉打动了宫中所有人的心。一天，当众天鹅看到了光照女的美丽面容后，全都惊呆了。一只名叫淑姬的母天鹅撒娇似的投入了光照女的怀抱，光照女则爱惜地抚摩着它的羽毛。

当光照女独自一人时，淑姬就飞到她的身边，称赞她的美貌，说：“没有男人欣赏，你的青春美貌就没有意义。据我所知，无论天堂还是阿修罗家族，现在还没有哪个公子能称你的心意。如果你不介意，我向你介绍一位王子，他任何方面都能配得上你。”光照女羞涩地同意了。

淑姬向光照女描述了明光的家世、容貌、人品和胆识，说：“他具有你无法想象的优秀品格。我说美丽的人啊，你该见他一面。他善于取悦女人的心，他可以完全熄灭你的情火，使你平静，使你得到卓越的后代。”

听了天鹅的讲述，光照女心潮汹涌，急切地想见到明光。她对天鹅说：“我知道，他的父亲黑天是毗湿奴的化身，是妖魔的死敌。他正用他那神盘、弓和铁杵毁灭着阿修罗家族。那罗陀大仙一直在规劝我父亲避其锋芒。你说，这种关系怎么能成立呢？明光的英勇我从小就有所耳闻，长期以来我一直思慕着他，但怎么能和他见面呢？”

“美人啊，你别发愁。我把你的话带给明光，设法让他到这儿来见你。但是你得先替我办一件事，到你爸爸那儿去，告诉他说，有一只天鹅能言善辩。好啦，我一定让你的好事儿办成。”

光照女去告诉父亲金刚脐说：“有一只能言善辩的天鹅，它还通晓阿修罗的语言。”

魔王听了非常高兴，找到天鹅淑姬说：“就请你给我讲讲世上的新奇事儿吧。”

天鹅说：“大王，我给你讲一个真实的故事。我在须弥山附近，见过一位名叫桑基尼的女苦行者，一位为他人谋福利的节妇。我还见过一个男人，他得到过众仙人的恩典，他可以变成任何死去的或活着的人，可以到任何地方去，他常在北俱卢洲、南赡部洲等几大洲间游荡。天神看了他的歌舞都被深深地吸引。”

魔王说：“我非常想见他，不知他是否能到这里来？”

天鹅说：“大王！了解到您的优秀品质，他肯定会来的。您的英名谁人不知？我听说不久的将来，天神之王因陀罗都要在您的面前俯首听命，就连迦叶波大仙在祭祀完毕后，也将服务于您的麾下。”

听着天鹅的歌功颂德，魔王乐不可支。

天鹅淑姬和其他天鹅一道飞走了。它把事情的进展情况禀报了因陀罗。因陀罗听罢大喜，又迅速如实地转告了黑天。

明光幽会光照女

黑天了解了有关情况后，把金刚脐和光照女的事全部交由明光去处理。因陀罗使用魔法把雅度人都打扮成艺人，让他们作为一支艺人表演队去金刚城演出。表演队的首领是明光，山巴扮作表演队的小丑。为了众神的利益，他们向金刚城出发了。

金刚脐极其热情地欢迎了表演队，安排他们下榻的住房非常考究。随后，艺人们开始了表演，恶魔个个狂叫着，忘乎所以。接着，艺人们又演出了“罗摩衍那的故事”，演出过程中，恶魔们不时地发出阵阵喝彩，连宫廷卫士也全都被吸引了过来。

天鹅淑姬趁机来到公主光照女的身边，对她说：“我已经去过雅度人的多门城，单独会见了明光王子。我对他讲述了你的事情，他高兴极了。美人儿，今晚他会来找你。记住，这是真的。”

光照女心中又欢愉又不安。这时，明光化作一只蜜蜂飞来，不停地绕着公主盘旋。随着一阵悦耳的笑声，明光现出了原形。光照女目不转睛地看着他。

明光说：“美人啊，你为什么沉默不语？大胆地爱我吧！我将和你自由恋爱结婚。”明光说着，便握住了公主的右手。他口诵经文，以火神阿耆尼为证婚人，和光照女举行了乾达婆式婚礼。

魔王金刚脐的一个弟弟有两个女儿，名叫曷德尔瓦蒂和贡纳瓦蒂。她们常到光照女这里来玩。翌日晨，当她们见到光照女时，看她身上有多处指甲掐痕，便向她寻问究竟。光照女说："我掌握了一种本领，可以召唤自己心上人立即到来。我把明光召唤来了，和他做爱，实现了青春、美貌和女人的价值。如果你们愿意，你们也可以掌握这一本领。"两人都表示愿意学这个本领。

光照女说："天神成人之美，妖魔不离恶行。神灵与修行和法为伴，故此诸事顺遂。妖魔作恶多端，笃定寸步难行。尽管要费些周折，你们一定要从天神和善人中挑选意中人。"

两人说："我们什么也不懂，你就帮着给物色合适的好了！"光照女答应了她们的请求。

待明光到来时，光照女对他诉说了二女的心事。明光提出了自己的兄弟伽陀和山巴的名字。光照女转告了二女，二女欣然同意。当二女见到伽陀和山巴本人后，更是欣喜万分。于是，伽陀和曷德尔瓦蒂，山巴和贡纳瓦蒂确立了关系。

明光诛金刚脐

一日早晨，黑天跨上金翅鸟风驰电掣般地飞到了因陀罗身边。在那里，他又吹起了自己的海螺号角。明光闻声即刻赶到他的身边。黑天对他说："儿子！你立即骑着金翅鸟去把金刚脐杀掉。"明光接受命令后，辞别因陀罗和黑天，突然出现在金刚脐面前，并向他射出了利箭。金刚脐受伤，昏倒在地，但他迅速恢复了知觉。他对明光叫道："嘿！雅度人，现在你来吃我一击！"说着，他举杵便砸。明光口喷鲜血栽倒在地。黑天看在眼里，忙把自己的螺号抛向金刚脐，明光乘机脱身。

黑天百发百中的神盘飞到了明光的身边，明光用黑天的神盘终于割下了力大无比的魔王金刚脐的脑袋。

金刚脐的两个兄弟也前来与明光交战，明光用利箭转眼间便把他们送去见了阎王。至此，众魔王全部毙命。树倒猢狲散，顷刻间金刚城大乱。

这时，黑天和因陀罗赶来，安抚了众阿修罗。他们又请来了天神之师祭主仙人，在他的建议下，把拥有四万个村庄的阿修罗国一分为四，分别交由贾因陀之子维贾伊、明光之子无碍、山巴之子阿兹和伽陀之子尼布管理。黑天称颂了湿婆的功绩，湿婆大喜。至此，黑天携众子返回了多门城，过起了安宁的生活。

明光诛商钵罗

明光为黑天的爱妻艳光所生，他的前世是爱神。他出生后仅一个星期，便被阿修罗商钵罗抢走。商钵罗的妻子摩耶婆蒂膝下无子，因此自得到明光后她心中充满喜悦，对他百看不厌。她记起明光前世曾是其夫，由于激怒了湿婆，湿婆使他失去了身躯。因此她没有以母亲的身份哺育过明光，而是安排了一个奶妈对他精心调养，让其青春期迅速到来。她发疯似的迷恋着明光，想方设法诱使明光对其产生情爱。因此，明光尚未成年时，除学了一身武艺之外，还深谙同女性调情。

摩耶婆蒂开始对明光进行挑逗。她是一个姿容俊俏、体态丰腴的女子。一天夜里，她急不可耐地向明光袒露了丰满的胸脯。明光愤怒地斥责她说："你身为我的母亲，怎么能这样做呢？被情欲烧灼的女人什么不要脸的事都干得出来，但任何女人也不敢干这样乱伦的事！"摩耶婆蒂却不动声色地回答说："亲爱的，我不是你的生身母亲，商钵罗也不是你的父亲。你的生身父母是黑天和艳光。你生下来不到一个星期就被商钵罗抢来了。你前世是我的丈夫。恶魔家族绝生不出你这样的美男子。亲爱的，是我使你早熟。你的美貌和青春搅得我心绪不宁，你快快满足我的要求吧！”她说完便一丝不挂地躺到了明光跟前。明光怒不可遏地推开她，径直走到商钵罗面前破口大骂。

商钵罗勃然大怒，来打明光，明光破解了他的招数。于是，商钵罗使出了全身解数，他的儿子们和众恶魔也都围了上来。

明光并不示弱。他拿起弓，一口气便射杀了魔王的10个儿子。众恶魔乱成一团。在明光连续杀掉了100个恶魔之后，商钵罗急忙布下阵，令众恶魔从四面包围了明光。他又让驭者赶来了战车，双方开始了激战。明光用密如雨点的利箭把商钵罗射昏。他苏醒过来后，立即向明光放箭还击。明光同时射出了千万支箭。商钵罗向他投来密如雨点的大树；明光则发射了无数的火箭，使商钵罗的进攻失去了作用。商钵罗又改向明光投出了乱石雨，明光立即唤来大风卷走了飞石。商钵罗施魔法调动了大象、狮子、熊、马、驴、狗、猴等一齐上阵，明光使出神奇的飞天器破了商钵罗的魔法。至此，商钵罗深深地懊悔，为什么没把明光从小就掐死。他下狠心使用了从湿婆处得到的置敌于死地的魔法。只见成千上万条毒蛇向明光冲来。明光立即用黄金魔法唤出了无数只大鹏，它们转瞬间便叼着毒蛇振翅而去。这时，商钵罗打算使用他那百发百中的金箍杖。那是他修行时感动了湿婆之妻雪山神女而得到的。它具备杀死所有天神和恶魔的能力。当初雪山神女正是用这根杖打死了魔鬼松颇和尼松颇兄弟。见商钵罗要动用这根金箍杖，天神之王因陀罗急忙叫来了那罗陀。那罗陀得到因陀罗的命令，出现在明光面前，对明光说：“我是大梵天的儿子，闻名遐迩的那罗陀。你该记得，你前世曾是爱神，大神湿婆把你燃为灰烬，现在你转世投生为瓦利施尼族黑天的儿子明光。在你出生后仅一个星期，阿修罗商钵罗抢走了你。摩耶婆蒂是你的前世妻子罗蒂。现在你生命危在旦夕，你赶紧穿上我给你带来的铠甲，快拿上毗湿奴神器跑回多门岛去吧。商钵罗要用雪山神女给他的金箍杖打你了，谁都无法救你。回到多门岛，你要歌颂女神的大功大德，求她来保佑你。铠甲和神器是因陀罗让我送给你的。”那罗陀大仙说罢便返回了天堂。

明光飞快地跑回多门城，立即开始口念颂词，膜拜雪山神女：

啊，女神，我向您，
战神鸠摩罗的母亲深深致意，
向您那威镇三界的魔力致意。
啊，雪女神女，是您，
消灭了恶魔松颇和尼松颇，
是您，使敌人魂不附体！
黑色女神啊，
请接受我的敬意。
啊，母亲，
我在这里给您行大礼。
您在文迪亚山上雄居，
恶魔的城堡无不坍塌在您的脚底。
您就是胜利的化身，
伟大的女神，
请再次接受我由衷的敬意！
在您的面前，
没有不可战胜的顽敌，
您是骑狮者，
请接收我的敬意！
啊，女神，
请您在战场上保护我，
赐给我胜利！

听了明光的颂扬，雪山神女大喜，立即现形，答应给他恩典。

明光立即双手合十，乞求道："啊，救世之母，施恩典之神，如果我果真受到您的青睐，就请满足我的一个心愿。我期望能击败我的敌人，让商钵罗的金箍杖在触到我身体的一刹那，立即变成莲花花环。"

女神应允了明光的这一请求。于是，明光返回战场。此刻，商钵罗正在处心积虑地寻找明光。当他见到明光后，立即问道："胆小鬼，逃到哪里去了？快来送死！"随即他一面心里默想女神，一面举起神杖向明光砸去。女神的神杖从不虚掷，明光必死无疑。然而这次却出现了例外，只见神杖落到明光身上的一刹那，立即化作了一个美丽的莲花花环套在明光的脖子上。商钵罗愣住了。空中响起众神的一片欢呼。

说时迟，那时快，明光手起，那罗陀带给他的神器便飞出手中。只见那神器吐着烈焰向商钵罗飞去。顷刻间商钵罗便化为灰烬。

阿修罗商钵罗之死，使众天神、药叉、乾达婆无不欢呼雀跃，众仙女和飞天兴奋得手舞足蹈，从天上落下阵阵花雨。

除掉商钵罗之后，明光来到了摩耶婆蒂身边。她高兴极了。明光带着她从空中返回多门城。王宫里，人们无不赞美明光和花容月貌的摩耶婆蒂，说这是天生的一对。艳光没能认出明光来，她一见着明光便流着眼泪说道："壮小伙子！我有过一个和你一般大的儿子，他出世刚七天就失踪了。你长得很像我的儿，你叫什么名字？"明光诉说了自己的经历，艳光把明光搂在怀里不禁放声大哭。这时，那罗陀大仙来了，他向人们讲述了一切。他特别说明，摩耶婆蒂并非商钵罗之妻，她实际上是罗蒂，与明光并无母子关系。大神黑天也来了，明光向他恭敬地鞠了一躬。整个多门城沉浸在节日的气氛里。

波那得志

阿修罗波那是魔王巴力之子，一次偶然的机会，他看到湿婆之子战神鸠摩罗，不禁羡慕起来，想成为湿婆和雪山神女的儿子。

为实现这一愿望，他开始修苦行，变得形容枯槁仍不放弃，最后终于博得湿婆和雪山神女的欢心。他们都在波那面前现了形，说要给他一个恩典。阿修罗波那请求成为二位大神的儿子。湿婆高兴地同意了。在湿婆的庇护下，波那成了绍尼塔普尔的统治者。他有恃无恐，众神、乾达婆、药叉等，他全然不放在眼里。他设法取悦自己的哥哥战神鸠摩罗，使他乐于为自己服务。鸠摩罗兴奋之余，送给他一面光艳夺目的旌旗和一只能够疾飞的孔雀作为他的坐骑。由此，他更加飞扬跋扈。众神无不望而生畏。

一天，波那来到湿婆身边。在盛赞湿婆之后，他说出了自己想大显身手的愿望。湿婆则鼓励他出战。

波那兴奋地说："啊，父亲大人，那时我的千只手将大显身手。啊，至高无上的天神！我多么期望能在战场上战胜因陀罗一次。有您的保佑，我相信这一天一定会到来！"

听了波那的话，湿婆淡然一笑，说道："你的千只手定会得到用武的机会。"

波那心满意足地返回了住地。有了湿婆的庇护，他得意忘形，更加锋芒毕露，不断地向众神挑衅。因陀罗的言行也受制于波那，为此他感到深深的焦虑和不安。整个天界都处在压抑的气氛中。

霞光女之梦

湿婆和雪山神女在河边漫步。数百乾达婆和仙女跟在他们身边，设法博得他们的欢心。一个名叫绘画的仙女化作雪山神女向湿婆眉目传情，众楼陀罗也变作湿婆向众仙女挑逗。大家玩得兴高采烈。波那俊俏的女儿霞光女也来到这里，看他们嬉戏，打心眼里期望有朝一日能和自己的心上人生活在一起。她心事重重，独自站在远处。雪山神女看透了霞光女的心事，把她叫到了自己的身边，开导道："你会享受到青春的无比欢乐的，放心吧。印历二月十二夜里你梦到的那个男人将成为你的丈夫。"雪山神女对霞光女说的话，全都被绘画听到了。

到了二月十二日夜里，霞光女果真梦见一个英俊王子紧紧地拥抱了她，亲吻她，抚摸她。随后，王子又把她抱到镶嵌着宝石的金床上，结束了她的童贞。她立即惊叫了起来。醒过来后，她才意识到这不过是一场梦而已，她还睡在自己的寝室里。睡在一旁的女友绘画被她吵醒了，追问究竟。霞光女便向她诉说了梦中经过，接着又哭了起来。她的童贞果真被破坏了。这时，绘画蓦地想起了女神的话，顿时兴奋地叫道："哎，你别发愁了，你所梦见的那个人正是你未来的丈夫。"霞光女不再那么伤心了，她对绘画说："怎么才能知道这个男子到底是谁呢？"

绘画答道："我有个办法。未婚男子我差不多全认识。我把他们画出来让你来辨认。"

绘画在树叶上画上了各国的王子。当霞光女看到无碍的画像时，立即叫道："就是他！他在梦中夺去了我的童贞。他是谁？"

绘画说："这是大神黑天之孙、明光之子无碍。"

霞光女完全被无碍迷住了。她忘记了失去童贞的苦恼，相反却沉浸在幸福之中。她对绘画说："绘画，我怎么能见到他？"

绘画说："我来安排你们见面。"

霞光女忽然想到了父亲波那，又说道："我那骠勇强悍的父亲把雅度人视为自己的头号敌人，事情怎么能成呢？"

绘画说："该成还得成，女神的预言绝对不会落空。别担心，我一定把无碍带到你身边来。"

绘画精通魔法，她从空中之路向多门岛出发了。她到多门城后，为多门城的辉煌气势所叹服。多门城比天国首都阿默拉瓦蒂还胜过几分。来到大神黑天的住处，绘画竟变得犹豫起来。她心想，我以什么方式去见无碍好呢？见到他之后，我是否有机会向他讲述霞光女的情况呢？这时，她看到坐在水池边的那罗陀大仙。她立即跑到他身边，毕恭毕敬地站在那里等候。那罗陀停止了坐禅。绘画双手合十，讲述了事情的原委，并表示了担心。

那罗陀说："仙女啊，你无须担心，尽管把无碍带去！倘若果真起了战事，到时你再提醒我。我就爱看打仗。来，让我教给你迷惑世界的法术。"绘画得到了那罗陀的支持，径直走进了无碍的宫中。

在一间装点华丽的大殿，她看到无碍正和一群美女在一起，她随即使用了那罗陀教给她的迷魂法术——使其他人进入昏迷状态，唯独无碍神志清醒。她用动人的声音向无碍讲述了事情的来龙去脉。

无碍回答说："我也一样，自从上次在梦中见到她，至今我一直都六神无主，坐立不安，始终盼望见到她。你行行好，请带我到她那里去。仙女啊！我求你，让那场梦尽快成为现实吧！"

绘画立即带着无碍从空中返回了绍尼塔普尔城。

霞光女一见到与绘画同来的无碍，立时被他深深地迷住了。她对绘画表达了由衷的感激之情，随后她领着无碍走进大殿。如今，她的梦完全变成了现实。无碍以乾达婆方式自愿选择她为自己的妻子。

无碍战波那

该发生的事迟早总要发生。一天，在无碍和霞光女尽兴玩耍时，被宫内卫士发现。魔王波那得知，公主正和一个陌生男人厮混，便立即命令把那个胆大妄为的青年处死。

士兵们奉命闯进内宫，霞光女大惊失色，紧紧地依偎在无碍的怀里。士兵包围了他们。

此时绘画想起了那罗陀大仙。大仙倏然而至，他让绘画放心。无碍看到那罗陀到来，深深鞠躬。那罗陀说：“别怕，和他们打！有我在呢。”无碍抄起门闩向士兵们冲去。士兵们望而却步。他用从士兵手中夺过的武器向他们进攻，使用了真假、虚实的各种武艺。那些士兵个个口吐鲜血。

波那得知消息，即刻叫来车夫贡邦德，火速奔向内宫。当他出现在内宫的时候，霞光女已经吓得瑟瑟发抖，她觉得无碍这回肯定是活不成了。想到这里，她放声大哭。波那还不知道无碍是谁，也不知道他如何潜入了内宫。两个人虎视眈眈，一场硬仗迫在眉睫。那罗陀正在空中看热闹，心中窃喜。

战斗开始了，无碍处于不利的地位。波那的箭雨和各种兵器一齐向无碍袭来，无碍已经浑身是血。但无碍非常英勇，用手中的宝剑还击，甚至割断了波那战车上的绳子，杀死了拉车的马。波那的兵器飞蝗般向无碍攻击，无碍被压制得抬不起头。波那以为无碍必被杀死，但无碍却突然跳起来向波那攻击。波那从浓密的乌云中汲取了力量，他将这股力量投向无碍。无碍却将这股力量反射回去，击伤了波那。贡邦德说，这个人是一个非凡的勇士，要想战胜他，就要和他比法力。

波那施展法力隐去身形，又用蛇索捆住了无碍。波那让贡邦德杀死无碍，但贡邦德很有头脑，说应该首先知道这个青年是什么人，还要弄清他和公主的关系和感情。如果他们已经采取乾达婆方式结了婚，彼此恩爱，非但不应杀死他，还应款待他。波那接受了贡邦德的劝告，让卫士们把无碍看管起来。

寻找无碍

黑天的孙子被劫持的消息在多门城不胫而走。这种事竟然搞到大神黑天的头上，多门岛的平民百姓又有何安全可言？时间一天天过去，无碍仍杳无音讯，到处都弥漫着一派恐怖的气氛。

人们纷纷询问事情发生的原委，连大神黑天也在那里不时地叹息。这时，毗普利图说：“大神，看到你这副样子，我们大家都感到泄气。无碍被劫持是我们的耻辱，现在唯有你能够解救他，危难时刻你不应该这样。”

黑天无奈地说：“是谁把无碍劫走尚不得而知。”

善战说：“应该派人去寻找无碍，所有地方都要找遍。”黑天采纳了他的建议，并派使者四处寻访。

黑天说：“这肯定是哪个恶魔或者下贱女人所干的勾当。”

不久，派出去寻找无碍的使者全都返回来了。他们报告说到处都找遍了，但没有见到无碍的任何踪迹。

清晨，所有人都聚集在会议大厅。那罗陀大仙也来了，他向大家讲述了事情的全部经过。

大神黑天立即宣布准备开战。他叫上大力罗摩和明光，骑上金翅鸟便出发了。这时，众天神发出了一片欢呼。喇叭声、螺号声响成一片，歌手、艺人唱起了颂歌。此刻的大神黑天神采奕奕，犹如日月放出光华。具有大神同样睿智的金翅鸟此刻也格外精神抖擞。这时，大神黑天的身躯变得像山一样巨大，身上长出了八只手臂；他右边的手中分别拿着神盘、铁杵和长矛，左边的手中拿着盾牌、弓箭和法螺；他的躯干上又长出了一千个头颅。而大力罗摩则变出了上千个身躯。他们手持的利器熠熠生辉。

他们风驰电掣般赶到了波那的都城附近。波那都城的四周正燃烧着火焰。黑天让金翅鸟处理此事。只见金翅鸟转瞬间长出了一千个头，它飞到海边，饮了大量的海水，然后又迅即返回，飞到城边把水像雨点般喷洒出来，烈焰刻刻便被熄灭。黑天、大力罗摩和明光重新骑到金翅鸟身上。它继续向前飞去，双翅发出令人毛骨悚然的声响。

湿婆的追随者火神阿耆尼看到金翅鸟飞来，心想："金翅鸟身上骑着的怪模怪样的是些什么人？他们来干什么？" 接着，火神阿耆尼们便和黑天、大力罗摩及明光打了起来。喊杀声响成了一片。波那听到喧嚣，立即派人去打探。

仆从赶到现场，看到黑天等三人正和众阿耆尼混战在一起。战场的一边，手持三叉戟的安吉罗仙人也正站在燃烧着火焰的战车上。

望着他们发射来的密如雨点般的利箭，黑天叫道："阿耆尼！看我马上就消灭你们。"这时，安吉罗仙人挥动着寒光逼人的三叉戟向黑天冲来。黑天射出了半月形的利箭，使大仙的三叉戟在半路上就被截成两段。随即他又把一支闪闪发光的"大耳箭"搭在了弓弦上，箭不偏不倚，正射穿大仙的心脏。安吉罗大仙挣扎了几下便倒在了血泊里。其他阿耆尼见状都纷纷撤出战场，逃回绍尼塔普尔城。

大神黑天跟踪追击。这时，那罗陀说道："黑天，这里是波那的国都，它受到大神湿婆的庇护。湿婆神、雪山神女和值得尊敬的战神鸠摩罗都住在这里。"

黑天听了大仙的话后回答："大仙，如果毁灭之神也站在阿修罗波那一边，那么我就和他战斗！" 黑天说完，便吹响了他那令三界为之胆战的法螺。就这样，黑天与湿婆之间的大战便正式开始了。

黑天战湿婆

黑天的螺号声威震敌城，他天冲进了绍尼塔普尔。听到螺号声，城中的战鼓也擂响了。弓箭手们立即奉命全副武装披挂上阵。那无数的军队，仿佛是天空中不断涌来的团团乌云，又仿佛是一座蓝色的大山轰然碾压而来。无数的凶神、魔鬼身着蓝色服装，手持各式利器冲上前来。队伍中有大量的湿婆的随从。他们蜂拥着向黑天等众英雄围去。

这时，大力罗摩说："喂，黑天，我要和这帮魔鬼拼了，把他们都干掉。"

黑天说："我对付正面的敌人，明光对付左面的，你对付右面的。"

他们摆好阵势向敌人冲杀过去，敌军大伤元气，开始从战场上溃逃。就在这时，长有三头六臂九只眼的劫瓦尔急忙赶来，他手持利器，发出雷鸣般的怒吼。雅度人从未见过这样奇特狰狞的面孔，纷纷四散奔逃。他一路大砍大杀，如入无人之境。他身上胸毛横生，睡眼惺忪，向大力罗摩吼道："喂！没看见我来啦？你别想从这儿活着走！"劫瓦尔举起武器向大力罗摩的心脏刺去。大力罗摩躲闪过去，那利器击中了山峰。山峰飞溅出的飞石落到了大力罗摩身上，使大力罗摩全身起火，并让他感到呼吸困难。大力罗摩痛苦不堪，黑天立即用身体和大力罗摩贴在一起。说也奇怪，大力罗摩马上平静了下来。这时，黑天对劫瓦尔喝道："劫瓦尔！你若有男子汉的气概，那就和我来较量！"黑天刚刚说完，劫瓦尔可怕的武器便击中了他，他的身体顷刻便燃起了火焰。然而转眼间火焰又全部熄灭。劫瓦尔继而又伸长手臂朝黑天肩上猛击一拳。接着，两人便厮打起来。只见现出人形的黑天一下子捉住了在空中行走的劫瓦尔，随即把他按倒在地。黑天以为对方已毙命，便把他抛向远处，谁知劫瓦尔却借机钻入黑天的腹中，致使黑天站立不稳。为了剪除劫瓦尔，黑天动用了"毗湿奴圣火"。毗湿奴圣火把劫瓦尔送到了黑天面前。黑天立即把他摔倒在地，正打算将他碎尸万段的时候，空中响起了天音："喂，无畏者，为他留条生路吧！"于是，黑天把劫瓦尔放了。

大力罗摩、黑天和明光三猛士骑着金翅鸟继续战斗着，阿修罗军队正面临着全军覆灭的命运。翻飞的神盘、势如破竹的犁铧、可怕的箭雨使敌军鬼哭狼嚎。

看到恶魔大军的惨状，湿婆为保护波那亲自来到了战场。他所乘的车闪闪发光，和他在一起的还有他的坐骑白牛南迪和战神鸠摩罗。他们飞速地向黑天冲去。湿婆那由雄狮驾驶的战车，仿佛一轮明月冲破云雾升起在中天。簇拥在战车四周的大批随从发出震耳欲聋的呐喊，同时也露出了一张张血盆大口。他们个个青面獠牙，惯于生啖祭肉。

这边，战车上的黑天开始向湿婆发射了密集的利箭。湿婆勃然大怒，同时向黑天发射百支一组的利箭。黑天则又抄起了呼风唤雨的“云雨”宝器。就这样，他们的搏斗直吓得大地不停地颤抖。在湿婆张开大口打哈欠的时候，烈焰从其口中喷涌而出，一直殃及四面八方。

被两雄相争所殃及的大地女神颤抖着来到大梵天身边告状。大梵天了解大地的痛楚，随后便来到了湿婆身边，对他说：“喂，你这个鲁莽的家伙，你怎么保护起波那来了呢？黑天是你的灵魂呀！”于是，湿婆停止了与黑天的搏战，对大梵天说：“大地的负担会减轻的，我不再和黑天打了。”接着，湿婆拥抱了黑天，随后两人分手，湿婆等退出战场。

黑天战魔王

波那自己来到了战场。一帮身强力壮的恶魔个个手持利器，骑着各色各样的坐骑也随之而来。祭司已为他们举行过杀敌制胜、平安无事的祭祀仪式。

波那一见到黑天，便立即向他冲去。从黑天的毗湿奴神弓发射出的利箭不仅使波那的战马、战旗、战车损失惨重，也使魔王的铠甲、头盔和弓等陆续遭到破坏，随后又穿透了他的心脏，使其昏厥。两人的战旗也搅在了一起，波那的坐骑孔雀和黑天的坐骑金翅鸟也同时在激烈地厮打着。它们彼此用翅膀、利爪和喙试图制服对方。金翅鸟突然跳起身来，把孔雀压在身下，接着便用右边的翅膀对准其头部，用利爪对准其侧肋狠命地击打起来，直到把孔雀打得晕了过去。金翅鸟随即又把它提起来向地上抛去，波那也随之被摔到了地上。

躺在地上的波那非常沮丧。他痛苦地想，自己自恃强大，听不进长者的话，以至落到今天这步田地。

湿婆看到波那丧气的样子，便对南迪说："南迪，你去帮帮波那，赶快把这辆狮子战车给他送去。"南迪立即驾车来到波那身边并对他说："你赶快上这辆车！"波那登上了楼陀罗造的这辆车，立即让大梵神箭现身。这一武器是大梵天从前为保护世界制造的。

湿婆看着黑天手中的神盘，对雪山神女说："任何人都无法在黑天的神盘下生还，所以你得亲自去拯救波那了。"

雪山神女以安巴形体到黑天面前现了形。她为了救波那，脱掉了所有的衣服。黑天避过脸，说道："女神啊，为了救波那，你竟然赤身裸体，这又何苦呢？"安巴说："啊，男人中的精英！你是世界的创造者，是众神中最伟大最高的神，所以你不该杀害波那。让我有个活着的儿子吧！我作为施予他恩典的人，我还要救他的命。请你别让我的诺言失效。"黑天说："女神，听我说，你的这个儿子长着千只手，他常以此为荣，变得不可一世。我准备让他仅仅留下两只手，这不妨碍他作为你的儿子继续活着。"女神说："大神，只要能让波那活着，就随你处置吧。"于是，黑天闭上了双眼，对波那使用了神盘。神盘一出手，瞬间便使波那的千只手臂仅仅剩下了两只。神盘做完这一切之后，又重新飞返黑天手中。

无碍完婚

黑天找到那罗陀，问："无碍在哪儿？"那罗陀告诉了他。黑天立即向波那的内宫走去。他遇到了霞光女的女友绘画。绘画热情地把他带进了内宫。

黑天一走进内宫，绑住无碍的众蛇出于对金翅鸟的恐惧，立即放开了他。黑天走到无碍的身边，抚摸着他的身体。无碍向黑天、大力罗摩和金翅鸟分别施过礼之后，又向自己的父亲明光施礼。

霞光女也由女友们陪着来到无碍身后，分别向黑天等行礼。

那罗陀奉因陀罗之命来到黑天身边，说："今天是一个大吉大利的日子，切莫错过良机，赶紧让他们两个完婚。"众人都认为那罗陀说的在理。

贡邦德携带婚礼所需要的所有用品来到黑天身边，并向他合十行礼，表示皈依黑天。黑天早已听那罗陀讲过贡邦德的所作所为，所以决定当贡邦德的保护人，并将绍尼塔普尔城交由他来管理。

黑天择良辰为霞光女和无碍举行了婚礼。霞光女和无碍沐浴毕，穿上了华丽的服装，戴上了珍贵的首饰。火神阿耆尼也为此现形赶来，众乾达婆和持明仙歌唱和吹奏起悦耳的乐曲。众仙女也前来助兴，跳起了欢快的舞蹈。

黑天战伐楼那

当黑天即将返回多门岛的时候，贡邦德对他说："大神，绍尼塔普尔的数千头奶牛还掌握在水神伐楼那手中，烦请您把这些牛也解救回来。"黑天答应了。

在飞返多门岛的途中，黑天从空中发现了波那的数千头奶牛。他想起一个说法，喝了波那奶牛的奶，可以长生不老。他让金翅鸟去看看那些牛。

金翅鸟去了。那些奶牛见了金翅鸟，都跑进大海，投入了伐楼那的怀抱。金翅鸟扇动翅膀，把海水扇得惊恐不安。伐楼那属下们拿起武器和金翅鸟拼杀。

黑天也耐不住性子亲自来到战场。他孤身一人赶跑了伐楼那的数千步兵。接着，伐楼那的六千车兵乘着六千战车隆隆开来。大力罗摩、黑天、明光、无碍和金翅鸟射出了有如雨点般密集的利箭，把他们赶跑了。伐楼那大怒，迅即率领其徒子徒孙来到黑天面前。此刻，Y 黑天头顶喷泉一样的白色华盖，手持神弓，身后紧跟着一批为其歌功颂德的大仙、天神、乾达婆和仙女。

伐楼那拉动了弓弦，吹响螺号，向黑天发动了猛攻。黑天也吹响了法螺。双方的激战开始了。众天神都云集空中，震惊地看着世界末日的到来。

这时，伐楼那抛出了他那毁灭性的武器，黑天迅即以毗湿奴神器予以回敬。伐楼那的武器狂喷出巨大的水流，但这些水落到神器上犹如火上浇油，更激起它的熊熊火焰。伐楼那武器的水流逐渐减弱，毗湿奴神器越发放射出可怕的光焰，使伐楼那的大批士兵转眼间化为灰烬。伐楼那见状，说道："喂，幸运之神！别发这么大的火，别忘记你的本来面目。众神之主！现在你应该丢弃创造世界的狂妄和自负。身为水神，我是你创造世界的原始基础。你是这个世界存在的原因。所以，不仅仅是我，任何人都无力统治你，希望你消消气。"

大神黑天说："强大的伐楼那，为了平息这场争执，请你把波那的奶牛交给我们。"

能言善辩的伐楼那答道："黑天，我无力违背我与波那之间达成的契约。违背契约的男人在社会上要受到谴责，在上等社会无法立足。所以，还希望您能采取一个好的办法，让我不承担背弃诺言的罪名。我绝不能只为了自己活命而把奶牛交给你。"

黑天觉得他的话有道理，决定不让他违背承诺了，也不要那些奶牛了。伐楼那高兴极了。在一片鼓乐声中，伐楼那向黑天供奉了祭品并按敬神的仪式礼拜了他。

因陀罗、众天神、乾达婆、仙女、紧那罗和其他人都跟随黑天一起来到了多门岛。多门岛的居民得知黑天胜利归来，纷纷奔走相告，欢喜万分。

神山之行

清除了恶魔和敌对的国王之后，团结在黑天周围的瓦利施尼人在多门岛上安居乐业。

一天夜里，艳光和黑天谈话时说，她希望再生一个儿子，像黑天一样英俊、身强力壮、熟谙各种兵器和精通全部武艺的漂亮儿子。

黑天答应了艳光的请求，说立即就动身去吉罗娑神山，向大神湿婆提出这一请求。

大神黑天默想起金翅鸟，博学睿智的金翅鸟便立即精神振奋、英姿飒爽地出现在大神面前。这位饮用仙藤汁的金翅鸟是众蛇和众恶魔的克星。它的身体极不寻常：满脑子里装着《娑摩吠陀》，翅膀里装着《梨俱吠陀》；棕褐色的体表，红色的喙，慧眼形如莲花瓣。

雄健的金翅鸟如风驰电掣，转瞬间便把黑天带到了吉罗娑神山。为了造福于世界，大神毗湿奴曾在这座山上修行了整整一万年，使自己身体一分为二，分别变成了那罗神和那罗延神。因此，这里被认为是圣地。

此刻，这里正在进行着祭祀。圣洁的枣林中，鸟儿放开委婉的歌喉在啁啾，乳牛在慷慨地贡献着自己的乳汁。修行人静坐在草垫上默想着大神，不断地往祭火中添加着酥油等祭品。夜幕徐徐降临时，大神黑天来到了这里。油灯忽然放出更加耀眼的光芒，大地女神的精神也为之一振。

拯救铃耳

众仙人做完例行的晚祷，纷纷来到大神黑天的身边。这些修行人立志达到禅定的境界，在此长期修行。他们神态各异，有的剃掉了头发，有的留着发辫，有的身上青筋暴突，有的瘦骨嶙峋，有的寡言少语，有的疯疯癫癫。一些修行人靠化斋为生，还有一些人靠用石块捣碎的粮食果腹。众修行人向大神黑天施礼，并一齐高声颂道："啊，黑天！啊，毗湿奴！众神之主，全能的上帝！我们向您致敬！"接着，众修行人说道："啊，大神，请您在这尊贵的席位上就座，我们为有机会博得您的欢心而感到幸运。"

一般人是无法了解大神心思的。他首先来到了天河的上游，在河滩上徘徊了许久，最后，他在一个地方相中了一座茅庵，走进去坐定，并很快地进入禅定状态。他究竟在默想着谁，不得而知。这时，只见油灯突然放出耀眼的光辉，喧嚣声四起。只听得人们嚷道："把这群鹿围起来，宰了它们吃肉！为了让大神高兴，把它们带到那儿去！他就是大神毗湿奴，全能的上帝。啊！毗湿奴，众神之主！……"与此同时，还伴随着鹿、熊和狮子的吼叫声。

随后，有个身材高大的魔鬼毕舍遮出现了。他长着褐色的皮肤，长舌头，大下巴，长长的头发，一双令人望而生畏的眼睛，使人看了毛骨悚然。他口中正吃着肉，喝着血。只听他叫道："喂，现在毗湿奴在哪儿？他什么时候在我面前现形？到哪儿能见到他？对我讲讲你的身世吧！"

黑天说起自己的身世："我是个刹帝利，出生在雅度族，笃信宗教。我是恶棍的克星，出家人的保护人，我是前来会见大神湿婆的。这就是我的身世。现在该讲讲你自己了，你是什么人？"

毕舍遮答道："我是个吃肉魔鬼，名叫铃耳。我曾是大神毗湿奴的死对头。我只要听到他的名字就头痛。所以在自己的耳朵里装了铜铃。我到神山上朝拜大神湿婆，他在兴奋之余对我说：'好小子！我允许你按自己心愿要求一个恩典。'于是，我便要求他赐我解脱。这时大神湿婆对我说：‘大神毗湿奴可以使任何人得到解脱，所以你去枣林吧，去皈依毗湿奴。在那罗——那罗延茅庵内，你定会得到解脱。’听了大神湿婆的话，我知道了大神毗湿奴才是众神之主。就这样，我怀着获得解脱的愿望来到了这座枣林中。此外，我还有一个目的。西海岸多门岛上的多门城中住着雅度人，大神黑天也住在那里，他真心为人民谋利益。如果我在这儿见不到他，那我就和我的伙伴一起到多门城去找他。”说完，毕舍遮便陷入了对大神的思念之中。

看到这种情况，大神黑天也沉思起来。他想，这个茹毛饮血、毁掉了无数牲畜的家伙，在睡、卧、醒的状态下，不管做什么，也还都承认我是造物主，好的行为该有好报。想到这儿，大神便潜入其体内现了形。这样，这个可怕的恶魔的心中出现了大神毗湿奴那光辉圣洁的形象：莲花慧眼，黧黑皮肤，黄色着装，手持法螺、神盘和铁杵，颈戴花环，头顶王冠，胸部有无价之宝，右胸部有白毛旋儿，身上光彩四溢，四只手臂，悦耳的嗓音，沉稳的思绪，无边的法力，真诚可信，纯洁而高尚，无限的智慧，为此，毕舍遮感到了无比的幸运。

大神黑天最终把铃耳从恶魔形态中解救了出来。

会见湿婆

大神黑天来到了吉罗娑神山。大神湿婆和雪山神女经常在这里相会，众山之王喜马拉雅就是在这里把自己的女儿乌玛即雪山神女，交给了大神湿婆。

悉陀和紧那罗等众小神常常在这里畅饮仙藤汁散心。恶魔十首王罗婆那曾妄图以其巨大的手臂搬动神山。黑天继续向前走，来到了雪山顶上莲湖的北岸。接着，他从金翅鸟身上跳下来，找到一块圣洁之地，以着粗布服装的凡人模样，准备修苦行。黑天决心修行十二年。在印历十二月的日子里，黑天仅吃过一些蔬菜，便开始了修行。金翅鸟为他准备祭祀所需的燃料，并采集鲜花。祭火燃起来了，黑天开始往祭火中抛撒祭品和倾倒酥油。他做完例行仪式，便开始了祭神。他间或每月饮食一次和每年饮食一次，这样持续到就差一个月满十二年的时候，他把全部祭品都投入了祭火，然后口念咒语，默想起湿婆神来。

在黑天修行的过程中，众神之王因陀罗到吉罗娑神山来探望他。与此同时，阎摩王骑着水牛带着随从也前来看望他。水神伐楼那骑着天鹅也和仆从一道赶来。其他一些天神、婆薮、众楼陀罗、悉陀大仙、乾达婆、药叉、紧那罗、天女等全都赶来探望黑天。

众大仙和众神的眼中都流露出疑惑的目光：造物主黑天自己倒修起苦行来了，这真是见所未见、闻所未闻的事情。这其中必定有缘故。在众人议论过程中，黑天完成了他的修行过程。就在这时，湿婆偕同雪山神女一齐出现在他的身边，其身后还跟着财神俱毗罗和众药叉。湿婆骑着大白牛，身穿麻布衣服，额头上有一弯新月，颈挂念珠，四只手中拿着剑、箭、拘舍草、钵、油灯、弦琴、小手鼓和三叉戟，身上呈古铜色。

大神黑天和众修行人齐声唱起颂歌：光荣属于世界之主！胜利永远属于您！……众人齐向湿婆施礼。黑天见湿婆站在自己的面前，便双手合十,一再向他表示敬意。

湿婆也对毗湿奴的化身黑天称颂道："啊，众神之首，神盘的持有者，大神！您这样修苦行又是为了什么呢？您有什么事？您作为毗湿奴，本身就是修行人崇尚的人。大神！如果您是为了求子，那么实际上我早已把他给了您。请您告诉我修行的缘由。在世界历史的第一时期，我曾经修了一万年的苦行。那时，乌玛遵照其父众山之王的吩咐前来照料我。就在那时，因陀罗对我修苦行产生了嫉恨。他为了设置障碍，派爱神来到我这里，结果被我化成了灰烬。那个爱神就是您的长子明光。”

湿婆又接着说：“您具备同时以三种形态出现的能力，您同时具有三重性。开天辟地时期您是创造之神大梵天，当前时期您是大神毗湿奴，世界毁灭时期您是大神楼陀罗。您就是一切生物的发生、发展和结束。这个世界产生于您，由于您而发展，而且最终将消亡在您之中。我与您实为一体，我与您在本质上毫无差别。世人称呼您所用的词汇，也正是称呼我所用的词汇，这是一个无可辩驳的事实。造世主！对您的崇拜也就是崇拜我，同样，对您的敌视也是与我为敌。”

大神湿婆称颂了大神毗湿奴一番之后，又转身对众修行人说：“修行人！你们也要每天坚持背诵我所说的颂词，以博得毗湿奴对你们的庇护。这样，毗湿奴定会热心保护你们。谁把这一消灾的颂词埋藏在心底，并不时地背诵，谁的头顶就将有吉星高照。修行人，如果你们想为自己好，就相信我的话，设法取悦大神毗湿奴吧！”湿婆说完，便顿时和雪山神女以及自己的随从一齐销声匿迹。

众修行人旋即向至高无上的大神黑天施礼。接着，因陀罗、伐楼那、阎王、财神俱毗罗等十方的护卫神向他致谢后，偕同随从纷纷返回各自岗位。

随后，身穿铠甲，手持法螺、神盘、神杵、神弓和箭壶的黑天骑上金翅鸟高兴地来到众修行人的枣林中。众修行人纷纷从四面赶来，唱着颂歌对黑天进行了膜拜。

作者按：根据《诃利世系》，黑天的故事到这里并未结束。后面还有一些降魔除妖的故事，此处未录。不过，到这里，读者们已经可以发现，作为“往世书”类型的书籍，《诃利世系》所传达不仅是印度古人的想象力和编故事的能力，还传达了他们对世界和人生的思考，反映了印度古代宗教的发展轨迹。也许《诃利世系》的编订者属于印度教的毗湿奴派，但他（或他们）仍然致力于与湿婆派的合一，力图将三大神说成是三位一体的，把毗湿奴和湿婆对立统一起来。同时，我们还可以看到，在编订《诃利世系》的过程中，但特罗教也在发展，并且被融合在印度教当中。对于中国读者来说，对印度教的神明应该并不陌生，因为他们早已随佛教传入了中国。所以，印度教的主要神明也在中国的民间传说中受到颂扬，在中国民间信仰中受到崇拜。这一点，看看中国明清时期的神魔小说，如《西游记》和《封神演义》等，就会更加清楚。